내 여자는 야하다

내 여자는 야하다

초판 1쇄 찍은 날 | 2013년 7월 5일
초판 1쇄 펴낸 날 | 2013년 7월 12일

지은이 | 김나혜
펴낸이 | 서경석

편 집 장 | 권태완
편집책임 | 손수화
편　　집 | 장미연
디 자 인 | 신현아

펴낸곳 | 도서출판 청어람
등록번호 | 제1081-1-89호
등록일자 | 1999. 5. 31
어람번호 | 제5-0340호

주소 | 경기도 부천시 원미구 심곡2동 163-2 서경B/D 3F (우) 420-822
전화 | 032-656-4452 팩스 | 032-656-4453
http://www.chungeoram.com
E-mail | chungeoram@chungeoram.com

ⓒ 김나혜, 2013

ISBN 978-89-251-3347-8 03810

※ 파본은 구입하신 서점에서 교환하여 드립니다.
※ 저자와 협의하여 인지를 붙이지 않습니다.
※ 이 책은 도서출판 청어람과 저작자의 계약에 의해 출판된 것이므로,
　무단 전재 및 유포 · 공유를 금합니다.

Chungeoram romance novel

내 여자는 야하다

김나혜 장편 소설

CONTENTs

프롤로그 • 7

1. • 20
2. • 50
3. • 83
4. • 121
5. • 157
6. • 194
7. • 229
8. • 274
9. • 308
10. • 345

에필로그 • 402

작가 후기 • 413

프롤로그

 거대한 폭발음이 들림과 동시에 지나가던 사람들이 모두 머리를 감싸고 주저앉았다. 우수수 떨어지던 유리 파편이 진정될 때쯤, 수염이 덥수룩한 남자가 간신히 용기를 내어 고개를 들었다. 바로 앞, 3층 건물에서 시커먼 연기가 뿜어져 나오고 있었다.
 "부, 불이야! 불이야!"
 남자의 외침에 사람들이 한 건물 앞으로 모여들었다. 핸드폰을 꺼내 들어 119에 신고하는 몇 사람을 제외하고, 나머지 사람들은 멍하니 건물을 올려다보고 서 있을 뿐이었다.
 "저기 사람이 나와요!"
 엄마의 품에 안겨 있던 한 아이의 외침에 모두의 시선이 건물

문으로 돌아갔다. 연기를 들이마신 탓에 거친 기침을 내뱉으며 건물 안에서 튀어나오는 사람들을 행인들이 부축했다. 건물에서 살아나왔다는 안도감에 주저앉아 우는 사람들과 건물 안에 아직도 사람들이 있다며 고함을 지르는 사람들이 뒤엉켜 화제 현장은 도떼기시장을 방불케 할 정도로 어지러웠다.

그때였다. 신고를 받고 출동한 119 소방차가 커다란 사이렌 소리를 울리며 현장에 도착했다. 소방차에서 튀어내린 한 소방관이 사람들을 통제하는 틈을 타 소방차가 건물 앞을 에워쌌다.

"물러나세요! 위험합니다!"

"여기 부상자가 있어요!"

"안에 사람이 있어요!"

"살려주세요!"

다행히 옥상으로 대피한 사람들이 소방차를 보자 손을 흔들며 살려달라고 외쳤다. 소방차에 달린 기다란 사다리가 옥상으로 펼쳐지는 동시에, 소방차 앞에서 현장을 보고 있던 소방대원들이 건물 안으로 뛰어 들어갔다. 맨 앞에 선 소방관이 두 명의 대원에게 손짓으로 비교적 조용한 1층을 수색하라 명령을 내린 뒤 나머지를 이끌고 2층으로 올라갔다.

"대장님! 발화 지점 찾았습니다!"

온도계를 들고 있던 소방관 하나가 외쳤다. 두터운 철문 앞은 온몸이 지글지글 끓을 정도로 온도가 높았다. 그의 외침에 대장이라 불린 맨 앞의 소방관이 고개를 끄덕여 알아들었다는 표시를 했다. 대장은 절반가량의 소방대원들을 위층으로 보내고, 자신의 뒤에 선 두 명의 대원에게 수색을 하기 위해 따라오라는 표시를 한 후, 나머지 대원들에게 불을 끄라고 지시를 했다. 복도에 엎드려 연기를 피하고 있는 사람들을 포함해 닫힌 문들을 열어 아직 빠져나가지 못한 사람들을 소방대원들이 하나둘씩 데리고 나갔다.

쾅!

폭발음이 또 한 번 들리더니 건물이 흔들렸다. 이 정도 흔들림이라면 부실공사가 의심된다. 건물이 무너질 가능성이 있음을 판단한 남자가 무전기를 들어 3층 수색 명령을 내린 대원의 이름을 불렀다.

"김준현, 3층 보고해."

무전기의 버튼을 누르고 3층의 상황을 묻자 지지직거리는 소리와 함께 목소리가 들렸다.

〈수색 끝났습니다! 3층은 아직 불이 번지지 않았고, 구조자는 없습니다. 모두 옥상으로 대피한 것으로 보입니다.〉

"대장님! 여기 사람이 있습니다."

"너희들은 바로 건물을 나간다."

〈네, 알겠습니다!〉

남자는 무전을 마치고 자신을 부른 대원이 있는 곳으로 향했다. 쓰러진 남자에게 호흡기를 대어주자 차츰 정신을 차리는 게 보였다. 눈짓으로 두 명의 대원에게 부축해 나갈 것을 명령하고 몸을 일으키는데 이제 막 정신을 차린 남자가 대장의 팔을 붙잡았다.

"안에…… 안에 사람이 있어요."

목소리가 잘 나오지 않는지 남자는 호흡기를 떼며 간절한 목소리로 말했다. 남자가 가리킨 곳은 폭발이 일어난 곳으로 추정되는 방이었다.

"대장님, 지금 나가야 합니다!"

다른 대원의 말에 남자가 몸에 힘을 주고 일어나려 애썼다. 그 방 안으로 들어가야 한다는 듯 눈을 떼지 못했다.

"형, 현우 형이……."

"먼저 데리고 나가!"

"대장님, 지금 나가셔야 합니다!"

순간 화염에 휩싸인 건물 안으로 날카로운 소리가 울렸다.

삐— 삐—

산소가 다 떨어졌다고 알리는 경고음에 대장의 얼굴이 굳었다. 이미 밖에서는 붕괴의 위험을 알기에 안으로 산소통을 나르지 않을 터였다. 결심이 선 그의 얼굴에 대원은 자신의 오랜 상사의 팔을 붙잡으며 말했다.

"안 됩니다, 대장님! 지금 나가셔야 한다고요! 죽습니다!"

"안에 구조해야 할 구조자가 있다."

고집스런 남자의 말에 대원의 얼굴이 구겨졌다. 이런 사람이란 것을 알고 평소 존경을 했다. 하지만 오늘은 아니었다. 고집불통 같으니! 대원이 한 번 더 그를 말리려던 찰나였다. 대장은 두 대원에게 날카롭게 소리 질렀다.

"내 말 안 들려? 당장 나가라고!"

상관의 고함에 나머지 대원들이 남자를 부축하고 계단이 있는 복도 끝으로 향했다. 그 모습을 확인한 대장은 발로 문을 차 열었다. 불길이 다시 확 일어나다 가라앉자 창가 쪽에 널브러진 사람이 보였다. 폭발로 튕겨져 나갔음이 분명해 보이는 남자는 움직임 없이 바닥에 쓰러져 있었다. 바닥에 깔린 잔해들을 피해 다가간 소방관이 남자의 코에 손가락을 가져다 댔다. 미약하게 숨을 내쉬고 있다.

　"살려…… 살려주세요."

　다행히 정신을 잃지는 않았는지 작은 목소리를 내는 남자의 팔을 소방관이 자신의 목에 걸치고 끌어 올렸다.

　이제는 나가는 일만 남았다.

　'제발, 현우 형과 저 대원이 무사히 나올 수 있기를.'

　대장이라 불린 남자가 발로 문을 차는 것을 끝으로 이건은 그의 모습을 볼 수 없었다. 건물 밖으로 빠져나오자, 건물 안과 다르게 청량하게 느껴지는 공기를 살고자 하는 본능으로 급히 숨을 몰아쉬면서도 이건은 건물에서 눈을 뗄 수가 없었다.

　"이건아!"

　상처를 치료받던 여자가 대원들의 부축을 받으며 건물을 나오는 이건에게 뛰어왔다. 그는 자신을 걱정하는 여자는 눈에 들어오지 않는지 연신 뒤를 쳐다봤다. 그런 이건의 태도에도 개의치 않고 그의 상처를 살펴보던 여자가 애가 타는 목소리로 말했다.

"이건아, 치료받아야 해. 응?"

"현우 형이 아직 안 나왔어."

이건의 말에 여자가 건물을 돌아봤다. 쿠쿵! 다시 건물에서 커다란 소리가 나더니 구급대원들이 분주하게 움직였다.

"대장님은?"

"아직입니다."

한 구급대원의 말에 사람들은 순간 엄숙한 분위기가 되었다. 두 눈에 눈물이 맺힌 사람들이 건물을 보고 있을 때였다. 제일 앞에 서 있던 구조원이 뒤돌아 사람들에게 외쳤다.

"모두 다 피해!"

그때 갑자기 건물이 무너지더니 갖가지 파편이 튀고, 하얀 가루가 공기 중에 날렸다. 멍하니 그 모습을 보던 이건은 자신을 덮치는 소방관의 무게에 의해 바닥으로 쓰러지며 반사적으로 눈을 감았다. 가까스로 주위가 잠잠해지자 모두 시선을 한곳으로 집중했다.

"대장님!"

이건을 감싸고 있던 대원을 포함한 많은 대원들이 고함을 지르며 건물로 달려 나갔다. 이미 무너져 내려 입구가 막힌 건물 앞에서 대원들이 목 놓아 한 사람을 부르기 시작했다.

"안 돼!"

"야! 당장 구조반 불러!"

애초에 화재만 생각하고 왔기에 무거운 물체를 들어 올릴 중장비가 없었다. 한 대원의 고함에 남자들의 움직임이 빨라졌다. 하지만 많은 사람들 중 한 사람만이 그 자리에 멀뚱히 서 있었다.

"형! 현우 형!"

이건이 잘 나오지 않는 목소리로 외쳤다. 아무런 대답도 없는 건물 안으로 들어가기 위해 애쓰는 대원들과 이건을 주위 사람들 모두 멍하니 서서 바라만 보았다.

"드라마 튼다!"

점심을 먹고 교실로 돌아오자마자 반장이 인터넷으로 다운받은 드라마를 틀었다. 떠들썩했던 교실이 한순간 조용해졌다. 작은 TV 화면 안에 교복을 입은 이건의 모습이 가득했다. 요즘 최고의 시청률을 자랑하는 드라마의 주인공인 이건은, 드라마의 시청률에 비례해 그의 인기도 하늘로 치솟고 있었다. 하지만 일부에서는 감탄이 절로 나오는 그의 외모뿐만 아니라, 그가 팬들에게 하는 자상한 행동 때문에 인기가 더 높아졌다는 이야기가 나올 정도로 이건의 성품은 소문이 나 있었다. 급기야 다른 배우의 팬이었던 여학생이 이건과 한마디 나눈 후, 그의 팬으로 돌아섰다는 이야기가 팬들 사이에서는 전설처럼 나돌고 있을 정도였다. 책상 위에 앉아 있던 여학생이 의자로 내려앉아 손을 모아 쥐고는 감탄이 섞인 목소리로 말했다.

"와, 너무 멋지다! 야하야, 너무 멋지지 않니?"

드라마에 관심이 없는지 지루한 표정으로 창밖을 내다보던 야하가 짝의 말에 고개를 돌려 TV를 봤다. 요즘 한창 인기가 있는 드라마다. 반 아이들이 점심시간만 되면 틀어놓는 통에 야하도 어느 정도는 알고 있었다. 하지만 드라마의 제목을 기억할 정도는 아니었다. 듣기는 했지만 흘려들었을 뿐, 당연히 드라마에 출연하는 배우에 대해서는 전혀 몰랐다. 전혀 관심이 없는 야하이지만, 반 아이들이 이건이 나올 때마다 꺅꺅 소리를 질러대는 통에 그가 인기가 많은 배우라는 정도는 알고 있었다.

"차렷. 경례."

선생님이 들어오자 자리에서 일어난 이건이 무미건조한 목소리로 인사를 하는 장면이었다. 그냥 무심코 보던 야하가 TV를 뚫어져라 쳐다봤다. 이건의 목소리는 거기서 끝이었다. 십 분 정도 지나자 다시 이건이 등장했다. 하지만 아까와 달리 관심이 사라졌는지 야하는 고개를 다시 창문 쪽으로 돌렸다.

"야! 빨리 TV 틀어봐! 뉴스."

호들갑을 떨며 옆 반 학생이 뛰어 들어왔다. 반장이 얼른 앞으로 나가 컴퓨터를 끄고 TV 채널로 돌렸다.

"대박! 불난 거야? 어떡해. 우리 이건 오빠는? 우리 현우 오빠는?"

자막에는 '모 기획사 화재'라는 문구가 적혀 있었다. 뒤이어

'배우 장현우 사망'이라는 글귀가 떴다. 서로 자신이 좋아하는 연예인 이름을 부르며 발을 동동 구르던 아이들 중 절반이 털썩 주저앉더니 울기 시작했다. 그 모습을 보던 야하가 다시 TV로 시선을 돌렸다. 사망자 다섯 명의 신원에 대한 자막이 뜨고, 뒤이어 소방관의 이름이 떴다.

끼익, 탕!

벌떡 일어나는 야하의 행동에 의자가 뒤로 밀리더니 뒤로 넘어졌다. 한순간에 모두의 시선이 날아든 줄도 모르는지, 야하는 몸을 덜덜 떨더니 자리를 박차고 나갔다.

"야하야!"

야하는 자신을 부르는 반장의 목소리를 뒤로한 채 무작정 밖으로 뛰어나갔다.

*

"아이고, 아이고. 이제 우리는 어떡하라고!"

가슴을 치며 울부짖는 엄마를 멍하니 바라보던 야하는 구석진 곳에서 웅크리고 울고 있는 동생에게로 눈을 돌렸다. 잔뜩 겁을 먹은 눈동자에서 흘러내리는 눈물을 훔치며 훌쩍이는 동생에게 무릎으로 기어가 앞에 앉았다. 낮은 한숨을 쉬고는 동생에게 손을 뻗었다. 평소와 다르게 피하지 않는 동생의 모습에 야하의 한숨이 깊어졌다.

"가서 엄마 좀 안아줘."

자신의 팔을 잡아끄는 언니의 힘에 이끌려 엄마의 옆으로 간 지하가 엄마의 어깨에 손을 얹었다. 작은딸을 알아본 여자가 품에 딸을 안고는 연신 괜찮다며 반대로 작은딸을 달랬다.

마지막 날이다. 그동안 자리를 지켰던 아빠의 동료들도 차츰 돌아가더니 번갈아가며 남기로 했는지, 몇 번 사람이 바뀌어 자리를 지켰다.

"네가 서 대장님 큰딸이니?"

삼촌뻘로 보이는 젊은 아저씨의 질문에 고개를 끄덕였다. 남자가 굳은살이 박인 손으로 두어 번 머리를 쓰다듬더니 그 손으로 상의 안쪽에서 꺼낸 직사각형의 물건을 주었다.

"네 아빠의 물건이란다."

"감사합니다."

말하지 않아도 알 수 있었다. 물건이 아빠의 얼굴을 보여주고 있으니 말이다. 아빠가 죽는 순간까지 가지고 있던 물건. 눈앞에 영상이 펼쳐진다. 죽기 전, 무너져 내린 건물 안에서 아빠는 느꼈던 것이다. 자신이 다신 가족을 볼 수 없다는 걸. 마지막 메시지를 전하려 꺼냈지만, 목소리를 담기도 전에 다시 한 번 아빠의 몸 위로 시멘트 기둥이 떨어졌다.

"이게 뭐냐면……."

"녹음기네요. 아빠의 목소리가 담겼다면 더 좋았을 텐데."

남자는 묵묵히 아이를 지켜보다 자리에서 일어섰다. 아이에게 무슨 말을 하려는 듯 입을 달싹이더니 이내 곧 아무 말 없이 빈소를 나갔다. 그런 남자를 물끄러미 올려다보던 야하는 엄마와 동생을 두고 밖으로 나왔다. 건물과 밖의 경계선에 서 있던 야하는 내리는 비를 보다가 벽에 비스듬히 놓인 우산을 집어 들었다.

누구 것인지 모르지만, 잠깐 빌리는 거니 괜찮겠지 하는 심정으로 우산을 펼쳐 들고 걸음을 옮겼다. 세상은 날마다 죽는 사람들로 넘쳐 나나 보다. 끊임없이 주차장으로 들어오는 차들을 보다가 건물 뒤로 걸음을 옮겼다.

"아얏!"

우산에 가려져 위를 보지 못한 탓인지 나무에 우산이 걸렸다. 앞으로 향하던 걸음과 맞물려 야하의 몸이 갸우뚱거리더니 넘어졌다. 넘어지면서 돌부리를 짚은 야하의 손바닥이 찢어져 피가 흘러내렸다.

"괜찮니?"

저음의 목소리가 들리더니 더는 자신의 몸 위로 따갑게 떨어지던 빗방울이 느껴지지 않았다.

"아파요."

누군지도 모르는 사람 앞에서 울음이 터졌다. 엄마가 그랬듯이 피가 나는 손으로 가슴을 탕탕 치며 울었다. 목소리가 제대로 나오지 않아 짐승이 우는 듯 소름 끼치는 소리가 났다.

"미안해, 미안하다."

처음 만난 남자가 이상한 말을 하는 줄도 모르고 야하는 그저 울 뿐이었다. 커다란 손이 야하의 머리를 쓰다듬더니 손등으로 야하의 볼을 한 번 훑었다. 빗물인지 눈물인지 모르는 액체로 남자의 손이 젖었다.

'크다.'

남자가 야하의 양어깨를 잡고 일으켜 세우더니, 야하의 울음이 멈출 때까지 야하의 머리에 손을 얹고 있었다. 고작 머리에 손을 얹고 있는 것뿐이지만, 마치 자신을 달래는 느낌에 야하의 흐느낌이 잦아들었다. 남자는 야하의 다치지 않은 손에 우산을 들려주고는 그 손을 잡은 채 걸음을 옮겼다. 남자의 손에 이끌려 나무에서 벗어난 야하가 옷깃으로 자신의 얼굴을 닦았다. 남자는 야하의 옷깃에 묻은 진흙이 얼굴에 남겨지자 손가락으로 야하의 얼굴을 꼼꼼하게 닦아내더니 허리를 숙여 진흙으로 엉망이 된 옷을 탁탁 털어주었다. 남자는 자신의 손이 진흙으로 더러워지는 걸 개의치 않고 야하의 옷에서 어느 정도 진흙이 떨어져 나가자 몸을 일으켰다.

"감사합니다."

"미안."

그제야 남자의 말을 제대로 들었는지 야하가 의문스러운 눈빛을 담은 채 얼굴을 들었다. 하지만 이미 남자는 야하를 두고 저만치 멀어져 가고 있었다.

빈소에서 내내 보았던 다른 사람들과 마찬가지로 까만 정장 차림의 남자의 뒷모습을 보다가 고개를 위로 들어 하늘을 가린 우산을 쳐다보았다. 다시 고개를 내려 앞을 보았지만, 세찬 빗줄기에 가려진 남자의 모습이 보이지 않았다. 남자의 모습을 찾다가 자신이 넘어졌던 바닥으로 고개를 내렸을 때 찢어져 엉망이 된 우산이 보였다. 그제야 자신이 들고 있던 우산이 남자의 것이고, 남자가 비를 맞으며 갔다는 걸 깨달았다. 멍하니 서 있다 갑자기 스미는 한기에 몸이 떨려오자 남자가 사라진 반대 방향으로 걸음을 옮겼다.

1

달칵.

손가락이 주는 압력에 의해 마우스가 눌렸다. 이에 커서가 컴퓨터 모니터에 띄워진 두 개의 버튼 중 왼쪽을 눌렀다. 휴학 신청이 완료되었다는 문구가 뜨자 긴장했던 어깨가 서서히 내려앉았다.

"끝."

내내 고민했던 게 무색할 정도로 쉽게 끝나 버렸다. 창을 닫고 새 창을 열어 취업정보 사이트에 접속을 했다. 자신의 나이라면 보통은 취업 준비 때문에 이 사이트를 접속하겠지만, 남들과 달리 자신은 아르바이트를 구하기 위해 접속을 했다.

자신에게 맞는 분류 항목들을 선택한 후 검색버튼을 눌렀다. 꼼꼼히 살펴보았지만, 적당한 게 고작 두 군데 정도 나왔을 뿐이다.

이 정도로는 부족하기에 구역을 조금 더 넓혔다. 검색된 것들 중 조회 수가 가장 많은 'Tesoro'를 클릭했다.

　꼼꼼히 살펴본 야하의 입술 끝이 살짝 올라갔다. 다이어리를 꺼내 위치를 적고, 앞서 검색한 다른 두 곳도 옮겨 적었다. 야하는 한참을 검색한 끝에 총 열 군데의 회사가 적힌 다이어리를 챙겨 들고 카운터로 향했다. 아직 어린 아르바이트생에게 2,000원을 낸 후 미련 없이 PC방을 빠져나갔다.

　이력서를 들고 찾아간 곳 중 벌써 일곱 군데에서 퇴짜를 맞았다. 절반가량은 이미 구했다는 말을 들었고, 나머지는 남자를 구하고 있다는 말을 들었다. 구했으면 얼른 광고를 내리고, 남자를 구할 거면 휴학생이 아닌 남자를 구한다고 적어놓을 것이지. 마음은 급하고 시간은 없고. 미칠 노릇이다.

　수첩을 열고 적어놓은 것을 훑다가 여기서 가장 가까운 'Tesoro'로 향했다. 조회 수가 가장 많았기에 이미 사람을 구했을 가능성이 높지만, 혹시나 하는 마음에 지친 몸을 이끌고 향했다. 내리쬐는 햇볕과 뜨거운 아스팔트 열기에 몸이 익는 것 같다. 더위를 많이 타는 건 아니지만 이번 여름은 유독 심하다.

　'이런 망할.'

　야하는 욕이 저절로 나왔다. 제법 큰 건물과 그 건물보다는 작은 건물이 나란히 있었다. 문제는 두 건물이 같은 간판을 걸고 있다는 거다. 큰 건물은 연예인 사진이 인쇄된 현수막이 걸려 있는 것으로 한눈에 유명 기획사라는 걸 보여주었고, 옆에 작은 건물은 매끈한 여자의 등 사진을 보아 마사지샵으로 추정이 되었다. 주소 외에는 적어온 것이 없기에 고민을 하다가 작은 건물로 들어섰다.

"어떻게 오셨습니까?"

고작 마사지샵임에도 경비원이 막아섰다. 비싼 곳인가 하는 생각에 껄끄러워졌다. 대답 없이 인상을 찌푸리자 경비원이 의심스런 눈초리로 바라봤다.

"아르바이트생 구한다고 해서 왔는데요."

기다리라는 눈치를 준 경비원이 수화기를 들었다. 통화한 지 1분도 채 되지 않아 '삑' 소리와 함께 문이 열렸다. 센서로 인기척이 느껴지면 열리는 자동문이라 여겼던지라 놀라움을 감추지 못하고 한 발짝 내디뎠다.

안으로 들어갔지만 어디로 가야 하는지 몰라 가만히 서 있었다. 다행히 바로 옆은 핑크색의 원피스를 입은 여자가 다가와 안내를 했다. 또 다른 문을 지나자 한결같이 우아하게 머리를 틀어 올린 중년 여자들이 차를 마시며 앉아 있었다. 젊은 여자와 남자들도 있었는데, 모두 얼굴을 절반 정도 가리는 커다란 선글라스를 쓰고 있어 누군지 몰라볼 정도였다.

"들어가세요."

고개를 숙여 인사를 전한 야하가 문손잡이를 천천히 돌려 문을 열었다. 그곳에는 색깔은 다르지만 방금 전 안내를 해준 여자가 입은 옷과 같은 옷을 입은 여자와 정장을 입은 여자가 서로 마주 보고 앉아 있었다.

"이쪽으로 와서 앉아요."

야하는 빠르지도, 그렇다고 너무 느리지 않은 걸음으로 다가가 정장 차림의 여자 옆자리에 앉았다. 온통 하얀색의 페인트가 칠해진 벽은 시계와 풍경화 한 점이 걸려 있는 게 전부였다. 먼저 와 있던 정장 차림의 여자와 주위를 두리번거리는 야하를 번갈아 보며 쳐다보던 여자가 입을 열었다.

"두 분 다 아르바이트를 하시겠다고 오신 거죠?"

여자의 말에 옆에 앉은 정장 차림의 여자를 슬쩍 곁눈질했다. 아르바이트를 구하면서 정장까지 차려입은 여자와 자신은 한눈에 봐도 차이가 났다. 요즘은 아르바이트도 차려입고 구해야 하나 싶었다.

"저희도 급한지라 빨리 사람을 구하고 싶어요. 무슨 일을 하는지 아시죠?"

옆자리의 여자가 당당하게 고개를 끄덕였다. 반면, 시급만 보고 온 야하는 선뜻 고개를 끄덕이지 못하고 여자의 눈을 피했다. 정장 차림의 여자가 그런 야하에게 살짝 비소를 날렸다.

"카운터에서 손님을 받고, 마사지사들을 돕는 일을 하는 걸로 알고 있습니다."

다른 곳과 마찬가지로 잡무를 한다는 뜻이다. 별일을 하는 것도 아닌데, 아무것도 모르고 왔냐는 듯한 여자의 눈초리에 기분이 상했다.

"두 분께 그럼 한 가지만 여쭤볼게요. 혹시 영화배우 유원 씨 좋아하시나요?"

"네! 저 그분 팬이에요. 그것 때문에 여기에 온걸요."

정장 차림의 여자가 황홀해하며 눈에서 하트를 뿜어냈다. 앞의 여자가 고개를 끄덕이더니 대답을 해보라는 듯 야하를 쳐다봤다. 야하는 어떻게 대답을 해야 하나 망설임을 보이더니 굳게 닫혀 있던 입을 열었다.

"전, 잘 모릅니다. TV를 잘 보지도 않고 연예인에 관심을 갖고 있지 않아서요."

정장 차림의 여자와 질문을 던진 여자가 상반된 표현을 보였다. 인상을 쓰며 어떻게 모를 수 있냐는 정장 차림의 여자와는 달리 질문을 한 여자는 흡족한 미소를 띠며 고개를 끄덕였다.

"좋네요. 죄송하지만, 저희 쪽과는 맞지 않네요."

앞에 말은 야하를 보며 하다가, 뒷말은 정장 차림의 여자를 보며 말을 했다. 맞지 않다는 말을 들은 정장 차림의 여자가 펄쩍 뛰었다.

"아니, 왜요?"

"아시다시피 저희 샵은 Tesoro 소속사 연예인들이 자주 옵니다. 그분들의 사생활을 지켜 드려야 합니다. 이전에 아르바이트생도 이 점을 지키지 못해 그만두게 됐습니다. 미주 씨는 연예인을 보려고 온 것 같네요."

확 굳어진 얼굴로 미주라 불린 정장 차림의 여자가 벌떡 일어나 인사도 없이 문을 열고 나가 버렸다. 여자는 그 모습을 지켜보더니 혀를 차고는 다시 야하를 바라보며 말을 했다.

"요즘 애들은. 서야하 씨? 오늘부터 일할 수 있나요?"

"……네."

한 박자 늦은 대답이었지만, 만족스러운 대답이었는지 여자가 싱긋 웃으며 자리에서 일어났다. 눈치껏 여자를 따라 일어난 야하가 뒤따르자 간략하게 해야 할 일을 알려주더니 이내 다른 사람에게 야하를 인계했다.

*

아르바이트를 시작한 지 벌써 2주가 지나가고 있었다. 그동안 마사지사들에게 들은 이야기로는 커다란 선글라스를 쓰고 있는 사람들 중 절반은 눈 성형수술을 감추기 위함이고, 또 절반은 연예인이라는 거였다. 물론 일명 사모님이라 불리는 분들도 많이 있었다.

"어서 오세요. 예약하셨나요?"

문이 열리는 소리에 야하가 고개를 들었다. 170센티미터라는 여자치고는 큰 키인 그녀가 한참을 올려다봐야 될 정도로 남자는 키가 컸다. 남자는 선글라스를 쓰지 않았다. 보통 자신이 연예인이라는 걸 알리기 위해 일부러 선글라스를 쓰고 들어와 이목을 집중시키는 사람들이 대부분이었다.

연예인에 관심이 없는 야하였기에 정확히는 모르겠지만, 지금 들어온 남자의 훤칠한 키와 준수한 얼굴을 보고 연예인일 거라 생각했다. 이럴 경우 난감하다. 당연히 자신을 알아볼 거라는 생각에 이름조차 말하지 않고 들어가 버리는 사람들이 많기 때문이다. 누구시냐고 물으며 잡을 경우, 자신을 알아보지 못한 거에 기분이

상한 걸 감추지 않고 야하를 다그치는 사람들도 있었다.

말없이 한참 동안 자신을 내려다보는 남자와 눈을 맞추었다. 희미한 미소를 띠고 있는 남자의 표정은 복잡해 보였다. 거기에는 놀라움. 경악. 그리고 반가움이 서려 있었다.

'반가움? 누구지?'

"유이건입니다. 예약은 하지 않았는데…… 매니저님은 어디에 있지요?"

예약 시간을 적어놓은 서류를 뒤적이는 야하에게 뻔뻔한 얼굴로 예약은 하지 않았으니 매니저나 불러달라는 남자의 말투가 묘하게 들떠 있었다. 야하가 고개를 들어 빤히 쳐다보는데도 싱긋 웃을 뿐, 매니저를 불러올 때까지 기다릴 태도였다.

"잠시만 기다리세요."

자신이 처음 왔을 때 그녀를 채용한 사람이 매니저다. 매니저의 사무실로 다가가 두 번의 노크 소리를 내자 문 안쪽에서 짧은 대답이 흘러나왔다. 문을 열고 들어가자 매니저는 보고 있던 서류를 내려놓고 말을 하라는 듯 눈짓을 했다.

"유이건이라는 분께서 찾으시는데요."

"유 대표님?"

잘 모르겠다는 야하의 표정에 매니저가 설풋 웃으며 일어나 다가왔다.

"Tesoro 엔터테인먼트 대표야. 오랜만에 오셨네."

모든 일에 차분하고 느릿하던 매니저가 빠르게 걷자 야하도 곧바로 뒤따라 걸었다. 카운터로 왔을 때 느긋하게 기대서서 야하가 가지고 있던 예약 서류를 보던 이건이 두 여자의 기척에 의한 웃음을 보이며 들고 있던 서류를 매니저에게 넘겼다. 그녀가 들여다보자 그가 어느 한곳을 손가락으로 짚었다.

"유정이 예약이 많이 잡혀 있네요?"

"아, 곧 데뷔한다면서요? 집중관리에 들어간다고 박 실장님께서 직접 데리고 오세요."

"으흠. 데뷔 미뤘는데. 이 이후로 예약된 거 다 취소해 주세요."

"네."

데뷔를 코앞에 두고 무산되는 경우가 허다하기에 매니저는 군말 없이 고개를 끄덕이고 야하를 향해 눈짓을 했다. 매니저의 눈빛을 읽은 야하가 컴퓨터 모니터를 띄우고 예약을 지워 나갔다.

"새로 왔나 봐요?"

"네. 전에 있던 애가 그만두게 됐거든요."

무슨 일이 있었는지 안다는 듯 이건이 낮은 소리를 내며 고개를 끄덕였다. 계속해서 야하를 흘끗거리던 이건이 걸음을 옮겼다.

"잠시만 기다리세요. 준비하겠습니다."

척 하면 착이라는 듯 매니저가 야하에게 준비하라는 말을 했다. 이젠 제법 일에 익숙해진 야하가 마사지사를 부르고 수건 등 여러 준비물을 챙겼다.

1인실 룸으로 들어가 준비를 하던 중 인기척이 나자 뒤돌아보았다. 룸으로 들어온 이건에게 짧은 고개인사를 하고 손놀림을 빠르게 했다.

"대학은 졸업 했나요? 나이가……."

그의 질문에 야하가 난감한 표정을 지어 보이자 남자가 말을 해도 괜찮다는 듯 희미한 미소를 보였다. 야하의 입술이 열릴 기미가 없자 남자는 침대에 걸터앉아 대답을 기다리겠다는 듯 팔짱을 꼈다.

"휴학 중이에요."

"나이는요? 스물둘?"

야하는 존대를 하는 듯 반말을 하는 듯 그의 어중간한 말투에 기분이 팍 상해 버렸다. 그녀의 기분을 느낀 것인지 남자의 입가에 전보다 진한 미소가 걸렸다.

"스물넷."

대답을 하고 고개를 획 돌리는 야하의 태도에 이건이 소리를 내며 웃었다. 그러더니 걸치고 있던 가운을 벗고 침대에 엎드려 누웠다.

"스물넷에 휴학 중이라. 4학년이에요? 취업을 못해서 휴학 중?"

"한가하신가 봐요, 처음 보는 사람한테 이것저것 묻는 걸 보니."

이건을 따라 하듯 처음에는 존대를 하다가 뒤에 가서 말을 놓자, 그가 요것 봐라 하는 표정으로 상체를 살짝 들어 올렸다. 단단한 가슴 근육이 힘이 들어가 두드러지고, 상체를 지탱하고 있는 팔은 굵은 힘줄이 튀어나와 진한 남성미를 풍겼다.

"처음 보는지 아닌지 어떻게 알아요?"

"나 알아요?"

묘한 웃음을 지어 보인 그가 한 팔로 얼굴을 지탱하고 야하를 위아래로 훑었다. 무례한 시선에 야하가 똑같이 그를 훑었다. 여름이지만 에어컨을 틀어놓아 비교적 시원한 내부 온도 탓에 얇은 카디건을 걸친 야하와 달리, 마사지를 받기 위해 상체를 탈의한 이건이기에 둘 중 부끄러워해야 하는 사람은 그였다. 하지만 야하의 시선에도 굴하지 않고 오히려 더욱 노골적으로 훑어보는 그 때문에 결국 야하의 얼굴이 붉어졌다.

"그만 쳐다보시죠? 이쯤 하면 성희롱에 해당하거든요?"

"다 가리고 있는 여자를 보는데 무슨 성희롱."

"제가 불쾌감을 느꼈거든요. 신고할까요?"

피식 웃어 보인 그가 고개를 반대로 돌렸다. 동시에 문이 열리고 마사지사가 들어왔다. 야하가 준비를 다 마쳤다는 듯 손을 들어 보인 후 문으로 향했다.

"이름이 뭐예요?"

야하와 자리를 바꾸듯 걸어오던 마사지사가 자신에게 하는 말이냐는 듯 이건을 쳐다봤다. 하지만 그의 시선은 마사지사를 비껴가 야하에게로 향해 있었다.

둘을 의문스런 눈으로 쳐다보는 마사지사 탓에 야하는 어쩔 수 없이 이름을 알려주어야 했다.

"서야하요."

던지듯 내뱉은 말에 이건이 쿡쿡거리며 웃는 소리가 등 뒤로 들려왔다. 막 문을 닫으려던 차에 이건의 목소리가 또 한 번 들렸다.

"반가웠어요, 야하."

쾅!

대꾸도 없이 신경질적으로 닫히는 문소리에 참았던 웃음이 터졌다. 그러다 일순 웃음이 멈췄다. 그 아이를 다시 만난 탓인지, 눈을 감자 십 년 전 그날이 자연스레 떠올랐다. 설마 이렇게 만나게 될 줄은 몰랐는데. 그동안 꽁꽁 감춰두었던 죄스러움이 스멀스멀 다시 피어오르는 듯한 느낌에 뒷목이 뻐근해지고 두통이 일었다. 애써 느긋하며 유유자적한 모습을 보였던 것과 달리 그녀가 자신의 시야에서 사라지자 몸이 긴장으로 뻣뻣하게 굳어갔다.

일의 마무리는 청소다. 물론 혼자 하는 건 아니지만, 잡무를 맡아하는 게 그녀의 일이기에 청소하는 몫도 많았다. 마지막으로 남자 탈의실에 노크를 하고 들어섰다. 당연히 영업이 끝난 탓에 아무도 없겠지만, 남자의 영역이기에 선뜻 그냥 들어가기에는 거부감이 든 탓이다.

야하는 다른 곳을 청소하느라 내내 끌고 다녔던 청소기에서 코드를 뽑아 콘센트에 꽂고 먼지를 빨아들였다. 옅은 피로감이 묻어나는 얼굴로 흘러내리는 머리를 쓸어 넘기기를 반복하다 그녀가 신경질적으로 청소기의 전원을 껐다.

"아이씨."

짜증이 잔뜩 섞인 목소리가 그녀의 입을 타고 적막한 좁은 공간으로 빠르게 퍼져 나갔다. 머리를 묶고 있던 고무줄에 손가락을 걸고 끌어내리자, 다 늘어져 제구실을 간신히 하는 고무줄이 그녀의 손안에 들렸다. 야하는 다시 머리카락을 쓸어 모아 돌돌 만 후 머리를 묶었다. 이미 고무줄이 다 늘어났기에 하나로 묶기에는 어려웠다. 차라리 돌돌 말아 일명 똥머리를 해서 머리카락의 부피를 늘려 묶는 편이 나았다.

야하는 마지막으로 사물함을 하나씩 열고 닫으며 손님이 놓고 간 물건이 없는지 꼼꼼히 살핀 후, 청소기를 챙겨 남자 탈의실을 나서기 위해 문고리를 잡았다. 하나, 손잡이를 잡고 있던 손이 살짝 떨리더니 힘이 들어가지 않는 듯 야하는 그저 손잡이에 손을 얹고만 있었다.

오랜만이다, 목소리가 들리는 것은. 아니, 소리는 들리지 않는다. 글이 머릿속으로 새겨지는 이 느낌. 머리가 지끈거린다. 애써 소리가 나는 곳은 쳐다보지도 않은 채 손에 힘을 주었다. 그러나 이내 포기하고 말았다.

야하는 발을 까딱이며 소리를 내다가 오른쪽 발에 힘을 주고 지탱을 한 후 가볍게 턴을 했다. 반 발짝씩 움직이며 다시 사물함 앞에 섰다. 아무도 없는 걸 알지만, 야하는 주위를 둘러본 후 순식간에 몸을 아래로 숙였다.

사물함 아래는 자신의 팔 굵기 정도는 들어갈 만한 공간이 남아 있었다. 손을 쭉 넣어 더듬거리며 좌우를 왔다 갔다 하자, 뭉쳐 있는 오래된 먼지들이 손가락에 엉키는 게 느껴져 저절로 얼굴이 찌푸려졌다.

"어디에 있는 거야, 대체."

짜증이 섞인 목소리 끝에 작은 탄성이 묻어났다. 야하는 손끝에 간신히 잡힌 걸 끌어당겨 주먹을 쥐어 손안에 넣은 후 팔을 뺐다.

이에 같이 이끌려 나온 먼지들에 한숨이 쏟아졌다. 야하는 차분하게 팔에 묻은 먼지를 털어내고 주먹을 폈다. 그녀의 손안에서 먼지가 묻은 만년필이 모습을 드러냈다. 비싼 것 같지만 꽤 오래 사용한 것인지 세월의 흔적이 묻어났다.

짧은 영상이 머릿속에 스쳐 간다. 준수한 얼굴의 남자가 곱게 포장된 만년필을 앞에 선 남자에게 건네준다. 그리고는 반복해서 선물을 받은 남자의 얼굴을 보여준다. 지금보다는 덜 성숙한 얼굴을 가진 그 남자.

"그 남자 건가 보네."

남자는 이 물건에 의미를 부여했다. 물건도 의미를 부여받는다는 게 어떤 건 줄 안다. 사람들은 물건에게 의미를 부여하면 소중하게 대하게 마련이다. 물건은 그에 보답을 하듯 주인을 기억한다. 남들이 들으면 한낱 생명도 없는 물건 따위가 기억을 하냐고 미친 소리라 하겠지만, 그 의미를 자신은 보고 들을 수가 있었다. 남들과 다른 자신의 이런 점이 지독히도 싫지만, 피할 수 없는 게 현실이다. 피하려 했지만 자신의 성격상 그 물건을 주우러 다시 되돌아오곤 했다. 의미가 없는 물건을 좋아하는 게 그 이유였다. 조금이나마 삶이 편해지니 말이다. 그렇기에 자신은 그 어떠한 물건에도 의미를 부여하지 않는다.

야하는 만년필을 주머니 속에 넣은 후 다시 청소기에서 코드를 뽑아 콘센트에 꽂은 후 사물함 밑에서 나온 먼지를 빨아들였다.

*

여기에도 없다. 혹시나 사무실에 놓고 나온 건 아닐까 해서 급히 돌아와 이곳저곳을 뒤졌지만 보이지 않았다. 의자에 털썩 앉아 머리를 헝클어뜨렸다. 깊숙이 몸을 의자에 묻은 후 다리로 의자를 돌려 창밖을 바라봤다. 어둑해진 하늘은 별이 하나 반짝이고 있었다. 그 별빛마저 눈이 부셔 미간을 찌푸리고 눈을 감았다. 그리고는 오늘 하루를 머릿속에 다시 그려 나갔다.

'아침에 일어나서 물을 한 잔 마시고, 샤워를 하고 나서 뭐 했더라. 아, 신문을 봤지.'

최근에 소속사 배우 중 한 명이 모 기업 사장 아들과 만난다는 이야기가 새어 나갔다. 기자의 입막음은 완벽하게 해두었지만, 안심할 수 없는 게 이 바닥이다. 혹시나 밤에 자는 사이에 기사가 터지지는 않았을까 하는 우려감에 요즘 아침에 일어나자마자 신문 연예면을 확인하고 있었다.

'그리고는 나갈 준비를 하고, 만년필을 재킷 안쪽 주머니에 꽂고 차 키를 들고 나갔지. 아침에 회사를 한 바퀴 둘러보고. 흐음, 사무실에서 만년필을 썼는데.'

영화사와 계약 때문에 분명 만년필을 꺼냈었다. 그 뒤로 챙겼는지 기억이 나지 않는다. 계약서를 챙겨 서랍에 넣은 후 서랍을 잠그고 가뿐한 걸음으로 마사지를 받으러 향했던 자신이다. 뜻하지 않은 만남에 놀라고 긴장한 탓인지 마사지를 받고도 찌뿌드드한 몸에 옷을 걸치고 습관적으로 가슴 쪽을 더듬거리다 평소와 달리 평탄한 느낌에 눈이 번뜩였다. 주위를 둘러보며 혹시나 옷을 입다가 떨어뜨렸을까 싶어 찾아보았다. 다시 옷을 벗어 털털 털어보기도 하고, 사물함 밑에도 핸드폰으로 플래시를 비춰보기도 했지만, 찾을 수 없었다. 사무실에 놓고 왔을 거라는 생각에 곧장 사무실로 왔지만, 이곳에서도 찾지 못했다.

"아, 오늘 일진 왜 이러냐."

선물을 받은 뒤로 항상 지니고 다니던 물건이다. 계약이 있을 시에는 그 만년필만을 사용했다. 손바닥으로 거칠게 마른세수를 하다 벌떡 몸을 일으켰다. 이럴 땐 술 한잔하는 게 딱이다. 그러다 마음이 맞는 여자를 만나면 더할 나위 없이 좋고.

찜찜한 기분을 털어버리듯 손등으로 옷을 탈탈 턴 후 이건이 사무실을 나섰다. 이건은 문을 닫기 전 혹시나 하는 마음에 책상과 바닥을 꼼꼼하게 살펴보다가 고개를 절레절레 젓고 불을 끄고 문을 닫았다.

*

아침부터 기분이 가라앉았다. 통장에 찍힌 40만 원. 엄마는 단 한 번도 입금을 잊은 적도, 날짜에 늦은 적도 없다. 벌써 8년째이다. 8년 전에는 20만 원이었다. 기숙사가 있는 고등학교를 다녔기에 큰돈이 필요하지는 않았다. 용돈만 있으면 됐다. 하지만 참고서를 사는 달이면 조금 빠듯했다. 그러다 대학교에 입학할 때 10만 원이 더해진 30만 원이 들어왔다. 입학 때는 전액 장학금이었기에 괜찮았지만, 학기 중 공부와 아르바이트를 병행하다 보니 성적이 떨어졌고, 장학금은 다른 학생에게 넘어갔다. 엄마에게 전화로 그 사실을 알렸지만, 묵묵부답이었던 엄마는 그저 다음달에 10만 원을 더 입금했을 뿐이다. 그 뒤로 돈에 관해서는 말을 하지는 않았다. 휴학과 복학을 반복하다 보니 학교 기숙사에 있을 수도 없었다.

'대학은 졸업할 수 있을까. 언제쯤일까.'

그러지 않아도 아침부터 피곤한데, 개강 전임에도 불구하고 과 동생들에게서 문자가 왔다. 왜 학교에 오지 않았냐고, 오늘 개장 전에 교수님들을 모시고 진행하는 오티인 거 몰랐냐고. 휴학했다는 짧은 문자를 보내자, 다음에 같이 술 한잔하자는 답장이 왔다.

오전에 빽빽한 예약 때문에 정신없이 일을 하고 나자 느긋한 점심시간을 맞이할 수 있었다.

"야하 씨, 매니저님이 찾아요."

"저를요?"

"응. 뭐, 월급날이라 부른 거 아닐까? 야하 씨는 처음 받는 건데, 한 달 꽉 채워서 일을 한 건 아니니 조금 적을 거다. 뭐, 이런 이야기하려고 부르셨을걸? 전에 나도 그랬거든."

들어온 지 반년이 된 마사지사의 말에 그런가 보다 하며 고개를 끄덕이고는 점심은 조금 늦게 먹어야겠다고 생각하며 몸을 일으켰다.

야하는 문 앞에 서서 괜스레 카디건의 소맷자락을 쓸어내린 후 노크를 했다. 매니저의 목소리가 들린 후에야 조심히 문을 열고 들어섰다. 그녀가 고개를 살짝 숙여 인사한 후 들어 올렸을 때, 매니저와 나란히 앉은 이건의 모습이 눈에 들어왔다. 항상 다정하기만 하던 매니저의 얼굴이 굳어 있었다. 옆에 앉은 이건의 입매는 웃는 듯 풀려 있었지만 눈가가 굳어 있었다.

"찾으셨어요."

"이쪽으로 와 앉아요."

매니저의 눈이 야하를 쏘아보듯 눈초리가 날카로웠다. 이에 야하가 분위기를 살피는 듯 반대편에 마주 앉으며 두 사람을 눈동자만 굴려 번갈아 본 후 반듯하니 앉아 손을 단정하게 포개어 무릎 위에 얹었다.

한참 동안 두 사람 모두 말없이 야하만을 쳐다보았다. 추궁하는 듯한 매니저의 눈초리와 알 수 없는 이건의 시선에 야하의 얼굴이 조금씩 굳어갔다. 야하는 좋지 않은 느낌이 전신을 감싸자 온몸이 저릿해지더니 뻣뻣해졌다. 째깍째깍 시간이 흘러가는 소리만이 주위를 감싸고 있었다.

"할 말 없어요?"

무슨 상황인지 질문을 해야 할 사람은 불려 온 자신임에도, 먼저 질문을 던진 사람은 자신을 부른 매니저였다. 두 사람의 눈을 피해 탁자 위를 쳐다보며 생각을 했다. 이건도 있는 걸 보면 저 사람도 관련이 있는 거라는 생각에 그를 처음 만난 날로 돌아갔다.

순간 야하의 얼굴에 낭패감이 일었다. 이에 매니저의 얼굴은 더욱 차가워졌고, 이건 또한 느슨했던 입매가 굳어가는 것이 보였다.

"죄송합니다."

이건과의 만남은 좋지 않은 기억이다. 짓궂은 그의 장난에 놀아나지 않으려 손님인 그에게 불친절하게 대했다. 지금 마사지샵의 손님들은 Tesoro 엔터테인먼트 소속의 연예인들, 또는 예전에 그 소속사였던 연예인들이 대부분일 정도로, Tesoro 마사지샵과 Tesoro 엔터테인먼트의 유대감은 깊었다. 그런 Tesoro 엔터테인먼트사의 대표에게 그런 행동을 했으니……. 이상한 건 일주일이 지나서야 찾아온 그다. 먼저 시작을 했던 건 그라는 사실과 일주일이 지난 지금 매니저에게 Complain을 했다는 치사함에 그를 노려보다 눈이 마주쳤다.

"뭐가 죄송하다는 거죠?"

고저 없는 목소리가 그의 입을 따라 흘러나왔다. 일주일 전, 장난기 가득했던 목소리를 가진 남자와 동일 인물로 보이지 않을 만큼 그의 얼굴은 싸늘했다.

"그날, 언짢으셨다면 죄송합니다. 제가 무례하게 굴었습니다."

전혀 미안함이 담기지 않은 얼굴을 하고서 내뱉는 말에 이건의 딱딱한 얼굴에 금이 갔다. 다시 한 번 정적이 흐르자 답답한 야하가 낮은 한숨을 내뱉었다.

"그게 다입니까."

사과도 받아주지 않는 그의 모습에 뭘 더 어쩌라는 듯 야하가 난처한 표정을 지었다.

"제가 어떻게 해야 풀리시겠어요? 그만두길 원하신다면 그만두겠습니다."

"야하 씨, 지금 야하 씨가 그만둔다고 해서 해결될 일이 아니에요."

처음으로 듣는 매니저의 차가운 말에 야하가 들으라는 듯 한숨을 내뱉었다. 매니저가 쏘아보는 걸 알면서도 한숨이 또 이어졌다. 담담한 표정으로 흘러내린 머리를 쓸어 넘기고 무릎 위로 올려놓은 그녀의 손이 북받치는 감정을 누르려고 꽉 쥐는 탓에 피가 통하지 않아 하얗게 질렸다.

"제가 그날 무례하게 행동했던 건 인정합니다. 하지만 그날…… 손님도 제게 무례한 행동을 하셨습니다."

순간적으로 그를 대표님이라 해야 하나 고민을 하다가 작은 반발심에 그냥 손님이라 칭했다.

"잠깐."

손을 들어 야하의 말을 막은 이건이 느긋하게 소파에 등을 기댔다. 그리고는 탐색을 하듯 앞에 앉은 야하를 천천히 훑었.

자신의 시선에 불쾌감을 감추지 않고 맞받아치는 야하의 시선에 피식 웃음이 삐져 나왔다. 주먹을 쥔 손이 툭 치면 부서질 듯 얼어 있는 것 같아 거슬렸다.

"손에 힘 좀 빼지?"

자신의 주먹을 내려다본 야하가 살짝 힘을 뺐는지, 순식간에 혈관을 타고 흘러들어 온 피로 인해 창백함을 면한 손을 확인한 후, 이건은 다시 고개를 들어 야하와 눈을 마주쳤다.

"지금 핀트가 어긋난 것 같군요. 혹시 천벌이라는 드라마를 봤습니까? 그 드라마에 출연했던 여자주인공 김성아라는 여배우를 알아요? 이곳에 남자와 왔던 걸 본 적이 있나요?"

무슨 말을 하는 건지. 뜬금없는 질문에 야하의 눈이 미친 사람을 보는 듯 거부감을 담고 이건을 쳐다봤다. 반면, 옆에 앉아 있던 매니저의 얼굴에 당황함이 서리더니, 침을 꼴딱 삼키고는 이건을 향해 몸을 틀었다. 매니저가 입을 열기 전 야하의 목소리가 먼저 들렸다.

"아니요. 그 드라마를 본 적이 없고, 그 여배우가 누군지도 모릅니다."

"저, 대표님. 아닌 것 같습니다. 죄송합니다."

갑작스런 매니저의 사과에 야하가 의아한 얼굴로 매니저를 쳐다보다가 옆에 앉은 이건에게 시선을 돌렸다. 이건의 얼굴에 난처함이 깃들더니 머리가 지끈거리는지 오른손으로 관자놀이를 지그시 누르며 야하에게 시선을 돌렸다.

"미안하군요. 번지수를 잘못 찾은 것 같아요. 잠깐만 자리 좀 비켜주시겠습니까."

불러서 추궁을 하더니 갑자기 사과를 하고는 다시 나가라는 이건의 태도에 슬슬 열이 뻗쳐오르는지 야하의 어깨가 크게 들썩였다. 벌떡 일어나 고개만 까딱이고 문을 열고 나가는 야하의 뒷모습에 남은 두 사람의 표정이 동시에 굳어졌다.

"아닌 것 같죠?"

"네. 그러고 보니 김성아 씨가 그분과 여기에 왔을 때는 야하 씨가 일하기 전이었어요. 죄송합니다."

고개를 숙여 사과하는 매니저의 정수리를 보며 짙은 한숨을 내뱉었다. 그동안 조마조마해하며 우려하던 일이 결국 터졌다. 곧 터질 기사를 온 인맥을 동원해 겨우 다 막아놨더니, 엉뚱한 곳에서 기사가 터졌다. 생각지도 못했던 작은 미디어 회사에서 나온 스캔들 기사는 걷잡을 수 없이 빠르게 인터넷을 통해 퍼져 나갔다. 이럴 때는 인터넷이 활성화되지 않았던 때가 그립다.

스캔들 기사를 역으로 파고들자, 기사를 넘겨준 사람이 이곳 Tesoro 마사지샵에서 근무하는 아르바이트생이라는 걸 알아냈다. 정확한 정황을 알기 위해 바로 Tesoro 마사지샵을 찾아왔던 그였다. 그의 말을 들은 매니저가 바로 야하를 불렀다. 정확한 증거도 없이 그녀를 추궁한 건 그도 마찬가지였으니 매니저만의 잘못은 아니다.

"아닙니다. 제 잘못도 있죠. 그나저나 서야하 씨에게 미안하게 됐군요."

"아무래도 이전에 잘린 아르바이트생인 것 같아요. 야하 씨에게는 제가 잘 설명하겠습니다. 죄송합니다."

"저에게 그렇게 사과하실 거 없습니다. 괜찮습니다."

"아닙니다. 이전 아르바이트생 관리를 잘못해서 생긴 일이니 저희 쪽 잘못이죠."

애초에 이곳 Tesoro 마사지샵을 개업하는 조건은 단 하나였다. 연예인들의 사생활을 보호하는 것. 더욱이 Tesoro 엔터테인먼트사 소속 연예인이라면 작은 소문 하나 빠져나가지 않도록 철저하게 관리를 해야 했다. 실질적인 Tesoro 마사지샵의 사장은 유이건, 그였다. 그의 눈치를 살피던 매니저는 전 아르바이트생을 생각하며 이를 갈았다.

"그런데 야하 씨가 사과를 한 일은 뭐예요? 혹시 야하 씨가 무례한 행동을 했나요? 그런 행동을 할 사람은 아닌데."

뒤늦게 야하를 감싸는 매니저의 행동에 이건의 얼굴에 살포시 미소가 서렸다가 사라졌다.

"아, 아무것도 아닙니다. 그건 서야하 씨와 단둘의 이야기니 신경 쓰지 않으셔도 됩니다."

이건은 매니저의 호기심 어린 표정에도 모르는 척 그저 담담히 매니저와 눈을 맞췄다.

아까부터 계속해서 울리는 전화에 자리에서 일어난 이건이 기자회견 준비를 위해 걸음을 옮겼다. 카운터를 지나가던 중 고개를 숙이고 앉아 있는 야하의 모습이 그의 눈에 들어왔다. 카운터 앞으로 걸어간 이건이 노크를 하듯 데스크를 탁탁 두드리자 야하가 고개를 들었다.

"미안합니다. 오해가 있었네요. 지금 매니저실로 다시 가봐요. 매니저님이 다 설명해 줄 겁니다."

이건은 최대한 미안한 표정과 부드러운 미소로 이야기를 했음에도 찬바람을 날리며 돌아서서 가버리는 야하의 태도에 멍해졌다. 계속해서 울리는 전화기로 인해 주머니 속 가득 진동이 울려 퍼지고 있었지만, 이건은 쉽게 자리를 벗어나지 못했다.

"그 이야기 들었어? 둘이 약혼한다며?"

"뻔하지 뭐. 그 남자 완전 망나니라잖아. 그러지 않아도 그 남자가 회사 이미지 다 깎아먹고 있는데, 여배우랑 스캔들까지 나봐. 회사 이미지 실추가 얼마나 큰일인데. 그래서 부랴부랴 약혼으로 무마하는 거라던데?"

"나도 들었어. 어쩔 수 없이 하는 약혼이래. 그 잡지 봤어? 둘의 첫 만남부터 약혼까지 연애사가 실렸는데 딱 봐도 지어낸 것 같더라. 아, 그 여배우 Tesoro 엔터테인먼트하고 계약 끝나간다며? 재계약하는 일은 없을 거라고 하던데?"

"나라도 재계약 안 하겠다. 이번 스캔들 때문에 Tesoro 엔터테인먼트도 손해 많이 봤잖아. 김성아가 찍은 CF의 계약 조건에 계약 기간 내에 열애설이 있을 시에 계약금의 배로 손해배상을 해야 한다는 조항이 있었대."

세 명의 직원이 나누는 이야기가 휴게실을 메우고 있었다. 세 명의 여자는 소곤거리는 목소리라고 하기에는 조금 큰 목소리로 대화를 나누고 있었다. 소파에 앉아서 쉬고 있는 야하가 눈에 들어오지 않은 게 아니라면, 굳이 남을 신경 쓸 정도의 이야기가 아니라고 판단을 한 것 같다. 대화의 주제는 최근에 가장 이슈가 된 스캔들에 관한 것이었다. 이야기를 다 나눈 것인지 여자들이 주섬주섬 먹던 간식거리를 챙겨 들고는 휴게실을 나갔다.

달칵.

문이 닫힘과 동시에 야하의 눈이 떠졌다. 눈동자를 굴려 자신만 남아 있음을 확인한 야하가 엉덩이를 조금 더 앞으로 당겨 소파에 깊숙이 몸을 묻었다. 그 스캔들 기사의 제보자로 몰렸던 일이 생각난 그녀의 입매가 단단하게 굳어졌다.

　미안하다고 사과를 한 매니저에게 그만두겠다는 말을 한 지 3일이 지났다. 오해이니 그냥 참고 넘어갈 수도 있었겠지만, 그 순간의 화를 참지 못했었다. 자신을 추궁하던 그 눈빛들을 생각하자 다시 한 번 짜증이 솟구쳤다. 어렸을 때부터 그런 눈빛을 받았던 기억 탓인지 참고 넘어갈 만했음에도 그러지 못했다. 하지만 시간이 흐르니 다시 일자리를 알아봐야 한다는 부담감에 조금 참을 걸 하는 뒤늦은 후회를 하고 있었다.

　조금 쉬어야지 했던 게 벌써 퇴근 시간이다. 곧 그만두기로 해서인지 일할 의욕도 없어 대충 청소를 마무리하고 카운터로 향했다. 주위를 둘러본 후 컴퓨터를 켜 취업정보 사이트에 접속을 했다. 무심한 손길로 마우스를 클릭하다가 빨리 구해야지 싶어 자세를 바로 하고 모니터에 집중했다. 세 군데의 취업정보 사이트를 동시에 접속해서 검색을 하던 중, 모니터에 그늘이 드리워지더니 저음의 목소리가 들렸다.

　"취업 준비 중? 아니다. 아직 4학년이라 하지 않았나?"

　카운터에 기대어 몸을 앞으로 쭉 빼서 컴퓨터 화면을 들여다보고 있는 이건과 눈이 마주친 야하가 화들짝 놀라며 발을 굴러 의자를 뒤로 빼 물러났다. 깜짝 놀란 야하의 모습에 이건이 미안한 얼굴로 사과를 했다.

　"미안. 놀랐어요?"

　"영업 끝났는데요."

　다시 발을 굴러 의자를 앞으로 끌어 컴퓨터 앞으로 다가앉은 야하가 빠른 손놀림으로 인터넷 창을 차례로 끄고 컴퓨터까지 껐다. 영업이 끝났다는 말에도 유유자적한 모습으로 야하의 행동을 지켜보던 이건이 손을 뻗어 그녀의 얼굴에서 흘러내린 머리카락을 쓸어 넘겼다. 흠칫하며 다시 한 번 놀란 야하가 의자를 뒤로 빼더니 단숨에 일어났다.

"흐음. 머리끈 다시 사야 할 것 같은데?"

그러지 않아도 사야지 했던 머리끈이었다.

상관 말라는 얼굴로 돌아서서 카운터를 빠져나와 걸어가는 야하의 뒤를 이건이 따랐다.

"그런데 취업하게? 학교는?"

"원래 그렇게 남의 사생활을 궁금해해요?"

"남이라니, 서운하게."

뒤돌아 따지려던 야하는 정말 서운하다는 듯한 얼굴을 하고 있는 이건의 모습에 할 말을 잃었다. 야하는 어차피 이제 볼 사람도 아니라는 생각에 더는 귀찮게 굴지 않기를 바라는 마음으로 입을 뗐다.

"다른 아르바이트 알아보고 있어요."

야하는 이제 됐겠지 하는 마음으로 뒤돌아 직원전용 탈의실로 향했다. 옷을 갈아입거나 할 거는 아니었지만, 문을 잠그고 그녀 자신의 개인 사물함을 열었다. 곧 그만두기에 미리 준비를 하는 게 좋다. 가져다 놓은 개인 물품이 많은 건 아니었기에 딱히 챙길 것도 별로 없었다.

똑똑.

"네."

노크 소리에 짧게 대답을 했다. 거의 다 퇴근을 한 걸로 알고 있는데, 혹시 아직 옷을 갈아입지 않은 직원이 있나 싶어 빠른 손놀림으로 카디건을 걸어놓고 가방을 챙겨 들던 중 사물함에 고이 놓아둔 만년필이 눈에 띄었다. 그동안 잊고 있었는데 아직 그가 가지 않았다면 주인에게 돌려줘야겠다 싶어 만년필을 집어 들고는 잠가놓은 문을 열었다.

문을 열자 다시 한 번 노크를 하려던 참이었는지, 살짝 주먹을 쥔 채 손을 올리고 있는 이건이 앞에 서 있었다.

"여기는 여직원 탈의실인데요."

"설마 내가 그걸 모를까."

주먹을 쥔 손을 내리고 허리를 짚은 그가 문을 막아서더니 전혀 비킬 생각이 없다는 듯 야하를 지그시 내려다봤다.

"비켜주세요."

"왜? 여기 그만두려고?"

"네."

퉁명스러운 야하의 대답에 이건이 눈을 살짝 치켜들더니 심각한 표정으로 허리를 숙여 그녀에게 얼굴을 가까이 가져왔다. 야하가 반사적으로 허리를 뒤로 휘며 거리를 두었다. 제법 유연해 보이지만, 뒤로 넘어갈 듯한 야하의 모습에 이건이 다시 허리를 세웠다.

"왜? 지난번 일 때문에? 그건 정말 미안하게 됐어요. 사과할 테니 계속 일해요."

"이미 다른 아르바이트생이 다음 주부터 출근하기로 했는데요."

"아직도 화가 안 풀렸나?"

자신이 왜 이런 이야기를 마사지샵의 사장도 아닌 옆 건물 대표와 해야 하나 생각이 드는 야하가 고개를 절레절레 저으며 옆으로 난 작은 틈으로 그를 비켜갈 수 있을까 하는 생각을 했다. 야하의 시선에 의도를 알아챈 것인지, 이건이 다리를 더욱 벌려 남은 공간마저 차단했다.

"화 좀 풀지? 미안하다고 진심으로 사과하는데."

사실상 그는 정말 진심으로 미안함을 표했었다. 매니저님도 마찬가지였다. 쓸데없는 싸움은 그나마 남아 있는 기운마저 소진시키므로 한발 물러서기로 했다.

"화 풀었어요. 일은, 그냥 그만두는 거예요. 힘들어서요."

"안 힘든 일이 어디 있어?"

"그러게 말이에요."

자조적인 말투에 이건이 움찔했다. 생명의 은인의 딸을 마주하고 있는 지금, 그는 무척이나 혼란스러웠다.

가끔 생각을 했었다. 울고 싶어도 마음껏 울지 못하는 사람처럼 창백한 얼굴로 앉아 있던 그 아이. 그러다 고작 넘어진 걸로 몸에 있는 물을 다 쏟아낼 것처럼 울어대던 그 아이. 잘살고 있기를 바랐다. 그 아이를 이런 상황에서 만나게 될 줄은 몰랐다.

"그래서 새 아르바이트는 구한 건가?"

조금 전까지만 해도 여러 사이트를 검색하던 그녀를 봤기에, 속으로 아직 새 일자리를 구하지 못했다는 거에 자신의 회사를 걸었다.

"아니요."

'으음. 회사를 잃을 일은 없고.'

자신만의 내기에서 이긴 이건이 작은 웃음을 내비쳤다. 그의 웃음을 본 야하는 자신을 비웃는 것 같은 느낌에 얼굴이 굳어졌다. 그녀의 기분을 알아챈 이건이 재빨리 변명을 했다.

"비웃은 거 아니에요. 갑자기 생각난 게 있어서……."

"됐어요. 이거나 받으세요."

더는 말을 섞기 싫은 야하가 손에 들린 만년필을 내밀었다. 그녀의 손에 들린 물건을 확인한 이건이 놀란 표정을 감추지 않았다. 야하가 어서 가져가라는 듯 손을 더욱 내밀자 이건이 기꺼이 만년필을 받아 들었다.

"한참 찾았는데. 어디서 찾았어요?"

"탈의실 사물함 밑에서요."

"어? 나 거기도 찾아봤었는데. 내가 찾을 때는 안 보이더니."

이제 그만 보내달라는 듯 야하가 고갯짓을 하자 이건이 순순히 물러섰다. 그런데 보내줄 줄 알았던 그가 지나치는 순간 야하의 손목을 잡아 세웠다.

"또 왜요?"

"그냥 가면 섭섭하지, 잃어버린 물건까지 찾아줬는데. 갚을 기회를 줘요."

만년필을 흔들어 보이며 찡긋 윙크까지 하는 그의 태도에 또 한 번 할 말을 잃었다. 잡힌 손을 빼내려 흔들어보았지만, 전혀 놓아줄 생각이 없다는 듯 더욱 힘을 주어 옥죄어오는 그였다.

자기 뜻대로 되지 않으면 될 때까지 상대방을 건드리는 사람이란 걸 짧은 몇 번의 만남으로 알아차린 야하가 이건을 마주하며 섰다.

"잃어버린 물건을 주우면 주인을 찾아주는 게 제 업무 중 하나이니 이러시지 않아도 돼요."

"무슨 업무까지야."

아주 거창한 말로 거절을 한다는 듯 피식 웃은 이건이 손목을 잡은 손을 흔들었다. 그에 잡힌 야하의 손도 따라 흔들렸다. 마치 어린아이가 장난감을 사달라고 조르듯이 이건이 야하의 손을 잡고 흔들며 간절한 눈빛까지 보였다.

"이 만년필이 내 것인지 어떻게 알았어요? 이거 진짜 나한테 중요한 거예요. 찾아줬으니 감사의 표시를 하게 해줘요."

꼭 갚겠다는 듯 반말과 존댓말을 섞어 쓰던 이건이 반말을 버리고 정중한 말투로 말했다. 그의 질문에는 답할 생각이 전혀 없는 야하가 다시 한 번 정중하게 거절을 했다.

"제가 시간이 없네요. 밥은 먹은 걸로 하겠습니다."

"어라? 난 밥을 사준다는 말은 한 적 없는데?"

보통 빚을 진 사람들이 가볍게 그 빚을 갚을 만한 수단으로 식사를 대접한다. 그 또한 그럴 것이라 생각을 했기에 식사 거절의 말을 한 것인데, 무슨 뜬금없는 소리를 하냐는 듯한 이건의 태도에 정말 뜬금없는 사람이 된 듯한 기분이 들었다.

"그럼 어떻게 감사의 표시를 하겠다는 건데요? 감사의 선물이라도 사주시게요?"

"무슨 선물까지야. 새로운 아르바이트 자리를 제공해 줄게요. 우리 회사로 다음 주부터 출근해요. 자, 여기 내 명함. 아홉 시까지 와서 전화해요. 경비가 잡을 테니 들어오지는 못할 거야. 그럼 다음 주에 봅시다."

자신은 할 말을 다 했다는 듯 만년필을 재킷 안쪽 주머니에 꽂더니 껄렁껄렁한 태도로 가볍게 거수경례를 하는 것으로 인사를 대신한 이건이 넓은 보폭으로 성큼성큼 멀어져 갔다. 멍하니 그 뒷모습을 바라보던 야하가 손에 들린 네모난 코팅된 종이를 쳐다봤다. 검은색 명함에는 직위와 이름, 그리고 전화번호가 적혀 있었다. 야하는 물끄러미 보던 종이에 적힌 글을 무심코 소리 내어 읽었다.

"Tesoro 엔터테인먼트사 대표 유이건."

2

  절대 이곳은 오지 않겠다고 생각했던 야하는 마땅한 아르바이트를 구하지 못해 결국 이곳에 오고 말았다. 짧은 기간이었지만 보수가 좋았던 마사지샵 건물을 보다가 고개를 돌려 옆 건물로 시선을 두었다. 곰곰이 생각하는 듯 한참을 건물만 바라보다가 바지 주머니에서 종이 쪼가리를 꺼냈다. 그녀는 구겨진 검은색 명함을 마음에 들지 않는다는 듯 입술을 깨문 채 훑어보다가 반대 주머니에서 핸드폰을 꺼냈다. 폴더를 열고 열한 자리 번호를 꾹꾹 누른 후, 망설이다가 통화버튼을 눌렀다. 세 번의 신호음이 채 들리기도 전에 이제는 제법 익숙해진 목소리가 흘러나왔다.

  〈유이건입니다.〉

  야하는 선뜻 말을 꺼내지 못하고 머뭇거리다가 그냥 전화를 끊어버렸다. 한숨을 쉬고 몸을 돌려 걸음을 옮기려던 야하는 자신을 막는 커다란 몸에 깜짝 놀라 가려던 방향과는 다르게 뒷걸음질쳤다. 그런 그녀의 어깨를 커다란 손이 잡아 더는 뒤로 물러나지 못하게 막았다.

"말없이 전화를 끊는 심보는 뭡니까?"

'여기까지 와서 그쪽에게 전화를 건 걸 후회하는 심보지 뭐겠어요.'

야하는 미처 내뱉지 못한 말을 목구멍 안으로 다시 집어넣으며 입술만 자근자근 씹었다. 잡힌 어깨를 내려다보며 놓아달라는 야하의 눈짓에 이건이 웃으며 따라오라는 듯 어깨를 툭 치더니 앞서 걸어갔다. 연예인 못지않은 그의 외모 탓인지 지나가는 사람들이, 특히 여자들이 다들 한 번씩 돌아보며 수군거리는 게 보였다. 기다란 다리로 성큼성큼 걸어가던 이건이 다시 뒤돌아서더니 삐딱하게 서서 손가락 두 개를 까딱거렸다. 순간 생기는 반항심에 야하가 똑같이 삐딱하게 서서 고개를 흔들어 싫다는 표시를 했다. 그러자 이건이 허리에 손을 얹고 하늘을 올려다보더니 삐딱하게 서 있는 야하에게 성큼성큼 다가왔다.

"아, 이 아가씨 은근 귀엽게 구네."

전혀 귀엽지 않다는 얼굴과는 반대로 귀여워 죽겠다는 듯 말을 하던 이건이 야하의 뒤에 서서 등을 강하게 한 번 밀었다. 이건의 힘에 밀려 그가 되돌아왔던 길을 같이 걷게 된 야하가 낮은 한숨을 내쉬었다.

"오늘은 머리 풀고 왔네?"

어느새 등을 밀던 손이 야하의 어깨쯤에서 흔들거리는 머리카락을 손가락에 감았다 풀기를 반복하며 살가운 장난을 치고 있었다.

"그만하시죠?"

"오호, 귀여운데다가 도도하기까지."

내쳐진 손을 주먹을 쥐었다 펴며 야하를 지나쳐 앞서 걸어가 경비원에게 살짝 고개를 숙여 인사를 해 보인 이건이 커다란 유리문을 열고 들어서더니 야하가 들어올 수 있도록 문을 잡고 기다렸다.

"저 그냥 돌아갈게요. 다른 일자리 알아봤어요."

"고집하고는. 아직 못 구했으니 여기까지 온 거겠지. 어서 들어와요."

에라, 모르겠다라는 심정으로 한 걸음 내딛어 건물 안으로 들어섰다. 근무 조건을 들어보는 게 시간낭비일지라도 그냥 가버리기에는 자신의 앞에 선 남자도 고집이 만만치 않았다.

1층은 꽤나 넓은 휴게실 같은 분위기였다. 듬성듬성 소파와 테이블이 놓여 있지만, 인테리어에 많이 신경 쓴 게 확연하게 보였다. 각기 다른 색의 벽과 소파들로 인해 공간이 구분되어 있는 듯한 느낌이 들기도 했다.

이건을 따라 엘리베이터 앞에 서자 지하에서 올라오는지 깜빡이는 숫자가 B1에서 1로 바뀌었다.

"먼저 올라타시지요."

열림 버튼을 누르며 옆으로 한 걸음 물러나 공간을 내어준 이건을 지나쳐 먼저 올라타자 그가 뒤따라 올라탔다.

"안녕하세요."

먼저 타 있던 남자 두 명이 이건을 향해 인사했다. 웃으며 인사를 받는 그를 지나쳐 자신을 보며 궁금증을 내비치는 두 남자의 시선을 사뿐히 외면한 채 야하는 오른쪽에 있는 버튼을 유심히 살폈다.

"역시 도도하다니까."

웃음이 섞인 목소리가 들림에도 묵묵히 서 있는 그녀가 재미있는지 이건이 연신 쿡쿡거리며 숨죽여 웃었다.

"누구예요? 신인?"

"신인은 무슨. 새로 일하게 된 직원이야. 인사해. 이쪽은 영화배우 유원. 그리고 그 매니저 강정훈. 이쪽은 내 비서 서야하."

이건의 말 한마디에 그의 비서가 된 야하가 입을 꾹 다물며 그를 노려보았다.

"안녕하세요."

그러다 갑자기 들리는 두 남자의 목소리에 야하가 얼결에 고개를 숙여 인사했다. 즐거운지 입가에 미소가 떠나지 않던 이건이 다정스레 야하의 어깨에 팔을 걸쳤다.

"내 비서니까 서열 2위야. 괴롭히지 말고 잘 대해주라고."

배우라 소개했던 남자가 웃으며 고개를 끄덕였다. 괜히 배우가 아닌지 잘생긴 얼굴에 서린 미소에 야하의 굳었던 얼굴이 스르르 풀렸다.

두 남자가 먼저 내리고 나서야 이건이 어깨에 걸친 팔을 내렸다. 자신을 돌아보지 않고 꼿꼿이 선 야하의 머리카락을 다시 한번 손가락에 감았다가 풀었다. 손가락 사이로 스르르 감겼다가 풀리는 느낌이 마음에 드는지 이건의 입꼬리가 슬쩍 올라갔다. 하지 말라는 듯 머리를 흔드는 야하의 머리카락 끝을 꽉 잡자, 머리를 흔들다 느껴지는 따가움에 야하가 뒤를 돌아봤다.

"내리자."

타이밍 맞게 엘리베이터 문이 열리자 이건이 모르는 척 먼저 내려 흘끔 뒤를 쳐다봤다. 내심 다시 엘리베이터를 타고 내려가 버리면 어쩌나 싶었는데 다행히 잘 따라오고 있었다.

중간쯤 문 앞에 서서 이건이 지문인식을 하자 '삑' 소리와 함께 문이 열렸다.

"여기 7층은 내 사무실. 저쪽 끝에 문 보이지? 가끔 내가 사용하는 침실. 들어와요."

생각보다 그리 넓지 않은 사무실이었다. 이건의 손짓에 따라 소파에 앉자, 책상 서랍에서 서류봉투를 꺼내온 그가 상석에 앉았다.

"이건 계약서. 오늘부로 바로 일을 하면 되는데, 무슨 일을 하냐면 말이지……."

"저기요, 저 일한다고 한 적 없는데요?"

"알아. 지금 그래서 내가 우리 회사에서 일 좀 해달라고 사정하는 거잖아."

이게 무슨 사정이냐는 듯한 야하의 시선을 느꼈음에도 뻔뻔한 얼굴로 이건은 계약서를 건넸다.

"나중에 복학할 거지? 그러니 연봉제가 아닌 월급제로. 그렇다고 해서 상여금을 포함 안 시켜주는 건 아니고. 가끔 일 잘하면 보너스도 줄게. 나 통 큰 남자거든."

야하가 이건이 건네준 계약서를 받아 들었다. 단 한 장으로 이루어진 간략한 계약서였다. 꼼꼼히 살피던 야하가 미간을 찌푸리자 이건이 허리를 숙여 가까이 다가갔다.

"왜? 마음에 안 드는 부분이 있어?"

"월급이 왜 이리 많아요? 일반 직장인보다 많은 거 아니에요? 완전 대기업 수준이네. 굉장히 불신감이 드네요."

"월급 많이 주면 좋지 않아?"

이건의 이해 못하겠다는 태도에 야하가 계약서를 다시 돌려주었다.

"이상하죠, 고작 아르바이트생에게 이렇게 후하게 준다는 게."

"어허. 내 신원은 보장된 거 아니야? 걱정하지 마, 이 돈만큼 힘든 일을 할 테니."

"그 힘든 일이 이상한 일일까 봐 겁나네요. 저 이만 가볼게요."

일어서는 야하의 손목을 잡아 힘을 주어 다시 자리에 앉혔다. 엉덩이를 뒤로 빼 최대한 물러나 앉는 야하의 태도에 어이없는 웃음이 터졌다.

"이상한 일? 뭐?"

야하는 며칠 전 뉴스에서 보았던 기사를 떠올렸다. 한동안 TV만 틀면 그 기사가 나오곤 했었다.

"연예인 지망생에게 몹쓸 짓을……."

야하가 무슨 이야기를 하는 것인지 알아차린 이건이 배를 감싸 쥐더니 허리를 숙여 폭소를 터뜨렸다.

"푸하하하. 이 아가씨 재미있기까지 하네. 진짜 미치겠다. 이봐요, 서야하 씨. 그쪽은 지금 연예인 지망생이 아니잖아요. 게다가 우리 회사 그런 회사와는 차원이 다르답니다. 그리고 서야하 씨는 제 취향이 아니에요. 전 야한 여자가 좋습니다."

정말 재미있는 이야기를 들었다는 듯 멈추지 않는 이건의 웃음 때문에 야하는 한참을 가만히 앉아 있어야 했다. 괜스레 무안하기까지 해서 야하는 살짝 얼굴을 붉혔다.

"자, 어서 사인 해요. 혹여 나중에 내가 나쁜 짓을 하면 핸드폰으로 112에 신고하고."

끝까지 장난을 치는 이건을 흘겨보다 다시 계약서에 시선을 두었다. 한참을 고민하다 그가 들고 있던 만년필을 빼앗아 들고는 이름을 적었다.

"사인이 이름이야? 촌스럽게. 어쨌든 잘해봅시다. 참고로 그 만년필로 계약하면 좋은 결과를 얻게 될 거예요. 여태껏 난 그랬거든."

좋은 결과라. 이번 아르바이트로 번 돈으로 학교를 졸업할 수 있었으면 하는 바람이 든다.

"그런데 비서라면 무슨 일을 하는 거죠? 걸려온 전화를 받고 그런 건가요?"

"아, 아니. 전화는 나도 받을 줄 아는데."

이 남자는 장난의 끝을 모르는 건가.

"지금 살짝 화났지? 얼굴에 다 티나."

장난의 끝을 모르는 남자다. 이런 남자의 밑에서 일을 할 생각을 하자 갑자기 후회가 들었다.

＊

뭔가 찝찝한 계약을 하고 이건을 따라 건물 구석구석을 누비고 다녔다. 만나는 모든 사람들에게 자신 다음의 서열을 가진 비서라고 소개를 하는 통에 민망해 죽는 줄 알았다. 유치하게 서열이 뭔가. 못마땅한 자신과 반대로 사람들은 재미있어했다.

"그럼 지금부터 할 일은 말이지……. 가만 보자."

"생각 없이 저 고용하신 거죠?"

딱 걸렸다. 쓸데없이 대표가 직접 나서서 건물 구경을 시켜줄 때부터 알아봤어야 했는데. 이 남자, 자신에게 시킬 일이 없는 거다. 그러면서 왜 굳이 자신을 고용했는지 모르겠다.

"일은 없다가도 생기는 거고. 아, 잠깐만."

생각이 났다는 듯 그가 엄지와 중지로 딱 소리를 내더니 핸드폰으로 전화를 걸었다.

"접니다. 박 실장님 아직 회사 내에 계시죠? 그럼 우리 회사 연예인들 프로파일 좀 가져다주시겠어요? 네, 모든 연예인들이오. 아, 연습생들 것도 포함해서요."

소파에 파묻혀 앉아 느긋하게 기다리는 이건과 달리 자신은 허리를 세우고 앉아 기다렸다. 5분이 지나자 슬슬 허리가 아파와 살짝 엉덩이를 뒤로 빼 소파에 등을 기댔다. 그 모습을 보았던 것인지 이건이 피식 웃었다. 사람을 자극하는 웃음에 보란 듯이 팔짱을 끼고 소파에 몸을 묻었다.

"가만 보면 말이야, 힘들게 사는 것 같아. 좀 편히 살면 안 돼?"

대꾸가 없자 머쓱한 것인지 이건이 헛기침을 하고는 조용히 야하를 감상했다. 그의 얌전하지 않은 눈초리에 야하가 눈을 치켜뜨고 쳐다보았다. 휘파람까지 불며 더한 눈길을 보내는 이건에게 야하가 경고를 날렸다.

"112에 신고할 타이밍인 것 같은데요?"

"야박하게 굴기는, 우리 사이에."

도대체 그놈의 우리 사이는 무슨 사이인 것인지. 다행히 바로 박 실장이 두꺼운 파일을 들고 온 덕에 둘의 신경전은 거기서 끝이 났다.

"이게 뭐예요?"

"뭐기는. 내 소속사 연예인들과 연습생들 프로파일. 외워. 알아둬야지. 이쪽에 관심이 없다며? 전에 마사지샵에서 들었어. 내 회사에서 일하게 된 이상 모든 연예인은 아니더라도 소속 연예인은 알아야지."

"외우기만 하면 되는 거죠?"

"만만치 않을 텐데. 나중에 시험 볼 거다. 따로 사무실은 없으니 여기서 외워. 조만간 사무실 만들어줄게."

아르바이트생에게 사무실까지 만들어주겠다는 말에 얼이 빠진 야하를 두고 이건은 유유자적 사무실을 나섰다.

"나는 점심 약속 있으니 이따가 시간 되면 알아서 지하로 내려가서 밥 먹어. 직원은 공짜니까 돈 걱정은 말고."

이건은 평소 하지 않던 걱정까지 하고는 윙크로 인사를 대신한 뒤 사라졌다. 도저히 못 당해내는 그의 밑에서 일을 해야 한다니 다시 한 번 후회가 되어 한숨이 나왔다. 손가락으로 까딱해서 두꺼운 파일을 넘겨 첫 페이지에 있는 연예인 이름을 읊었다.

"유원."

야하가 방금 전 엘리베이터에서 봤던 남자의 사진과 함께 그의 프로필이 적혀 있었다. 실제로 만났던 탓인지 대충 훑어보던 야하는 자세를 바로 하고 꼼꼼하게 읽어 내려갔다. 생각보다 그리 많은 출연작이 있는 것은 아니지만, 인기가 많은 탓인지 연말에 받은 상의 수는 꽤 되었다.

띠리리리.

단조로운 벨소리에 야하가 고개를 들어 소리의 근원지를 찾아 두리번거렸다. 이건의 책상 위에서 나는 소리였다. 곰곰이 생각을 하던 야하가 몸을 일으켜 이건의 책상으로 가 수화기를 들어 올려 귀에 가져갔다.

"유이건 대표님 사무실입니다."

흘끗 그의 이름과 직함이 적힌 명패를 내려다본 야하가 그대로 읽었다.

〈너 뭐야? 네가 뭔데 전화를 받아?〉

날카로운 목소리에 야하가 얼굴을 찌푸리며 담담하게 대답을 했다.

"유이건 대표님 비서입니다."

〈비서? 언제부터 비서가 있었어? 당장 유 대표 바꿔.〉

"지금 자리를 비우셨습니다. 메모 남겨 드릴까요?"

〈거짓말인 거 다 아니까, 당장 바꿔!〉

참을 만큼 참았다는 듯 여자가 마지막에 가서는 소리를 질렀다. 잠시 수화기를 귀에서 뗀 야하가 낮은 한숨을 쉬고 다시 수화기를 원위치했다.

"안 계십니다. 누구신지 말씀해 주시면 메모 남겨놓겠습니다. 아니면 전화 끊겠습니다."

〈나 민희연이야! 나 몰라?〉

전화를 끊겠다는 말에 여자가 급하게 자신의 신분을 말했다.

"메모 남겨놓겠습니다."

〈잠깐, 이건이 어디 갔는데?〉

민희연이라는 이름을 포스트잇에 적고 이건의 책상 중앙에 붙여놓은 야하가 다시 생각에 잠겼다. 이건은 점심 약속이 있다며 나갔다. 그게 공적인 일인지 사적인 일인지 모르니 섣불리 대답을 할 수가 없었다. 그러다 왜 자신이 이 여자에게 알려주어야 하는지 의문이 들었다.

"대표님의 개인적인 일까지는 알려 드릴 수 없습니다. 그럼 이만 전화 끊겠습니다."

여자가 뭐라고 소리를 지르는 것 같았지만, 야하는 개의치 않고 전화를 끊었다. 당장에라도 다시 울릴 것 같던 전화가 조용하자 야하는 다시 소파로 돌아가 앉았다. 손가락으로 다음 장을 넘겨 아까와 마찬가지로 적힌 이름을 읊었다.

"민희연. 배우네."

그러고 보니 낯익은 얼굴이다. TV를 잘 보지 않는 자신이 낯익을 정도라면 꽤나 유명한 배우일 터. 역시나 출연한 드라마와 영화가 수두룩하다. CF 또한 1년에 10여 편을 찍었을 정도로 소위 잘나가는 A급 연예인이었다. 만만치 않다고 한 이유가 이거였나 보다. 생일과 나이를 비롯한 기본적인 것부터 방송사가 다 적혀 있어 외우려면 며칠이 걸릴 정도로 양이 많았다.

"아!"

야하의 입에서 탄식이 섞인 소리가 흘러나왔다. 야하는 재빨리 자리에서 일어나 이건의 책상으로 향했다. 그리고 자신이 이건의 책상에 붙여놓은 포스트잇을 집어 들었다.

"민희연."

방금 자신이 받은 전화의 여자와 파일 안에 있는 민희연이 동일 인물일 가능성이 크다. 첫날부터 큰 사고를 친 건 아닌지. 야하는 지끈거리는 머리를 손가락으로 지압을 하며 한숨을 삼켰다.

"다 외웠어?"

언제 온 것인지 이건이 삐뚜름하게 서서 자신을 내려다보고 있었다.

"아니요."

"너무 당당한 거 아니야? 그런데 왜 여기에서 이러고 있어?"

너무 오랫동안 모니터를 응시해서인지 눈이 아파와 손등으로 비볐다. 그런 두 손을 이건이 잡더니 눈을 비비지 못하도록 막았다.

"너 그러다가 시력 훅 간다?"

야하가 뭘 하고 있었는지 꽤나 궁금했던 것인지, 야하가 잡힌 손을 흔들어대자 순순히 놓아주고는 이건이 모니터를 향해 몸을 숙였다.

"밥 먹었는데 올라가니까 문이 잠겨서 못 들어가겠더라고요. 그래서 노트북을 빌려서 인터넷으로 찾아서 외우고 있었어요."

거짓이 아닌지 모니터에는 Tesoro 소속사 연예인이라는 검색어와 함께 많은 창이 떠 있었다. 기특하다는 듯 야하의 머리를 쓰다듬은 이건이 올라가자며 손짓했다.

"깜빡했다. 나 말고는 아무도 못 들어가거든. 너도 지문인식 등록해 줄게."

"그쪽…… 대표님밖에는 못 들어간다면서요? 그럼 됐어요. 그냥 남는 자리 아무 데나 있어도 돼요."

"너, 나랑 같은 사무실 사용할 건데?"

사람 심장 덜컹거리는 말을 아무렇지도 않게 내뱉더니 이건이 엘리베이터 버튼을 눌렀다. 아니, 대표의 개인 사무실을 같이 쓰는 일개 아르바이트생이 어디에 있단 말인가. 야하가 항의를 하려는 걸 알았던 것인지 이건이 먼저 선수를 쳤다.

"넌 내 비서야, 서열 2위라고."

"그 서열 2위라는 말 좀 안 하면 안 돼요?"

"알았어."

순순히 고개를 끄덕이는 그가 더 이상했다. 무슨 속셈인지 의중을 파악하기 위해 자세히 얼굴을 들여다봤지만, 표정을 읽을 수가 없었다.

"의심도 많지."

"예전에 배우였기 때문인지 표정 관리를 잘 하시네요."

이건의 눈이 조금 커졌다. 꽤나 놀라는 그 때문에 더 놀란 건 야하였다.

"숨기고 싶은 과거였어요? 그러기에는 인터넷 검색을 해보니 다 나오던데요."

"내 이름까지 검색해 봤어?"

설핏 기분이 상한 듯 이건의 얼굴이 흐려졌다. 이건이 꽤 날카로운 눈으로 야하를 훑어보자 순식간에 분위기가 바뀌었다. 약간 가라앉은 분위기에 당황한 야하가 재빨리 입을 열었다.

"아니요. Tesoro를 검색하니까 대표님이 같이 검색이 되었고, 전직 배우였다고 같이 뜨던데요."

그게 다냐는 표정에 고개를 끄덕이자 목적지에 도착해 열린 엘리베이터 문으로 이건이 쌩하니 걸어 나갔다. 얼결에 재빨리 따라가다 갑자기 화가 나 걸음을 멈췄다. 알고 싶어서 안 것도 아니고, 갑자기 화를 내니 짜증이 치밀었다.

"대표님."

스타카토로 딱딱 끊어서 부르자 이건이 걸음을 멈추고는 돌아서서 야하에게 다가오라며 손짓을 했다. 야하가 성질을 내듯 탁탁 무거운 걸음으로 걸어가자 이건이 피식 웃더니 갑자기 그녀의 손을 잡고는 새끼손가락을 지문인식기에 가져다 대었다.

"이제 이 손가락 대면 열고 들어갈 수 있을 거야."

"왜 하필 새끼손가락인데요?"

"약속하자. 내 과거에 대해서는 검색하지 마. 지워 버리고 싶은 과거니까."

"그럴 거면 연예인은 왜 했나 몰라."

"인터넷 기록이 이렇게 오래갈 줄은 몰랐지."

작은 혼잣말을 용케 들은 것인지 이건이 대꾸를 하더니 먼저 안으로 들어갔다. 야하는 문이 닫히기 전 발로 막아 다시 문을 연 후 들어가 소파에 앉았다.

"이만 퇴근해."

"벌써요?"

앉자마자 그만 가라는 소리에 엉거주춤 다시 일어나는 야하의 모습에 또 한 번 웃음이 나오려 했다. 고집이 센 듯하지만 말은 잘 듣는단 말이지. 내일부터 어떤 일을 시킬지 고민해 봐야 했기에 지금 당장은 그녀가 여기에 있을 필요가 없었다.

"응. 내일부터는 엄청 힘들 거야."

괜스레 엄한 목소리로 겁을 줘봤지만 씨알도 안 먹힌 얼굴이다.

"참, 이력서 가지고 와. 그냥 간단하게 적어서. 그래도 직원인데 기록은 가지고 있어야지."

"네. 그럼, 안녕히 계세요. 아참, 아까 민희연 씨라는 분한테 전화가 왔었어요."

알았다는 듯 이건이 손을 대충 흔들었다. 얌전한 얼굴로 인사를 한 야하가 나가자 조금 전에 그녀가 앉아 있었던 소파에 이건이 길게 몸을 뉘었다. 좀 전에 배우였었냐는 야하의 말에 심장이 터지는 줄 알았다. 연예인이라면 아무 관심도 없는 그녀가 혹시 알아챈 것일까 하는 생각에 머리카락이 곤두설 정도로 소름이 끼쳤다. 갑자기 몰려오는 피곤함에 손바닥으로 눈을 가리고 호흡을 가다듬었다. 이게 잘하는 짓인지. 갑자기 후회감이 밀려온다.

이건은 이제 그만 자신도 퇴근을 할까 고민하던 차에 노크 소리가 들렸다. 무거운 몸을 이끌고 책상으로 가 차 키만 한 크기의 리모컨을 들고 버튼을 누르자 문이 열렸다. 리모컨을 내려놓으면서 책상 위에 있는 포스트잇을 집어 들었다. 그는 민희연의 이름만 적힌 동글동글한 글씨체를 보다가 전혀 연락할 생각이 없는지 대충 손으로 꾸겨 휴지통에 버렸다.

"박 실장님."

"네. 야하 씨는 퇴근했나 보죠?"

사무실로 들어오던 박 실장이 오늘 대표가 갑자기 데리고 온 여자를 두리번거리며 찾았다. 오늘 하루 종일 회사는 그 아가씨 때문에 떠들썩했다. 뜬금없는 일을 벌이는 대표라는 걸 모두들 잘 알고 있으면서도, 갑자기 등장한 여자의 정체를 궁금해했다. 혹여 대표의 여자가 아닌가 하는 소문도 돌고 있기에 박 실장은 여간 신경 쓰이는 게 아니었다.

"일찍 퇴근시켰습니다. 첫날이니까요."

"저, 지금 회사에 좋지 않은 소문이 돌고 있습니다. 그 아가씨가 대표님의 여자라는 소문이오."

"그게 뭐 좋지 않은 소문입니까? 내 여자이면 뭐 어때서."

박 실장은 퉁명스레 말하는 젊은 대표의 모습에 조금이나마 안심을 했다. 지금 이 소문으로 심기가 불편한 민희연이 이건의 모습을 본다면 안심을 할 터였다.

"민희연 씨가 촬영을 미뤄달라고 했습니다."

그의 얼굴이 단박에 구겨졌다. 소문에 박 실장이 왜 쩔쩔맸는지 이건은 이제야 이해가 갔다.

희연이가 한바탕 난리를 쳤겠지. 도통 비위를 맞추기 힘든 민희연을 어찌해야 하나 싶었다. 자신도 감당이 되지 않는 소속 배우임에도 데리고 있는 건 다 현우 형 때문이었다.

"이번에는 또 왜요?"

"그게…… 소문을 듣고 민희연 씨가 여기로 전화를 했나 봅니다. 야하 씨가 받은 듯한데, 작은 말다툼이 있었나 봅니다. 동수 말로는 야하 씨가 전화를 그냥 끊어서 민희연 씨가 잡으러 간다고 난리를 쳤다고 합니다."

야하는 민희연에게서 전화가 왔었다는 말을 제외하고는 다른 말이 없었다. 순간 이건의 눈에 이채가 돌았다. 워낙 기가 센 탓에 남자도 감당하기 힘든 희연이 길길이 날뛰었다니. 이건은 야하의 기도 보통이 아닐지 모른다는 생각이 들었다. 태평하게 전화가 왔다는 말만 할 정도면 희연이 날뛰든 말든 자신은 신경 쓰지 않았다는 거다. 가면 갈수록 막무가내로 행동하는 희연이 어떤 짓을 하든지 신경 쓰지 않고, 그녀에게 휩쓸리지 않을 사람이 필요했다.

"흐음. 그러고 보니, 희연이가 매니저 한 명 더 붙여달라고 했죠?"

"네. 한 명으로는 부족하다고……."

한 명으로는 부려먹기 부족하다는 뜻일 테지. 머릿속으로 민희연에게 야하를 붙여보았다. 과연 누가 이길까. 꽤 볼만한 싸움이 될지도 모르겠다.

"내일 서야하 씨 출근하면 민희연에게 데려가세요. 매니저 구할 때까지 서야하 씨가 대신할 겁니다. 그럼 저는 이만 먼저 퇴근하겠습니다."

모든 고민이 단박에 해결된 이건이 가뿐하게 몸을 일으키고 어질러지지도 않은 책상을 훑으며 정리를 했다.

"일찍 퇴근하시네요."

"아, 비서 책상 하나 사려고요."

뜻 모를 말을 하는 대표를 따라나서며 박 실장이 생각에 잠겼다. 과연 그 아가씨가 민희연의 기를 감당할 수 있을지에 대해서. 낮에 본 아가씨는 참하고 얌전해 보였기에 박 실장은 조금 걱정이 되었다.

*

뻐꾹, 뻐꾹, 뻐꾹, 뻐꾹, 뻐꾹, 뻐꾹.

여섯 번의 뻐꾸기 소리에 눈을 떴다. 어제 일찍 잠자리에 든 그녀였기에 그다지 피곤하지 않아 단박에 잠자리에서 벗어났다. 야하는 팔을 쭉 위로 펴 가볍게 스트레칭을 했다.

이미 밝아오는 밖을 작은 창문으로 내다보다가 욕실로 향했다. 위층 사람이 씻는 것인지 물소리가 새어 들어왔다. 방음이라고는 전혀 되지 않는 작은 원룸에서 맞이하는 아침이 처음도 아니고, 한두 번이 아님에도 왈칵 짜증이 일었다.

야하는 뻐꾸기 소리가 일곱 번 들리고, 한 30분쯤 뒤에 간략하게 적은 이력서를 가방에 챙겨 신발을 신고 집을 나섰다. 야하가 따닥따닥 붙어 있는 문들을 지나려던 차에 옆집 문이 열리고 메리야스에 추리닝 바지를 입은 남자가 슬리퍼를 신고 나와 지나가는 그녀를 불렀다.

"저기요. 그 뻐꾸기시계 좀 어떻게 하면 안 돼요? 시끄러워 죽겠네. 요즘 누가 그런 시계를 쓴다고."

대꾸할 틈도 없이 문을 쾅 닫고 들어가 버리는 남자의 태도에 유쾌하지 않은 아침을 맞이하게 됐다. 하긴 그녀 자신도 다른 집 물소리에 짜증이 나는데, 한 시간 간격으로 울리는 뻐꾸기 소리가 짜증 날 법도 했다.

지하철에서 내려 걸어가던 중 좌판에 액세서리를 늘여놓고 파는 게 눈에 띄었다. 문득 어제 머리카락을 가지고 장난을 치던 이건의 모습이 떠오른 야하가 걸음을 옮겼다. 고민 없이 튼튼해 보이는 검은색 고무줄의 값을 치른 후 머리를 모아 묶었다.

야하는 건장한 체격의 경비업체 직원이 잠금장치를 풀어준 문을 열고 들어가 곧장 엘리베이터로 향했다. 그냥 단순한 경비원인 줄 알았던 젊은 남자는 경비업체에서 교육받고 온 사람으로, 그 외에도 몇 명이 건물 내에 배치되어 있다는 걸, 어제 건물을 돌아

다니며 설명을 해준 이건을 통해 알게 되었다.

막상 문 앞에 도달했지만, 들어가도 되나 싶었다. 아무도 없는 복도에 홀로 서서 새끼손가락만 편 채 지문인식기 앞에서 고민을 했다. 같이 사무실을 쓸 거라고 지문인식까지 해주었지만, 회사 대표 사무실인데다가 아직 사무실 주인이 출근하지 않은 듯해서 선뜻 사무실에 들어갈 수가 없었다.

"뭐 해?"

야하는 갑자기 들리는 목소리에 새어 나오는 비명을 입안으로 삼키고 목소리가 들린 방향으로 몸을 틀었다. 옆방에서 나온 것인지 유명 메이커 로고가 박힌 트레이닝복 차림의 이건이 걸어오고 있었다.

"깜짝 놀랐잖아요."

"문소리도 냈는데 뭘. 그리고 깜짝 놀란 사람치고는 너무 침착한데?"

그의 놀림에서 벗어나는 길은 무시라는 걸 어제 하나 배운 야하가 말을 돌렸다.

"여기서 주무셨어요?"

"응. 책상 조립하느라. 내가 직접 고르고 조립했다?"

칭찬받기를 원하는 듯 이건의 눈이 반짝거렸다. 마지못해 감사하다고 말하는 야하의 태도에도 만족스러운지 입꼬리가 지그시 올라갔다.

"어때? 예쁘지?"

"연두색이네요."

굉장히 튀는 색이다. 물론 색 자체가 튀는 건 아니지만, 거의 무채색에 가까운 이 사무실에서는 굉장히 튀는 색이었다. 사무실에 들어가면 바로 왼쪽에 위치한 책상이 제일 먼저 눈에 들어온다. 가히 부담스럽지 않을 수가 없다.

"촌스럽게 연두색이 뭐야, 라임색이지. 마음에 들지?"

당연 마음에 들 거라고 생각하는지 대답을 듣지도 않은 채 이건은 자신의 책상으로 가 앉았다. 트레이닝복 차림의 그는 진중한 면이 보이지 않고 한결 더 어려 보여 '대표 유이건'라는 명패가 놓인 자리에 어울리지 않았다. 야하는 그런 그의 앞으로 걸어가 가방에서 준비한 이력서를 꺼내 책상 위에 올려두었다.

"오호. 어디 보자. 서야하. 만으로 23살. 뭐야, 생일이 이미 지났네? 5월 22일생?"

적어놓았음에도 또 묻는 이건에게 야하가 느릿하게 고개를 끄덕였다.

"아르바이트 많이 했네? 뭐 이리도 많아. 아, 참고로 나는 생일 안 지났어. 10월 13일. 곧이지? 잊지 마. 지금부터 천 원씩 모아서 선물 사줘."

당당하게 자신의 생일선물을 요구하는 이건의 태도에도 아랑곳하지 않고 야하는 그냥 고개를 끄덕였다. 이런 모습은 이제 익숙해졌나 보다. 일일이 발끈할 필요가 없었다. 역시나 야하의 반응이 싱겁다는 듯 이건이 이력서를 던지듯 책상에 내려놓았다.

"010—xxxx—xxxx"

갑자기 열한 자리의 숫자를 말하는 이건의 얼굴을 빤히 쳐다봤다. 어쩌란 말이지? 전화번호인 것 같은데.

"외웠지? 그 번호로 전화해. 박 실장님 번호야. 오늘부터 네가 할 일을 알려주실 거야."

다짜고짜 번호를 던져 주었음에도 당황하지 않고 태연하게 핸드폰을 꺼내 들고 번호를 누르는 야하를 보자 맥이 빠졌다. 하루 만에 놀리는 맛이 사라져 버려 씁쓸해졌다.

"참, 이거 선물."

그럼에도 이건은 끈질기게 장난을 쳤다. 이건은 연필통에 꽂혀 있는 볼펜 중 하나를 꺼내 야하에게 건넸다. 야하가 손가락 끝으로 볼펜을 받아 들고는 이건을 향해 눈을 치켜세웠다.

"쓰던 거잖아요."

"누가 그래? 너 주려고 어제 사놓은 거야."

자신의 시답잖은 농담에도 야하가 반응을 하지 않자 이건은 슬슬 흥미를 잃어갔다. 볼펜을 받아 든 야하가 자신의 책상 위에 올려놓더니 가방을 뒤적거려 손에 잡힌 걸 이건에게 건넸다.

"선물이에요. 쓰던 거 아니에요. 대표님 주려고 어제 사놓은 거예요."

가볍게 고개를 숙여 인사를 하고 나가는 야하를 바라보던 이건이 시선을 내려 책상 위에 놓인 물건을 응시했다. 손가락으로 들춰보자 정말 새로 산 것인지 아무것도 적히지 않은 깨끗한 종이가 드러났다. 손바닥 크기만 한 수첩에 이건의 얼굴에 웃음이 서렸다.

"당했다."

잠시 정말로 자신을 주려고 샀을까라는 의문을 품다가 아닌 것이 확실하다는 생각이 든 이건이 허공을 보며 웃었다.

*

"안녕하세요."
"아, 지금 바로 이동을 하면 돼요. 무슨 일을 하는지는 들었어요? 대표님이 말씀해 주셨을라나?"
"아니요."
급한지 걸어가며 말을 하던 박 실장이 갑자기 멈춰 섰다. 누군가를 찾는 듯 두리번거리다 찾는 사람이 보이지 않는지 전화로 위치를 물었다. 야하는 조용히 서서 박 실장의 통화가 끝나기를 기다리다가 엘리베이터에서 막 내린 이건과 눈이 마주쳤다. 거침없이 걸어온 그가 야하의 품에 자신이 들고 있던 물건을 안겼다.
"미안하게시리 새 거를 주냐, 너는."
"대표님도 새 볼펜을 주셨잖아요."
야하가 비꼬듯 대꾸를 하자, 이건이 그녀에게 허리를 숙여 얼굴을 가까이 가져갔다. 동그란 갈색 눈동자에 오롯이 자신이 들어차자 만족스러운지 그가 눈을 반달로 접어 웃었다.
"매니저에게 있어서 수첩은 필수야. 그거는 우리 회사 직원들에게 새해에 나눠줬던 거."
직사각형의 두꺼운 수첩에는 조금 전에 이건이 주었던 볼펜이 꽂혀 있었다. 두꺼운 표지를 넘겨 몇 장 넘기던 야하의 손이 1월

달력이 인쇄된 페이지에서 멈췄다. 알아먹지 못할 글씨가 빽빽하게 적혀 있었다. 다음 장을 넘기자 앞장과는 다르게 여백이 많이 보였다.

"이것도 쓰던 거네요?"

"아아, 내가 잠깐 썼어. 벌써 9월 달인데 새 거를 쓰는 건 낭비지. 새 거 갖고 싶어?"

꼭 새 거를 써서 낭비를 해야겠냐는 말투와 더불어 표정까지 무슨 과소비하는 여자를 보듯 하는 이건의 태도에 야하가 입술을 깨물었다. 장단에 맞춰줘야 하나 하는 생각을 하던 야하가 무시를 선택하고 다시 수첩으로 고개를 내렸다.

"글씨 진짜 못 쓰네요. 새해에 계획은 많이 세웠네. 여기서 지킨 거 하나라도 있어요?"

"아니. 이제 네 것이니까 네가 지켜 나가야지."

"그런데 매니저라니요?"

다시 한 번 무시를 택하고, 수첩을 안겨주며 그가 내뱉었던 말에 대해 물었다. 뭔가 수상하다. 지금까지와는 다르게 자신과 눈을 마주치지 않고 말을 한다. 자신을 보고 있지만 시선은 묘하게 비켜 나가고 있었다.

"아아, 여배우 매니저를 구하는 중인데, 구할 때까지만 잠깐 하는 거야. 너 말고도 다른 매니저도 있으니 그냥 그 매니저 돕는다고 생각하고 일해."

말을 마치자마자 손가락 두 개로 거수경례를 한 이건이 황급히 자리를 떴다. 게슴츠레한 눈으로 그런 그의 뒷모습을 바라보다가 설마 회사 대표가 일을 가지고 장난을 칠까 하는 생각에 야하는 의심을 접기로 했다.

"아, 왔네. 동수 너는 들어서 알고 있지? 오늘부터 같이 일하게 된 서야하 씨. 이쪽은 야하 씨와 같이 일하게 된 매니저인 고동수 씨. 그럼 저는 바빠서 이만 가볼게요."

커다란 덩치의 남자에게 자신을 던져 놓고 멀어져 가는 박 실장을 응시하던 야하가 공손하게 30도가량 허리를 숙여 인사했다.

"서야하입니다. 이쪽 일은 처음이에요. 많이 가르쳐 주세요."

"고동수입니다. 제가 가르쳐 드릴 일이 뭐 있을까 싶네요. 저도 일을 한 지 얼마 되지 않아서요."

쑥스러운지 머리를 긁적이며 웃어 보이는 남자는 인상이 제법 선해 보였다. 손목시계를 확인한 그가 짧은 비명을 내지르더니 빨리 출발하자고 재촉했다. 기다리는 걸 제일 싫어하니 1분이라도 먼저 가야 한다면서 말이다. 달리듯 걷던 동수가 돌연 멈춰 서더니 야하를 보며 물었다.

"혹시, 어제 희연 누님 전화 받으셨던 분 맞죠?"

갑자기 동수의 입에서 희연의 이름이 나오자 야하가 멈칫했다. 미간을 찌푸리며 고개를 끄덕이자 동수가 슬쩍 미소를 지었다.

"누님이 엄청 벼르고 있던데."

동수의 말에 설마 자신이 맡은 배우가 희연인가 하는 불길한 예감이 든 야하가 애꿎은 수첩 모서리를 구겼다. 차마 민희연과 같이 일을 하는 것이냐는 질문을 하지 못한 채 야하는 다시 뒤돌아 걸어가는 동수의 뒤를 따랐다.

*

 도착한 곳은 한눈에 봐도 비싸 보이는 건물이었다. 이 아르바이트를 하지 않았다면 절대로 와보지 못할 공간이었기에 야하는 절로 주춤거리는 자신을 느꼈다.
 "여기가 어디예요?"
 "아, 오피스텔이에요. 우리 소속사 연예인들이 여기서 많이 살아요. 앞으로 자주 드나들게 되실 거예요. 아참, 대표님도 여기 사세요."
 동수는 참고하라는 듯 어떤 연예인이 사는지를 읊어대더니 경비실에 앉아 있던 경비원에게 야하를 소개하며 앞으로 자주 드나들 사람이니 얼굴을 익혀두라고 당부하고는 재빨리 걸음을 옮겼다. 둔해 보이는 몸과 달리 날렵한 걸음걸이가 웃기지 않다면 거짓말이지만, 야하는 내색하지 않고 동수를 뒤따라갔다.
 "4층이에요. 우리나라 사람들은 '죽을 사' 때문에 4층을 꺼리는데도 희연 누님은 특이하게도 4를 엄청 좋아한다니까요."
 4층에 민희연이 살고 있고 그곳으로 가고 있다면, 당연 동수가 맡은 연예인은 민희연이 틀림없다. 새삼 어제 받았던 전화를 떠올리며 야하는 동수 몰래 한숨을 쉬었다.
 민희연이라는 배우가 정말로 4를 좋아하는지, 404호 앞에 선 동수가 초인종을 누른 후 익숙하게 여덟 자리의 비밀번호를 누르고 문을 열었다.

"비밀번호는 보시다시피 47896321이에요. 왜 컴퓨터나 노트북 키보드에 보면 오른쪽 옆에 숫자 키가 있잖아요. 4부터 시작해서 시계방향 순이에요. 혹시 잊으면 그걸 생각하세요. 참, 들어가기 전에 꼭 초인종은 누르셔야 돼요. 절대 직접 문을 열어주지 않으니 들어간다는 표시로 벨을 누르고 번호키를 눌러서 잠금장치를 해제하고 들어가시면 돼요."

혹시나 잊어버릴까 싶어서인지 꽤 길고 자세하게 설명을 한 후에야 두 사람은 집 안으로 들어갈 수 있었다. 신을 벗자 동수가 익숙한 손놀림으로 신발장에서 슬리퍼를 꺼내주었다.

"왜 이리 늦어?"

처음 인상은 '맑다'라는 거였다. 깨끗한 피부에 커다란 눈과 뚜렷한 이목구비를 가진 여자가 양팔을 교차해 끼고 삐뚜름하게 쳐다보고 있었다.

"죄송합니다, 누님. 야하 씨를 데리고 오느라 늦었어요."

"안녕하세요. 서야하입니다."

그제야 그녀가 눈에 들어온다는 듯 희연이 야하를 쳐다봤다. 희연은 입술을 앙 물더니, 야하를 위아래로 훑으며 마음에 들지 않는다는 걸 온몸으로 내뿜었다.

"이건이가 데려온? 너였구나? 어제 전화받은 사람. 너 유치원 다닐 때 전화 예절 배우는 시간에 졸았니? 아니면 배웠는데 머리가 나쁜 거니?"

다분히 비꼬는 말투에 기분이 상할 법도 하건만, 희연의 전화

예절을 배제하고도 야하는 자신이 잘한 건 그리 없다는 생각에 화를 내는 대신 그냥 한 번 넘어가자는 생각으로 사과를 했다. 바로 사과를 하는 태도에 더는 화를 내봤자 소용이 없다는 걸 깨달은 희연이 괜스레 바닥을 한 번 차고는 고개를 획 돌렸다.

어제의 전화통화와 희연의 비꼬는 말투, 그리고 그녀의 탐탁지 않은 시선으로 대충 상황을 이해할 수 있었다. 분명 민희연이라는 배우는 유이건에게 호감을 가지고 있었다. 좋아하는 남자가 비서라고 데리고 다니며 회사를 누비고 다녔던 걸 분명 들었을 터. 마음에 들어 하지 않는 건 당연하다. 문제는 유이건, 그가 이 사실을 알면서도 자신을 여기로 보냈냐는 것이다. 분명 알고 있을 테지.

"그 사람 악질이네."

속으로 생각하던 것이 입으로 튀어나왔다. 옆에 서 있던 동수가 움찔거리더니 슬금슬금 뒤로 물러섰다. 반면 민희연이 재미있다는 듯 입가에 미소를 띠고 물어왔다.

"누가?"

"유이건, 그 사람이오."

"이건이가 싫어?"

"네."

재빠르게 오가는 대화에 맞춰 동수가 두 여자의 얼굴을 번갈아 봤다. 희연은 야하의 진심을 꿰뚫어 보겠다는 듯 한참을 응시하더니 고개를 끄덕였다.

"좋네. 그래도 늦은 건 용서 못하지. 자, 이거 받아."

희연이 야하의 손에 들려준 건 양면으로 인쇄가 된 대본이었다.

그 대본을 본 동수가 기겁을 하며 어느 방으로 들어갔다.

도망을 가는 모습이 뭔가를 알고 저러는 것 같은데.

"뭐 해? 연습 도와야지? 그것도 매니저의 일 중 하나야."

10분도 채 지나지 않아 희연의 앙칼진 목소리가 집 안을 쩌렁쩌렁하게 울렸다.

"제대로 안 해? 이따가 NG 나면 네가 책임질 거야?"

"제대로 하고 있는데요."

대본을 구겨 든 야하가 무덤덤하게 말을 하자, 그 모습에 더욱 열이 받는지 희연이 과한 몸짓과 함께 소리를 질렀다.

야하가 오후에 찍을 신을 연습해야 한다며 상대 역할을 하라고 해서 대본에 적힌 대로 착실하게 읽었음에도 희연은 뭐가 마음에 안 드는지 초반부터 제대로 하라며 짜증을 부려댔다.

"감정을 담아야지! 너 때문에 눈곱만큼 남아 있던 내 감정도 사라지잖아?"

"전 배우가 아닌데요. 그게 됐으면 저도 배우가 됐겠죠."

'네가 퍽이나 배우가 될 수 있었겠다' 라는 시선으로 야하를 노려보던 희연이 매니저인 동수를 찾았다. 무얼 하는지 방 안에 콕 박혀 있던 동수가 울상을 지으며 나왔다.

"야! 네가 해!"

그 말에 바로 야하가 들고 있던 대본을 동수에게 건넸다. 대본을 받아 드는 동수의 눈에 원망이 가득한 걸 보니 희연에게 그동안 많이 당해왔던 걸 알 수 있었다. 하지만 자신은 벗어났다는 생각에 야하는 그런 동수를 외면했다.

점심시간이 되어서야 동수는 희연에게서 벗어날 수 있었다. 축 늘어진 몸으로 부엌을 향해 가는 동수의 모습이 겨울잠을 자러 가기 전 사냥에 성공하지 못한 굶주린 곰 같아 살짝 안쓰러워 보였다. 두 사람이 연습을 하는 동안 냉장고에 있던 식재료로 점심을 한 야하가 마지막으로 국을 뜬 후 식탁에 앉았다.
 "요리는 제법 하나 봐?"
 "몇 가지만요."
 "보기와 달리 누님은 식성이 까다롭거나 하지 않아요."
 쓸데없는 소리 그만두라는 희연의 눈빛에 동수가 얼른 수저를 들고 식사를 하는 데에만 집중을 했다.
 "이건이 왜 싫어?"
 한참 전에 나누었던 대화를 이어가는 희연의 말에 들고 있던 숟가락을 내려놓고 물잔을 집어 들었다. 물을 한 모금 천천히 넘기는 동안 찬찬히 생각을 했다. 처음 만났을 때 무례했기에 싫어하나? 하지만 금세 잊었으니 그건 아니다. 그렇다면 자신을 오해했을 때? 그건 충분히 사과를 받았다. 심지어 새로운 일자리까지 안겨주지 않았는가. 오히려 감사해야 할 일이다. 그의 장난 때문인가? 그거다. 자신에게 장난을 걸며 괴롭히는 그 못된 심성 때문이 가장 유력하다. 자신을 놀리는 걸 좋아하는 사람이 몇이나 되겠는가.
 "시답잖은 장난이 귀찮아요."
 "장난? 이건이?"
 "대표님이 원래 장난기가 있으시잖아요."

"나한테는 장난 안 거는데?"

"그야, 누님 성깔이······."

레이저가 나올 듯한 희연의 강렬한 눈에 동수가 사레가 들렸는지 기침을 해댔다. 그런 그에게 야하가 물잔을 건네주자 동수는 감사의 눈초리를 보내고는 물을 원샷했다.

※

"여어. 집에 가?"

이틀 만에 본 그다. 이십 일 만에 봤다면 조금이나마 반가웠을지도 모르지만 지금은 반갑지 않은 만남이었다.

"네."

"팔자 좋네, 이 시각에 퇴근을 하고."

손목시계로 시각을 확인한 이건이 비꼬는 말투로 말했다. 진심으로 비꼬는 게 아니라는 걸 안다. 그동안 동수가 전화나 문자로 그에게 촬영 진행 사항을 알렸으니, 그도 연 이틀간 새벽에 퇴근과 동시에 출근을 했다는 걸 알고 있을 터였다.

"네. 너무 좋은 직업이네요, 어찌나 퇴근이 이른지."

이건이 피식 웃더니 손에 들고 있던 담요를 펴서 야하의 어깨에 둘러주었다. 이 더위에 뭐 하는 짓이냐는 듯 야하가 쳐다보자 이건은 어깨를 으쓱해 보이더니 말했다.

"여름 감기가 더 무서운 법이야. 선물이야, 가져."

무슨 자질구레한 선물을 자주 주는지. 특유의 손짓으로 인사를 한 그가 열린 엘리베이터 안으로 들어갔다. 이에 엘리베이터에서 내리려던 동수가 이건에 밀려 뒤늦게 내렸다.

"일찍 퇴근하시네요?"

저녁이 아닌 아침에 집으로 가는 이건을 향해 동수가 의아함을 담고 물었다.

"아니꼬우면 대표 하든가."

닫히는 문 사이로 윙크를 하는 이건의 모습이 보였다. 야하는 엘리베이터 문이 다 닫히기도 전에 몸을 돌려 걸어갔다.

"심심하면 데이트나 할까?"

다시 열림 버튼을 누른 것인지, 뒤를 돌아보자 이건의 모습이 보였다. 두 사람 사이에 서 있던 동수가 한 걸음 물러나 비켜섰다.

"심심하면 야한 여자랑 뽀뽀나 하고 노세요."

헉, 하며 숨을 들이켜는 소리가 동수 쪽에서 흘러나왔지만, 신경을 쓰는 이는 아무도 없었다. 야하의 말에 킥킥 웃던 이건이 다시 엘리베이터 문 뒤로 사라졌다.

"대표님이 장난을 쳐도 당하기만 했지 맞받아치는 사람은 야하 씨가 처음인데요? 이상하다. 대표님 자기한테 대드는 거 엄청 싫어하는데."

야하는 고개를 갸웃거리며 이건이 사라진 곳을 보는 동수에게 얼른 가자는 말을 하고 걸음을 옮겼다.

야하는 자신을 데려다 준 동수에게 인사를 하고 고단한 몸을 이끌고 원룸 안으로 들어섰다. 비밀번호를 누르고 집 안에 들어선 야하는 문을 닫으려는 차에 언제 열린 것인지 옆집 문틈으로 자신을 노려보는 눈과 마주쳤다.

이런. 그동안 일 때문에 뻐꾸기시계에 대해 건의를 받았던 걸 잊고 있었다. 매트리스만 놓인 나름의 침대에 가방과 담요를 던졌다. 그러다 다시 담요를 집어 들었다. 담요와 뻐꾸기시계를 번갈아보다 담요를 펴서 뻐꾸기시계를 감쌌다. 이 정도면 소리가 작게 나겠지 싶어 만족스러웠다.

"카페에서 받은 거네."

그제야 담요에 적힌 글자가 눈에 들어왔다. 카페 브랜드네임이 적힌 담요에 실소가 터졌다. 여름 감기가 더 무서운 거라며 민소매티를 입어 드러난 어깨에 담요를 걸쳐 주던 그의 모습이 떠올랐던 것이다.

3

"안녕하세요."

앞에서 한참을 머뭇거리다 출근시간이 다 되어가자 지문인식을 하고 사무실로 들어갔다. 오늘부터 나흘 동안 희연이 해외촬영을 가기에 회사로 출근해야 한다. 동수는 쉬라고 했지만, 일개 아르바이트생이 그럴 수가 있나.

"어? 쉴 줄 알았는데, 나왔네?"

"쉬어도 되는 거였어요? 진짜 매니저도 아닌데다가 직원도 아니고 일개 아르바이트생이잖아요."

"당연 안 되지."

출근하지 않았다면 맴매를 했을 거라는 유치한 말을 하던 이건이 상자를 들고 책상으로 다가왔다.

"짜잔, 선물. 노트북이야. 심심하면 인터넷하고 놀라고. 고맙지?"

"지금까지 주신 것 중에 제대로 된 선물이네요."

이건은 시큰둥한 야하의 대답에도 싱글벙글 웃으며 상자를 열어 하나하나 꺼내 연결을 했다. 노트북이 참 여성스러운 색깔이다. 야하는 책상의 색과 대비되는 핑크색 노트북을 보자 작은 거부감이 들었다. 그의 미적 감각이 살짝 의심스럽다.

"어렸을 때 미술 못했죠?"

"응? 응, 그림 그리는 거 싫어해."

이것저것 깔고 네트워크를 연결하는 이건을 위해 자리에서 일어나려 했지만, 이것도 배워두면 좋다는 말과 동시에 등 뒤에서 팔을 뻗어 가두는 통에 야하는 꼼짝 않고 이건의 팔 안에 갇혀 있어야 했다.

프로그램이 설치되는 동안에도 팔을 풀지 않고 있자니 숙인 허리가 아프기도 하고 팔이 저리기도 했다. 그러다 앞에 앉은 야하의 목덜미에 고개를 숙이고 큰 숨을 내뱉었다. 생각했던 것보다 더 야하가 깜짝 놀라며 움찔거리는 통에 이건이 더 놀라 살짝 고개를 들었다. 큰 숨을 내뱉느라 산소가 부족해져 반대로 한껏 숨을 들이켰다. 상쾌한 꽃향기에 일순 근육이 긴장했다.

"너, 바디워시 뭐 써?"

"드디어 경찰 부를 타이밍이 왔네요."

"그냥 물어본 거다. 나는 야한 여자가 좋다니까?"

팔을 거두고 몸을 일으키자 긴장한 근육이 풀어지듯 몸이 나른해졌다. 허리를 움직이고 팔을 돌리며 책상에 걸터앉아 야하를 내려다봤다.

"가서 야한 여자한테 물어보세요."

"야한 여자한테는 자극적인 향수 냄새가 나지, 너한테 나는 냄새는 안 나는데?"

그냥 대답해 주고 말지.

"비누예요. 그냥 비누."

"무슨 비누?"

"만든 거예요. 예전에 비누 만드는 거 체험해 봤거든요."

고개를 끄덕이며 자신의 책상으로 돌아가는 이건을 확인하고 인터넷 창을 열었다. 30분도 되지 않아서 할 게 없어져 이건을 흘끗 쳐다보다 그와 눈이 마주쳤다. 계속해서 자신을 보고 있었다는 듯 팔로 턱을 받치고 엎드려 있던 이건이 몸을 일으켰다.

"엄청 둔하네. 30분을 넘게 쳐다봤는데 이제야 돌아보고."

"할 일 없어요?"

"아직. 너도 할 게 없나 봐?"

"다른 할 일 없어요? 그냥 앉아 있기 좀 그런데."

"너는 다른 할 일 없는데. 심심하면 회사 돌아다녀. 잘생긴 애들 많아. 가서 구경해."

"됐어요."

"하긴. 잘생긴 남자가 여기도 있는데 굳이 발 아프게 돌아다닐 필요가 없지. 편히 앉아서 나 구경해."

이건의 말에 야하가 보란 듯이 시선을 고정했다. 야하가 평소보다 눈을 덜 깜빡이며 뚫어져라 자신을 쳐다보자 정말로 그럴 줄 몰랐는지 이건이 고개를 돌렸다.

"아, 멋있는 모습을 보여줘야겠네. 여자는 열심히 일하는 남자가 섹시해 보인다며?"

이건은 괜히 서류를 뒤적거리다 이따가 있을 오디션 자료를 훑었다. 이건은 계속해서 느껴지는 야하의 시선에 내색하지 않았지만, 종이를 넘기지 못하고 헛손짓을 할 정도로 당황스러웠다.

'이봐, 아가씨. 난 아가씨와 다르게 예민해서 뜨거운 시선이 느껴진단 말이야.'

아무런 사심이 담기지 않은 그냥 쳐다보는 눈빛에 또 한 번 근육이 긴장했다. 매번 여자들에게 받는 시선과는 다른 시선에 몸이 반응을 한다. 손바닥에 땀이 차 티슈를 뽑아 들고 손안에서 굴렸다. 금세 젖어 손바닥에 붙은 티슈를 책상 아래 휴지통에 버리고는 다시 종이를 한 장 넘겼다. 야하의 시선을 받고 있는 오른쪽 얼굴 위로 개미가 기어 다니는 듯 간질간질거리자 결국 참지 못하고 손을 올려 얼굴을 긁었다.

"대표님. 얼굴."

야하의 말에 이건은 설마 자신의 시선 때문에 얼굴이 간질거렸던 걸 알아차렸나 하는 생각에 너무나도 티가 나게 흠칫거렸다. 서서히 고개를 돌려 아무렇지 않은 척했으나, 야하가 재차 얼굴을 이야기했다. 손가락으로 자신의 오른쪽 얼굴을 가리키면서 말이다.

"그냥 간지러워서 긁은 거야. 네가 봐서가 아니라."

이건의 말에 야하가 떨떠름한 얼굴로 고개를 끄덕였다.

"얼굴이 간지러울 법도 하네요. 휴지 조각 묻었어요."

이건이 재빨리 손으로 자신의 얼굴을 훑었다. 정말로 돌돌 말린 휴지 조각이 손에 잡혔다. 방금 전 손의 땀을 닦은 휴지가 손에 남아 있다가 얼굴을 긁었을 때 묻었던 것이다. 얼굴이 달아오르는 느낌에 이건은 서둘러 자료를 모아 집어 들었다. 그러고는 갑자기 벌떡 자리에서 일어나 서류뭉치를 들고 사무실을 나섰다. 그 모습까지도 끈질기게 보던 야하는 홀로 남겨진 사무실 안을 두리번거렸다.

"아, 내일은 공부할 거나 가지고 와야겠다."

"어? 야하다."

이건의 말대로 회사를 돌아다니다 익숙한 목소리에 걸음을 멈췄다. 묘한 억양에 말끝을 늘려 부르는 자신의 이름에 얼굴에 살짝 열이 올랐다. 뒤를 돌아보자 이건이 묘한 말투에 어울리는 나른한 표정으로 자신을 바라보고 있었다.

"그렇게 부르지 말아요!"

"뭘? 고작 이름 부른 거 가지고."

"야한 거 본 사람이 하는 말 같잖아요."

단 한 번도 자신의 이름을 다른 식으로 생각해 본 적이 없었는데, 앞으로는 이름이 살짝 부끄러울 것 같다.

"야하를 보고 반가워서 야하다라고 한 게 잘못된 건가?"

"억양이 잘못되었다고요! 그리고 방금 전에 봤는데 반갑기는 무슨."

"점심 먹어야지? 같이 먹으러 가자."

역시나 자신의 뜻대로 행동하는 이건의 모습에 고개를 절레절레 젓고 뒤따랐다. 지하 식당으로 갈 줄 알았던 그가 건물을 나서기에 붙잡았다.

"밖에서 먹게요? 여기 밥 맛있던데요."

"여기서 먹으면 불편해."

"뭐가요?"

"같이 있다 보면 알게 될 거야."

말끝에 찡긋 윙크를 해 보인 그가 주차되어 있던 아우디 차 문을 연 후 타라는 손짓을 했다. 차에 올라타자 계피 향이 코끝을 간지럽혔다.

"계피 향 좋아해요?"

"응. 고급스럽고 잘생긴 내 외모와 조금 어울리지 않지?"

"네."

야하가 순순히 동조를 하자 안전벨트를 매던 이건의 손이 멈칫했다.

"너 나한테 반했어?"

"왕자병 있어요? 잘생겼다는 말 많이 들어봤을 거 아니에요. 잘생긴 건 맞으니 인정해 주는 거예요."

"아아. 나한테 반하지는 마. 반하지 않아도 너한테만은 잘해줄테니까."

앞에 말만 없었다면 근사한 남자가 여자에게 고백을 하는 상황이라 오해할 만한 말이었다. 잘해주겠다는 말이 진심이라는 듯 정색을 하는 이건의 모습에 야하는 심장이 따끔거렸다.

"왜 잘해주겠다는 건데요?"

"잘해줘야 되니까."

"그거 참 고마운데요, 저도 잘해줘야 하나요?"

"가는 게 있으면 오는 게 있어야 하지만 넌 예외로 해주지 뭐."

"난 손해 볼 게 없네요. 그래요, 그럼."

"잘해줄 수밖에 없지."

도도하게 고개를 드는 야하의 얼굴을 본 이건이 나지막하게 말을 내뱉은 후 차에 시동을 걸었다. 알 수 없는 말을 끝으로 이건의 입은 열리지 않았다. 실없는 소리를 하는 게 하루 이틀이 아니었기에 야하는 재차 묻지 않고 고개를 돌려 창밖을 내다보았다.

잘해주겠다는 말에 또 실소가 터졌다. 여하튼 어이없는 행동과 말로 사람을 웃게 만드는 재주가 있는 그였다.

※

두 사람이 도착한 곳은 무한리필 회전초밥 가게였다. 야하는 그와 마주 앉아 멍하니 돌아가는 접시를 쳐다봤다.

"뭐 해? 어서 먹어. 어떤 거 좋아해? 연어초밥? 새우? 계란? 알?"

"알아서 먹을게요."

야하의 대답에도 이건은 빠른 손놀림으로 다섯 개의 접시를 집어 들어 내려놓더니 각기 두 개씩 놓인 초밥 중 하나씩을 먹었다. 숨 돌릴 틈도 없이 먹어치우는 모습은 감탄마저 일 정도였다.

"빨리 먹어. 그래야 다른 거 내려놓지."

이건은 야하가 초밥 하나를 먹기가 무섭게 접시를 옆으로 치우더니, 다른 하나를 먹자 바로 접시를 쌓았다.

"많이 배고팠어요?"

"응. 아침을 안 먹었거든."

느릿느릿 씹는 게 마음에 들지 않았는지, 이건이 한 접시에 남은 초밥을 옮기더니 빈 접시들을 쌓고 다른 초밥 접시를 골라 내려놓았다. 이건은 야하의 속도에 맞추다가는 속이 터질 것 같았지만, 애써 참았다.

"그냥 그 접시 다 드셔도 돼요. 전 알아서 골라 먹을게요."

"안 돼. 나 먹은 만큼 먹어. 많이 먹어야 일을 열심히 하지. 이틀 동안 겪어봐서 알겠지만, 이쪽은 체력이 받쳐 주지 않으면 못 버텨."

이건은 고개를 끄덕이며 그제야 젓가락질을 제법 빠르게 움직이는 야하에게 국물도 떠다 주었다.

"그런데 왜 밖에서 밥을 먹어요? 배고프면 일찍 회사에서 먹어도 되잖아요."

"거기 가면 다들 들러붙어서 말이지."

그러면서 주위를 둘러보는 그를 따라 주위를 둘러봤다. 여자들끼리 온 테이블은 100%, 남자와 온 여자들도 흘끔거리며 그를 쳐다봤다. 눈초리에 옆에 여자가 없었으면 이건에게 말이라도 걸어

볼 텐데 하는 뜻이 섞여 있었다.

"어차피 회사 사람들은 대표인 거 아는데, 함부로 들러붙지 않지 않아요?"

"뭐, 빨리 데뷔하고 싶어서 다가오는 여자들도 있어. 마음 같아서는 연습생에서 내치고 싶은데, 다 내가 잘난 죄지 뭐."

마지막 말만 하지 않았다면 좋으련만. 이 남자는 꼭 뒤에 하지 않아도 될 말을 한다.

끊임없이 돌아가는 접시들이 사라지면 채워지길 반복하는 걸 한 시간가량 보고 난 후에야 가게를 나설 수 있었다.

"꼭 한 시간을 채워야 했어요? 계속 같은 거 먹으니 질리던데."

"한 시간만 무한리필인데 당연 채워야지. 이제 뭐 할까?"

"일하러 가야죠."

느긋하게 굴던 이건이 퍼뜩 오디션이 있었다는 게 생각이 났다며 야하의 팔을 낚아채 차까지 짧은 거리를 달렸다. 시내에서는 내기 힘든 속도로 운전을 해서 회사로 돌아온 이건은 로비에 야하를 버리듯 놓아두고 오디션장으로 향했다. 멀뚱히 그 모습을 보던 야하는 느껴지는 경비원의 시선에 설핏 웃어 보이고 아무렇지 않은 듯 엘리베이터로 향했다.

야하는 오후 시간마저 빈둥거리며 보낼 수 없다는 생각에 일을 찾아 나설까 했지만, 달리 할 줄 아는 것도 없고 무엇을 해야 할지 몰라 결국 사무실로 돌아왔다. 야하는 담당 배우에 대해서라도 잘 알아놓자는 생각에 노트북으로 희연을 검색한 후 팬카페에 가입을 했다. 바로 승인이 떨어지자 본격적으로 팬카페 탐색을 했다.

"일하는 거야? 아니면 노는 거야?"

오디션이 끝난 것인지 이건이 사무실로 들어서고 있었다.

이건은 노트북 안으로 들어갈 기세인 야하가 무엇을 보는가 싶어 가까이 다가갔지만, 이내 야하가 노트북을 닫는 바람에 보지 못해 궁금증은 더해만 갔다.

"야한 거 봤어?"

"전 대표님이 아닌데요."

"에이, 아무리 나라도 업무시간에는 안 봐. 이쪽으로 와."

소파에 앉은 이건이 테이블 위에 무언가를 쫙 늘여놓더니 야하를 손짓으로 불렀다. 얌전히 다가가 앞에 앉자 이건이 테이블을 가리켰다. 그 위에는 어리다면 어리다 할 수 있는 소년, 소녀들의 사진이 펼쳐져 있었다.

"오늘 오디션 본 사람들이에요?"

"응. 누가 제일 잘생기고 예뻐? 나 빼고."

야하는 이건의 농담에 가소롭다는 듯 웃어 보이고는 찬찬히 사진을 들여다보았다.

"외모로 뽑아요? 다 거기서 거긴 것 같은데. 다 예쁘고 잘생겼어요."

"아니, 당연히 실력 위주로 뽑지. 우리 회사를 뭘로 보고."

자신의 회사를 모욕했다는 듯 그녀를 쳐다보던 이건이 사진을 다시 주워 봉투에 담았다. 분명 야하에게 별 의미 없이 물어봤을 것이다. 야하는 이 장난을 치려고 사진을 펼쳐 놓는 수고까지 한 이건에게 소리 없는 박수를 보냈다.

"난 저녁 약속이 있어서. 내일 보자."

아직 다섯 시도 되지 않았지만, 이건은 정말 바쁘다는 듯 서류를 책상 위로 던져 놓고 사무실을 나섰다. 또다시 그에게 버려진 듯한 기분에 떨떠름한 얼굴로 야하는 다시 자신의 자리로 돌아갔다.

앞으로 퇴근까지 한 시간이 넘게 남았다. 이럴 때는 대표인 이건이 무지하게 부러웠다.

쾅쾅!

노크 소리라고 하기에는 너무 큰 소리가 문을 통해 들려왔다. 보고 있던 전공서적에서 눈을 뗀 야하가 문으로 걸어가 문을 열었다.

"지금 대표님 자리에 안 계시는…… 데요."

"알아. 내가 온다는 소리에 이미 도망갔겠지."

문을 열자 조막만 한 얼굴을 다 가리는 갈색 선글라스를 낀 희연이 작은 가방을 손목 스냅으로 돌돌 돌리며 서 있었다. 장신구들이 휘황찬란하게 달린 것이 맞으면 꽤 아플 듯해 야하는 한 걸음 물러났다.

"공항에 마중 나왔어야지. 아르바이트라지만 매니저인 사람이 느긋하게 여기 있어도 돼?"

"죄송해요. 언제 오는지 몰랐어요."

"그런데 저 책상은 뭐야? 너무 튄다."

"그러게요."

희연이 자신과는 전혀 상관없다는 듯 말하는 야하를 빤히 쳐다보다 소파로 가 앉았다.

"뭐 마실 거 드릴까요?"

"꼭 이 사무실 주인이 너인 것 같다?"

야하는 배알이 꼬이는 듯 말도 꼬아서 하는 희연에게 미니냉장고에서 꺼낸 차가운 음료수를 주며 한마디 했다.

"여기서 일을 하니, 주인은 아니더라도 주인 행세는 할 수 있죠."

"너 가만 보면 꼬박꼬박 이겨먹으려고 들더라? 나이도 어린 게. 마음에 안 들어. 빨대는? 립스틱 뭉개지니까 빨대 꽂아줘."

냉장고 위에 있는 작은 상자 안에 왜 빨대가 있나 싶었는데, 희연 때문에 비치되어 있었나 보다. 군말 없이 빨대를 가지고 왔다.

"따서 줘. 나 손톱 부러지면 안 된단 말이야."

야하는 희연이 들고 있던 캔을 낚아채 작은 고리에 손가락을 끼워 넣고 캔을 따며 물었다.

"이게 스타병이에요? 남이 다 해줘야 하고."

"그러라고 매니저 두는 거야."

많이 들어본 소리인지 기분 나빠야 할 말임에도 화내지 않고 대꾸하는 희연의 얼굴을 빤히 쳐다봤다. 투명한 빨대를 통해 불투명한 액체가 흘러들어 가는 걸 보다 캔을 들고 있는 손으로 시선을 내렸다. 그림이 그려진 기다란 손톱이 예쁘긴 하다.

"손 예쁘네요."

"너도 해."

"돈이 없어요."

"너 가난하구나? 이거 할 돈도 없고."

야하가 덤덤히 고개를 끄덕이자 희연의 얼굴이 구겨졌다. 들고 있던 캔을 내려놓고는 쓰고 있던 선글라스를 벗었다.

"기분 안 나빠?"

"사실인데요 뭐. 대표님 오실 때까지 기다리실 거예요?"

"나 너 보러 온 건데."

예상치 못한 말에 야하의 두 눈이 동그래졌다. 희연은 남에게 볼일이 있으면 그 사람을 자기가 있는 곳으로 오라고 부르면 불렀지, 절대 직접 만나러 걸음할 사람이 아니라는 건 동수에게 익히 들어서 잘 알고 있었다. 그러니 야하는 알 수 있었다. 유이건, 그가 없어서 한 말이라는 걸.

"거짓말. 대표님 보러 온 거잖아요."

"너 짜증 나. 내가 이건이 좋아하는 것 같아?"

"네."

거침없는 대답에 희연이 실소를 날렸다.

"남에게 관심 없고 눈치 없을 것 같은 애가 제법이네. 그런데 조금 달라. 난 이건이 행복하길 바라는 거야. 그 행복에 내가 없다는 건 알고 있는 사실이고."

아무렇지 않은 척 이야기를 하고 있는 희연의 손끝이 떨렸다. 달달 떨리는 손톱에 그려진 그림을 보다가 앞에 마주 앉았다.

"이건이가 너한테 장난을 심하게 한다며?"

"그리 심하지 않아요."

"너 이건이한테 말대꾸도 한다며? 동수가 그러던데."

그 매니저는 모든 일을 다 말하고 다니나 보다. 이건의 일을 모두 희연에게 말하고, 반대로 희연의 일을 모두 이건에게 말하는 것 같다. 희연은 이미 다 들어서 알고 있어서인지 대답을 듣지도 않고 자리에서 벌떡 일어났다.

"내일 10시까지 회사 뒤에 운동장으로 와. 시구 연습해야 해."

"시구요? 야구공 던지는 거요?"

"응. 이건이한테 전해줘. 계속 도망 다니면 나 스캔들 터뜨려 버린다고."

비장한 표정으로 말을 마친 희연이 사무실을 나섰다. 탁자 위에 놓인 캔을 흔들어보자 아무런 소리도, 느낌도 나지 않았다. 목이 꽤 말랐는지 다 마셨나 보다. 붉은 립스틱이 남은 빨대를 빼서 캔과 각각 분리해서 쓰레기통에 넣고 다시 책상으로 가 전공서적에 집중을 했다.

"희연이가 뭐래?"

갑자기 책을 가리는 손과 동시에 이건의 목소리가 들렸다. 야하가 고개를 돌려 벽에 걸린 시계를 확인하자, 시계바늘이 퇴근 시간을 살짝 지나 있었다.

"계속 피해 다니면 스캔들 낸다고요."

"제발 좀 스캔들 내라고 말하지 그랬어. 이젠 개도 노처녀야."

"내일 시구 연습해야 한다고 하던데요?"

"너한테 같이하자고 하던? 너 큰일 났다."

"뭐가요?"

"희연이 운동신경 제로거든. 운동 엄청 못해. 가르치려면 고생깨나 하겠다."

키득키득 웃는 폼이 자신이 겪을 일이 고소한가 보다. 요 며칠 장난을 걸어도 무신경하게 반응했기에 그의 웃는 얼굴을 자주 못 봤는데, 이렇게 웃는 걸 보니 꽤 통쾌한가 보다.

"그러면 야구 잘하는 남자가 가르치는 게 낫지 않아요? 저 잘 모르는데."

"그냥 공 던지기만 하면 되는데 뭐. 잘해봐. 퇴근 시간 지났네. 너무 늦게까지 공부하지 말고 일찍 들어 가."

야하에게 찡긋 윙크를 해 보이고 사무실을 나섰다. 보통 여자들은 자신의 윙크에 거의 쓰러질 지경으로 황홀해하는데, 무시라는 신선한 반응을 보이는 야하가 괘씸하면서도 재미있었다.

이건은 친구들과 오랜만에 술 한잔하고 클럽에서 놀 생각에 걸음이 가벼워졌다. 요즘 들어 마음이 뒤숭숭한 건 은인의 딸을 만났기 때문일 거다. 삶이 힘들어 보이는 은인의 딸을 자신의 보호 아래 두었으니 앞으론 한결 마음이 편해질 거다.

✼

"꼭 그쪽으로 던지고 싶은 거예요?"

"마음대로 안 되는 걸 어쩌라고."

희연은 정말로 운동을 못하는 것인지, 공을 제멋대로 던지고 있었다. 한가운데로 공을 던지라는 것도 아니다. 적어도 공을 잡을 수 있게 던져줘야 할 게 아닌가. 매번 좌우로 저 멀리 던져 버리는 통에 공을 주우러 다니던 동수는 이미 벤치에 쓰러져 있다. 땡볕 아래에 서서 공을 받던, 아니, 단 한 번도 받지 못한 채 공을 주우러 다니던 야하가 결국엔 한 소리 했다.

"언니는 그늘 아래서 던지지만 저는 땡볕 아래에 서 있다고요."

호칭 문제로 고민을 하는 야하에게 희연이 간단하게 자기 나이가 많으니 언니라 부르라고 허락하는 투로 이야기를 했다. 그때부터 야하는 희연을 언니라고 부르고 있었다.

"조금 쉬었다가 하지?"

언제 온 것인지 청바지에 흰색 반팔티를 입은 이건이 음료수 캔이 든 검은 봉지를 흔들며 서 있었다. 내내 축 늘어져 있던 동수가 가장 빨리 이건에게 다가가 음료수를 받아 들고는 단숨에 캔을 따서 마셨다. 반면 힘이 빠져 느릿한 걸음으로 걸어간 야하가 캔을 따서 희연에게 건네주었다.

"너 뭐 하냐?"

그 모습을 본 이건이 인상을 쓰고 물었다. 얄밉게 흘기는 희연의 태도에 그의 얼굴이 굳어졌다.

"민희연."

"뭐? 나 손톱 부러질까 봐 캔 따주는 건데, 왜?"

"너 시구 연습한다고 손톱 다 깎았잖아."

이건의 말에 야하가 희연의 손으로 시선을 옮겼다. 매니큐어도 다 지운 것인지 깨끗한 손톱이 눈에 들어왔다. 그나저나 손톱을 깎은 건 어떻게 알고 있냐는 눈길로 그를 쳐다봤다.

"자, 마셔."

야하의 시선에 남은 캔을 딴 이건이 그녀의 손에 들려주었다. 그 모습을 본 희연이 눈에 쌍심지를 켜고 달려들었다.

"뭐야? 너? 왜 야하는 따주고, 나는?"

"별걸 다 샘낸다. 점심은 먹었어?"

보란 듯이 야하의 얼굴에 흘러내린 머리카락을 다정스레 쓸어 넘겨주자 약이 올랐는지 희연이 다 마신 캔을 땅에 던지며 발로 밟았다. 그런 그녀의 기세에 야하가 하지 말라는 듯 고개를 흔들었다.

"그렇지. 캔은 발로 밟아서 부피를 줄이고 분리수거해야지. 가만 보면 희연이가 참 개념이 차 있다니까."

"악!"

짜증이 나는지 짧게 소리를 지른 희연이 캔을 들고 걸어갔다. 착실하게 분리수거 쓰레기통에 넣고는 건물 안으로 사라졌다.

"땀 많이 흘렸지? 따라가서 씻고 나와. 갈아입을 옷 없으면 희연이한테 주라고 하고."

"혹시나 해서 챙겨왔어요."

희연의 뒤를 따라가기 전에 남은 음료수를 비워 희연과 똑같이 캔을 발로 밟아 부피를 줄인 후 버렸다. 쌩하니 가버렸기에 보이지 않을 줄 알았던 희연이 시야에 들어왔다.

"기다렸어요?"

"짜증 나. 유이건을 어떻게 약 올리지? 정말 스캔들 내버려?"

"그걸로는 부족할 것 같은데요. 어제 제발 좀 스캔들 내라고, 이제 언니도 노처녀라고 하던데요."

"너도 지금 나 약 올리는 거지? 짜증 나. 너도 유이건하고 똑같아."

마지막 말에 야하의 얼굴이 구겨졌다. 진심으로 기분 나빠 하는 걸 느꼈는지 희연이 웃으며 따라오라는 손짓을 했다.

절대 맨몸을 보여줄 수 없다며 희연이 우기는 통에 희연이 먼저 씻고 나온 뒤에야 야하는 넓은 샤워실을 차지할 수 있었다. 야하도 딱히 같이 맨몸을 보여주며 씻을 생각이 없었기에 잠자코 희연이 다 씻고 나오기를 기다렸었다. 야하가 대충 씻고 나오자 이미 비비크림을 바르고 아이라인까지 그린 희연이 기다리고 있었다.

"더운데 점심은 냉면으로 하자."

밖으로 나오자 이건과 동수가 차 안에서 기다리고 있는 것이 보였다. 꽤 오래 기다린 탓에 두 사람은 지루한 표정으로 희연과 야하를 노려봤다.

"때 밀었냐? 뭐 이리 늦어?"

"따로 씻느라 늦었어요. 오래 기다리게 해서 미안해요."

깍듯이 사과를 하는 야하 때문에 더는 화를 내지 못하겠는지 이건이 말없이 차를 몰았다. 냉면을 먹자는 말에 동수가 과하게 야호를 외치며 좋아했다. 야하는 동수가 냉면을 정말 좋아하나 보다 생각을 했지만, 가게에 도착하자 그 생각이 착각이었음을 깨달았다.

"고기집이네요."

"뭐니 뭐니 해도 고기를 먹은 뒤 후식으로 냉면을 먹는 게 최고죠."

가장 신이 난 동수가 신발을 벗고 룸 안으로 들어갔다. 어쩌다 보니 이건 옆자리에 앉게 된 야하가 멀찌감치 최대한 떨어져 앉았다.

"쯧쯧, 누가 보면 따로 온 줄 알겠다."

야하가 이해하지 못해 무슨 말이냐는 듯 쳐다보자 그가 손짓으로 옆 테이블을 가리켰다. 거의 옆 테이블에 붙어 앉았기에 한 말인 듯싶다. 희연과 동수가 뭐 하냐는 눈빛으로 쳐다봐 어쩔 수 없이 야하가 조금 더 가까이 다가가 앉았다.

"일단 갈비로 6인분 주세요."

주문과 동시에 밑반찬이 놓이고, 숯불이 들어옴과 동시에 바로 갈비가 철판 위에 놓였다. 가장 의욕이 넘쳤던 동수가 가위와 집게를 들고 갈비만 쳐다보며 익기를 기다렸다. 고기가 익기가 무섭게 희연과 동수의 젓가락이 고기를 채갔다. 둘의 식성에 놀란 야하가 간간이 익은 고기 한 조각을 입안에 넣고 우물우물거리는 사이 철판에 다시 고기가 올라갔다.

"내가 그렇게 안 먹이고 일 시켰냐? 민희연, 너는 동수랑 다니더니 식성이 닮아간다?"

"시끄러. 먹을 때는 개도 안 건드린다고 했어."

동수의 손에서 집게와 가위를 빼앗아 든 이건이 고기가 익는 즉시 잘라서 야하의 앞접시 위에 올려주었다. 그 모습을 보던 동수가 항의하려 했으나, 대표라는 직함 앞에서 차마 그럴 수 없었는지 사탕을 빼앗긴 아이 얼굴을 하고 젓가락을 빨았다.

"자, 많이 먹고 어여쁜 꽃돼지 돼야지?"

많이 먹으라는 소리인지, 아니면 입맛 떨어지게 해서 1인분이나마 줄여보자는 심산으로 한 소리인지 그의 표정으로는 구분할 수 없었다.

"우리는? 왜 야하만 챙겨주는데?"

"너네는 알아서 잘 먹잖아. 얘는 챙겨줘야 해."

어릴 때부터 누군가가 챙겨준 적이 없어서인지 사소한 관심과 배려가 남들이 느끼는 것보다 더욱 가슴에 와 닿는다. 그래서인지 앞접시에 쌓인 윤기가 흐르는 고기를 보자 저절로 입가에 미소가 지어졌다. 젓가락으로 두 조각을 한꺼번에 집어 입안에 넣었다.

"와, 한 조각 먹어보란 말 없이 먹는 것 좀 봐."

희연이 얄밉다는 듯 노려보더니 이내 익어가는 고기 위로 시선을 돌렸다. 고기만 집어 먹는 자신에게 갖가지 쌈이 담긴 바구니를 가까이 가져다주는 이건이 처음으로 자상해 보였다.

"그런데 비누 가져와서 씻었어? 향긋한 향기가 날 자극하는데."

변태스러운 말만 하지 않았다면 좋았을걸. 또 끝에 가서 저런다. 장난치지 말라고 한 소리 하려다 말았다. 하지 말라고 해도 할 그이기에. 그리고 이제는 이런 장난쯤이야 익숙하다.

"전 배불러요."

"어허. 냉면 먹으러 왔는데 먹어줘야지. 배부르면 나랑 나눠 먹던가. 물냉면으로 하자."

기어코 먹이고야 말겠다는 투로 이건은 물냉면 3개를 시켰다. 하나밖에 없는 계란을 인심 써서 야하에게 주고 적당한 양의 식초와 겨자를 넣고 새 젓가락으로 비빈 후 덜어주었다. 다들 맛있게 먹는 모습에 자극을 받았는지 야하가 후르륵 면발을 빨아들였다.

살짝살짝 몸이 움직일 때마다 계속해서 향긋한 향기가 코끝을 자극한다. 모 방송에서 여자에게서 나는 비누 향기에 설렌다는 남자들 말에 코웃음을 쳤었는데 인정해야겠다. 확실히 향수 냄새보다는 자극적이다.

"그 비누, 나도 주면 안 되나?"

무심코 던진 말에 사레가 들렸는지 야하가 입을 막고 기침을 해댄다. 소심하기도 하지, 별말도 아닌데 놀라기는. 등을 두드려 주자 물을 마신 그녀가 노려본다.

"직접 만들어 쓰세요."

어깨를 한 번 으쓱해 보인 후 시선을 돌리다 희연과 눈이 마주쳤다. 피식 웃어 보이자 계속해서 야하를 건드리는 게 마음에 들지 않는 것인지 입을 앙다물고 노려본다.

오늘 두 여자에게 받은 시선 때문에 몸이 타들어가겠군.

"와, 정말 너무하네. 이제야 좀 제대로 던지시네요."

아까보다 길어진 그림자를 보던 야하가 동수의 말에 고개를 들었다. 이제는 제법 위치를 맞춰 공을 던지는 희연의 늘씬한 뒷모습이 자신감에 차 있다. 야구공 하나를 주워 위로 던졌다 받기를 반복하던 이건이 계속해서 놀려대자 더욱 오기가 생긴 희연이 벌써 두 시간째 공을 던지고 있었다. 이 정도면 일반 야구선수 운동량이지 않을까 싶다.

"휘익!"

짧은 휘파람 소리를 내는 이건을 향해 비웃음을 보인 희연이 다시 한 번 공을 던졌다.

"이 정도면 선수로 뛰어도 되겠는데요?"

어서 빨리 연습을 끝내고 싶은 것인지 동수가 칭찬을 아끼지 않았다. 이미 많이 지친 희연이 그만하자고 선언을 하자 동수가 글로브를 위로 던지며 달려왔다.

"시원한 냉커피 한 잔 어때요?"

"씻고 사줄게."

당장 목이 말라 마시고 싶었던 것인지, 씻고 나올 때까지 기다리라는 희연의 말에 동수의 어깨가 축 처졌다.

"너도 씻고 나오지?"

"저는 가만히 보고만 있어서 땀 안 흘렸는데요."

"아쉽다. 향긋한 냄새도 조금 사그라졌는데."

"핸드폰 좀 빌려줘요, 신고하게."

"그놈의 신고 소리. 지긋지긋해."

머리를 헝클어뜨리며 저 멀리 도망가는 이건을 따라 모두들 건물 안으로 들어왔다. 바깥과는 다른 공기에 야하의 몸에 한기가 돌았다. 워낙에 에어컨 바람을 좋아하지 않는 탓이기도 하다.

"추워? 내가 준 담요는 어쨌어? 여름 감기가 더 무서운 거라니까."

"아, 커피가게 로고가 박힌 담요요? 뻐꾸기가 덮고 있어요."

"뻐꾹뻐꾹 뻐꾸기? 남자? 창문 밖에서 뻐꾸기 울리는 남자 있어?"

옛날에 남자가 자신의 연인 집 앞에서 몰래 여자를 불러내기 위해 하던 암호를 이야기하나 보다. 계속해서 누구냐고 묻는 게 끈질기다. 하여튼 이 남자는 자신이 궁금한 건 어떻게든 알아야 직성이 풀린다.

"남자는 무슨! 없어요. 아, 그런 게 있어요, 뻐꾸기."

어깨에 걸쳐진 이건의 팔을 쳐내고 마침 열린 엘리베이터 안으로 뛰어 들어갔다. 빠른 걸음으로 걸어오는 그를 향해 혀를 쏙 내보인 후 일말의 망설임 없이 닫힘 버튼을 눌렀다.

"큭."

이건은 낮에 있었던 일을 생각하던 중 갑자기 웃음이 터져 나왔다. 먼저 올라가 버린 야하를 뒤따라 올라갔을 때에는 이미 사무실로 들어가 버린 것인지 복도가 조용했다. 지문인식을 하고 들어가려던 차에 또다시 장난기가 발동해 사무실 앞에서 뻐꾹뻐꾹 외쳐 댔던 그다.

"미친놈. 왜 혼자 웃고 지랄이야?"

거친 욕설과 함께 포도알 하나가 눈앞에 떨어졌다. 테이블 건너 마주 보고 앉아 있던 친구 녀석이 옆자리에 앉은 여자의 어깨 위로 손을 올린 채 포도 한 알을 더 던질 듯 손에 쥐고 있었다.

"연애 하냐?"

"연애는 무슨. 그냥 재미있는 게 생각나서."

"오빠, 뭔데? 나도 같이 웃자."

고개를 돌리자 짧은 미니원피스를 입은 여자가 팔에 매달리며 어깨에 머리를 기대듯 가까이 다가와 앉았다. 언제 여자들을 부른 것인지 몇몇은 이미 옆에 끼고 술을 마시느라 친구들에게 관심이 없어 보인다.

이건이 여자를 찬찬히 훑어봤다. 이에 여자가 자신 있다는 듯 허리를 펴고 마음껏 감상하라는 표정으로 이건과 눈을 맞추었다. '나쁘지 않다'라는 느낌이 든 그가 술잔에 술을 채워 건네주고는 가볍게 잔을 부딪쳤다.

"매니큐어가 특이하네?"

계속해서 딴생각에 젖어 자신에게 무관심했던 건 이미 잊었는지, 자신에게 관심을 보이는 이건의 말에 여자가 주절주절 끊임없이 말을 쏟아내었다.

"잠깐만 전화."

이건의 말에 여자가 입을 다물었다. 나쁘지 않았던 여자의 끊임없는 수다에 점점 같이 놀 마음이 없어지던 차에 전화가 울려 기꺼운 마음으로 이건이 전화를 받았다.

"말해."

이미 발신자로 동수인 것을 확인했기에 바로 전화를 받았다.

〈지금 어디세요? 야하 씨 병원에 있는데……. 집에 불이 났

어요.〉

"뭐? 어디야?"

전화를 끊고 자신을 부르는 친구들을 가뿐히 무시한 후 얇은 재킷을 들고 룸을 뛰쳐나왔다.

"하필 왜 불이야."

자신이 술을 마신 것도 인지하지 못한 이건이 차를 몰고 거칠게 도로 위에 올라섰다. 다행히 차가 많지 않은 탓에 얼마 되지 않아 병원에 도착했다. 늦은 시각이기에 한산한 병원 복도와 달리 응급실은 정신이 없었다.

"젠장. 뭐야? 야하는?"

"저기요."

동수가 가리키는 곳으로 뛰어가자 이동식 침대에 앉아 있는 야하가 보였다. 겉모습은 멀쩡했지만 멍한 눈빛에 심장이 덜컥 내려앉은 이건이 더는 그 눈빛을 볼 수가 없어 야하의 얼굴을 품에 가뒀다.

"하아. 괜찮아?"

"흐흑. 흡."

이건은 갑자기 울음을 터뜨리는 야하의 등을 연신 쓸어내리며 진정하기를 기다렸다. 잔잔하게 떨리던 어깨가 차츰 멈추자 품 안에서 야하를 떨어뜨린 그가 손바닥으로 아직 남은 눈물을 닦았다.

"미안, 미안하다."

이건이 무슨 말을 하는지 머릿속에 잘 들어오지 않는다. 그저 방금 전 있었던 일만 머릿속에 떠다녔다. 동수가 집 앞에서 내려주었을 때 이미 사람들이 원룸 건물을 둘러싸고 있었다. 창문으로 피어오르는 연기와 발을 동동 구르는 몇몇 사람들로 불이 났음을 알 수 있었다. 멍하니 보고 있을 때 머릿속으로 강하게 목소리가 들렸다. 아니, 글자가 새겨졌다. 또다. 요즘 들어 몇 번씩 글자가 들린다. 하지만 평소와 달리 이번에 소리를 내는 물건은 자신이 의미를 부여한 물건이었다.

"야하 씨, 이쪽으로 와요."

동수가 붙잡기도 전에 이미 야하의 발은 건물로 향했다. 바로 앞에서 야하를 놓친 동수가 급히 따라갔지만, 이미 그녀는 건물 안으로 들어가 버렸다. 건물 안으로 들어간 야하가 입과 코를 막고 자신의 집 앞까지 단숨에 올라가 문을 열었다. 복도와 달리 연기가 퍼지지 않아 숨을 쉬기에는 문제가 없었다. 야하는 바로 글자가 들리는 곳으로 가 물건을 들고 밖으로 나왔다.

"미친 거 아니야?"

갑자기 옆집 문이 열리고 옆집 남자의 목소리가 들렸다. 자고 있었던 것인지 뒤늦게 나온 남자가 야하의 품에 들린 물건을 보더니 욕을 하고는 야하의 팔을 잡고 달려서 계단을 내려왔다.

사람들 틈에서 발을 동동 구르며 어쩔 줄 몰라 하던 동수가 건물을 나오는 두 사람을 보고는 한달음에 달려와 야하를 부축했다. 그리고는 바로 병원으로 온 것이다.

"저기, 대표님. 그만 가도 된대요. 다친 곳은 없고, 연기를 마시기는 했지만 괜찮대요. 추후 좋지 않으면 다시 검진을 받으러 오면 될 것 같아요."

"후우. 일단 내 집으로 가자."

야하를 부축하고 병원을 나서고 나서야 자신이 술을 마셨음을 인지한 이건이 동수의 차에 탔다. 뒷좌석을 모두 차지한 야하가 기절하듯 늘어져 버리자 놀랐지만, 단순히 잠든 걸 알자 그냥 내버려 두었다.

"이것 좀 받으세요."

운전석에 앉으며 동수가 손에 들고 있던 걸 보조석에 앉은 이건에게 건넸다.

"이게 뭐야?"

자신이 전에 주었던 담요였다. 묵직한 무게에 담요를 들춰보자 시계가 눈에 들어왔다. 요즘은 보기 드문 뻐꾸기시계였다.

"말도 마요. 도착했을 때 이미 불이 난 상태였는데 갑자기 야하 씨가 건물로 들어가더니 이걸 들고 나왔어요. 중요한 시계인가?"

뻐꾹.

갑자기 들리는 소리에 두 남자가 화들짝 놀랐다. 얼른 다시 담요로 시계를 감싼 이건이 차 안에 있는 시계를 확인했다. 1시. 벌써 새벽 1시였다.

오피스텔에 도착하자 시계를 동수에게 다시 돌려준 이건이 야하의 몸을 일으킨 후 힘겹게 안아 들었다.

"정말로 대표님 집에 데려가시게요? 희연 누님 집으로 데려가는 게 낫지 않아요?"

이건은 자신을 믿지 못하겠다는 불신 가득한 동수의 눈빛이 꽤

씸했지만, 고개를 끄덕인 후 걸음을 옮겼다. 희연의 집 앞에 도착하자 벨을 누른 동수가 익숙하게 잠금장치 번호키를 눌렀다.

"이 시각에 뭐야?"

아직 잠자리에 들지 않았는지, 단숨에 날카로운 희연의 목소리가 들렸다. 실크 소재의 가운을 덧입은 희연이 침실에서 나오다 이건과 눈이 마주쳤다. 희연이 웃으며 그를 반기려던 차에 품에 안긴 야하가 눈에 들어왔다.

"뭐야? 설마 둘이 우리 집에서 2차 뛰려고 온 건 아니지?"

"여배우 입에서 2차가 뭐냐? 동수는 눈에 안 들어오냐?"

불순한 말에 마음이 상할 법도 하지만 별로 신경 쓰지 않고, 이건이 야하를 다시 한 번 추슬러 안고는 바로 옆방으로 들어갔다. 이건이 침대 위에 조심스럽게 야하를 내려놓고 다시 거실로 나섰다.

"불? 쟤 다친 거야?"

"아니요. 그냥 잠든 것 같아요. 그럼 저는 먼저 가볼게요. 내일 일찍 올게요."

상황을 간단하게 설명한 동수가 시계와 담요를 소파 위에 내려놓고 집을 나섰다.

"뭐야? 왜 네가 안고 들어와? 동수보고 안으라고 하지."

"심술부리지 마. 나도 간다. 야하 계속 자게 건들지 말고."

손을 대충 흔들고 집을 나가는 이건의 뒤로 희연이 가운뎃손가락을 들어 보인 후 건들지 말라는 충고가 있었음에도 야하가 잠든 방으로 들어가 불을 켰다. 불빛에 눈살을 찌푸리는 야하의 얼굴을 보자 그녀의 심술이 조금 풀렸다. 희연은 얕은 조소를 날리다가 혹시나 다친 곳이 있나 꼼꼼히 살펴본 후 이불을 잘 여며주고 다시 불을 끄고 방을 나섰다.

*

 눈을 뜨자마자 생각이 나는 건 물 한 잔이었다. 하지만 물을 찾기에는 너무 낯선 공간이어서 몸을 벌떡 일으켜 앉아 주위를 두리번거리다 어제의 일이 생각났다. 다시 한 번 둘러보니 그렇게 낯선 공간은 아니다. 분명 와본 적이 있는 곳이다. 조심스럽게 발걸음을 옮겨 문 앞에 섰다. 문을 열고 나서자 소파에 앉은 희연의 얼굴이 보였다.
 "안녕하세요."
 유독 피곤한 얼굴을 하고 있던 희연이 야하의 인사에 눈꼬리를 위로 치켜세웠다.
 "안녕 못해. 이 시계 뭐야? 밤새 한 시간 간격으로 사람 기겁할 만한 소리를 내는 것도 모자라 가면 갈수록 울어대는 횟수도 많아지고. 이런 건 어디서 주워왔니?"
 희연이 피곤한 이유가 뻐꾸기시계 때문이었나 보다.
 "집에서 주워왔어요."
 야하의 말에 할 말을 잃은 희연이 혐오스러운 얼굴을 하고 시계를 발로 밀었다. 차마 불이 난 집에서 건져 왔다고 하는 야하에게 더는 화를 낼 수 없어 나름의 화풀이를 한 거였다. 하지만 이마저도 할 수 없게 되었다.

"그거 우리 아빠가 준 마지막 선물인데."

"너, 나 미안하게 해서 화 못 내게 하려는 거지?"

"그런 건 아닌데."

아니라는데 뭐라 할 말이 있겠는가. 희연은 계속 이러고 있다가는 짜증이 더 날 것 같아 다시 방으로 들어가 버렸다.

"그거 건전지라도 빼던가! 나 잠 좀 자자!"

닫힌 문 너머로 우렁차게 들리는 희연의 목소리에 놀란 야하가 냉큼 담요를 걷어 뻐꾸기시계 뒤에서 건전지를 꺼냈다. 야하는 홀로 덩그러니 남겨진 거실에 서 있다가 목이 말라 부엌으로 향했다. 정수기에서 물을 받아 마신 후 컵을 헹구고 다시 제자리에 놓아두었다. 희연은 잠든 것 같고, 오늘 희연의 스케줄은 오후에 있는 드라마 촬영이다. 시간이 비는 건 오전뿐이기에 빨리 집에 갔다 와야 할 것 같아 야하가 급히 걸음을 옮겨 신발을 신고 현관문을 열었다.

"깜짝이야. 어디 가?"

막 벨을 누르려던 참이었는지 이건이 문 앞에 서 있었다. 가벼운 트레이닝복 차림의 그가 갑자기 손을 올려 야하의 이마에 가져다 댔다.

"열은 없네."

"저 감기 걸린 거 아닌데요."

"그거나 이거나."

나가려는 야하를 밀면서 다시 집 안으로 들인 이건이 먼저 신발을 벗고 들어섰다.

"일찍 일어났네? 아침 먹어야지? 죽 사왔어. 그런데 어디 가려던 참이야?"

"집이오. 갔다 와야 할 것 같아서요. 나머지 짐들도 확인해 봐야 하고······."

단박에 이건의 눈매가 사나워졌다. 이건이 말없이 야하의 손목을 잡고 식탁으로 가 억지로 의자에 앉힌 후 쇼핑백에서 죽을 꺼냈다.

"일단 먹어. 집은 동수 오면 같이 갔다 와. 곧 올 거야."

"네, 감사합니다. 그런데 웬 죽이에요?"

데려다 주겠다는데 굳이 거절할 이유가 없어 그냥 고개를 끄덕였지만, 죽은 이해가 가지 않는다. 아픈 것도 아닌데 죽이라니.

"너 어제 연기 마셨어. 지금 네 몸 상태 안 좋을 수도 있어. 혹시 모르니 소화 잘되게 죽 먹는 게 나을 것 같아서."

아빠가 돌아가신 이후로 자신을 걱정해 주는 사람이 없었기에 눈물이 핑 돌았다. 자신을 살뜰히 돌봐주지는 않았지만 옆에 있던 엄마와 동생이 외국으로 떠났을 때 그 상실감은 말로 표현할 수 없었다. 홀로 남겨지자 자신을 돌볼 사람은 자신밖에 없다는 걸 알면서도, 그마저도 뜻대로 되지 않았다. 항상 힘들고 외로운 게 전부였었다.

"너 의외로 울보였구나?"

놀리듯 말을 하지만 이건의 눈길이 세심하다. 상처받은 어린 양을 보듯 보듬어주는 눈빛에 심장이 따끔거린다.

"일단 먹어."

야하의 글썽거리는 눈물에 뭐라 형용할 수 없는 감정이 솟구쳤다. 어린 나이에 집안의 가장인 아버지를 잃고 힘들게 살고 있는 야하를 다시 만난 건 하늘의 뜻이란 생각이 들었다. 신이 그녀를 돌보는 것으로 과거의 일에 대한 속죄를 하라는 기회를 준 것이라고. 하지만 아직은 온전히 자신의 테두리 안에 없기 때문인지 자신이 없을 때 그녀에게 불행이 또 한 번 찾아올 뻔했다. 만약 희연의 스케줄이 일찍 끝나 그녀가 일찍 집으로 갔다면 불길에 갇혀 있었을지도 모른다. 그 생각을 하자 온몸이 따끔거릴 정도로 소름이 끼쳤다.

"그런데 저 시계가 중요한 건가? 담요를 덮고 있던 게 정말 뻐꾸기였군. 심지어 한 시간마다 줄기차게 울어대는."

"아빠가 사주신 선물이에요."

야하의 말에 이건의 몸이 움찔거렸다. 바로 아빠라는 단어에서 말이다. 그러지 않아도 야하에게 더욱 미안한 마음이 들었던 때에 아빠라는 단어를 듣자 이건의 얼굴이 흙빛이 되었다.

"살려달라고 소리치는 바람에."

"응?"

무심코 쓸데없는 말을 했다. 아무것도 아니라고 고개를 저었음에도 이건의 눈길이 거두어지지 않았다. 때마침 초인종이 울렸고, 이내 동수가 부엌으로 들어왔다.

"어? 일찍 일어나 있었네요? 괜찮아요? 설마 그 죽, 대표님이 사오신 거 아니죠?"

"맞는데, 왜?"

"아니, 뭐…… 그냥요."

맞다고 당사자가 말했음에도 그럴 리가 없다는 표정으로 이건을 보던 동수가 슬그머니 거실로 나갔다. 야하의 식사가 끝나고 나서야 이건은 자신의 집인 13층으로 돌아갔다. 희연이 일어나기 전에 집에 갔다 오자는 동수의 말에 야하가 바삐 움직였다.

"같이 들어가요. 대표님이 혼자 들여보내지 말래요."

어젯밤과 다르게 조용했다. 건물 안으로 들어가자 아직은 매캐한 연기 냄새가 코끝을 따갑게 만들었다. 야하가 문을 열려던 차에 옆집 문이 열리더니 옆집 남자가 나왔다. 옆집 남자와 눈이 마주친 야하가 재빨리 허리를 숙여 인사했다.

"아, 어제는 감사했어요. 정말 감사합니다."

"뭘요."

옆집 남자가 동수가 누군지 궁금하다는 눈초리로 한참을 쳐다보자 눈치챈 동수가 혼자 사는 야하를 생각해서 자신을 적당한 거짓말로 소개했다.

"아, 사촌 오빠입니다. 그러고 보니 어제 건물에서 데리고 나와 주셨죠? 덕분에 무사했습니다. 감사합니다."

"아, 뭘요. 참. 불은 아랫집 여자가 요리하다가 난 거래요. 크게 번지지는 않았지만, 소화기도 제대로 구비되지 않아서 집주인이 벌금을 물게 생겼다고 하네요."

화재에 대한 전말과 그 뒷이야기를 세세하게 이야기해 주고는 슬리퍼를 끌고 계단으로 내려가는 옆집 남자에게 다시 한 번 감사의 인사를 한 후 두 사람은 집 안으로 들어갔다. 작은 원룸에 동수가 들어서자 꽉 찬 느낌이다. 덩치가 큰 탓인지 유독 집이 더욱 좁아 보였다.

"그나마 다행이네요. 창문만 살짝 열어놓고 갔다 오면 될 것 같아요."

"그래요, 그럼."

자신의 눈치를 살피는 야하에게 밖에서 기다리겠다는 말을 하고서는 동수가 집을 나섰다. 동수는 차 안으로 들어와 여름 열기에 달궈진 몸을 에어컨으로 식히며 이건에게 전화를 걸었다.

〈도착했어?〉

"네. 집은 괜찮아요. 비교적 작은 화재였어요. 그런데 소화기가 구비되지 않았다고 하네요."

〈뭐? 아직도 그런 건물이 있단 말이야? 망할. 알았어. 바로 여기로 올 거지? 희연이네 집 말고 내 집으로 와.〉

"대표님 집으로요?"

동수는 대답도 없이 뚝 끊긴 전화를 노려보다 차 문이 열리는 소리에 고개를 돌렸다. 그새 옷을 갈아입은 야하가 옆에 올라탔다.

*

"싫은데요."

말이 끝나기가 무섭게 야하의 부정적인 대답이 들려왔다. 상당히 불쾌한 표정으로 입을 앙다물고 자신을 노려보는 야하에게 이건은 최대한 부드럽게 설명을 했다.

"소화기 하나 없는 건물에서 어떻게 계속 지내?"

"집주인이 벌금까지 물었는데, 사놓겠죠."

이건은 어떻게 해야 설득을 할 수 있나 고민이 되었다. 제법 고집이 있는 야하이기에 그녀가 납득할 만한 말을 해야 한다. 옆에 있던 동수는 눈치를 보다가 희연의 집으로 내려가 버렸다. 옆에서 야하를 설득하는 데 도우라고 했건만, 두 사람의 기세에 눌려 이미 도망간 지 오래다.

"여기 방 많이 남아 있어. 그냥 지내도 돼. 내가 남자라 그래?"

"네. 유별별한 남녀가 한 지붕 아래에서 같이 산다는 게 말이 돼요? 혹시라도 만약에 제가 대표님 좋아하게 되면 어떡하려고요?"

뒷말은 그냥 생각 없이 한 말이다. 당연히 농담으로 받아칠 줄 알았던 이건이 갑자기 진지한 표정을 하더니 진한 눈길로 쳐다봤다.

"뭐, 뭐예요?"

"나 좋아해? 그럼 더 잘됐네. 나도 너 좋아해. 그러니 같이 살자."

순간 머릿속이 멍해지고 귓가가 웅웅댔다. 진공 속에 갇히는 느낌이랄까. 목이 마르고 입술이 건조해져 혀로 살짝 입술을 적셨다. 그것까지도 진하게 쳐다보는 이건의 눈빛에 입술과 혀가 타들어가는 느낌이었다.

"장, 장난치지 말아요. 그런 장난 정말 싫어요. 그런 장난으로 설득이 가능하다고 봐요?"

야하가 장난하지 말라는 말로 거절을 돌려 말했다. 그러자 바로 이건의 표정이 풀리고는 알아챘냐는 눈빛을 보냈다. 야하는 그런 이건에게 소파에 있던 쿠션을 던진 후 바로 그의 집을 나섰다.

"생각해 봐!"

자신의 말에 대답을 하듯 문이 쾅 하고 닫혔다. 진심은 아니었지만 자신의 말을 바로 장난으로 치부한 게 솔직히 조금은 씁쓸하다. 장난이 맞았음에도 그녀의 반응이 서운하다. 그렇게도 자신이 싫은가 하는 생각에 주먹에 힘을 실어 야하가 던진 쿠션을 내려쳤다.

문이 부서질 정도로 세게 닫은 후 야하는 엘리베이터가 아닌 계단으로 4층까지 내려왔다. 어떻게 4층까지 내려왔는지도 모를 정도로 머릿속이 새하얗게 변했다. 초인종을 누르고 생각나지 않는 비밀번호를 떠올리기 위해 머리를 쥐어 짜내야 할 정도로 야하는 정신이 없었다.

"둘이 연애하니?"

처음 봤을 때와 마찬가지로 맑은 얼굴의 희연이 날카로운 목소리로 물었다.

"아니요. 그런데 같이 살자고 하던데요?"

또 염장을 지르는 야하의 말에 희연의 눈꼬리가 올라갔다. 이럴 때는 정말 야하가 마음에 들지 않는 희연이다. 조금이나마 남아 있던 이건의 타인에 대한 관심이 모조리 야하에게 쏠려 있기에 희연은 야하를 보면 속이 탔다. 희연은 야하가 보기 싫고 죽일 듯이

미웠음에도 이건의 관심을 받는 이유가 궁금해서 아직은 옆에 두고 싶었다. 심지어 간혹 가다가는 예뻐 보이기도 한다. 중요한 순간에 둔한 동수와 달리 눈치껏 행동하고 예의 바르기 때문에 미워할 구석은 없었다.

"누님도 참, 제가 말씀 드렸잖아요. 야하 씨 집이 그래서 대표님이 걱정돼서 그러신 거라니까요."

역시나 동수가 다 말을 했나 보다. 갑자기 희연의 화를 왜 자신이 받아내고 있어야 하는지 모르겠다. 그렇지 않아도 이건의 장난 때문에 머릿속이 복잡한데.

'잠깐. 복잡? 왜? 그냥 장난인데? 그가 장난을 치는 게 한두 번도 아니잖아?'

"걱정이 되면 걱정만 하지 왜 같이 살자고 하냐고!"

계속되는 희연의 짜증 섞인 말에 덩달아 야하도 짜증이 나 희연에게 반발심이 일었다. 그 반발심이 야하에게 엉뚱한 생각까지 하게 했다.

확 같이 살아버릴까 보다.

"그럼 여기서 살아. 여기도 방 많잖아?"

의외의 제안을 희연이 했다. 어지간히도 자신이 이건과 사는 게 싫은가 보다. 물론 같이 살 생각은 전혀 없지만 말이다.

발을 동동 구르며 소리를 질러대는 희연을 어르고 달래 셋은 겨우 샵으로 향했다. 희연이 머리를 하고 화장을 하는 동안 야하는 테이블 위에 비치된 빨간 매니큐어 하나를 집어 들었다. 야하는 한참을 고민하다가 조심히 매니큐어 뚜껑을 돌려 연 후 새끼손톱에 발라보았다. 매니큐어를 네 번째 손톱으로 옮겨 바르고, 마침내 엄지손톱까지 다 바른 그녀가 왼손을 쫙 펼쳤다.

"안 예쁘다."

손이 미운 편은 아니라 생각했는데 손톱이 짧은 탓인지 어울리지 않았다. 지울까 하다가 기껏 바른 게 아까워 어느 정도 말린 후 오른손에 마저 바르기 시작했다. 오른손을 사용할 때와 달리 덜덜 떨리는 왼손은 매니큐어를 엉망진창으로 발랐다. 자신의 손임에도 뜻대로 움직여 주지 않자 스멀스멀 짜증이 올라왔다. 간신히 다 바르고 마음에 차지 않아 이걸 지워야 하나 고민을 하던 차에 희연의 목소리가 들렸다.

"그거 네가 바른 거야? 그냥 돈 주고 남한테 발라달라고 하지 그래?"

유난히 오늘따라 날카로운 희연은 말을 마침과 동시에 빨리 움직이라며 성화였다. 촬영에 늦으면 다 네 탓이라며, 그러지 않아도 잠을 못 자 피곤한데 왜 이리 굼뜨게 움직이냐며 다른 사람이 듣지 못할 정도의 소리로 속사포로 말했다. 야하는 생각했다. 자신의 오늘 하루는 꽤 힘들 것 같다고.

4

 맑은 하늘을 바라보다 야하가 자신의 옷차림을 내려다봤다. 야하는 왜 자신이 이 옷을 입고 있어야 하는지, 왜 자신이 여기에 앉아 있어야 하는지, 왜 이건이 자신의 옆에 앉아 있는지 도통 이해가 되지 않았다.
 "왜? 마음에 안 들어? 내가 네 이니셜까지 박으라고 당부하면서 신경 써서 준비한 건데."
 "희연 언니 옷을 준비하면서 덤으로 한 거잖아요. 누가 모를까 봐요?"
 오늘은 희연이 시구를 하기로 한 날이다. 희연의 옆에 있어야 될 자신은 지금 야구장에 이니셜이 박힌 야구복을 입고 이건과 관람석에 앉아 있다. 희연이 알게 된다면 또 한 번 난리를 칠 텐데.

이건은 저번 난리도 이미 동수를 통해 분명 알고 있을 거다. 그걸 알면서도 이러는 그가 얄밉다.

"야구장 처음이지? 룰은 알아? 내가 가르쳐 줄게."

꽤 신이 나 보이는 이건은 콜라를 빨대로 쪽 빨며 빨리 경기가 시작하기를 기다렸다. 갑자기 사람들이 함성을 지르자 야하는 경기장 쪽으로 시선을 돌렸다. 초록색의 커다란 그물 너머로 경기장 안으로 들어오는 희연이 보였다. 손을 흔들어 보이며 미소를 짓는 희연의 모습은 눈이 부셨다. 다리에 착 달라붙은 바지가 희연의 라인을 돋보이게 했다.

"잘 던져야 할 텐데."

그동안의 연습이 물거품이 될까 싶어 걱정이 되어 두 손을 모아 쥐고 기도를 했다. 제발 잘 던지기를 말이다. 방향만이라도 맞기를.

"휴우."

다행히 희연이 던진 공이 타자가 서 있는 방향으로 날아갔다. 힘이 부족한 탓인지 타자의 바로 앞에서 떨어졌지만, 타자가 타이밍을 잘 맞추어 방망이를 휘둘렀다.

"오호, 연습을 시킨 보람이 있군."

야하는 마치 자신이 희연을 연습시켜 잘 던졌다는 투로 말하는 이건의 얼굴을 어이없이 쳐다보다가 피식 웃어버렸다.

"달려! 달려!"

꽤나 열성적으로 응원을 하는 탓에 사람들의 시선이 모였다. 이건의 잘생긴 얼굴 탓이기도 하겠지만, 사람들의, 특히 여자들의 시선이 끊이지 않았다. 홀로 열심히 응원을 하는 그를 구경하는 게 더욱 재미있을 정도였다. 그녀에게 경기 룰을 가르쳐 주겠다던 사람은 온 정신을 경기에 쏟고 있었다.

"어? 우리다."

갑자기 이건이 가리킨 곳으로 고개를 돌리자 놀랍게도 전광판에 자신들의 모습이 비치고 있었다. 주위의 사람들이 모두 소리를 질러대며 박수를 쳤다.

"아, 너랑 나랑 커플인 줄 알았나 보다."

전광판에 키스타임이라는 문구가 뜨자 사람들이 모두 입을 모아 '키스해'를 외쳤다.

야하가 아무리 아니라고 손을 흔들어 보여도 사람들은 여전히 '키스해'를 외쳤다. 난감해하는 야하와 다르게 이건이 느긋하게 웃어 보인 후 야하의 어깨에 팔을 올려 감싸 안았다.

"같이 살래, 나랑 뽀뽀할래?"

야하는 옛날 유행했던 드라마의 남자주인공을 흉내 내는 말투로 말을 하는 이건을 노려보았다.

"하나, 둘…… 셋."

셋까지 숫자를 센 이건이 갑자기 몸을 틀더니 자신의 앞으로 얼굴을 가까이 가져다 댔다. 손으로 그의 어깨를 잡아 밀었음에도 꿈쩍도 하지 않았다. 그리고 이내 그의 뜨거운 입술이 얼굴에 닿았다. 입술과 입술이 맞닿기 전, 그가 살짝 고개를 돌려 그 언저리에 닿은 곳을 모두 보았는지, 사람들의 야유 섞인 함성이 귀를 강타했다. 하지만 온 신경이 이건의 입술이 살짝 맞닿은 입꼬리로 향해 있다. 다가올 때와 마찬가지로 갑자기 몸을 일으킨 이건이 자신을 품에 안아 얼굴을 가려주었다.

"뭐, 뭐 하는 짓이에요?"

"물었잖아. 같이 살래, 뽀뽀할래."

"아무것도 대답 안 했는데요?"

"응. 그래서 내가 둘 중 하나를 골랐어."

그의 팔을 풀고 벌떡 일어난 야하는 얼굴을 가리고 자리를 떴다. 분명 뒤따라 나오고 있겠지. 역시나 얼마 가지 않아 이건에게 잡혔다.

"화났어?"

고개를 들고 그를 노려봤다. 갑자기 이건이 안절부절못하더니 자신을 또 한 번 품에 안았다.

"미안, 울지 마. 응? 잘못했어."

"안 울어요!"

"진짜?"

여전히 야하의 얼굴이 빨갛고 눈시울이 붉어져 있었다. 이게 우는 게 아니면 뭐란 말인가.

"우는 것 같은데. 설마 부끄러워하는 거야?"

이런. 야하의 얼굴이 더욱 빨개졌다. 완전 불타는 고구마나 다름없다. 그런데 이 모습이 귀엽게 느껴지는 게 뭐람.

"대표님은 왜 빨개지는 건데요?"

"내가 뭐?"

"귀가 빨개졌는데요."

얼른 두 손으로 귀를 가리는 이건의 모습에 웃음이 터졌다.

민망해서 그냥 해본 말인데, 설마 저렇게 반응할 줄은 몰랐다. 그러다가 갑자기 드는 생각에 웃음이 멎었다. 그가 화가 났냐고 물었을 때 아니라는 생각이 들었다. 복잡한 마음에 더는 그를 마주할 수 없어 몸을 획 돌려서 가던 길을 향했다. 어느새 따라붙은 이건이 가볍게 그녀의 어깨 위에 팔을 걸치고는 껄렁대며 물었다.

"아가씨. 야구도 보다가 나왔는데, 어디 가서 차 한잔할까?"

"건달하고는 안 놀아요."

자신의 말에 바로 단정한 걸음으로 걷는 이건의 모습에 절로 미소가 지어졌다. 그 때문에 자주 웃게 되는 것 같다는 생각이 든다.

"그런데 그 손톱, 누가 그래 놓은 거야?"

"제가 그래 놓은 건데요."

한심하게 묻는 말투에 야하의 입이 툭 튀어나왔다. 야하는 자신이 봐도 이상하게 칠해진 손톱이지만 남이 지적하자 기분이 팍 상했다.

"아, 다시는 네가 하지 마. 그런 의미로 네일샵이나 가볼까?"

"희연 언니한테 가봐야 하는데요. 대표님과 다 놀아줬으니 이제는 일해야죠."

할 일 없이 놀기나 하는 대표인 이건 자신을 비꼬아서 하는 말임에도 그는 그저 좋다고 허허 웃어대더니 이왕 놀아주는 거 제대로 놀아달라며 끌고 갔다.

*

"일단 싹 지워주세요."

자신의 손을 내어주듯 거침없이 야하의 두 손을 탁자 위에 올린 이건이 네일샵 직원에게 말했다. 엉망인 손톱이 부끄러워 야하가 주먹을 쥐자 이건이 손등을 찰싹 하고 내려치더니 손을 펴라고 하고는 직원에게 빨리 지우라고 재촉했다.

"남자친구신가 봐요."

"네에, 뭐."

이건은 대충 대답을 하는 거였지만, 직원은 부끄러워서 얼버무리는 걸로 보였는지, 자신에게 웃으며 남자친구가 잘생기셨다며 칭찬을 아끼지 않았다. 새삼 그의 얼굴을 찬찬히 살펴보다가 그가 내 남자친구라면 어떨까 하는 말도 안 되는 생각을 했다. 야하가 고개를 절레절레 저었다.

"그렇게 지우기 싫었어? 더 예쁜 걸로 새로 칠하면 되지."

고개 젓는 걸 다른 걸로 오해한 이건이 다른 직원이 준 녹차를 한 모금 마시고는 주위를 두리번거리다가 자리에서 일어섰다. 야하는 이건이 화장실을 가려는가 싶어 신경 쓰지 않고 어느새 다 지워진 손톱을 바라보았다.

야하가 큐티클 제거라는 들어보지도 못한 걸 받고 있을 때 이건이 다시 돌아왔다. 이건은 들고 있던 걸 내려놓더니 직원에게 이걸 발라주라고 말했다.

"이걸로요?"

직원이 웃음을 참으며 물었다. 분위기가 이걸 바르면 안 될 것 같다.

"색 안 예뻐요. 다른 걸로 할래요. 제가 고를게요."

"꼭! 이거여야 해. 다음에는 네가 바르고 싶은 걸로 하자."

또 같이 올 거라는 듯 이야기를 한 이건이 한사코 고집을 부렸다. 아니, 매니큐어를 바를 사람은 자신인데 왜 그가 이 색을 고집 부리는 것인지. 그렇게 이 색이 좋으면 자신이 바르면 될걸. 하지만 이미 매니큐어는 직원의 손길에 의해 자신의 손톱에 얇게 발리고 있었다. 다 바른 후 다시 덧바르는 걸 이건이 뚫어지게 쳐다봤다.

"네가 바른 거랑 천지 차이다. 그지?"

야하는 말없이 사뿐히 그의 발을 밟아주었다.

"이게 뭐예요? 색이 연하고 이상한 연두색이잖아요."

"아마, 밤이 되면 예쁠걸?"

알아듣지 못할 말을 하는 그를 이상한 사람 보듯 쳐다보다가 야하가 낮은 한숨을 내쉬었다. 야하는 지금이라도 지우고 새로 바르고 싶었지만, 저녁 약속이 있다며 가자고 하는 이건 때문에 억지로 자리에서 일어났다.

야하는 얼결에 일찍 퇴근을 하게 되자 오랜만에 공부에 매진했다. 목이 아파올 때 쯤 야하는 항상 울리던 뻐꾸기시계가 아직 희연의 집에 방치되어 있음을 떠올렸다. 그 탓에 핸드폰으로 시각을 확인하자 벌써 12시가 넘어가고 있었다. 내일은 희연의 촬영이 오전부터 있기에 일찍 바로 샵으로 가야 한다. 야하는 책을 덮고 불을 끄고 이불 속으로 들어가 뻑뻑한 눈을 비비다가 소리를 지를 뻔했다. 열 개의 노란 불덩이가 마치 도깨비불 같다.

"설마 야광이었어? 푸훗. 하하하하!"

이건이 굳이 이 매니큐어를 고집한 이유가 이거였나 보다. 밤에는 더 예쁠 거라더니, 설마 야광일 줄은……. 빵 터진 웃음이 멈추지 않는다.

*

"크큭큭."

"미친놈. 저 새끼 요즘 왜 저래?"

친구들이 욕과 함께 마른안주를 던져도 이건의 웃음은 멈추지 않았다. 오늘 아침 사무실에 들어갔다가 불이 꺼진 사무실에서 동동 떠다니는 열 개의 도깨비불을 보고 기겁했다. 설마 이런 식으로 복수를 할 줄은……. 이틀 만에 본 야하는 어제 일이 고됐는지 축 처져 있었다. 이건은 또 어떻게 그녀를 즐겁게 해주어야 하나 골똘히 고민 중이었다.

"너 진짜 연애하지?"

대답 없이 웃기만 하는 이건의 모습에 다들 또 한 번 욕설을 날리고는 웨이터를 불렀다. 소액의 수고비를 주자 눈치 빠른 웨이터가 부킹을 주선했다. 역시나 단골손님을 알아본 것인지 아니면 그들의 부를 느낀 것인지 여자들의 수준이 높다.

"오빠, 나 오빠 어디서 본 것 같은데. 혹시 우리 본 적 있지 않아?"

여자의 얼굴을 보니, 작업을 거는 말이 아닌 정말로 과거에 자신을 본 듯한 얼굴이다. 이럴 때는 난감하다. 잠깐 배우 활동을 했던 게 발목을 잡는다. 매번 이런 말을 들을 때마다 그의 과거를 알고 있는 친구들은 폭소를 날렸다. 역시나 친구들이 웃는다.

이건은 웃고 있는 친구들을 한 차례씩 노려본 후 여자를 향해 싱긋 웃어 보였다. 이쯤 하면 모르는 척 넘어가야 하는데 여자가 물고 늘어진다. 정말로 어디서 본 적이 있다면서 말이다. 그의 친구들이 웃자 무언가 있음을 감지한 여자가 꼬치꼬치 캐물었다. 슬슬 짜증이 올라 이건이 자리에서 일어났다.

"왜? 가려고?"

"응, 간다. 다음에 보자."

문을 열자 시끄러운 소리가 한꺼번에 쏟아져 들어왔다. 언제 따라 일어난 것인지 여자가 팔짱을 끼며 따라 나왔다. 평소라면 나쁘지 않을 상황이지만 지금은 그의 기분이 별로였다.

"이런, 섹시레이디. 오늘은 오빠가 바쁘니까 나중에 놀자."

가볍게 볼을 터치한 후 자신의 팔을 감싼 여자의 팔을 풀어낸 이건이 거침없이 사람들 틈으로 걸어 나갔다. 뒤에서 앙칼진 소리가 들렸지만 이내 고막을 찌르는 음악 소리에 파묻혔다.

평소 음주운전을 하는 성격은 아니지만, 고작 잔을 입에 댔다가 뗀 수준이었기에 대리를 불러주겠다는 남자를 물리쳤다. 갑자기 문득 야하가 생각났다.

"흐음."

이건이 턱을 문지르며 잠시 생각에 잠겼다. 문득 야하가 생각이 난다는 게 좋은 일인지, 나쁜 일인지 갈피를 못 잡겠다. 이게 남자가 여자에게 가지는 호감일 수도 있다는 생각이 들었다. 연애를 단 한 번도 해본 적이 없는 것도 아니니 자신의 감정 정도는 알 수 있었다.

"난감하네."

야구장에서 장난으로 기습 뽀뽀를 했을 때의 감촉이 아직 입술에 남아 있는 듯했다. 그때는 분위기상 그들이 키스를 할 때까지 전광판은 우리를 비출 것 같았다. 당황해하는 야하의 모습이 재미있기는 했지만 무방비로 타인에게 노출된 그녀가 안쓰럽기도 해서 전광판으로 봤을 때에는 입술을 맞대는 것으로 보일 정도로 고개를 꺾어 키스가 아닌 뽀뽀로 무마를 했었다. 생각보다 꽤 좋은 느낌에 입술을 떼기 싫었다. 그녀에게서 나는 향기가 좋아 숨을 힘껏 들이마셨었는데, 아마 그녀는 모를 테지. 너무 놀라서 혼이 빠진 상태였으니 말이다. 자신이 한 장난이 자신의 진심이 되어버릴 것 같아 눈앞이 암담해졌다.

"어떻게 해야 하지?"

누구에게 향하는 것인지 알 수 없는 물음이 터져 나왔다.

내내 고민을 하던 이건이 차를 주차시킨 곳은 야하가 살고 있는 원룸 앞이었다. 이건은 차 안에서 한참을 건물만 노려보다가 답답한 마음에 라이트를 끄고 시동도 마저 끈 채 차에서 내렸다.

"제길. 가로등도 깨졌잖아."

자동차 라이트마저 꺼버리자 칠흑 같은 어둠이 내려앉았다. 드문드문 어디선가 새어 나오는 빛들로 인해 아예 보이지 않을 정도는 아니었지만, 범죄가 일어나기에는 충분한 조건을 갖추었다. 이건이 걸음을 옮겨 원룸 입구 앞에 도달했다.

"이런 미친."

잘생긴 얼굴을 있는 대로 구긴 이건의 얼굴이 한곳을 노려봤다. 그의 시선은 활짝 열린 원룸 입구를 향해 있었다. 비밀번호를 누르고 들어가도록 되어 있는 건물 입구가 열린 채 방치되어 있었다. 누구든지 마음만 먹으면 들어갈 수 있겠다 싶어 걱정보다는 화가 먼저 났다.

보지 않았다면 모를까 그의 눈에 이런 상황이 들어온 이상, 그냥 갈 수가 없어 이건은 건물 안으로 들어섰다. 반 층 정도 올라가자 다행히 주인이 바로 사다 놓은 것인지 빨간 소화기가 눈에 들어왔다.

"3층이었지?"

이력서를 받았을 때 머릿속에 주소를 박아 두었다. 그래도 암기력은 좋은 편인지 호수까지 정확하게 기억이 났다. 발소리를 죽이고 3층의 마지막 계단을 올랐을 때 왼쪽을 보자 306호와 307호가 보였다. 302호였으니, 오른쪽이다. 오른쪽으로 고개를 돌렸을 때 한 남자가 어느 집에 귀를 대고 있는 모습이 보였다. 조용히 걸어가는데 등에서 소름이 돋았다. 왜 항상 좋지 않은 느낌은 들어맞는 걸까.

"이 새끼가 지금 뭐 하는 거야!"

이를 갈며 내뱉는 이건의 말에 남자가 화들짝 놀라 문에서 떨어졌다. 자신보다 큰 키의 남자가 인상을 쓰며 걸어오자 문에 등을 바짝 대고 긴장하는 게 눈에 보였다.

"누, 누구야, 너?"

"너, 남의 집 앞에서 뭐 하는 짓이야."

이건이 단숨에 남자의 멱살을 잡고 문에서 떨어뜨려 놓았다.

"케켁! 이것 좀 놓고!"

이건이 전혀 놓아줄 생각이 없다는 듯 멱살 잡은 팔을 흔들어 대자 남자가 이리저리 흔들렸다. 순간 남자가 이건의 얼굴로 주먹을 뻗었다. 방심하고 있던 차라 이건이 손에 힘을 빼고 뒤로 물러섰다. 남자가 재빠르게 몸을 빼더니 옆집으로 몸을 피했다.

"이 새끼가! 문 안 열어?"

이건이 남자가 사라진 문을 주먹과 발로 차며 있는 대로 고함을 쳐봤지만 묵묵부답이었다. 다른 집에서 놀라 문을 열고 나왔지만 험악한 이건의 기세에 도로 들어갔다.

"뭐…… 하세요?"

순간 복도를 울리는 목소리에 이건의 주먹과 팔이 멈췄다.

*

어제 하루 종일 살얼음판 위를 걷는 기분이었다. 아침에 보자마자 노려보는 희연을 최대한 피해 일을 한다고는 했지만, 거의 붙어 다니는 일의 특성상 피할 수만은 없었다. 슬쩍 동수가 전광판 이야기를 하며 말을 흐리는 것이 야구장 사건 때문에 희연의 기분이 좋지 않다고 이야기하는 것 같았다. 고된 드라마 촬영이 끝나고 집에 도착했을 때 희연이 물었다.

"너 이건이 좋아하니? 예전에는 싫어했고, 지금은?"

선뜻 대답을 하지 못하는 야하의 모습에 희연의 얼굴이 하얗게 질리더니, 이내 눈물을 글썽거리며 휙 뒤돌아 가버렸다.

"너무 신경 쓰지 말아요. 배우라 그런가, 누님이 모든 일에 참 극적으로 반응을 하거든요."

눈치를 보던 동수가 차를 출발시키고, 무심결에 지나가면서 그가 있을 13층을 바라보았다.

야하는 그날 밤새 희연의 질문에 대한 답을 내내 생각하다가 조금은 그가 좋아졌을지도 모른다는 생각이 들었다. 어찌 그러지 않을 수가 있을까. 가족인 엄마도 이건처럼 그렇게 챙겨주지는 않았었다. 그녀도 사람인 이상, 자신에게 잘해주는 사람에게 호감이 가는 건 당연한 일이었다. 하지만 그를 좋아한다고 하기에는 그를 본 시간이 너무나 짧아 인정할 수가 없었다.

오늘은 희연이 지방에서 행사가 있는데, 자신을 보기 싫다고 동수만 데리고 가겠다는 그녀의 말에 자신은 회사로 출근을 했었다. 괜스레 희연의 질문에 표정 관리도 되지 않고, 이건을 마주할 자신도 없었다. 아프다고 하고 조퇴를 할까 고민하다가 문득 눈에 들어오는 손톱에 불을 끄고 이건이 출근하기를 기다렸다가 장난을 쳤다. 생각보다 그리 놀라지는 않았지만 장난 덕인지 어색함은 감출 수 있었다.

오늘 밤도 내내 이건을 생각하던 야하는 갑자기 밖에서 들리는 커다란 소리에 벌떡 몸을 일으켰다.

"뭐지?"

싸움이라도 났나 싶어 그냥 무시하려던 차에 또다시 목소리가 들렸다. 익숙한 목소리에 설마설마 하며 조용히 걸음을 옮겨 문에 귀를 가져다 대다가 슬쩍 문을 열었다. 옆집 문을 두드리며 서 있는 남자가 이건이라는 걸 알게 된 야하는 멍하니 그 모습을 보고 있다가 그를 불렀다.

"뭐…… 하세요?"

거칠게 숨을 몰아쉬는 이건의 모습 뒤로 경찰복을 입은 두 남자가 걸어왔다.

"죄송하지만, 신고가 들어왔으니 같이 서로 가주셔야겠습니다."

"너 당장 짐 싸."

경찰의 말을 무시한 채 야하에게 짐을 싸라고 성화를 부리는 이건의 모습에 두 경찰관의 얼굴이 굳어졌다. 입만 벙긋벙긋 하던 야하가 대신 경찰관들에게 사과를 했다.

"죄송합니다. 저기, 무슨 일 때문에 여기 오신 거예요?"

"신고가 들어왔습니다. 폭행을 목격했다고. 그런데 아가씨와 싸우고 있던 겁니까? 신고에는 두 남자가 싸우고 있다고 했는데."

"잘 오셨습니다. 야! 너 안 나와? 이 새끼 좀 잡아가세요."

이건이 경찰에게 잡아가라고 하며 옆집 문을 발로 차는 탓에 다시 한 번 소란스러워졌다.

"아, 글쎄. 그만하시고 무슨 일이신지 말씀을 해보세요."

자신들보다 키가 큰 이건에게 선뜻 다가가지 못하는 경찰관들이 이건을 말릴 수 있는 사람은 지금 야하밖에 없다는 걸 감지하고는 그녀에게 말릴 것을 눈빛으로 이야기했다.

"저기, 대표님. 그만하시고 무슨 일 때문에 이러는지를……."

"너 당장 짐 안 싸? 미쳤어? 불이 난 것도 모자라 변태가 사는데 왜 고집을 부려!"

"변태라니요?"

"옆집 남자가 네 집 현관문에 귀를 대고 있다가 나한테 딱 걸렸거든! 어서 이 새끼 잡아가시라고요!"

내내 조용히 집 안에 있던 옆집 남자는 경찰이 문을 두드리자 어쩔 수 없이 나오게 되었다. 변태라는 말과 자신의 집 현관문에 귀를 대고 서 있었다는 이건의 말에 놀란 야하의 몸이 굳어진 채 움직일 줄을 모르다가 경찰에 의해 같이 서로 오게 되었다.

"이 새끼가, 눈 안돌려? 누굴 봐?"

"거참! 조용히 좀 하세요!"

흘끗 야하를 쳐다보는 남자를 향해 욕설을 날리는 이건과 그에게 소리를 지르는 경찰관의 모습에 야하의 몸이 더욱 움츠러들었다. 항상 장난기 많고 다정한 모습만 보았기에 지금 이건의 모습은 그녀에게는 너무 낯설었다. 두 남자에게 질문을 하던 경찰이 야하에게 질문을 돌렸다.

"아가씨, 전에도 이런 일이 있었어요?"

"네?"

"아, 글쎄 억울하다니까요."

"그럼 왜 그러고 있었는지 설명을 해보시라니까요."

멍한 야하의 모습과 억울하다고 하면서도 제대로 설명을 못하는 옆집 남자 때문에 경찰관이 슬슬 짜증을 내고 있었다.

야하가 주먹을 꽉 쥐고 있는 탓에 핏기 없이 새하얘진 손이 이건의 눈에 들어왔다. 그제야 야하의 상태가 눈에 들어왔다. 한밤중에 집에 있다가 나온 탓에 잠옷으로 입는 짧은 반바지와 민소매 차림으로 몸을 덜덜 떨고 있었다. 이건은 화가 나 그녀에게 신경을 쓰지 못한 자신에게 욕을 하며 입고 있던 얇은 재킷을 어깨에 걸쳐 주었다.

"후우, 잘 생각해 봐. 저 새…… 남자가 너한테 무슨 짓 한 적 없어?"

있으면 빨리 말하라는 눈빛이었다. 죽여 버릴 듯 살벌한 이건의 얼굴과는 달리 어깨를 쓸어내리는 그의 손은 부드러웠다.

"잘 모르겠어요."

"거봐요!"

야하의 대답에 남자가 능글맞게 웃으며 자신은 억울하다며 오히려 자신을 폭행한 이건을 고소하겠다며 소리를 질렀다. 그에 야하가 퍼뜩 놀라 이건의 얼굴을 쳐다봤다. 분명 저 남자는 이건을 고소할 것이다. 야하가 떨리는 입술을 깨물자 이건이 그러지 말라는 듯 깨문 입술을 툭툭 건드렸다.

"그럼 설명을 해보세요. 왜 이 아가씨 집 현관문에 귀를 대고 있었습니까?"

순간 조용해지는 옆집 남자를 보다가 곰곰이 생각에 잠겼다. 그러고 보니 요즘 들어 옆집 남자와 자주 마주쳤다.

"저기······."

야하의 작은 목소리도 용케 들은 경찰이 그녀에게 시선을 돌렸다. 뭔가 말할 것을 감지한 경찰이 컴퓨터 자판에 손을 올렸다.

"그러고 보니 요즘 자주 마주쳤어요. 제가 나갈 때나 들어올 때요."

"이 새끼 이거. 너 내내 이 아가씨 나가고 들어오는 거 감시한 거 아니야?"

야하의 말에 경찰이 책상을 내려치고는 옆집 남자를 노려보며 추궁하듯 물었다. 남자는 손을 흔들며 아니라고 억울함을 강조했다. 그때 다른 경찰관이 서류를 들고 와 앞에 앉은 경찰에게 말했다.

"이거, 그전에 고소 취하가 됐지만 비슷한 일이 있었는데요? 지하방에 살던 아가씨를 훔쳐봐서 고소를 당했네요. 뒤에 가서 합의로 끝났지만."

경찰의 말에 옆집 남자가 눈치를 슬슬 보더니 고개를 숙였다. 계속된 추궁 끝에 남자가 입을 열었다. 남자의 말이 계속될수록 이건은 화가 치솟았고, 야하의 얼굴은 창백해져 갔다. 야하가 집에 있을 때에는 벽에 귀를 대고 그녀의 집에서 나는 소리에 귀를 기울였다며, 특히 샤워를 하는 소리가 좋았다며 능글맞게 웃는 그를 향해 이건이 주먹을 날리려다 주위의 경찰관들에 의해 불발로 그쳤다.

"합의는 없습니다. 스토커, 뭐 그런 거 적용되는 모든 죄로 고소하겠습니다. 내일 저희 쪽 변호사를 보내겠습니다."

말을 마친 이건이 야하를 데리고 경찰서를 나왔다. 자신이 이런 일을 당했다는 무서움과 수치스러움에 야하가 결국 눈물을 보였다.

"울지 마. 미안하다. 불이 났을 때 어떻게든 널 그 집에서 데리고 나왔어야 했는데."

그의 잘못이 아니라는 걸 알면서도, 자신이 고집을 부려 그 집에 계속 남았으면서도 자신의 탓으로 돌리는 이건의 말에 고개를 끄덕이며 그의 가슴을 주먹으로 내려쳤다.

"미안해."

"뭐가 미안해요. 흐으윽."

눈물만 뚝뚝 흘리더니 결국에는 흐느끼는 소리를 내며 야하가 이건의 품에 매달려 한참을 울었다.

이건은 온전히 자신의 품에 안겨 눈물을 흘리고 있는 야하가 가슴에 박혔다. 어떻게 야하를 달래야 할지 몰라 답답했다. 이렇게 울음이 멈출 때까지 안아주는 것 외에는 해줄 수 있는 게 없는 자신이 한심했다. 그때 야하가 숨을 헐떡이자 끊어지듯 이어지는 그녀의 숨이 가슴을 간지럽혔다. 그 간지러움에 이건이 조심스럽게 야하를 떼어냈다. 물기 어린 눈과 마주치자 이건은 목이 탔다. 그 목마름에 고개를 숙인 이건이 목을 축이고자 야하의 볼에 흐른 눈물을 훔쳤다. 놀란 야하가 한 걸음 물러서더니 딸꾹질을 했다.

"숨쉬기 힘들지?"

얼결에 야하가 고개를 끄덕이자 이건이 야하의 양팔을 잡아당기더니 입을 맞춰 자신의 숨을 나눠주었다. 순전히 숨쉬기 힘들어

하는 야하를 위한 것이라며 자기변명을 하면서 말이다.

둘의 입술은 하나의 그림을 완성시키는 퍼즐 조각처럼 꼭 맞아 들어갔다. 야하는 이건이 나눠주는 숨과 그의 입술이 주는 온기에 안정감을 느끼며, 이건은 달콤한 촉감에 각기 다른 감정을 안고 눈을 꼭 감았다.

*

눈물 때문에 짭조름한 맛이 났지만, 그보다 달큰한 야하의 숨결에 순간 이성을 잃을 뻔했다. 간신히 떼어놓고 그녀를 차에 태운 후 집으로 향했다. 집에 도착했을 때에 이미 야하는 잠들어 있었다. 악몽을 꾸는지 자면서도 눈물을 흘리는 그녀가 안타까웠다.

"비겁한 놈!"

분명 야하는 겁에 질려 있었고, 자신에게 의지를 하고 있었다. 아직 자신의 마음을 완전히 인지하지 못했음에도 기회를 잡았다는 듯이 야하가 약해진 틈을 타서 그녀의 입술을 탐했다. 자신도 어쩔 수 없는 짐승 같은 남자인가 하는 생각에 입안이 썼다.

야하를 안아 들고 고민을 하다가 희연의 집으로 향했다. 방금 전 키스도 나누었고, 자제심을 잃을 뻔했기에 자신의 집에 데려가 고이 재울 자신이 없어 희연의 집을 선택한 것이다. 몇 번 벨을 누르자 희연이 인터폰으로 확인한 것인지 바로 문을 열었다. 이번에도 역시 자신의 품에 안긴 야하를 노려보더니 앙칼지게 물어왔다.

"뭐야?"

"안 좋은 일이 있었어."

짧은 말을 남기고 전에 야하를 뉘었던 방으로 들어가자 저번과는 달리 희연이 따라 들어와 이불을 거둬 야하를 눕힐 수 있도록 도왔다. 그런 희연의 모습에 이건이 의심스러운 눈빛을 보냈다.

"뭐? 왜?"

"왜 안 하던 짓을 해? 너 애 괴롭혔냐?"

희연은 솔직히 어제 내내 야하를 괴롭혔던 게 조금은 미안하기도 하고, 안 좋은 일이 있었다는 말에 그런 것인데 단박에 이건이 눈치를 채자 이불을 던지듯 내려놓고는 먼저 방을 나갔다. 야하의 잠자리를 봐준 이건이 나오더니 소파에 털썩 주저앉았다.

"무슨 일이야?"

"내일 동수 불러서 같이 야하 집에 가서 짐 싸가지고 오라고 해. 아니, 나도 같이 가야겠다. 당분간 여기서 지내게 해."

"집 주인은 나거든? 무슨 일인데?"

무슨 일인지 말은 해주지 않고, 무턱대고 짐을 싸 들고 자신의 집으로 야하를 들이라는 이건의 말에 희연이 신경질적으로 물었다. 그런 희연에게 조금 전에 있었던 일을 간략하게 설명해 주고는 이건이 소파에 길게 몸을 뉘었다.

"나 여기서 잘 테니까 얇은 이불 하나만 줘."

"왜?"

대답 없이 다시 몸을 일으킨 이건이 야하를 눕힌 방의 문을 살짝 열어놓더니 다시 소파에 몸을 던졌다.

"너 가. 내 집에 있을 거면서 질문에 대답 안 할 거면 네 집으로 가."

목소리를 낮추라는 듯 이건이 검지를 입에 가져다 대고는 나지막하게 말을 했다.

"야하가 악몽 꿀 수도 있어."

"그래서? 악몽을 꾸면 네가 달래주게? 열부 났네. 진짜 짜증나!"

자신의 방 안으로 들어갔다 나온 희연이 얇은 담요 하나를 던져주고는 다시 방으로 들어갔다. 담요를 펼쳐 보자, 간신히 상체만을 덮을 수 있는 크기에 이건은 헛웃음이 나왔다. 어차피 여름이니 이불이 있으나마나 해 그는 그냥 자기로 했다.

번쩍 눈이 떠졌다. 따끔거리는 눈을 비비며 몸을 일으켰다. 마치 누군가가 이리저리 흔드는 듯 몸을 제대로 가누기가 힘들었다.

야하는 주위를 둘러보다 홀로 남겨진 것에 놀라 문으로 향했다. 살짝 열린 문으로 나오자 소파에 누워 있는 커다란 몸이 보였다. 분명 희연의 집임에도 남자가 있다는 사실에 그녀의 몸이 굳어졌다.

어둠에 익숙해지고, 희연의 집에 낯선 남자가 있을 리 없다는 것이 확신이 서자 서서히 걸음을 옮겼다.

"하아."

이건임을 확인하자 야하는 다리에 힘이 풀려 소파 옆에 털썩 주저앉았다. 이건이 곁에 남아 있어주었다는 사실에 눈물이 핑 돌았다. 야하는 무릎으로 걸어가 그의 팔 옆에 살짝 머리를 기댔다. 불편한 자세임에도 그가 있다는 안도감에 모든 것이 편안하게 느껴졌다.

"깼어?"

야하의 인기척에 선잠이 들었던 이건이 옆으로 돌아눕고는 야하의 머리에 커다란 손을 올려 머리를 쓰다듬었다.

"불편하지 않아요?"

분명 여자로서 그런 일을 당한 것이 많이 놀랐을 텐데도 자신의 불편한 잠자리를 걱정하는 모습에 속이 상했다.

"괜찮아. 들어가서 더 자."

엎드린 채 머리를 흔드는 야하의 어깨가 잘잘하게 흔들렸다.

하필 왜 자신이 그런 일을 당해야 했는지 억울했다. 만약 이건이 오지 않았다면 아무것도 모른 채 계속 당하고 있었을 것이다. 머릿속에서 샤워할 때의 소리가 가장 듣기 좋았다던 남자의 오싹한 목소리와 함께 더러운 시선이 반복되어 재생되었다.

"정말 울보네. 또 울어?"

이건은 바닥으로 내려앉아 야하의 어깨를 잡고 품에 안았다.

야하는 자상한 이건의 태도에 그동안 그 누구에게도 하지 않았던 투정을 부렸다.

"그 집에 가기 싫어요."

야하의 떨리는 목소리에 무언가 자신의 목구멍을 막은 듯 목소리가 잘 나오지 않았다. 몇 번을 가다듬은 후 이건은 간신히 말을 할 수가 있었다.

"응. 내일 같이 가서 짐 싸가지고 오자. 여기서 지내. 아니다. 나랑 동수가 갔다 올 테니까 넌 여기에 있어."

딸꾹질까지 하는 야하를 안아 들고 다시 방으로 들어와 조심히 눕혔다. 자리에서 일어나 방을 빠져나가려던 이건은 야하가 옷을 잡고 놓아주지 않는 탓에 그녀의 옆에 거의 반쯤 눕다시피 했다.

"이봐, 아가씨. 어디로 안 가니까 좀 놓아줘. 바닥에서 잘 테니까."

"침대도 넓은데 그냥 여기서 자면 안 돼요?"

눈을 감으면 역겨운 옆집 남자의 얼굴이 떠오를 것 같았다. 경찰서에서 느꼈던 몸을 훑는 눈빛이 생각나 소름이 끼친다. 이건의 온기를 위안 삼아 자신을 보호하고 싶었다. 아니, 보호받고 싶다는 게 솔직한 심정일 것이다. 아빠가 돌아가신 후 타인에게 보호받고 싶다는 생각을 단 한 번도 한 적이 없었지만, 지금 이 순간은 너무나 간절했다.

"으음. 그건 좀 곤란한데? 넌 여자고 난 남자인데?"

남녀 사이에 같이 침대를 쓰는 건 어떠한 일이 일어날지도 모른다는 암시를 주는 말이었지만, 지금은 그 말이 야하의 귀에는 전혀 들어오지 않는다.

"야한 여자 좋아한다면서요. 저는 안 야한데요?"

"너는 야한데."

은근슬쩍 이름을 가지고 장난을 치더니 완전하게 몸을 뉘인 이건이 이불로 야하를 꽁꽁 싸맸다.

"이불까지 같이 덮자고는 하지 마라. 진짜 덮친다."

말을 마친 그가 야하의 이마에 짧게 입을 맞추고는 뒤돌아 누웠다. 그제야 키스까지 나눈 남자에게 같은 침대에서 자자고 졸랐다는 걸 인지한 야하의 얼굴이 빨개졌다. 어둠이 가려주는 얼굴을 이건의 등에 대고는 그의 등 뒤에 숨듯 누워 잠을 청했다.

충격으로 인해 피곤한 야하가 금세 잠든 것과는 달리 이건은 잠들 수 없었다. 순간 그의 몸이 움찔 떨렸다. 등 뒤에서 작게 내뱉는 숨소리가 들려왔다. 잠에 완전히 빠져든 것인지 숨소리는 작았지만, 골랐다. 한참 끈기와 인내력으로 눈을 꼭 감고 있던 이건은 결국 참지 못한 것인지 조심스러운 움직임으로 뒤돌았다. 그리고 두 눈을 꼭 감은 채 잠들어 있는 야하의 얼굴을 보았다.

"야하야, 야하야."

그의 부름에도 야하는 눈을 뜨지 않았다. 야하가 잠든 걸 확인한 이건은 세심한 눈길로 얼굴 전체를 훑었다. 감은 눈이며 위로 말려 올라간 속눈썹이 어둠 속에서도 확연하게 보였다. 천천히 내려가던 이건의 눈이 야하의 입술에 닿았다.

"꿀꺽."

입안에 침이 고여 무심코 침을 삼키는 소리가 방 안에 크게 울리자 이건이 움찔하며 야하의 동태를 살폈다. 잠에 깊게 빠진 것인지 미동도 없는 걸 확인한 이건이 낮은 숨을 내뱉었다. 이건은 단둘만 있는 방 안을 눈동자만 돌려 요리조리 살펴보더니 고개를 천천히 야하에게 옮겨갔다. 그 순간 야하가 마치 그의 행동을 알아차렸다는 듯이 고개를 돌렸다. 잠결에 한 행동이었지만 화들짝 놀란 이건이 원래 자고 있었다는 듯 민첩하게 머리를 베개 위로 뉘었다.

"신사답게 행동하자, 쫌! 난 신사야. 잠든 여자는 건드리지 않는다!"

잠든 여자에게 파렴치하게 무슨 행동인지 자책을 한 이건이 자신에게 최면을 걸며 다시 야하에게서 몸을 돌려 그녀에게 향하는 양손을 깍지를 끼워 잡은 채 눈을 꽉 감았다.

달칵 소리와 함께 갑자기 쏟아지는 불빛을 피해 야하가 스멀스멀 몸을 움직였다. 어디론가 파고들자 따스함과 동시에 빛을 피할 수가 있었다.

"그만 일어나지? 짜증 나게 아침부터 뭣 하는 짓이야?"

날카로운 고음에 눈을 떠봤지만, 퉁퉁 부은 것인지 눈이 잘 떠지지 않았다. 억지로 뜨자 하얀 셔츠 사이로 살결과 목울대가 보였다. 그제야 자신이 이건의 품 안에 있다는 걸 깨닫고 몸을 일으키려 했지만, 허리에 둘러진 그의 팔 무게에 잘 움직일 수가 없었다.

"야, 유이건!"

희연의 고함에 이건이 얼굴을 찌푸리며 몸을 뒤척였다. 그 틈을 타서 야하가 벌떡 몸을 일으키고는 눈을 비볐다.

"비비지 말라니까. 시력 나빠져."

그새 일어난 이건이 한 손으로 단번에 야하의 양손을 그러쥐고는 남은 손으로 야하의 머리를 쓸어 넘겼다.

"둘이 그럴 거면 네 집으로 가지 왜 여기 와서 그래?"

야하가 희연의 말에 멀찍이 떨어지려 했지만, 이건이 보란 듯이 팔을 당겨 볼에 모닝키스를 날리고는 가뿐하게 침대에서 일어섰다. 그리고는 야하에게 했듯이 희연의 머리를 쓸어 넘겼다.
"짜식, 질투하기는……."
동시에 두 여자의 얼굴이 구겨지는 걸 아는지 모르는지 이건은 세수를 하겠다며 방을 나섰다. 묘한 분위기가 두 여자를 감쌌지만 둘 중 누구도 먼저 말을 꺼낼 수 없었다.
"너네 진짜 연애하는 거지? 이건이 싫다며?"
"처음 거는 대표님께 물어보세요. 저는 잘 모르겠네요. 두 번째는, 좋아요. 대표님이 좋아졌어요."
"진짜? 남자로?"
"네."
뻔뻔하게 말을 한 것과는 달리 얼굴을 붉히는 야하의 모습이 제법 고와 보여서 짜증이 난 희연이 발을 쿵쿵거리며 거실로 나갔다. 야하가 희연을 따라 거실로 나왔다가 욕실에서 나오는 이건과 바통 터치를 하듯 화장실로 들어갔다.
"연애해?"
"요즘 그 이야기 자주 듣는 것 같네."
며칠 사이 친구 녀석들에게도 들었던 말을 희연에게 듣자, 이건은 자신이 정말로 연애하는 사람처럼 행동을 했나 곰곰이 생각했다.
"이제 해볼까 하는데."
이건의 말에 희연이 옆에 있던 방석을 그에게 던졌다. 가뿐하게 받아 든 이건이 다시 원위치로 방석을 던졌다.

"왜? 왜, 쟤야? 나는? 이제껏 기다린 나는!"

눈물을 글썽거리는 희연을 보자 이건의 얼굴이 딱딱해졌다. 굳은 그의 입매에 희연 또한 주먹을 꽉 쥐었다.

"난 현우 형이 아니야."

"여기서 현우 오빠가 왜 나와? 현우 오빠가 아니라 난 널!"

"그만해라. 현우 형 보기 미안하지 않냐? 다른 남자라면 모를까 난 안 돼."

이건의 딱딱한 말투에 결국 희연의 눈에서 눈물이 흘러내렸다. 그 모습을 뒤에서 보고 있던 야하가 테이블 위에 있던 휴지를 뽑아 희연의 손에 쥐어주었다.

"병 주고 약 주니?"

"병 준 사람은 대표님이고, 저는 약만 주는 건데요."

야하의 말에 분위기가 바뀌었다. 큭큭대는 이건과 황당한 얼굴로 눈물이 멈춰 버린 희연이 신경질적으로 눈물을 훔치고는 야하의 어깨를 한 대 때렸다.

"왜 죄 없는 애를 때려?"

불시에 당한 야하를 대신해 이건이 항의를 하는 야하를 자신 쪽으로 끌어당겼다.

"원인 제공자니까. 진짜 둘 다 미워죽겠어."

"저 왔는데요?"

언제 온 것인지 동수가 슬그머니 희연의 옆에 서서 이건과 야하를 쳐다보았다. 불순한 동수의 눈빛에 이건이 피식 웃으며 해보라는 듯 쳐다보자 동수가 나름 눈에 힘을 바짝 주고는 쳐다봤다.

"뭐 하는 거냐?"

"둘이 편먹고 희연 누님 괴롭히는 것 같아서 누님 편드는 건데요. 아얏!"

자신의 편을 드는 동수를 발로 찬 희연이 쏙 방으로 들어가 버렸다. 홀로 남겨진 동수가 눈치를 보다가 야하의 옆으로 슬쩍 피했다.

"뭐 하냐."

"야하 씨 옆에 있으면 때리지 않을 것 같아서."

야하가 그만하라는 듯 이건의 어깨를 툭툭 두드리자, 야하에게 시선을 돌린 그가 방금 희연에게 맞은 야하의 어깨를 손바닥으로 마사지하듯 문질렀다. 친근한 두 사람의 몸짓에 동수가 그제야 눈치를 채고는 물었다.

"설마 대표님과 야하 씨, 사귀는 거예요?"

이건이 고개를 끄덕이자 얼결에 야하도 끄덕였다. 이에 동수가 머리를 싸매고는 주저앉았다.

"왜 그러세요?"

옆에 서 있던 사람이 주저앉자 놀란 야하가 바짝 이건에게 붙어 섰다.

"희연 누님만으로도 힘든데, 이제는 대표님 여자친구까지 돌봐야 한다니. 왜 저한테 이런 가혹한 시련을 주시나이까."

하늘을 향해 두 팔을 올리고 울부짖던 동수는 일어나라는 이건의 말에 벌떡 일어났다. 그리고는 야하의 집에 가서 짐을 싸들고 오라는 말에 울상을 지었다.

"두 분이서 동거하시게요?"

이건에게 결국 뒤통수를 얻어맞은 동수가 우는 얼굴로 차에 시동을 걸러 집을 나갔다.

"그런데 현우 형이라는 분이 혹시 그 만년필 주신 분?"

"눈치 빠르네. 응, 맞아. 내가 굉장히 좋아했던 형. 희연이랑 연인 사이였었어."

과거형의 말에 그를 빤히 쳐다보자 그가 손가락으로 위를 가리켰다. 이건의 손짓에 무슨 뜻인지 이해를 한 야하가 재빨리 말했다.

"아, 미안해요. 괜히 물었네요."

"네가 미안하기는. 내가 더 미안하지."

"네? 뭐가요?"

깊어지는 이건의 눈이 무언가를 말하는 듯했지만, 야하는 알아채지 못한 채 그의 손에 이끌려 집을 나섰다. 매번 손목이나 어깨를 잡혔었는데, 이렇게 손을 맞잡고 걷자니 어색해 야하가 손에 힘을 줬다.

"그렇게 좋아? 손 안 놓을 테니 힘 좀 빼지? 남자 손 처음 잡아본 사람처럼 왜 이래?"

"처음 잡아보는데요. 대표님은 여자 손 많이 잡아봤나 봐요?"

자신의 농담에 진심으로 담담히 말을 하는 야하의 모습에 말문이 막힌 이건이 얼버무리고는 때마침 열린 엘리베이터에 야하를 밀어 넣었다.

"그런데 우리가 사귀는 사이예요?"

동수의 질문에 이건을 따라 얼결에 고개를 끄덕인 자신과 달리 이건은 누구를 따라서가 아닌 자의로 고개를 끄덕였었다.

"키스한 사이잖아."

"키스하면 다 사귀는 거예요?"

"그건 아니지."

그럼 도대체 뭐란 말인가. 도무지 이건의 속내를 알 수가 없어 답답해졌다.

"정식 고백이 없어서 그런 거야? 그럼 지금 하지 뭐. 사귀자. 네가 좋아, 진심으로다가. 아껴주고 싶어. 더 좋아질 것 같아."

눈을 맞추고 그답지 않게 성의 있는 말투와 억양에서 그의 진심이 느껴졌다. 하지만 자신의 감정에 솔직한 이건과 달리 야하는 첫 고백에 대한 부끄러움과 자신도 이건과 다를 바 없는 감정을 가지고 있다는 쑥스러움에 선뜻 대답을 할 수가 없었다. 고개 숙인 야하의 머리에 커다란 손을 올리고는 이건이 말했다.

"일단 나라는 남자 만나봐. 뭐, 요즘은 비싼 물건은 사기 전에 한번 써보라고 주잖아? 나 비싼 남자니까 한번 사용해 봐. 마음에 들면 가지고 아니면 그냥 옆에 두고."

이러든 저러든 자신의 옆에 있겠다는 이건의 말에 야하의 입에 미소가 걸렸다. 억지로 힘을 주고 야하의 머리를 끄덕이게 한 이건이 만족스러운 미소를 지었다.

한참 뒤에야 엘리베이터에서 내린 이건이 밖으로 나와 차 문을 열고 야하를 태운 후 뒤따라 차에 올랐다.

"한 사람쯤은 제 옆에 앉아도 되는 거잖아요?"

보통 때 같으면 희연 혼자 넓은 뒤를 독차지 하고 야하는 자신의 옆에 탔을 텐데, 두 사람 모두 뒤에 올라타자 삐친 동수다.

"시끄러. 아니꼬우면 대표 하든가."

"아니면 대표님 여자친구 하시든가요."

"미쳤어?"

"미쳤어요?"

야하는 나름 농담을 한 것인데 두 남자가 정색을 하자 민망해졌다.

가는 내내 차 안을 두리번거리는 야하의 머리카락을 손가락에 꼬았다가 풀기를 반복하던 이건이 뭘 그리 보냐며 물었다.

"연예인들이 타는 차를 앞에 탈 때도 신기했는데, 뒤에 타는 건 처음이거든요."

"매번 동수 옆에 탔단 말이야?"

괜스레 동수를 노려보는 이건의 시선을 손바닥으로 막은 야하가 희연이 뒤에 앉는 걸 싫어했다고 말을 했다.

"아, 빨리 다른 매니저 구해야겠다."

"저는 희연 언니랑 일하는 거 좋은데요."

"보니까 구박이라는 구박은 다 받던데 뭐. 내 옆에 있어. 열심히 놀아도 월급은 챙겨줄게. 아, 그러고 보니 연인 사이가 갑과 을이면 안 좋은데."

뒤에서 나름 깨를 볶는 모습을 보던 동수가 구박받는 사람은 자신이라며 말을 했지만, 이건은 개의치 않고 그 말을 무시를 했다.

원룸 앞에 도착하자 무슨 일이 있었는지 모르는 동수 혼자 종알 종알 대며 건물 안으로 들어갔다. 선뜻 들어가지 못하겠는지 걸음이 느려지는 야하에게 이건이 차 안에서 기다리고 있으라는 말을 했지만, 혼자 있기는 싫다며 빠른 걸음으로 건물 안으로 들어갔다.

야하는 옆집에 시선을 두지 않으려 애쓰고 집 안으로 들어갔다. 그러고 보니, 이건의 방문은 처음이기에 눈을 빠르게 굴리며 정리되지 않은 곳은 없나 확인을 했다. 다행히 깔끔한 성격 탓에 책잡힐 만한 곳은 보이지 않았다. 이곳에 살면서 살림을 많이 늘린 것이 아니기에 이삿짐센터를 부를 필요는 없었지만, 동수가 아는 사람이 작은 트럭을 몬다며 불렀다. 속옷이 있기에 옷은 자신이 챙기고, 크고 무거운 물건은 동수와 이건이 옮겼다. 트럭이 오는 시간까지 포함해 두 시간 만에 짐정리가 끝났다.

물건을 밖으로 다 뺀 후 야하는 걸음을 옮기기 전 현관문에 손을 대었다. 옆집 남자가 자신의 집 현관문에 더러운 의미를 두었던 탓에 대문이 짧은 영상 몇 개를 보여주었다. 다 한결같이 남자가 자신의 집에 귀를 대고 있는 장면이었다. 순간 짧은 영상들이 순간 그녀의 눈앞에 펼쳐졌다.

"헉!"

문이 잘 닫히지 않았는지 약간 열린 문 틈 사이를 보는 남자의 뒷모습이 보였다.

"뭐야, 이씨. 잘 안 보이잖아?"

"옆으로. 옆으로 조금만 더."

남자의 목소리는 아주 비밀스러운 이야기를 하듯 작았고, 낮았다. 그 뒤로도 비슷한 영상이 몇 번 더 지나갔다. 문에 귀를 대고 있던 남자가 몸을 일으키더니 문에 등을 대고는 킬킬거렸다. 그리고 얼굴을 드는 순간 그의 광기 어린 눈빛과 마주쳤다.

"헉!"

숨을 들이켠 야하가 문에서 손을 떼고 한 걸음 물러나다 단단한 무언가와 부딪혔다.

"뭐 하는 거야."

언제 다시 올라온 것인지 이건이 대문에 대고 있는 야하의 손을 잡아끌었다. 그는 야하의 창백한 얼굴을 쓸어내리다 조심스럽게 이마에 입술을 가져다 댔다. 조금이나마 자신의 붉은 입술의 색이 그녀의 얼굴에 전해지기를 바라며.

"다시는 이곳에 오지 않을래요. 너무 무서워요."

"응, 알아. 오지 말자."

"대표님이 알기는 뭘 알아요! 대표님이 본 게 전부가 아니란 말이에요!"

남자는 자신의 집 현관문을 붙잡고 더러운 짓도 서슴지 않았다.

갑자기 자신을 밀어내고 격하게 반응하는 야하에게 이건은 당황한 기색을 보이지 않고 그녀를 달랬다. 계속해서 자신을 달래는 낮은 목소리에 야하도 차츰 진정이 되었다.

"다시는 이곳에 오게 하지 않아. 맹세해, 혼자 두지 않을게."

조금씩 정신이 드는지 알아들었다는 듯 고개를 끄덕이는 야하의 어깨를 감싸고 이건은 미련 없이 그곳을 벗어났다.
　"배고프지 않아요?"
　점심시간까지 아직 남았지만, 아침을 먹지 않은 탓인지 동수가 배고프다고 벌써 다섯 번째 말을 했다.
　"가서 짐 정리는 나중에 하고 일단 밥부터 먹자."
　이건의 말에 동수가 만세를 부르며 신나게 운전을 했다.
　"맛있는 거 사주실 거죠?"
　"그럼. 맛있는 자장면 먹자, 탕수육도 먹고. 이사에는 중국음식이지."
　내심 한우를 기대했던 동수의 기분이 단박에 발아래로 떨어졌다. 반면 뭘 먹든지 그곳에서 완전히 벗어났다는 생각에 야하는 안도감을 느꼈다. 아무것도 모르고 밝은 동수의 에너지 덕에 야하는 기분이 조금씩 나아졌다.

※

　희연의 집에 도착하자 야하의 얼굴이 한결 나아졌다. 그에 마음이 놓인 이건이 야하에게 자상하게 물었다.
　"뭐 더 먹고 싶은 거 없어?"
　야하에게 물었지만 동수가 듣지도 못한 음식을 나열했다. 동수는 계속해서 자신의 의견이 묵살당하자 야하에게 자신이 말한 걸 시키라는 눈빛을 보냈다. 물론 그 눈빛을 이건과 희연도 보았지만 말이다.

"잘 모르는데, 많이 안 먹어봐서. 그냥 동수 오빠가 말한 걸로 시켜주세요."

많이 안 먹어봤다는 말에 이건이 이것저것 시켰다. 자신의 목적이 달성되자 동수가 신나 하며 자진해서 물건들을 홀로 옮겼다.

"저 곰. 먹을 거만 주면 그저 좋다고 재주 부리지."

희연의 나지막한 말에 야하는 애써 웃음을 참다가 이건과 눈이 마주쳤다.

"왜요?"

자신을 빤히 쳐다보는 눈빛이 의아해 물었다.

"동수를 언제부터 오빠라 불렀대? 나는?"

"가지가지 한다."

이건의 말에 희연이 짜증을 내며 자리를 떴다. 야하가 고민을 하다가 빤히 쳐다보며 말을 했다.

"자기? 자기야."

"콜록콜록!"

오빠를 기대했건만, 항상 기대 이상으로 충족시켜 주는 그녀다. 하지만 사랑이 담긴 애교 섞인 말투가 아니어서 다소 딱딱한 느낌이 들었다.

"으음. 좋은데 말이지, 남들이 있을 때는 다른 호칭으로 하자."

분명 야하는 나름의 애정을 담고 하는 말이겠지만, 남들이 들었을 때는 자신이 사랑받지 못하는 남자로 보일 것 같아 다른 호칭을 요구했다.

"이건 씨?"

이건은 끝까지 오빠라고 하지 않는 야하에게 고개를 흔들어 보였다.

"그럼요?"

"나는 남자고, 너보다 나이가 많잖아?"

"아, 이건 오빠."

딱딱하게 이름을 꼭 붙이고야 마는 야하가 야속했지만, 오늘은 자기야 소리까지 들었으니 이 정도에서 만족하자는 마음으로 이건은 고개를 끄덕였다.

"그런데 단둘이 있을 때 정말로 자기라고 불러요? 그냥 장난한 건데."

"장난이라니? 나 상처받잖아. 아직 우리 둘이 익숙하지 않아서 그러는 거니 익숙해지면 남들 앞에서도 자기라고 불러도 돼."

애교 섞인 자기야가 아니기에 다음을 기약한 이건인데, 그걸 모르는 야하는 그의 진심으로 상처받은 표정에 나중에 익숙해지면 자기야라고 불러야겠다는 다짐을 했다.

5

"후우. 전화 온 것 같은데?"

매트를 깔아놓고 요가를 하는 희연을 소파에 앉아 넋 놓고 구경하던 야하가 희연의 말에 핸드폰으로 손을 뻗었다. 발신자에 뜬 낭군님이란 글자에 괜스레 희연을 한 번 쳐다봤다.

"방에 들어가서 받아."

눈치 빠른 희연이 꼴 보기 싫다는 듯 고개를 휙 돌리더니 유연하게 다리를 찢고는 몸을 숙였다. 그 모습을 보고 자신의 다리가 찢어지는 듯 얼굴을 찌푸린 야하가 이제는 자신의 방으로 사용하는 방으로 들어갔다.

"여보세요."

〈뭐 이리 늦게 받아? 자는 줄 알았네.〉

"지금이 몇 시인데 벌써 자겠어요. 아직 회사예요?"

오전에 잡지사 인터뷰 이후로 일이 없어 희연과 집에서 쉬던 중이었다. 바쁠 때는 정말 정신없이 바쁘지만, 일이 없을 때는 이 직업도 할 만하다는 생각이 들 정도로 한가했다.

〈집이야. 나 이제 저녁 먹을 건데 우리 집으로 와.〉

"이건 오빠가 저녁을 먹는 거랑 내가 오빠 집에 가는 거랑 무슨 상관인데요?"

〈그냥 오빠라 부르면 안 돼? 꼭 너랑 다른 남자 이야기를 하는 것 같아.〉

여태 호칭으로 징징거리는 그다. 오빠나 이건 오빠나 그게 그거지.

"네, 오빠. 지금 올라갈게요."

이제 막 시작하는 연인 사이에 서로의 집이 가깝든 멀든 상관없겠지만, 야하는 지금 이 상황이 꽤나 마음에 들었다. TV나 책에서처럼 서로 데려다 주겠다며 왔다 갔다 하며 시간낭비를 할 필요가 없이 바로 엘리베이터만 타면 그를 볼 수가 있어 이 집에 들어오길 잘했다는 생각을 할 정도였다.

처음에는 정말로 자신이 그를 좋아하나 싶은 의문도 들었던 그녀지만, 이건과 사귀기로 한 시점부터 매시간 그를 생각하고 그리워했다. 서로를 좋아해서 만나는 커플이 있는 반면 만나가면서 서로를 좋아하게 되는 경우가 있다고 하는데, 자신은 후자에 속하는 것 같았다.

"언니, 저 나갔다 올게요."

"들어오기는 하는 거지?"

이건의 집에서 자고 올 거냐는 질문을 돌려 하는 희연에게 어깨를 한 번 으쓱거린 후 신발을 신었다. 앙칼진 목소리가 짧게 들렸지만, 그러려니 하고 집을 나섰다. 엘리베이터를 타기 위해 버튼을 누르고 기다리던 중 갑자기 뒤에서 누군가가 자신의 허리를 감싸 안고 다른 손으로는 입을 막았다. 몸부림을 치자 익숙한 목소리가 귓가에서 울렸다.

"이런. 낭군님도 못 알아보고 몸살 부리는 것 좀 봐."

그제야 이건임을 알아챈 야하가 가만히 멈추자 이건이 입을 막고 있던 손을 풀었다.

"깜짝 놀랐잖아요! 난 또 이상한 사람인 줄 알고."

정말로 놀랐던 것인지 야하의 눈에 그렁그렁 눈물이 맺혀 있었다. 이건은 너무 심한 장난을 쳤나 싶어 미안한 마음이 들기도 했지만, 야하의 귀여운 얼굴에 번지는 웃음을 참지 못하고 그녀를 품에 안았다.

"아, 이대로 그냥 납치해야겠다."

띵 소리와 함께 엘리베이터 문이 열리자 이건이 그대로 안으로 들어섰다. 이에 야하는 뒷걸음질을 치며 걸어야 했다.

"그만 팔 좀 풀어주면 안 돼요?"

"응. 내 품에 익숙해질 때까지 안 돼."

"은근 느끼한 거 알아요?"

"지금 많이 참고 있는 건데. 대놓고 느끼하게 굴어도 되나?"

야하는 차마 대놓고 느끼한 그를 볼 수가 없어 입을 꼭 다물고 얌전히 품에 안겨 있었다. 쿵쿵거리는 심장 소리에 맞춰 눈을 깜빡거리다 다시 그의 힘에 밀려 뒷걸음질로 엘리베이터에서 내렸다.

"저녁 차려달라고 부른 거예요?"

"아니. 나 먹는 거 구경하라고. 뭐, 다른 것도 구경하고 싶으면 보여줄 수도 있고."

영화제작사와 미팅이 있었다던 그가 양복 상의를 벗더니 셔츠 단추를 세 개 풀고는 쇄골을 보여주려는 듯 옷을 끌어내렸다.

"집 구경할래요."

"와, 애인보다 집을 궁금해하다니. 야하의 애인은 야한데, 야하 애인의 애인인 야하는 안 야하네."

엉뚱한 말을 리듬을 붙여가며 말을 하더니 어느 방으로 쏙 들어가는 이건의 뒷모습을 보다가 야하는 부엌으로 향했다. 냉장고를 열어보다가 먹다 남은 국이 담긴 냄비와 갖가지 밑반찬들이 있어 하나둘 씩 꺼내 식탁에 나열했다.

"어? 내가 차려 먹을게. 그냥 놔둬."

"뭐, 차릴 것도 없이 다 있는데요. 씻고 나오세요."

"야해라. 씻고 나오면 뭐 하려고?"

말장난을 치는 이건에게 들고 있던 국자를 던질 듯 휘두르자 그가 욕실로 들어갔다. 국을 데우는 동안 밥솥을 봤지만 텅 비어 있었다. 혹시나 하고 여기저기 뒤지자 햇반을 찾을 수 있었다. 전자레인지에 데워 밥그릇으로 옮겨 담자 목에 수건을 두른 이건이 부엌으로 들어왔다.

"수건은 왜 가지고 나와요?"

"아, 버릇이야."

이건이 목에 걸린 수건을 돌돌 말아 부엌 옆에 있는 베란다로 나가더니 들어올 때는 빈손이었다. 야하는 그쪽에 세탁기가 있나 보다 생각하며 그가 앉자 데워진 국을 떴다.

"대표님은, 아니, 오빠는 언제부터 혼자 살았어요?"

대표님이라는 단어에 눈썹을 치켜세우는 그 때문에 얼른 호칭을 바꿨다.

"둘만 있을 때는 자기야라고 하기로 했잖아. 안 그래, 자기야?"

야하는 자신이 말을 했을 때는 몰랐지만, 자기야라는 단어가 이렇게 느껴질 줄은 몰랐다. 살짝 열이 오르는 얼굴을 숙이고는 반찬그릇을 손으로 이건에게 밀어주며 얼른 먹으라는 말을 했다.

"군대에 다녀오고부터 혼자 살았어. 우리 자기는 언제부터 혼자 지냈어?"

괜히 물었다. 그에 대해서 조금씩 궁금해지고 있었지만, 설마 자신에게 같은 질문이 돌아오리라곤 생각지 못했기에 야하는 적잖이 당황했다. 밥을 먹다 말고 빤히 쳐다보는 이건의 시선에 야하가 입을 열었다.

"고등학교 때 기숙사가 있는 학교로 들어갔어요. 그때부터인 것 같아요. 엄마가 재혼하시면서 동생을 데리고 호주로 가셨거든요."

"동생만 데리고?"

왜 너는 데려가지 않고 홀로 두고 갔냐는 이건의 질문에 입을 꼭 다물었다. 차마 엄마가 자신을 싫어해서 버리고 갔다는 말을 할 수가 없었다.

"뭐, 네가 호주에 갔다면 우리는 만날 수 없었겠지. 다행이네."

가볍게 다행이라며 다시 밥을 먹는 이건을 쳐다봤다. 그가 다행이라 하니 정말로 다행인 것처럼 느껴져 긴장했던 몸이 풀어졌다. 이건이 다 먹을 때까지 묵묵히 기다리다가, 반대로 이번에는 그가 타준 차를 마시며 설거지를 마치기를 기다렸다.

"집 구경하고 싶다고 했지? 이쪽으로 와."

가족 이야기를 한 후 분위기가 침체된 야하를 데리고 이건은 먼저 서재로 향했다. 그럴싸하게 꾸며진 서재를 자랑하듯 보여주자 한결 기분이 나아진 야하가 이곳저곳 꼼꼼하게 살펴보았다. 심지어 책이 꽂힌 책장 앞에 서서 한참을 뚫어져라 쳐다보더니, 그에게 허락을 구하듯 올려다보기에 마음대로 하라는 듯 고개를 끄덕이자 이 책 저 책을 꺼냈다가 도로 꽂아두기를 반복했다.

"뭐가 궁금한 거야? 설마 야한 잡지 끼워놨을까 봐?"

"그 야한이라는 단어 좀 그만 쓰면 안 돼요?"

"이제 와서 부끄러워하기는. 난 잡지 같은 거는 안 봐. 요즘은 영상이지."

"그거 불법 아니에요?"

"합법적으로 살 거였으면 법 공부를 했지. 자, 이제는 대망의 침실을 보여줄게."

당당하게 법과는 멀게 살고 있다고 말하고는 아직 구경할 곳이 많이 남아 있음에도 야하는 굳이 침실로 향하는 그에게 잡혀 끌려

갔다.

"어때?"

"깔끔하네요?"

갑자기 환한 방이 빨간 조명으로 물들었다. 뒤를 돌아보자 천천히 문을 닫은 이건이 건들거리며 걸어왔다.

"정육점에 온 것 같아요. 빨리 불 제대로 켜요."

"이럴 때 자기라고 불러주면 오죽 좋아? 그럼 나머지는 이 오빠가 다 알아서 할 텐데."

야하가 뭘 알아서 다 하겠다는 건지 모르겠다는 표정으로 그를 지나치려 했지만, 문 앞에 도달하기도 전에 잡혔다. 이건이 그녀를 획 잡아채 몸을 돌리더니 슬쩍 벽으로 밀어붙이고는 양팔을 길게 뻗어 벽과 자신의 사이에 야하를 가뒀다.

매번 당하는 성격이 아니기에 이건을 역으로 놀래주고자 팔을 올려 그의 목을 감싸고 몸을 바짝 붙였다.

"이거 자극적인데?"

고개를 숙여오는 그를 피해 얼굴을 돌렸다. 이런 자신의 행동에도 개의치 않고 이건이 그대로 목으로 입술을 묻어 자잘한 키스를 하는 탓에 괜히 그를 도발했나 조금은 후회가 되었다.

"오늘 자고 갈래?"

"희연 언니한테 집에 들어간다고 했는데요."

"언제부터 희연이 말을 잘 들었다고."

"언니 말은 잘 듣는 편이었는데요."

꼬박꼬박 지지 않고 대꾸하는 면이 야하의 매력이지 싶어 웃음이 나왔다. 키스를 하며 목줄기를 따라 위로 조금씩 올라가자 움찔거리던 야하가 고개를 바로 했다. 그대로 얼굴을 꺾어 야하의 입술을 머금었다.

벽을 짚고 있던 이건의 한 손이 야하의 등을 감싸고 바짝 자신에게 당기더니 나머지 손이 옷을 들췄다. 야하도 똑같이 한 손으로 그의 옷자락을 올리고 살짝 단단한 배를 만졌다.

"하아, 집에 들어간다며. 그런데 유혹하는 거야?"

이마를 맞댄 채 이건이 살짝 갈라진 목소리로 물었다.

"먼저 시작한 사람이 누군데요."

"이야. 하는 대로 잘 따라 하고. 가르치는 보람이 있겠는데. 다음 진도 좀 나가볼까? 잘 따라 할 자신 있지?"

야하는 이건 아니라는 생각을 하면서도 그의 입술을 받아들이며 그를 따라 조금 더 과감하게 옷 속으로 손을 집어넣었다.

자신의 체온보다 차가운 이건의 손이 가슴을 덮자 야하의 몸이 움찔거리며 거부를 했지만, 더욱 진해지는 그의 손길에 벗어날 수는 없었다. 야하도 이건에게 지지 않겠다는 듯 단단한 가슴을 쓸어내리자 그의 몸이 그녀와 똑같이 움찔거렸다.

"하아. 이제 그만."

단정하게 옷을 내려주는 그의 손길에 아쉬움이 뚝뚝 묻어난다. 입맛을 다시며 뚫어져라 야하의 가슴을 내려다보는 탓에 야하의 손이 자연스레 엑스 자를 그리며 가슴을 가렸다.

"그만 보죠? 이러다 닳겠네."

"만지는 것도 아니고, 보는 것만으로 닳는다는 건 듣지도 못했네. 침대에 누워볼래? 저 침대 비싸게 주고 산 건데. 널 위한 침대야."

 분명 침대를 산 지 꽤 되었을 텐데도 저런 뻔뻔한 거짓말을 하는지. 문득 그의 과거가 의심스러워진다.

"다른 여자한테도 널 위한 침대라고 말한 적 있어요?"

"뭐?"

이건이 경악을 하며 말도 안 된다는 표정을 지었다.

"바람둥이라고 소문났던데."

"소문은 소문일 뿐이지."

"여자 몇 명이나 만나봤어요?"

"나, 너보다 나이 많다. 그만큼 만나봤지. 연륜은 속일 수 없는 거야."

 연륜을 이런 데에서 따지는 건 아니지만, 너무 당연하다는 듯이 말하는 이건의 태도에 순간 그런가 하며 동의할 뻔했다.

"집에 갈래요."

 순간 기분이 나빠진 야하가 이건을 밀어내고 몸을 돌렸다. 이건이 그런 그녀를 뒤에서 허리를 감싸 안으며 도망가지 못하게 힘을 주었다.

"과거에 발목 잡힐 만한 짓은 하지 않았어."

"그런 짓이 뭔데요?"

"으음. 너 만난 뒤로는 다른 여자는 눈에 안 들어오더라. 너만큼 야한 여자가 없어."

 재빨리 말을 바꾸며 달콤한 목소리로 속삭이는 그가 얄미우면서도 귀엽다. 모르는 척 넘어가 주어야 하나.

"그 말, 꼭 비꼬는 것 같아요. 하나도 안 야한데 야하다고 하는 것 같아."

"꼭 벗어야 야하고 섹시하나. 내 눈엔 지금 당장 안고 싶을 만큼 야하고 섹시해."

"어디가요?"

"어디 보자. 목선? 아니다. 흘러내린 머리카락?"

"됐네요."

뒷발질을 해 이건을 떼어놓은 후 거실로 나왔다. 구경시켜 줄 곳은 다 시켜줬다며 다른 데 보고 싶으면 알아서 구경하라는 그에게 혀를 내보여 메롱을 한 후 이 방 저 방을 기웃거렸다.

"영화 볼래?"

고개를 끄덕이자 이건이 홈시어터로 DVD를 틀더니 바닥에 앉아 옆에 앉으라며 탁탁 쳤다. 야하가 옆으로 가 앉자, 그가 소파 위에 있던 담요를 그녀의 다리 위에 덮고는 베고 누웠다.

"앉아서 봐요. 어릴 때 안 배웠어요? TV는 앉아서 봐야죠. 눈 나빠져요."

"어릴 때부터 말을 잘 듣는 편은 아니었어."

문득 그의 어린 시절이 궁금했다.

"어렸을 때 어땠는데요?"

그냥 순전히 궁금해서 묻는 거라는 듯 메마르게 묻고 있지만 꽤나 궁금한 표정이다. 그런 야하가 귀여워 순간의 힘으로 상체를 일으켜 입술에 가벼운 키스를 한 후 중력에 의해 다시 누웠다.

"이야기해 주기 싫으면 말아요."

말해주기 싫어서 회피하는 걸로 알았는지 야하가 삐죽이는 말투로 말했다. 전보다 자신의 감정을 즉각 표현하는 게 귀엽다.

"뭐, 똑같았어. 말썽을 많이 피웠지. 하나밖에 없는 아들이라 부모님이 오냐오냐 하셨거든. 그러다 군대 가기 전 철들었지."

"군대 갔다 와서가 아니라 가기 전이오?"

"응. 넌 어릴 때 어땠는데?"

이번에는 정말로 이야기하기 싫은 부분이라 이건이 말을 돌렸다. 하지만 역시나 자신에게 질문이 돌아오자 그녀의 표정이 굳어졌다. 이게 어린 시절 아버지를 잃어서인 것 같아 그의 가슴에 스산한 통증이 일었다.

"그냥, 평범하고 싶었는데……. 그냥 그랬어요."

뜻 모를 말을 한 야하가 이건의 얼굴을 화면으로 돌린 후 영화에 집중하라는 표시를 했다. 대놓고 모든 걸 보여주는 것보다 자신을 숨기는 신비로운 여자에게 남자들은 매력을 느낀다. 하지만 이건은 지금 이 순간 야하가 전자였으면 좋겠다라는 생각이 들었다. 이렇게 갑자기 벽이 느껴질 때마다 그는 이 벽을 깨야 하는 것인지, 아니면 옆으로 돌아서 벌어진 틈으로 들어가야 하는 것인지 선택의 기로에 선 듯한 기분이 들었다.

시선은 영화를 향하고 있었지만 그의 머릿속은 복잡했다. 야하가 좋은 건 사실이다. 이게 죄책감 때문에 생긴 감정은 아닐 것이다. 죄책감 때문이었다면 그저 돌봐주고 싶을 뿐이지 함께하고 싶지는 않을 테니 말이다. 그렇다면 야하에게 밝혀야 하는 게 아닐

까란 생각이 든다. 하지만 아버지를 잃은 게 큰 상처로 남았을 그녀에게 차마 입을 뗄 순 없었다. 그리고 사실을 알게 된 그녀에게서 받을 차가운 시선을 버텨낼 자신이 없다. 아직은 아니다. 혹시 또 모른다. 이대로 그녀가 모른 채 살아갈 수도 있을지 모른다.
"영화 재미없어요."
"그래도 봐. 이거 좋은 작품이야."
재미없는 영화를 억지로 보는 듯 야하의 얼굴에는 지루함이 가득했다.
"약속해 줘, 무슨 일이 있든 날 미워하지 않겠다고. 날 버리지 않겠다고 말이야."
뜬금없는 이건의 진지한 말에 야하가 누워 있는 그를 내려다보았다. 이건이 손가락으로 TV를 가리켰다. 이건이 내뱉은 말이 자막으로 지나갔다. 진지한 얼굴로 남자배우를 따라 말하던 이건이 또다시 배우와 똑같이 새끼손가락과 엄지손가락을 폈다. 피식 웃으며 야하가 그의 새끼손가락에 자신의 새끼손가락을 걸고 그의 엄지손가락에 자신의 엄지손가락을 가져다 댔다.
"대사."
여자배우가 하는 대사를 말하라는 듯 이건이 재촉했다.
"약속."
야하게 대사를 따라 하자 이건이 단숨에 자리에서 일어나 야하의 입술을 머금었다. 이건의 진심이 담긴 부탁을 알지 못하는 야하는 그의 장난으로 여길 뿐이었다.
키스가 깊어질수록 이건은 더욱 갈증이 났다. 더한 것을 요구하는 그의 몸이 결국 야하를 뒤로 눕히더니 그의 손이 야하의 옷을 들추었다. 가슴을 탐하던 손이 바지에 닿자 야하가 화들짝 놀라며 그의 손을 잡았다. 두려움을 내비치는 야하의 눈에 이건이 몸을 일으켰다. 순간 어색해진 공기에 야하가 당황함을 내비쳤다. 아직 준비가 되지 않은 야하의 머리를 감싸 자신의 품에 안은 이건이 정수리에 살짝 입을 맞췄다.

'아직은 아니야. 성급하게 가지 말자.'

순간 들었던 죄책감과 그녀에게 버림받을지도 모른다는 망상에 잡혀 성급하게 굴었던 자신을 다독이며 이건이 가벼운 어투로 말했다.

"네가 너무 예쁜 탓이야. 더는 예뻐지지 마라. 감당이 안 되네."

장난스럽게 말을 한 이건이 더는 손을 대지 않겠다는 듯 양손을 들어 항복 표시를 한 후 윙크했다. 그제야 야하의 굳은 얼굴이 살짝 풀렸다.

*

"하암."

차 안에서 연신 하품을 하자, 동수가 어제 둘이서 뭐 하느라 늦잠을 잤냐고 물었다. 물론 여기서 둘은 희연과 자신을 말하는 것일 테지.

"나도 알고 싶다, 그 시간까지 뭐 하다가 늦게 들어왔는지."

희연의 차가운 말투에 동수가 모르는 척 운전만 했다. 재미없던 영화는 상영 시간이 세 시간이나 되었다. 이건과 같이 있는 게 싫은 건 아니었지만, 재미없는 영화를 억지로 보는 건 고역이었다.

"영화 봤어요. 진짜 재미없던데."

"19금 영화를 직접 찍은 건 아니고?"

동수가 헛기침을 하더니 페달에 올린 발에 힘을 실었다. 그 덕에 빠른 시간에 도착을 했다. 오늘따라 희연의 기분이 굉장히 좋지 않았다. 대기실에 있어서도 시큰둥이다. 혹시 자신이 어제 늦게 들어온 것 때문인가 싶어 약간의 짜증이 일었다. 얹혀사는 건 맞지만, 이렇게 눈치를 받을 바엔 다시 방을 얻어 나가는 게 낫다.

"아마, 한주리 때문일 거예요. 오늘 촬영 한주리라는 배우도 같이 하는 건데 사이가 안 좋거든요."

두 여배우가 갖가지 보석으로 치장을 하고 찍는 화보촬영이다. 며칠 전만 해도 비싼 보석을 직접 착용한다는 걸로 신이 나 있던 희연이 한주리라는 여배우와 같이 촬영할 거란 이유로 기분이 나빠 있다니. 혹시 단독촬영이 아니어서 그런가 싶었지만, 처음부터 다른 여배우도 같이 촬영할 거라는 이야기가 있었기에 자신 때문인 줄 알았는데.

"왜 사이가 안 좋아요?"

"한주리가 처음에 우리 대표님께 엄청 작업 걸었거든요. 스폰서를 잡겠다는 건지 어쩐지는 모르겠지만, 어쨌든 그것 때문에 희연 누님이 사람들 앞에서 스폰서 잡을 거면 다른 데 알아보라고 했어요. 그때는 한주리가 신인이었거든요."

이건에게 작업을 걸었었다는 말에 희연처럼 기분이 가라앉다. 곧 촬영이 시작한다는 말에 대기실에서 벗어났는데, 굉장한 미인이 먼저 카메라 앞에 서 있는 게 보였다.

"후배님, 선배 봤으면 인사를 해야지?"

희연의 칼 같은 말에 모든 시선이 날아들었다. 순간 당혹스러운 표정으로 여자가 급히 허리를 숙여 인사했다. 이에 희연이 다정한 말투로 인사를 받았다. 1라운드는 희연의 승이었다.

"잠깐 쉴게요."

한참이나 지속되는 촬영에 보고 있던 야하가 더 진이 빠졌다. 내내 카메라 앞에서 웃는 표정과 도도한 표정 등 갖가지 얼굴을 했던 희연이 힘든 기색 하나 없이 걸어왔다.

"언니, 많이 힘들죠?"

"그럼 안 힘들어 보이니?"

야하는 참을 인 자를 새긴 후 희연의 기분에 맞춰주자 생각을 했다. 20분간의 휴식이 끝난 후 다시 촬영에 들어가려 했을 때, 스텝들 쪽에서 웅성거리는 소리가 났다.

"정말이에요. 아직 안 받았어요."

"정말 맞아? 희연 씨는 아까 너한테 줬다던데?"

희연의 이름이 나오자 동수가 재빨리 스텝들에게 달려갔다. 이야기를 듣던 동수가 사색이 되어 다시 돌아왔다.

"누님, 아까 찍었던 다이아가 촘촘히 박힌 팔찌 반납했어요?"

"응. 아까 촬영 끝나자마자 막내 스텝이라는 애가 가져갔는데, 왜?"

"그게 없어졌다나 봐요. 그 스텝이 누님이 아직 주지 않았다면서요."

 희연이 짜증을 내며 줬다고 하는 통에 촬영 스텝들도 여기저기 들쑤시며 찾아다니기 시작했다.

 "설마 언니가 챙겼겠어요? 아니다. 아까 그거 엄청 예쁘다고 갖고 싶다고 그러는 것 같긴 하던데."

 한주리라는 여배우가 들으라는 듯 말을 하자 모든 스텝들이 움직임을 멈췄다. 갑자기 다들 설마 하는 눈초리로 희연을 쳐다봤다. 몇몇은 그럴 리 없다고 고개를 돌리면서도, 계속해서 희연에게 팔찌를 받은 적이 없다고 하던 여자 스텝이 울자 다들 의심의 눈초리로 변하기 시작했다. 평소 희연의 직설적인 언어와 까칠한 행동 탓에 스텝들 사이에서는 은근히 좋지 않은 소문이 떠돌고 있었다. 스캔들이 너무 없는 것도 문제였다. 물론 사소한 기사거리는 났지만, 이미지에 타격을 입을 만한 스캔들이 나지 않았었다. 그런 베일에 싸인 희연에게 일부는 근거 없는 소문을 내었기에 추잡한 소문이 많이 나돌고 있었다. 그때부터 분위기가 급속도로 냉각되었다. 기분이 나빠진 희연이 더는 촬영을 할 수 없다고 자리를 뜨려 하자, 한주리가 도망가는 거냐며 비아냥거렸다.

 "말이 심한 것 같네요. 지금 이럴 게 아니라 팔찌를 먼저 찾아야 하는 거 아닌가요?"

 동수가 간신히 한주리에게 달려들려는 희연을 말리고 한 말이었다. 모두들 분주하게 움직였다. 몇 명은 희연의 대기실로 가보자는 말을 했다. 그에 동수와 야하 모두 기분이 상했지만, 지금 누구보다 마음이 상했을 사람은 희연이었다.

내내 찾아보아도 팔찌를 찾지 못해 촬영장은 아수라장이 되었다. 동수가 이건에게 연락을 한 것인지, 그가 이곳으로 오고 있다는 말을 들었다.

"물 좀 가지고 와."

"아까 다 마셨어요. 자판기에서 마실 것 좀 뽑아올게요."

희연의 말에 야하가 촬영장을 벗어나 자판기를 찾아 나섰다.

자판기를 발견했을 때 글자가 들려왔다. 다섯 걸음만 걸으면 자판기 앞에 도달하기에 그 소리를 무시하며 애써 한 걸음 앞으로 옮겼다. 다시 글자가 들려온다. 목소리라고 하기에는 목소리가 아닌 소리. 침을 꼴딱 삼키고 다시 걸음을 내딛다가 옆으로 턴을 했다.

야하는 애써 무시하려 하지만 결국 이렇게 소리에 끌려가게 된다. 그녀의 발걸음이 도착한 곳은 화장실이었다. 의아하게도 소리는 청소아주머니가 사용하는 걸로 보이는 마지막 창고였다.

문을 열자 소리가 더욱 커졌다. 야하의 손이 조금씩 떨리더니 기다란 회색 봉에 걸려 있던 고무장갑에 닿았다. 미처 잡기도 전에 고무장갑이 봉에서 떨어졌고, 챙 소리와 함께 고무장갑에서 반짝이는 무언가가 튀어나왔다.

"팔찌잖아?"

희연이 차고 촬영을 했던 다이아팔찌다. 디자이너의 의미가 담겼는지, 자신은 이곳에 있을 게 아니라며 항의를 하듯 반짝반짝 빛을 내고 있었다. 지금 이게 없어져서 난리가 났는데 왜 여기에 있는 것인지.

야하가 의문을 품자 팔찌가 알려주겠다는 듯 영상을 머릿속에 넣어준다. 흘러들어 오듯 머릿속에 재생되는 영상에 그녀의 입술이 비스듬하게 올라갔다.

"못된 여자 같으니."

그때 주머니에서 진동이 울렸다. 혹여 촬영에 피해가 갈까 싶어 진동으로 돌려놓았던 핸드폰을 꺼내 들자 반가운 글자가 떠 있었다.

"네. 혹시 여기 도착했어요?"

〈응. 너 어디 간 거야? 음료수 뽑으러 갔다며.〉

손에 들린 팔찌를 내려다보다 야하가 이건에게 팔찌를 찾았다고 말했다.

〈어디서? 기다려, 내가 갈 테니.〉

팔찌를 찾았음에도 이건은 좋아하기는커녕 오히려 목소리를 낮추고 자기가 데리러 갈 때까지 기다리라 했다.

"여기서 찾았다고?"

아무런 거리낌 없이 여자 화장실에 들어온 그가 야하의 손에 들린 팔찌를 확인했다.

"고무장갑 안에 있었어요."

"그걸 어떻게 찾아냈어?"

야하의 얼굴이 굳어졌다. 분명 어디서 찾았냐는 말을 들을 텐데, 그 어느 누구도 생각지 못한 곳에서 찾았으니 어떻게 찾았다는 말을 하기 곤란했다.

입술을 깨무는 야하의 얼굴을 보자 이건의 얼굴 또한 난감한 기색이었다.

"정말 그럴 리 없겠지만, 희연이가 한 건 아니지?"

"아니에요! 한주리 그 여자 코디가 그런 거예요. 희연 언니를 곤란하게 하려고 슬쩍 빼내서 고무장갑 안에 숨겼어요. 거기다 팔찌를 희연 언니에게서 받았던 막내 스텝은 코디와 친구고요."

속사포로 내뱉는 야하의 말에 단박에 이건이 의심해서 미안하다는 제스처를 취했다. 이건은 어떻게 그 모든 걸 알고 있는지 야하가 신기했다. 그의 그런 눈초리를 느낀 야하가 낭패감 어린 얼굴로 식은땀을 닦았다.

"일단, 이걸 어떻게 돌려놓을지 고민해 보자. 그냥 이대로 넘어갈 수는 없지."

이대로 두다가는 야하가 실신할 것 같아 이건이 나중에 자리를 옮겨 이야기하기로 생각했다. 곧 쓰러질 듯 하얗게 질린 얼굴에 식은땀까지 흐르는 야하가 위태로워 보였다.

'팔찌가 애먼 애를 잡네.'

팔찌를 야하에게서 받아 들고 이건은 생각했다. 자신들은 쏙 빠지고, 이 일을 주도한 그들에게 돌려줄 방법을 말이다.

"그냥 어렵게 할 것 없이 간단하게 이거를 그쪽 대기실에 가져다 두자, 쪽지와 함께."

"어떻게요?"

정신이 나간 듯하면서도 이건의 목소리가 들리는지 야하가 간신히 물었다. 이건이 바닥에 떨어져 있던 고무장갑에 팔찌를 도로 넣고 상의 안으로 숨기더니 그녀에게 따라오라는 손짓을 했다. 대기실 앞 복도는 한산했다. 모두들 촬영장에서 팔찌 찾기에 여념이 없는지 이쪽은 개미새끼 한 마리도 보이지 않았다. 이건이 어디선가 쪽지를 들고 오더니 자신의 만년필로 벽에 쪽지를 대고 글을 적기 시작했다.

"안녕."

이건에게서 의미를 부여받은 만년필이 자신을 알아본 것인지 짧은 인사를 한다. 하필 이럴 때 피식 웃음이 나오자 그는 자신이 적은 내용을 보고 웃는 걸로 아는지 따라 웃었다. 그제야 쪽지에 적힌 내용을 읽었다.

─난 네가 한 일을 알고 있다. 알아서 해결할 것. 그러지 않을 시 CCTV에 찍힌 걸 퍼뜨리겠다.

귀엽지만 무서운 협박성 멘트가 적혀 있었다.
"믿을까요?"
"숨긴 고무장갑까지 같이 보내는데 기겁하겠지. 뭐, CCTV에 찍혔든 안 찍혔든 효과는 있을걸."
이건이 한주리 대기실 문을 열더니 들어가면 바로 발에 채일 수 있도록 바닥에 팔찌가 든 고무장갑을 놓았다. 야하가 그와 함께 다시 촬영장으로 돌아갔을 땐, 아직도 촬영이 재개되지 않고 어수

선한 상태였다.

"후우, 일단 여배우들을 이렇게 둘 수는 없으니 대기실로 돌아가죠."

이건의 말에 촬영감독이 고개를 끄덕였다. 굉장한 인기를 누리고 있는, 일명 몸값이 비싼 여배우를 의심하는 것도 모자라 촬영장에 방치를 해놓고 대우가 좋지 않았다는 소문이 나기라도 한다면 자신에게도 이득될 것이 없다고 판단한 감독이 결국 촬영 중단을 선언했다.

희연과 동수, 야하와 이건과 함께 한주리와 그녀의 매니저, 코디 등이 함께 이동을 했다. 바로 대기실로 들어가 버리는 희연과 동수와 달리 야하와 이건은 한주리의 코디를 유심히 살폈다. 대기실 문을 열고 들어가던 한주리의 매니저가 바닥에 떨어진 고무장갑을 집어 들었고, 그걸 본 코디가 깜짝 놀라며 잡아챘다.

챙!

한주리의 코디가 미처 품에 감추기 전에 고무장갑에서 팔찌가 떨어져 나왔다. 아무것도 모르고 있던 한주리의 매니저가 깜짝 놀라며 수습하려 했지만, 이때를 놓치지 않고 이건이 정색을 하며 물었다.

"이게 없어진 팔찌 같은데, 왜 여기에 있는 겁니까?"

한주리의 코디가 얼굴이 빨개지며 어쩔 줄을 몰라 하며 한주리의 눈치를 살폈다. 이에 이건이 한주리를 쳐다보자 한주리가 손을 저으며 당황했다.

"아니, 나는 모르는 일이에요."

한주리가 발뺌을 하자 코디가 억울해하며 한주리의 매니저에게 사건의 전말을 다 토해내기 시작했다. 대기실 바깥의 소란 때문에 희연과 동수가 나왔고, 덩달아 촬영 스텝들도 모여들었다.

한주리가 재빨리 자신의 코디 입을 막으려 했으나, 이미 몇몇은 이야기를 들은 후였다. 모두들 비난의 눈초리로 자신을 쳐다보자 한주리는 핏기 가신 얼굴로 자신의 코디를 노려보며 서 있었고, 매니저는 당황해서 사건을 무마시키려 했다.

"한주리 씨가 왜 우리에게 이랬는지 당최 이해가 가지 않군요. 이 일은 추후 다시 이야기를 마저 하도록 하죠. 저희는 이만 가보겠습니다."

웬만한 유명 배우를 다 거느리고 있는 엔터테인먼트 대표가 언짢음을 표하자 화보촬영 관계자들이 당황하기 시작했다. 언제 어떤 촬영을 Tesoro 소속 연예인들과 할지 모르는 일이기에 재빨리 촬영감독이 사과를 했다.

"죄송합니다. 저희가 잘 알아보고 했어야 하는데."

"스텝 교육도 잘 하셔야 될 것 같습니다."

이건이 이 일에 연루된 막내 스텝을 꼬집어 이야기하자 그 스텝이 울먹거리기 시작했다. 조용히 서 있던 희연이 나지막하게 말했다.

"사과는 한주리 씨 측에서 공식적으로 해주셨으면 합니다. 그리고 나머지 촬영은 다시 날짜를 잡고 찍죠. 단, 한주리와는 같이 촬영 못합니다."

"네네, 그럼요. 감사합니다. 다시 연락드리겠습니다."

나머지 촬영을 할 거라는 희연의 말에 촬영감독과 다른 관계자들이 허리를 숙여 감사를 표했다. 하마터면 모든 촬영이 수포로 돌아가고 민희연이라는 A급 배우를 놓칠 뻔했기에 그들의 얼굴에 안도감이 퍼졌다. 반면 한주리의 매니저는 이제는 망했다라는 얼굴로 망연자실하게 서 있었다. 조용히 해결해도 힘들 판에 공식적으로 사과를 하라는 건 여배우로서는 꽤 큰 이미지 타격이었다. 가십을 좋아하는 사람들의 입에 놀아날 생각에 한주리 매니저가 얼굴을 구겼다.

희연이 인사를 받으며 도도한 얼굴로 다시 대기실로 들어갔다. 옷을 갈아입고 나온 희연의 뒤를 동수가 공주님 모시듯 따랐고, 화가 많이 났지만 희연이 좋게 넘어가니 자신도 이번은 그냥 넘어가겠다는 말로 감독의 가슴을 서늘하게 만든 이건이 야하의 손을 잡고 자리를 떴다.

남은 사람들은 한주리를 한 번씩 노려보며 자리를 떴고, 모두들 사라지자 한주리는 코디에게서 고무장갑을 뺏어 애꿎은 코디를 때리며 성질을 부렸다.

"그만 못해! 누가 보면 어쩌려고! 안 그래도 다 글러먹었는데. 대표님께 어떻게 설명을 할지나 생각해!"

보통 때와는 달리 차가운 매니저의 말에 이제야 상황의 심각성을 느낀 한주리가 머리를 굴렸다. 하지만 아무리 머리를 굴려도 빠져나갈 구멍이 생각나지 않아 성질을 내며 고무장갑을 바닥에 던졌다. 그때 그 속에서 쪽지가 떨어졌다. 모든 걸 알고 있고, 찍힌 CCTV까지 있다는 말이 적혀 있자 되돌릴 수 없음을 인지한 한주리가 그 자리에 주저앉았다.

✱

"다행이네요, 누명이 벗겨져서. 그런데 숨겼으면 잘 숨길 것이지 왜 거기에다 두었대요?"

"머리 나쁜 게 죄지 뭐."

아무것도 모르는 희연과 동수가 고소하다는 듯 이야기를 하는 동안 야하는 깊은 생각에 잠겨 있었다. 이건이 아까의 이야기를 꺼낸다면 뭐라고 설명을 해야 하나 머리가 아파왔다. 막 차를 출발시키려는데 야하가 앉은 보조석의 문이 벌컥 열렸다.

"깜짝이야! 대표님도 이 차 타고 가시게요?"

"야하 데리고 갈 생각하지 마."

동수와 달리 단박에 이건의 의도를 알아챈 희연이 이건을 노려보며 말했다. 이에 굴할 그가 아니라는 걸 안 야하가 희연에게 집에서 보자며 차에서 내렸다.

"집에 가서 쉬고 싶은데요."

"그럼 내 집에서 쉬면 되지."

최대한 시간을 가진 후 이건을 마주치고 싶었지만, 이건은 그럴 생각이 전혀 없는 듯했다. 이건의 차를 타고 가는 내내 둘은 말이 없었다. 아니, 야하는 자신만의 고민에 빠져 옆에서 이건이 운전하는 틈틈이 자신을 주시하고 있는 걸 알아채지 못했다.

"무슨 생각을 그리 깊이 해?"

이건이 안전벨트를 풀어줄 때까지도 도착한 줄 몰랐기에 갑작스런 접촉에 야하가 화들짝 놀랐다.

"애인 손길에 그렇게 놀라면 나더러 어쩌란 말이냐?"

피식 웃으며 내리는 그를 따라 차에서 내려 조용히 뒤따랐다.

"누가 보면 혼나러 가는 줄 알겠다. 뒤에 있지 말고 옆으로 와. 뭐 잘못한 거 있어?"

계속해서 분위기를 바꿔보려 이건이 노력하고 있다는 걸 알지만, 앞으로 닥칠 일에 야하는 눈앞이 깜깜해졌다.

이건은 집 안에 들어와서도 자신의 눈치를 살필 뿐 먼저 말을 꺼내지 않는 야하에게 더욱 가까이 붙어 앉았다.

"뭐야, 나랑 말하기 싫어? 그럼 몸으로 대화를 나눌까?"

한 팔로 슬쩍 야하를 밀어 소파에 눕힌 이건이 상체를 숙이더니 몸 위로 무너졌다.

"무거워요."

"그럼 네가 위로 올라올래?"

남들이 들으면 얼굴을 붉힐 만한 말을 아무렇지도 않게 꺼내는 이건과 달리 야하의 얼굴이 붉어졌다.

"이상한 상상 하지? 은근 바라는 것 같다니까."

"눈치껏 오빠가 알아서 분위기를 잡았어야죠. 이번에도 기회를 놓쳤네요. 비켜요."

야하의 약한 힘에 밀려 이건이 다시 일어나 앉아 양손을 내밀었다. 야하가 그의 손을 잡고, 이건이 힘을 주고 당기자 단숨에 일어나 앉은 야하가 등을 기댔다.

"아까 어떻게 알고 찾았는지 궁금하지 않아요?"

"뭐, 우연히 찾았다고는 생각하지 않아. 그러기에는 꽤 어려운 보물찾기였잖아. 어떻게 찾았든 네 덕에 일이 잘 풀렸으니 그걸로 됐어. 말하기 싫으면 억지로 하지 마."

이건은 야하의 머리를 헝클어뜨리고 길게 팔을 위로 뻗어 기지개를 켠 후 자리에서 일어났다. 저렇게 힘들어하는 야하를 보니 이건은 알고 싶은 마음이 사라졌다. 이건 자신도 야하에게 말하기 힘든 일이 있는 것처럼 그녀도 비밀이 있는 거라고 생각하기로 했다.

"영화 볼래?"

"어제처럼 재미없으면 안 볼래요."

"그럼 한숨 자자."

이건의 손에 이끌려 침실로 향했다. 침대에 누운 자신에게 이불을 덮어준 그가 옆에 누웠다.

"한 번쯤은 바닥에서 자겠다는 빈말이라도 해주면 안 돼요? 너무 놀아본 남자 같아."

"아, 나도 내숭을 떨었어야 했나? 크크. 싫어. 야하 껴안고 자면 꾸는 꿈도 야할 것 같아."

"이름 가지고 놀림받는 거 처음이에요."

"처음이라니, 영광인데."

말로는 그를 이기기 힘들기에 그냥 입을 다물었다. 자신을 껴안고 자겠다던 그가 등을 돌리고 누웠다.

"왜 뒤돌아요?"

"백허그 해주라는 표시였는데."

야하가 그의 등을 살짝 내려치자 이건이 다시 뒤돌더니 야하의 머리를 올리고 자신의 팔을 베도록 했다.

"그냥 잘 자신이 없어서. 아까는 그냥 호기 부려본 거야. 어떤 남자가 좋아하는 여자를 그냥 안고만 자? 난 참으려 했는데 네가 도발한 거다. 뒷일은 책임 못 져."

"책임감 있는 남자가 좋은데."

그냥 순전히 한숨 자려던 거였지만, 야하의 말에 아무 짓도 못하게 되었으니 조금은 안타까운 마음이 든다. 확실히 아까보다는 분위기가 풀린 야하의 모습을 본 이건은 억지로 알아내려 하지 않은 자신의 선택에 박수를 보냈다.

"난 네가 웃었으면 좋겠어."

이 말을 마지막으로 이건이 눈을 감고 고른 숨을 내쉬었다. 문득 그에게는 말을 해도 되지 않을까란 생각이 들었다. 물론 어떠한 고난과 역경이라도 이겨내는 게 사랑이라고 표현되는 드라마와 영화가 현실과는 많이 다르다는 걸 알고 있다. 그럼에도 지금은 그 드라마와 영화가 사실을 토대로 만들어지는 거라 믿고 싶었다.

"힌트를 줄게요. 혼, 사물."

"수수께끼야?"

"네."

대답을 끝으로 야하도 눈을 감았고, 이내 곧 고른 숨을 내쉬었다. 그녀의 고른 숨이 20여 분쯤 계속되었을 때 이건이 다시 눈을 떴다. 머리를 받힌 팔을 굽혀 어깨를 잡고, 남은 팔로 허리를 감싸 안아 야하를 자신에게 가까이 당긴 후, 그녀의 체취를 있는 힘껏

들이마셨다.

앞뒤 없이 힌트라며 혼과 사물을 이야기했을 때 그는 직감적으로 그녀가 자신에게 한 걸음 더 다가오려 한다는 걸 느꼈다. 아직은 벽이 있지만, 그 벽을 깨부술 유일한 당사자인 그녀가 벽을 깨기 위해 벽에 가까이 다가섰다. 그런 그녀가 너무 사랑스러워 해주고 싶었던 키스를 가볍게 이마에 했다.

"수수께끼 풀면 상 주기다."

대답이 없는 그녀지만 홀로 대답을 들었다고 생각하며 이건도 서서히 눈을 감았다.

점심도 거르다시피 해서인지 배가 고파서 눈이 떠졌다. 팔을 두른 것도 모자라 다리까지 얽어맨 이건은 아직 잠에 빠져 있었다. 그의 얼굴 위에서 손가락으로 그림을 그리듯 움직이다 입술을 살짝 눌러보았다. 미동도 없는 그에게 얼굴을 바짝 가져다 댔다.

"진짜 잘생겼네."

전직 배우였기 때문인지 잡티 하나 없는 얼굴은 감탄이 나올 정도다. 왜 이런 얼굴을 보며 그동안 무덤덤할 수 있었는지 모르겠다. 손끝으로 턱선을 만지다가 조금씩 내려오면서 툭 튀어나온 목울대를 지나 살짝 두드러진 쇄골까지 손을 움직였다.

"거기까지. 손이 더 내려가면 이 오빠 분위기 잡는다."

자다 일어나 허스키해진 목소리가 머리 위에서 들려왔다. 하지 말라면 더 하고 싶어지는 법. 야하가 그의 가슴까지 손끝으로 훑었다.

"나도 똑같이 해도 돼?"

이건의 손이 움직이자 야하가 화들짝 놀라며 벌떡 일어나 앉았다. 야하가 엉거주춤 뒤로 물러나자 이건이 피식 웃으며 엎드려 누웠다.

"엎드리면 허리 아파요."

"다른 일로 허리 아프고 싶다."

"흐흠. 저녁 뭐 먹을까요?"

야하가 재빠르게 침대에서 벗어나자 이건이 눈을 가늘게 뜨고 그녀를 위아래로 훑었다. 마치 저녁으로 너를 먹고 싶다는 눈빛에 야하가 얼른 침실을 빠져나왔다.

"저 봐라. 애인 두고 달려 나가는 것 좀 봐. 내가 뭘 했다고 도망가?"

"시선이 불순했어요."

"이 나이에 건전한 만남은 힘들지."

유치한 장난이 아닌 성인 장난은 장단을 맞추기 힘들다. 마냥 무시하기도 민망하다. 다행히 더는 장난칠 마음이 없는지 거실로 따라 나온 이건이 소파로 가 다시 길게 몸을 뉘었다.

"시켜 먹을까? 밥하기 귀찮다."

"제가 할게요."

"쌀 없어. 햇반도 다 떨어졌을걸."

혹시나 해서 냉장고를 열어보았다. 국은 어제 다 먹었고, 반찬 몇 가지는 남아 있었다. 햇반이 있기는 했지만, 왠지 그의 말처럼 몸을 움직이기 귀찮았다.

"장 봐야 하는 거 아니에요?"

"요즘은 다 배달해 주는데 뭐. 인터넷으로 시키면 돼."

매일 터지는 소속사 배우들의 기사로 인터넷이라면 치를 떨지만, 이럴 때는 굉장히 유용한 게 인터넷이다. 귀찮게 직접 장을 보러 가지 않고, 필요한 물품을 손가락 하나로 구매를 할 수 있다. 물론 식료품의 경우 유통기한이 걸리기는 하지만 말이다.

"치킨 시켜 먹을까요? 갑자기 치킨 먹고 싶다."

"우리 자기가 먹고 싶다면 뭐든지. 냉장고에 맥주 있으니 같이 먹으면 되겠다. 혹시 술버릇 있어?"

눈을 반짝반짝 빛내며 묻는 이건의 기대를 충족시켜 주고 싶지만, 실망을 안겨줄 수밖에 없다.

"맥주 정도로는 안 취해요."

"에이, 맥주도 많이 마시면 취한다. 주량이 얼마?"

학교 다니면서 가끔씩 술자리를 가지게 될 경우 기껏해야 500cc 몇 잔을 마신 게 다였다. 그마저도 배가 불러서 마시다가 말아서 주량은 모른다. 왠지 모른다고 하면 한 번 알아보자며 먹일 것 같다.

"세요. 그러니 까불지 말아요."

어깨를 으쓱하며 이건이 일어나더니 냉장고에 붙은 치킨가게 로고와 번호가 프린트된 병따개를 들고 왔다.

"양념? 후라이드? 반반?"

"후라이드 좋아해요."

그가 후라이드 한 마리 반을 시키는 틈을 타 희연에게 전화를 했다. 아직도 마음이 상해 있으면 어쩌나 걱정이 되었다.

〈왜? 집에 안 들어온다고?〉

받자마자 쏘아댄다. 아직도 기분이 풀리지 않은 것인지 말투에서 칼이 날아들었다.

"제가 집에 안 들어갔으면 해요? 그럼 그렇게 할게요."

〈안 들어오기만 해봐! 어디서 여자가 잠을 바깥에서 자?〉

속 보이는 걱정을 하는 희연에게 뭐 하나 묻자 요가로 심신을 다스리는 중이라기에 마저 다스리라며 전화를 끊었다. 걱정한 보람 없이 희연은 잘 있는 것 같았다.

"그런 거에 신경 쓸 애 아닌데."

심드렁하게 내뱉는 이건의 옆으로 가 앉아 무릎을 세워 양팔로 감싸 안았다.

"두 사람 언제부터 아는 사이였어요?"

전에 지나가는 투로 희연에게 물었었지만 대답을 해주지 않았었다. 동수는 잘 모르는 듯하고.

"궁금하면 오백 원."

"난 그 개그 재미없더라."

그가 내민 손을 탁 치고 말을 하자 머쓱한지 이건이 그 손으로 뒷목을 주무르더니 가까이 다가오라며 손가락을 까딱거렸다. 그에 야하가 다리를 감싼 팔을 풀고 다가갔다.

"내가 열여덟 살 때 만났지."

"비밀이에요? 왜 작게 이야기하는 거예요? 아무도 없는데."

"후!"

갑자기 귀에 바람을 넣는 바람에 귀를 막고 허리를 뒤로 젖히다가 넘어질 뻔했다. 재빨리 그가 팔을 잡아줘서 머리를 바닥에 부딪치는 건 면할 수 있었다.

"아, 장난치고 싶어서."

"저만 보면 장난치고 싶어 죽겠어요?"

입을 삐죽거리며 말을 하자 그가 아니라고 대답을 했지만 표정은 반대였다.

"데뷔 전에 만났고, 현우 형이랑 같이 잘 어울렸지. 뭐, 현우 형 때문에 어울렸다는 게 맞아. 둘이 사귀었으니."

이제는 이 세상 사람이 아닌데다가 모르는 사람의 이름이 나오자 더는 묻기가 꺼려졌다. 그냥 고개를 끄덕이며 그만 알고 싶다는 표시를 했지만 속마음은 그렇지 않았다.

"그냥 물어도 돼, 다 대답해 줄 테니까."

자신에 대해서 궁금한 걸 쉽게 포기해 버리는 게 조금은 야속해 얼른 계속 물으라고 재촉했다. 마지못해 묻는다는 투로 야하가 입을 열었다.

"그럼 희연 언니는 언제부터 좋아했대요?"

"누가 희연이를? 아니면 희연이가 누구를?"

능글맞게 웃는 이건의 팔을 잡아 흔들자 그가 자신의 볼을 손가락으로 툭툭 쳤다.

"뽀뽀해 주면 말해주지."

"아까는 다 말해준다면서요?"

"응, 뽀뽀해 주면."

좀 전과는 달리 대답하는 데 있어서 조건을 다는 그를 노려보다 재빨리 볼에 입술을 맞추고는 떼었다.

"모르지. 내가 희연이가 아닌데 언제부터 날 좋아했는지 어떻게 알아? 그리고 희연이는 현우 형이랑 만났었다니까."

볼에 뽀뽀까지 했지만 더는 알아낸 게 없다. 치사해서 더는 희연 언니에 대해 안 물어본다.

"그럼 연기는 왜 그만뒀어요? 어떤 작품에 출연했었어요? 전에 궁금하면 직접 물어보라고 했잖아요."

갑자기 웃음이 멎은 이건의 얼굴에 마지막에 가서는 변명처럼 이야기를 했다. 과거에 연기를 한 것이 그렇게 싫은지 이야기하기 싫어하는 그에게 괜히 물었나 하는 생각이 들었다.

"뭐, 그냥 학교 드라마에 출연했었고, 그만둔 건 적성에 안 맞고, 사고가 있었어. 어떤 사고인지는 나중에 이야기해 줄게."

그 정도면 충분하다고 고개를 끄덕이자 이건이 웃으며 야하에게 볼을 내밀었다. 답변해 주었으니 뽀뽀를 해달라는 행동에 야하가 다시 입술을 가져다 댔다. 그때를 놓치지 않고 이건이 고개를 돌려 입술에 뽀뽀를 받아냈다.

"봐봐. 나한테 장난치는 게 재미있는 거죠?"

"아니지. 너랑 사랑을 나누고 싶어서 그러는 거지. 애인 사이에 키스로 사랑을 나누지 그럼 뭘로 나눠?"

키스가 아닌 더욱 진한 걸 내품은 뉘앙스였다. 분명 그런 생각을 하게끔 말을 한 게 틀림없다. 언제까지고 당할 수만 있나. 태연하게 그에게 대답했다.

"사랑의 대화를 나누죠."

"그건 십대 때나 그런 거고. 나이에 걸맞게 놀아야지."

역시나 말로는 이길 수 없는 그다. 포기를 하고 조용히 통닭이 오기를 기다렸다.

"잘 먹겠습니다."

"많이 먹어. 한 마리는 네 거야."

이건이 따준 캔맥주를 마시며 능숙하게 뼈를 발라내어 통닭을 먹었다. 맥주 한 캔을 비우자 배가 슬슬 불러와 다음 캔맥주를 따는 이건의 손을 붙잡았다.

"배불러요. 저는 그만 마실래요."

"에이. 그럼 소주로 마실래? 소주도 있는데."

기어코 술을 먹이겠다고 달려드는 그를 요리조리 피해가며 통닭을 다 먹은 채 뒷정리는 집주인인 그에게 맡기고 야하는 4층으로 내려갔다.

*

이건은 낮잠을 자서인지 잠이 오지 않아 멍하니 서재에 앉아 있었다. 책상을 두드리던 그의 손가락이 노트북 전원을 눌렀다. 짧은 윙 소리와 함께 노트북 화면에 빛이 들어왔다. 책상을 두드리며 기다리던 그의 손이 마우스를 쥐고 인터넷 창을 열었다. 검색창에서 깜빡이는 커서를 한참 동안 바라보던 그가 마우스에서 손을 떼고 자판으로 옮겨갔다. 오른손만으로 자판을 두드림과 동시에 깜빡이던 커서가 글자로 바뀌었다.

혼, 사물

이건은 야하가 말한 그대로 글자를 입력한 후 Enter키를 거침없이 눌렀다. 다시 손을 마우스로 가져간 그가 휠을 돌려 페이지를 천천히 아래로 내렸다.
"사물의 혼. 사이코메트리(Psychometry)."
검색된 것들 중 하나를 그가 천천히 읽었다. 딸깍 소리와 함께 다른 창이 떴다. 빽빽하게 적힌 몇 줄의 글을 눈으로 읽어 내리던 그가 창을 닫았다. 심각한 표정으로 계속해서 다른 검색된 창을 열었다 닫았다 하며 읽던 이건이 나지막하게 말을 했다.
"에이, 설마!"
혼란스러웠다. 어디선가 이런 사람이 있다는 이야기를 들었지만, 설마 그런 사람이 진짜 존재하겠냐며 코웃음을 쳤었다. 분명 사기일 거라 생각하며 흘려들었던 기억이 난다. 야하가 수수께끼라며 던져 준 그대로 검색을 할 때는 정말로 아무런 생각 없이 그냥 해본 거였다. 혹여 자신이 사이코메트리라는 걸 알려주려 했다면, 그녀는 너무 적나라하게 힌트를 준 셈이다.
인터넷 창을 모조리 끈 이건이 노트북마저 꺼버린 후 서재를 나섰다. 부엌으로 향하면서 옆에 놓인 장식장에서 양주를 집어 들고는 아무 컵이나 꺼내 양주를 따랐다. 단숨에 목 안으로 양주를 흘려보내자 식도가 타는 듯한 짜릿한 느낌에 그가 눈을 꽉 감았다.

"장난친 건가."

그냥 그녀가 장난을 친 것일 수도 있다. 요즘 들어 자신을 따라 장난에 재미가 들린 그녀이다. 하지만 그렇다고 하기엔 힌트를 주겠다던 야하의 목소리는 진지했었다.

머리를 신경질적으로 헝클어뜨린 이건이 잔에 양주를 따라 두 잔 연달아 마셨다. 갑작스런 알코올에 몸이 놀랐는지, 훅 올라오는 술기운에 몸이 휘청거리자 식탁 의자를 끌어다 앉았다.

천천히 생각을 해보자. 술기운이 올라오는 몸과 다르게 정신이 맑아지는 기분이다. 어디부터 거슬러 올라가야 하나 고민을 하다가 사물과 연관이 된 일을 떠올렸다.

"만년필."

잃어버린 물건을 찾아주었던 그녀. 하지만 그녀가 아니더라도 누구든지 청소를 하다 찾을 수 있다.

"크크."

갑자기 실소가 터져 나온다. 마치 미친놈이 된 듯하다. 인터넷 검색 하나에 이렇게 고민을 하고 앉아 있는 자신의 모습이 웃기다. 쓸데없는 생각은 그만두고 잠이나 자자라는 생각에 의자에서 일어서다가 갑자기 머리를 스치는 기억에 다시 의자에 앉았다. 불이 났을 때 야하는 뻐꾸기시계를 챙겼었다. 불이 난 건물 안으로 기어코 들어가 다른 물건들은 모두 버려두고 오직 그것 하나만 챙겨 들고 나왔다고 했다.

"그때 뭐라고 했더라?"

그 다음날 야하는 시계가 살려달라고 했다고 했던 것 같다. 그러고는 그냥 아무것도 아니라고 얼버무렸고, 때마침 동수가 들어왔기에 다시 물을 타이밍을 놓쳤었다. 그녀가 충격을 받아 실없는 말을 했을 거라는 생각에 자신도 더는 신경을 쓰지 않았다. 이것 말고도 다른 게 있는 것 같은 기분인데 떠오르지 않아 답답하다.

"아, 팔찌."

낮에 어떻게 팔찌를 찾았냐는 질문에 사색이 되었던 야하의 얼굴이 눈앞을 스친다.

"설마…… 진짜?"

믿기 힘든 일 때문인지, 아니면 술 때문인지 머리가 아파오자 이건은 그대로 식탁 위로 무너지듯 엎드렸다.

6

이건은 결국 한숨도 자지 못했다. 술기운을 빌려 눈을 감아보려 했지만, 잠들듯 하면서도 잠에 들지 못해 결국 잠자리를 박차고 일어나 다시 서재로 향했던 그다. 새벽 내내 인터넷을 뒤졌던 그의 눈 밑이 거무스름했다.

"안녕하세요."

지나가는 직원 및 소속 연예인들의 인사를 대충 받으며 사무실로 향했다. 지문인식을 하고 사무실 문을 열자 자리에서 일어난 야하가 반갑게 맞이했다.

"잠 못 잤어요?"

"낮잠을 너무 잤나 봐. 밤에 잠이 잘 안 오더라."

자연스럽게 행동을 한다고 하는 이건이었지만, 여느 때와 다른 그의 분위기에 야하가 조심스럽게 그에게 다가갔다.

"어디 아픈 거 아니에요? 얼굴이 좋지 않아요."

"괜찮아. 그보다 같이 출근하지?"

먼저 출근을 한 야하가 마음에 들지 않았는지 이건이 머리카락을 잡아당기며 불만이 섞인 목소리로 말을 했다. 그냥 그에게 웃어 보인 후 넘어가려던 야하는 끈질긴 그의 성격 탓에 결국 특별한 사정이 없는 한 같이 출퇴근을 하기로 약속했다.

"아홉 시 반에 회의 있다면서요."

"응. 유원이 새 영화에 들어갈 것 같아. 점심 같이하자."

고개를 끄덕이는 것으로 대답을 하는 야하에게 윙크를 해 보인 이건이 아무것도 챙기지 않은 채 회의를 한다며 사무실을 나섰다. 그가 사라지자 휑한 느낌에 야하는 괜히 사무실을 왔다 갔다 거리며 빈자리를 메우려 했다. 딱히 할 일이 없기에 전공서적을 펴놓고 공부에 집중하고자 마음을 먹은 야하는 금세 책 속의 작은 글자에 빠져들었다.

공부에 집중을 한 야하와 달리 이건은 회의에 집중할 수 없었다. 머릿속에서 떠다니는 글자를 무심코 끼적이던 그는 어떻게 해야 야하가 놀라지 않고 이야기를 풀어나갈 수 있을지 고민했다. 분명 야하의 성격상 저 멀리 도망가 버릴지도 모른다. 작은 질문 하나에도 핏기가 사라지고 덜덜 떨던 애처로운 모습을 또 볼 생각을 하자 명치를 맞은 듯 숨이 턱 막힌다.

"저, 대표님? 어디 안 좋으세요?"

평소와 다른 대표의 모습에 직원들이 다들 하나같이 의아한 눈빛으로 이건을 쳐다봤다. 그제야 자신이 회의를 하기 위해 박 실장이 뽑아온 서류들을 손안에서 구기고 있다는 걸 알아챈 그가 손에서 힘을 풀었다.

"아, 죄송합니다. 시나리오는 좋더군요. 그런데 역할은 조금 더 고민을 해봐야 할 것 같습니다. 일단 두 역할 중 하나를 먼저 선택할 수 있는 거죠?"

"네. 주연과 조연의 비중이 비슷한데다가 아직 다른 배우는 알아보는 중이라 했습니다. 주연을 맡으면 좋을 것 같긴 하지만……."

"저번 영화와 캐릭터가 비슷하고, 조연의 경우는 꽤 매력적인 역할이더군요. 일단 다음 회의 때까지 조금 더 고민해 보도록 하죠."

이건의 말이 끝남과 동시에 모두들 일어서서 순식간에 회의실을 빠져나갔다. 계속 자리에 앉아 서류를 노려보는 이건의 모습에 마지막으로 자리에서 일어선 박 실장이 조용히 회의실 문을 닫고 나갔다.

밤새 고민을 하고, 회의 시간에까지 고민을 했지만 답을 찾지 못했다. 연인 사이로 발전하면서 제법 가까워졌다고는 하지만, 아직은 거리가 있는 야하다. 그녀와의 거리를 좁히자니 더 멀어질까 겁이 났다. 이러다 손안에서 야하를 놓아버리는 일이 발생하지 않을까 우려가 됐다.

그동안 많이 만나왔던 여자들과는 달리, 자신과 야하의 둘 사이를 확실히 해둘 만한 계기가 없다. 뭐, 이를테면 잠자리라고나 할

까나. 다른 여자들과는 달리 굳이 같이 잠을 자지 않더라도 서로의 마음을 나누고 교감을 한다면 야하와 자신은 엮어져 풀리지 않을 거라 생각을 하지만, 문제는 엮이지 않았다는 거다. 둘 사이를 가로막은 비밀이라는 벽을 깨부수기도 전에 그녀는 뒤돌아 사라지고 말 테지.

오랜 시간 고민을 하는 편이 아닌 자신의 성격상 이제는 더 고민할 것도 없이 둘 중 하나다. 모르는 척하던가, 아니면 정면으로 부딪치던가. 자신의 성격상 이미 한쪽으로 답이 나왔다. 도망갈 테면 가보라지. 죽도록 뛰어서 잡아야지 별수 있겠는가. 지금 아쉬운 건 그녀에게 조바심을 느끼는 자신이다. 돌연 자신이 야하를 더 좋아하는 게 아닌가 하는 생각에 속이 뒤틀린다. 치졸한 남자의 자존심이 상처를 받은 것이다.

무거운 몸을 일으켜 회의실을 나서려던 이건이 가볍게 턱을 한 후 회의실 안을 꼼꼼히 살피다가 가슴에서 만년필을 꺼내 창가로 갔다. 창틀에 난 좁은 공간에 만년필을 쏙 집어넣은 그가 누가 볼세라 재빨리 창문에서 떨어졌.

"일단, 마지막으로 확인을 해볼까나."

가벼운 말투와는 달리 그의 얼굴은 흔들림 없이 굳어 있었다. 느긋하게 사무실로 돌아가면서 그의 표정은 점차적으로 풀리고 있었다. 마침내 사무실 앞에 섰을 때 이건의 얼굴에는 설핏 장난기도 섞여 있었다.

"뻐꾹, 뻐꾹."

복도가 울릴 정도로 크게 외쳐 대자 얼마 가지 않아 문이 벌컥 열리고 야하의 모습이 드러났다. 머리만 쭉 빼더니 복도 좌우를 살펴보며 누가 있는 건 아닌지 살펴보던 야하가 아무도 없음이 확인되고 나서야 이건을 쳐다봤다.

"이왕이면 주위에 신경 쓰지 않고 나 먼저 바라봐 주면 안 되나?"

"예쁜 짓을 해야 그러죠. 뻐꾸기 그만 날리고 들어오세요."

갑자기 야하의 팔을 낚아챈 이건이 사무실 안으로 들어와 닫은 문에 그녀를 밀치고 몸을 바짝 붙였다.

"뭐 하는 거예요?"

"연인끼리 나누는 몸의 대화?"

그윽한 눈길과 세심한 볼터치로 야하의 넋을 빼놓은 이건이 고개를 숙여 그녀의 입술을 머금었다. 살짝 벌어지는 입술 사이로 거침없이 들어선 그의 혀와 맞닿는 감촉에 스르르 감긴 야하의 눈이 질끈 감겼다.

"후우. 점심 식사는 건너뛸까?"

점심을 건너뛰고 대낮에 뭐 하자는 건지. 야하가 이건의 어깨에 머리를 기대자 동의의 표시로 알아들은 그가 허리를 감싸 안은 팔에 힘을 바짝 주었다. 하지만 이내 야하의 이어진 말에 힘을 풀었다.

"배고프면 성질 드러나는데."

"무서워서라도 밥은 꼭 먹여야겠네."

신사다운 몸짓으로 물러선 이건이 문을 열고 야하가 나오기를 기다렸다.

"어라?"

"왜요?"

문을 닫고 걸음을 옮기던 이건이 갑자기 자신의 몸을 더듬었다. 야하는 뭘 하는 건가 뚱하게 쳐다보다 그가 무언가를 찾는다는 걸 알아챘다.

"만년필 잃어버렸어요?"

"응. 회의실에 놓고 나왔나 봐. 잠깐 들렀다 가도 괜찮지?"

고개를 끄덕이는 야하의 어깨를 감싸 안고 엘리베이터로 향했다. 처음에 회의실로 향하던 발걸음과 다르게 점점 걸음이 느려졌다. 괜스레 이마에 잡히는 주름을 손가락으로 밀어 펴며 야하를 바라보다 눈이 마주쳤다.

"배고픈데 빨리 움직여요."

회의실에 먼저 들어선 야하가 책상 위를 살펴보았지만, 만년필은 보이지 않았다. 혹시나 떨어진 건가 싶어 바닥을 살폈지만, 마찬가지로 보이지 않았다. 자신과는 다르게 찾을 의욕이 없어 보이는 이건에게 뭐 하냐고 한마디 하려던 야하는 글자가 들리는 창문으로 고개를 돌렸다.

"혹시 창가에서 뭐 했어요?"

야하가 물으며 창가 쪽으로 향했다. 창가로 향하는 야하를 확인한 이건이 큰 보폭으로 그녀를 지나쳐 먼저 창가로 가 창문 틈에서 만년필을 주워 들었다. 돌아선 그가 손가락으로 만년필을 돌리는 묘기를 선보이며 그녀를 물끄러미 쳐다보았다. 야하가 역광으로 인해 이건의 얼굴이 잘 보이지 않아 가까이 다가서려던 순간 그가 다시 긴 다리로 성큼 다가왔다.

"아, 그러고 보니 아까 창밖을 내다봤었어. 그때 떨어뜨렸나 봐."

떨어뜨렸다고 하기에는 너무 정확하게 창틀에서 만년필을 집어 든 이건이지만, 야하는 별말 없이 그를 따라 회의실을 나섰다.

분명히 웃고 있는 입가를 보면 평상시와 다를 게 없는 이건이지만, 눈가가 살짝 굳어 있기에 그답지 않기도 했다. 이에 야하가 그의 눈치를 살피며 밥을 먹느라 자연스레 젓가락질이 느려졌다. 이건은 야하가 자신의 눈치를 살핀다는 걸 알고 있었지만, 아직은 정리되지 않은 머릿속 때문에 그녀를 챙길 만한 여유가 없어 그도 묵묵히 먹기만 했다.

"회의 때 무슨 일 있었어요?"

생각을 하다 이건의 기분이 좋지 않은 이유가 회의 때문인지 싶어 물었지만, 아닐 거라는 확신이 들었다. 뭔가 다른 이유가 있는 것 같은데, 감이 잡히지 않는다.

"잠을 못 자서. 회사에 들어가기 전에 서점에 들르자. 사야 할 책이 있어서."

"굉장히 안 어울리는 거 알죠? 독서도 해요?"

"우리 집 서재에 책이 가득했던 거 기억 안 나? 지적인 내 이미지와 딱 맞아떨어지는데."

툴툴거리며 물을 마신 그가 젓가락을 내려놓았다. 그를 따라 야하가 젓가락을 내려놓자 다시 젓가락을 집어 든 이건이 무조림을 조각내어 그녀의 밥그릇 위에 올려놓았다.

"너는 다 먹어야지, 성질 안 부리려면."

남은 밥그릇을 비울 때까지 이건은 젓가락으로 계속해서 여러 반찬들을 올려놓았다. 야하가 입맛에 맞지 않는 반찬을 도로 내려놓으면 그 반찬을 제외하고 다른 반찬들을 번갈아가며 올려놓았다.

"배불러요. 성질 안 부릴 테니 그만 먹을게요."

딱 한 숟갈이면 다 비울 것 같아 아쉬웠지만, 그래도 먹은 반찬을 생각하면 꽤 많이 먹었으니 이건도 젓가락을 내려놓았다. 후식으로 나온 수정과까지 마신 후 그들은 서점으로 향했다.

"요즘은 작은 서점은 다 없어진 것 같아요."

"그렇지. 다들 인터넷으로 구매를 하고 이북도 많이 보니, 제법 큰 서점들도 없어지는 추세라던데."

"나이 들면 서점이나 차리고 느긋하게 살고 싶었는데."

베스트셀러들만 모아놓은 코너에서 책을 뒤적이는 자신과 달리 바로 한 책을 집어 들고는 첫 페이지부터 읽는 이건을 보다가 그가 자신의 말을 듣지 못한 것 같아 야하는 머쓱해졌다.

"무슨 책이에요?"

"유원이 이번에 새로 찍을 영화 원작. 읽어보려고. 아직 배역을 선택 못했거든. 도움이 될까 싶어서. 그런데 서점 차리고 싶다고? 하나 차려줘?"

야하는 자신의 말을 듣고 있었으면서도 뒤늦게 응답을 하는 이건을 흘겨본 후 다른 코너로 걸음을 옮겨 전부터 읽고 싶었던 책을 찾았다.

두 권의 책을 집어 든 후 베스트셀러 코너로 돌아왔을 때, 이건이 보이지 않아 주위를 두리번거렸지만 찾을 수 없어 미로처럼 길을 낸 책장들 사이로 그를 찾아 돌아다녔다. 마침내 찾은 그의 곁으로 조심스럽게 걸어갔다. 무슨 책을 보는 것인지, 미간에 주름이 잡힐 정도로 집중을 하며 좀 전에 고른 책은 겨드랑이 사이로 끼워 넣고는 다른 책을 읽고 있었다. 그를 놀래주고자 손을 뻗어 그가 읽고 있던 책을 빼앗아 들었다. 불시에 빼앗긴 그가 놀라며 움찔거렸다.

"그렇게 재미있는 책이면 사요."

웃으며 그가 읽던 책제목에 눈길을 두던 야하의 입매가 제자리를 찾았다. 떨리는 입술을 꼭 깨물며 책을 쥔 손에 힘이 들어갔다. 야하가 간신히 입술을 떼며 이건에게 물었다.

"뭐예요?"

"책이잖아."

다시 야하의 손에서 책을 빼앗은 이건이 그녀의 손에 들린 다른 책도 같이 들고는 걸음을 옮겼다. 하지만 그 자리에 꼼짝 않고 서 있는 야하에게 다시 돌아갈 수밖에 없었다.

"일단 나가자."

일단이라는 말에서 그가 자신과 나눌 이야기가 있다는 걸 감지한 야하가 뒷걸음질쳤다. 하고 싶지 않은 이야기일 게 뻔했다. 그런 그녀를 가만히 놔둘 이건이 아니다. 야하의 손목을 그러쥐고 카운터로 가 한꺼번에 계산을 마친 후 서점을 나왔다. 계속해서 뒷걸음질을 치려는 야하의 어깨를 감싸고 억지로 힘을 줘 걷게 하느라 이건의 이마에 땀방울이 맺혔다.

엘리베이터 안에 들어서고 나서야 이건의 몸에서 살짝 힘이 빠졌다. 화석으로 굳어버린 야하의 얼굴에도 작은 땀방울이 맺혀 있었다. 여름이기에 더워서 그랬다고 하기에는 제법 많은 땀방울이다. 엘리베이터에서 내리자 사무실 앞을 서성이는 두 사람이 보였다.

"대표님."

두 사람을 보며 짜증을 내는 희연과 반색을 표하는 동수를 보자 이건의 입에서 낮은 한숨이 쏟아졌다.

"어쩐 일이야?"

"어제 일 때문에. 둘이 어디 다녀와?"

이건은 지금은 희연의 관심이 귀찮아 얼른 지문인식을 해서 사무실 문을 열고 두 사람을 들여보냈다. 따라 들어가려는 야하의 팔을 붙잡자 내심 이때다 싶어 도망을 가려 했는지 야하의 몸이 움찔거렸다.

"박 실장님 불러서 이야기하고 있어. 난 야하랑 있을 테니 방해하지 마."

방해하지 말라는 말에 희연의 얼굴이 단박에 사나워졌지만, 이건과 야하는 그녀에게 신경 쓸 여력이 없었다. 이건에게 이끌려 옆방에 도착했을 때, 야하의 얼굴은 심장마비 환자가 쓰러지기 직전의 얼굴을 하고 있었다.

"신발 벗어."

사무실과 다르게 옆방은 정말로 집처럼 꾸며져 있었다. 신발장이 있었고, 안에는 거실처럼 신발을 벗고 들어가야만 했다. 처음으로 와본 곳에 낯설음을 느낄 새도 없이 이건이 야하를 침대에 앉히고는 냉장고에서 생수통을 꺼내 컵에 물을 따라 직접 야하에게 먹였다.

꼴깍꼴깍 몇 모금 삼키는 걸 확인하자, 생각보다 나쁘지 않은 것 같아 안도를 했지만, 표면상일 뿐이지 야하의 속은 아닐 거라는 생각에 긴장을 늦추지 않았다.

그녀가 진정되기를 기다리는 동안 주머니에서 핸드폰 진동이 계속해서 울렸다. 참다못해 거친 손길로 핸드폰 전원을 끄고 침대로 던져졌다. 마치 자신이 던져진 듯 흠칫하는 야하의 태도에 조심히 행동할 걸 하며 작은 후회가 들었다.

"혼, 사물을 인터넷에 치니까 사이코메트리가 나오더라."

피할 수 없게 바로 직구를 날렸다. 지금 이 타이밍을 놓친다면 다시는 그녀를 잡을 수 없을지도 모른다. 당장 터뜨리고 그녀를 주저앉혀야만 한다.

"나중에 이야기해요. 희연 언니 일도 해결해야 하고……."

"네 일이 더 중요해. 사이코메트리야?"

두 번째 직구에 야하의 표정이 흔들렸다. 겁에 질린 눈이 계속해서 깜빡였다. 생각보다 빨리 이건이 사실을 알았다는 것에 놀란 것도 잠시, 야하의 두 눈에 그의 굳은 얼굴이 들어왔다. 딱딱하게 굳은 얼굴로 자신에게서 두어 걸음 떨어져 서서 자신을 보는 그의 차가운 눈빛에 야하의 눈앞이 뿌예졌다.

'아. 이 사람도 결국 내가 무서운 거구나. 누구나 다 나를 괴물 보듯 했지만, 이 남자만은 이해해 줄 거라고 착각을 했다니 멍청해.'

처음으로 마음을 준 남자이고, 가볍지만 늘 잘해주었던 그이기에 야하는 남들에게서 받았던 것보다 더 크게 상처를 받았다.

이건은 두려워하는 야하의 눈빛을 읽었다. 애써 눈물을 막으려는 그녀가 안쓰러웠다. 자신의 앞에서는 울어도 되는데 그녀는 기어이 참고 있었다.

"그게 뭔데요?"

"힌트를 준 건 너야. 난 그 힌트를 풀었을 뿐이고."

왜 자신이 힌트랍시고 이건에게 말을 해주었는지 야하는 후회하며 자신의 손으로 입을 막고 고개를 숙였다. 지옥 같은 5분의 시간이 지나자 인내심이 바닥난 이건이 야하의 팔을 잡고 흔들었다. 이건은 야하가 자신이 흔드는 대로 흔들리자 툭 밀어 눕힌 후 그 옆에 누워 품에 가뒀다.

"미안. 울어도 돼. 울고 싶으면 울어."

놀란 그녀를 먼저 달랬어야 했음에도 다그치기만 했다. 말이 끝나기가 무섭게 통곡하는 그녀를 보자 얼마나 겁에 질렸는지 그제야 알 수 있었다. 직구를 날리는 게 좋지 않은 방법이었다는 걸 인정해야 했다. 무신경한 것 같지만 자신의 일에 있어서는 굉장히 예민한 그녀다. 그런 그녀의 신경줄을 그렇게 무자비하게 끊어놓았으니.

야하가 눈을 뜨자 자신을 내려다보고 있는 이건과 눈이 마주쳤다. 가라앉은 그의 눈동자가 죄책감을 담고 있었다.

"더 자."

그와 더는 눈을 마주칠 수 없어 야하는 눈을 감았다.

언제 잠이 들었는지. 잠에서 깬 야하가 고개를 흔들고 몸을 일으키려 하자 이건이 도와주었다. 야하는 베개를 세우고 등받이까지 해준 그에게 감사의 눈짓을 보낸 후 꺼끌거리는 눈을 여러 차례 감았다 떴다.

"인터넷 싫어하는 사람이 인터넷 검색을 하고. 반칙이에요."

"인정할게. 반칙이야. 그래도 아웃은 아니지?"

머리를 쓸어 넘기는 이건의 손에 초조함이 묻어나는 것 같았다. 자신의 비밀을 알아버린 그가 부담스럽게만 느껴지던 게 느슨해지는 것 같다.

"징그럽지 않아요? 내가 괴물 같지 않아요?"

"전혀. 그렇다고 네가 정말 괴물은 아니니까. 특별하다고 해서 이상한 건 아니야."

먼저 말을 꺼내는 그녀가 고마웠다. 잠든 모습을 보는 내내 초조함은 극에 달했다. 행여나 자신도 잠든 사이에 도망가 버리는 건 아닌지, 눈을 감을 수 없었다.

"이야기하기 싫으면 안 해도 돼. 모르는 척해주길 원한다면 그럴 수 있어. 네가 원하는 대로 해줄게. 나 보기 싫다는 소리만 하지 마."

자신의 마음을 읽은 듯 그가 만나지 말자는 말은 하지 말라고 했다. 순간 도망을 갈까 했던 고민이 멈췄다.

"피곤해요. 집에 가고 싶어요."

모르는 척해달라는 말을 우회적으로 표현했다. 역시나 눈치가 빠른 그가 고개를 끄덕이며 알았다는 표시를 해왔다.

*

희연의 신경은 계속해서 날카로워져만 갔다. 그런 희연 때문에 동수와 야하도 일을 하는 데 회의감을 느낄 정도로 힘들었다. 마치 그날 있었던 일은 꿈인 것처럼 이건은 어떠한 기색도 보이지 않았다. 여느 때처럼 상냥한 연인의 역할을 수행했다. 희연에게서 받은 스트레스가 그를 만나면 풀릴 정도로 다정하고 세심하게 보살펴 주었다.

"너, 이리 와봐."

이건을 만나러 나가려던 차에 희연이 그녀를 불렀다. 매트 위에서 다리를 찢으며 운동을 하던 희연이 짜증이 섞인 목소리로 부르자 한숨부터 나왔다. 오늘은 또 무슨 꼬투리를 잡으려는 것인지.

"왜요?"

"이건이 싫으면 헤어지던가."

무슨 말을 하냐는 듯 쳐다보자 희연이 답답하다는 듯 가슴을 쳤다. 희연은 요즘 들어 이건과 야하 둘 사이에 미묘한 감정이 흐르는 걸 느꼈다. 보고 있는 자신이 짜증 날 정도로 두 사람의 관계가 짜증투성이였다.

"이건은 네 눈치 보고, 넌 이건을 무시하는 것 같단 말이야."

솔직히 그에게 데면데면하게 군 건 사실이다. 하지만 이건은 그날 이후로 내색도 보이지 않고 그날의 일을 꺼내지 않았기에 시간이 지날수록 괜찮아지고 있었다.

"우리 둘의 문제예요. 언니가 헤어져라 마라 할 권리 없어요."

희연의 짜증이 갈수록 심해졌던 게 자신과 그 때문이라는 사실에 신물이 올라왔다. 자신들의 일에 너무 깊게 관여하려는 희연이 싫다.

"너, 내가 이건이 좋아하는 거 몰라? 옆에서 빼앗아간 주제에."

"좋아하는 건 언니 멋대로의 감정이잖아요. 빼앗아간 거 아니에요. 그 사람 솔로였고, 언니에게 매인 남자가 아니었어요. 지금 언니가 제 남자를 탐내는 거라고요. 이제 그만 감정 접으세요. 이거는 그의 여자친구인 입장에서 하는 충고예요. 더는 우리 둘 사이에 관심 갖지 마세요."

문을 쾅 닫고 나서자 답답함이 조금 풀렸다. 13층으로 올라가 문이 열릴 때까지 성급하게 초인종을 눌러대자 이건이 벌컥 문을 열었다.

"초인종 고장 안 났는데."

야하가 말없이 그를 밀치고 들어가 소파에 앉았다. 사나운 그녀의 기세에 이건이 조심스럽게 분위기를 살폈다. 방금 전 올라오라는 전화 때문에 화가 난 것인가. 하지만 연인이 같이 있자고 오라고 한 게 뭐 그리 잘못된 일이라고.

에어컨을 틀어놓았음에도 속에서 난 불 때문에 야하가 손부채질을 하자, 이건이 옆에 조심스럽게 앉아 잡지를 집어 들어 부채질을 해주었다. 야하가 눈을 가늘게 뜨고 흘겨보자 아무것도 모르는 그가 입가에 미소를 지으며 무엇 때문에 그러는지 알아야겠다는 듯 눈을 반짝였다.

"어?"

이건이 단말마의 비명을 지르며 뒤로 넘어갔다. 순식간에 자신의 위로 드러눕다시피 한 야하의 허리를 기꺼운 마음으로 감싸 안고 입을 맞추기 위해 고개를 든 그를 피해 야하가 가슴에 얼굴을 묻었다.

"에이, 좋다가 말았네. 난 또 덮치는 줄 알고 당해주려 했지."

"당해주는 사람치고는 적극적이었어요."

"무슨 일 있었어?"

갑자기 또 치오르는 화에 벌떡 일어나 바로 앉으라며 손가락을 까딱였다. 그가 바로 앉는 걸 확인하고는 양팔을 교차해 팔짱을 끼고 노려봤다.

"내가 뭘 잘못한 게 있나?"

희연 때문에 화가 난 것이지만 그가 원인제공자다. 아무것도 모른 채 당하는 그가 불쌍하다는 생각은 눈곱만큼도 들지 않았다.

"미안해."

"뭐가요?"

"뭐든지 다."

전혀 싸울 의지가 없는 이건의 모습에 맥이 탁 풀려 버린 야하가 등을 소파에 기댔다. 야하의 기세가 누그러진 걸 확인한 이건이 가볍게 볼에 키스를 하고는 일어났다.

"뭐 마실래?"

"희연 언니 집에서 나올까 봐요."

그제야 왜 야하의 기분이 저조한지 눈치를 챈 이건이 다시 소파에 앉아 야하의 어깨를 감싸 안았다.

"희연이가 왜?"

"꼭 내가 애인 있는 남자를 뺏은 것 같아요. 뭐랄까. 희연 언니가 본처이면 나는 첩?"

흘끗 올려다보자 그의 굳은 얼굴이 보였다. 내 표현이 마음에 들지 않았던 거겠지. 하지만 이렇게밖에 자신의 감정을 표현할 수 없기도 했다. 첫 연애인데다가 감정 표현에 있어서 서투르니 말이다.

"희연이 매니저 빨리 구할게. 조금만 참아. 아니다. 내일부터 그냥 일하지 마. 바로 사무실로 출근해. 나랑 있자."

바로 자신의 편을 들어주며 기분을 풀어주려 애쓰는 이건이 새삼 눈에 들어왔다. 희연의 말로는 그가 자신의 눈치를 보고 있다고 했다. 하지만 자신이 보기에 그는 그전과 다를 바 없이 유유자적이다.

"오늘 자고 갈래요. 집에 가서 희연 언니랑 2차전 벌일 힘이 없어요."

야하의 말에 반색을 하며 이건이 마치 준비했다는 듯이 새 칫솔을 꺼내왔다. 자신이 입는 티셔츠와 가장 작은 반바지와 함께 말이다.

"아, 마음 같아서는 와이셔츠만 입히고 싶은데."

야하는 흘리는 듯한 그의 말을 그대로 흘려듣고는 옷을 갈아입고 나왔다. 야하의 키가 큰 편임에도, 그의 키를 넘을 수 없는 탓인지 티셔츠가 허벅지 아래까지 내려왔다. 야하는 갑자기 드는 장난기에 반바지를 돌돌 말아 최대한 끝까지 올렸다. 그러자 티셔츠만 입은 듯한 연출이 됐다.

"우리 영화 봐요."

"쿨럭!"

캔맥주를 들고 있던 이건이 기침을 하며 입을 막았다. 재빨리 화장실로 들어가는 것이 입안에 있던 맥주를 뿜어낸 것 같다. 그의 반응을 본 야하가 그가 화장실을 간 틈에 돌돌 말았던 바지를 내렸다. 그리고는 그가 마시던 캔맥주를 집어 들어 한 모금 머금었다.

"어? 바지 다시 입었어? 안 입어도 되겠던데?"

"처음부터 입고 있었는데요."

아쉽다는 듯 입을 쩝쩝거리던 그가 야하를 따라 소파에 앉아 새로 캔맥주를 따서 건네주고는 그녀의 손에 들려 있던 캔맥주를 가져갔다.

장난 때문인지, 그와 자신의 사이에 느슨한 분위기가 느껴졌다. 희연의 말대로 그동안 이건이 자신의 눈치를 봐왔던 것 같다. 그의 분위기가 그동안과는 달리 풀려 있었다. 말없이 그가 틀어주는 영화를 보며 캔맥주를 홀짝이다가 무심코 달력을 봤다.

"벌써 10월이 다가오네요."

그러고 보니 굉장히 짧은 시간이다. 한 달도 되지 않은 시간 동안 많은 일이 일어났던 것 같다. 그중 가장 큰일은 그와 만난 일이다. 선을 긋고 남들과 겉돌던 자신이 이렇게 타인과, 그것도 남자와 가까이 있다는 게 새삼스러웠다. 신기하면서도 그의 존재가 고맙게 느껴진다.

"그보다 낼모레가 추석인데."

"아, 그러네요. 집에 다녀올 거죠? 그러고 보니 오빠는 가족들 자주 안 만나요?"

오랜만에 들어보는 오빠 소리에 스르륵 입가가 올라갔다. 고작 이거에 좋아서 헤벌레 하는 자신이 한심스러우면서도 이렇게 같이 앉아 있는 것만으로도 좋다.

"뭐, 가끔 전화 정도? 아버지는 병원 다니느라 바쁘시고, 어머니도 이것저것 하느라 바쁘셔."

"병원이오?"

"아, 치과의사. 돈 많이 벌고 계시지. 너한테만 말해주는 건데, 우리 어머니는 전직 배우."

아들이 엄마를 닮았나 보다. 둘 다 전직 배우라니. 의외의 이야기에 더욱 궁금증이 일었다. 하지만 거기까지였다. 행여나 자신에게 질문이 돌아올까 싶어서 얼른 말을 돌렸다.

"추석에는 집에 다녀올 테고. 희연 언니도 다녀오겠죠? 동수 오빠도. 저 혼자 집에 있겠네요."

자신을 동정해 달라는 것도 아니고 한탄도 아니었다. 그냥 있는 그대로를 덤덤하게 말하는 거였지만 이건의 가슴에는 작은 파동이 일어났고, 점차 커지면서 마음이 흔들렸다. 그런 말을 아무렇지도 않게 이야기하는 야하의 모습에 속상하다. 뭐랄까, 상처가 곪아 썩어 들어가는 느낌이랄까. 굉장히 아프기까지 하다.

"당일에만 다녀올 거야. 점심만 먹고 올 거니까 기다리고 있어."

"에이. 오랜만에 집에 가는 거 아니에요? 그러지 마요. 부모님 서운해하실 거예요. 그런데 집이 어디에요?"

"서울. 성북동. 가까운데."

"가까우면서도 자주 안 갔어요?"

"원래 가까우면 더 그렇게 되더라. 잠깐 갔다 올 거야, 정말. 원래부터 그랬는걸."

내심 빨리 돌아오겠다는 그의 말이 기뻐서 정 그렇다면 하는 표정으로 고개를 끄덕였다. 그동안 빨간 날은 돈을 더 받고 일을 하거나 혼자 지내는 경우가 허다했는데, 이번에는 혼자가 아닐 거라는 작은 기대감에 웃음이 터졌다.

"아, 추석에 차례 음식 차리면 희연 언니가 싫어할까요?"

단박에 야하가 아빠에게 차례 음식을 차려주고 싶어 한다는 걸 알아챈 이건이 자신의 집에서 차리자며 야하에게 말했다. 내일 장을 봐서 음식도 같이 준비하자는 말에 감동한 야하의 눈에 눈물이 차올랐다. 그동안 나름 감동적인 일도 많이 겪게 해준 것 같은데, 아버지를 위한 차례상에 큰 감동을 받아 눈물을 글썽이는 야하를 보자 이건은 좋으면서도 씁쓸했다.

"피곤해요. 잘래요."

벌떡 일어난 야하가 씻으러 간 사이 이건은 뒷정리를 하고 기다렸다. 갓 세수를 하고 뽀송뽀송한 얼굴로 나온 야하에게 기초화장품 샘플을 손에 쥐어주었다.

"어디서 났어요?"

"혹시나 해서 챙겨놨지. 다른 것도 챙겨둔 거 있는데……."

말끝을 늘이는 품이 이상해 못 들은 척 스킨 샘플 뚜껑을 열었다. 이건이 씻고 나오는 동안 꼼꼼하게 순서대로 다 바르고 뚜껑을 닫으려는 찰나에 이건이 욕실에서 나와 자신의 스킨을 대충 손바닥에 부어 얼굴을 몇 번 때렸다.

"마사지도 받으러 다니는 사람치고는 굉장히 대충 바르네요."

"쿡쿡. 얼굴 마사지보다는 몸 마사지 받는데? 피부야 타고난 거고."

화장대 위에 그의 기초세트와 더불어 자신의 기초세트 샘플이 놓여 있는 걸 보자 기분이 묘해졌다. 가슴이 간질간질거리는 느낌에 얼른 일어나 침대로 향했다. 이미 불을 끄고 침대에 누운 그가 어서 누우라는 듯 옆자리를 탁탁 쳤다.

"오늘도 바닥에서 잔다는 소리는 안 하네요."

"이 나이에 내숭 떨면 정말 재수 없지. 오랜만에 야한 짓 해도 될까?"

옆으로 모로 누워 팔로 머리를 지탱하고 있는 이건의 옆에 눕자 그의 남은 손이 슬금슬금 옷 속으로 들어왔다. 곱게 잠만 잘 거라는 생각은 하지 않았지만, 아직은 빼게 된다. 어떻게 하나 생각하는 사이 이미 그의 손은 가슴을 점령한 상태였고, 그의 상체는 자신을 덮고 있었다. 입술이 목을 타고 올라오더니 마침내 짝을 찾은 듯 끈질기게 입술 위를 배회했다.

깊은 키스가 한참 동안 이어지는 동안 이건이 야하의 손을 자신의 옷 속에 넣었다. 그녀의 손이 살짝살짝 더듬으며 단단한 배를 훑고 가슴까지 올라오자 애가 타 미칠 지경이었다. 조금만 더 과감했으면 싶지만, 이것도 굉장히 유혹적이고 짜릿해 조금 더 느끼고 싶었다.

"하아, 자다가 잡혀 먹어도 난 몰라. 먼저 자고 가겠다고 한 사람은 너야."

무슨 일이 일어나든 다 네 탓이라고 말하고 있지만, 아무 일도 일어나지 않을 거라는 걸 이건과 야하 모두 알고 있었다. 그녀에게 완력을 쓸 그가 아니라는 걸 믿고 있는 야하는 어느새 가슴을 토닥이는 그의 손 자장가에 슬슬 잠이 들었다. 반면 기나긴 밤을 예약한 이건은 눈을 질끈 감고 속으로 애국가를 4절까지 완창했다.

아침 일찍 일어난 야하는 아직 잠에 빠진 이건을 두고 4층으로 내려왔다. 이제 막 씻고 나온 것인지 희연이 욕실에서 나오다 마주친 야하를 노려보곤 말없이 방 안으로 들어갔다. 어깨를 한 번 으쓱한 야하는 갈아입을 옷을 챙겨 든 후 희연이 나온 욕실로 향했다. 그제야 자신이 아직도 이건의 옷을 입고 있는 걸 알아챈 야하가 피식 웃었다.

야하는 재빨리 샤워를 마치고 희연과 마주칠세라 얼른 이건의 집으로 향했다.

"아직 자나?"

예전에 그가 알려주었던 비밀번호를 누르고 집 안으로 들어서자 아직 조용한 기운에 그가 잠에서 깨지 않았음을 알 수 있었다. 발소리를 죽이고 아침에 빠져나왔던 방으로 가자니 작은 두근거림이 몸을 떨리게 했다. 더운 것인지 이불은 발치에 있었고 그는 반듯하게 누워 자고 있었다. 야하는 옆에 살짝 누워 옷이 올라가 드러난 복근을 콕 하고 찔러보았다.

"으윽."

갑자기 몸을 돌려 자신을 아래에 깔고 누운 그 때문에 야하의 입에서 신음 소리가 나왔다.

"굿모닝."

이건이 귓가에 바람을 불며 이야기를 하자 진저리치는 야하의 몸에서 뿜어져 나오는 향기를 한껏 들이켠 후 자신의 무게에 버둥거리는 그녀를 놓아주었다.

"씻고 나올 테니 누워 있어."

친절하게 이불까지 끌어 올려 덮어준 그가 욕실로 향하는 걸 뚫어지게 쳐다보다 갑자기 돌아선 그와 눈이 마주쳐 화들짝 놀랐다.

"같이 씻을까?"

야하가 조용히 몸을 반대편으로 돌리자 그가 웃으며 욕실 문을 닫았다. 떨어지는 물소리에 계속해서 신경이 가자 이불에서 빠져나와 침대를 정돈한 후 거실로 나왔다. 냄비에 물을 담아 끓이고 계란을 풀어 넣을 때쯤 이건이 수건으로 머리를 털며 나왔다. 수건을 목에 걸친 그가 자연스럽게 야하의 옆에 서서 햇반을 찾아 전자레인지에 돌리고는 그녀의 뒤에 서서 허리를 감싸 안았다.

"좋네. 희연이 집에서 나오고 여기서 살아라."

"밤에 잡아먹힐까 봐 무서운데요. 그냥 희연 언니랑 토닥거리며 살게요."

"나랑 알콩달콩 살자니까."

입으로 뱉고 나자 정말로 야하를 자신의 집에 들이고 싶어졌다. 남녀관계에 있어서 행동이 빠르던 그가 느릿느릿 움직이자니 욕구불만에 슬슬 힘들어지고 있었다. 조금씩 허리를 감싸던 손을 올려 부드러운 가슴께까지 갔을 때 가차 없이 자신을 밀치고 상을 차리는 그녀를 허탈하게 쳐다보다 얌전히 식탁 의자에 앉았다.

"밥 먹고 장 보러 나가자."

"고마워요."

활짝 웃는 얼굴을 순간 넋 놓고 바라봤다. 오랜만에 이런 웃음을, 아니, 처음으로 보는 것 같다. 행복이란 게 이런 건가 싶어 벅차오르는 가슴을 살짝 손바닥으로 눌렀다.

차례상을 그동안 차리지 않은 것은 아니었지만, 굉장히 단출하게 준비했었다. 이번에는 이건이 도와주겠다며 제대로 해보자고 굉장한 의욕을 보였다. 그의 스마트폰으로 검색해 블로그에서 자세하게 알려준 대로 물건들을 구입을 했다. 장을 보고 나니 도저히 들고 갈 수 있는 무게가 아니기에 배달을 신청하고 집으로 돌아왔다.

"희연이는 집으로 향했다네. 동수도 바로 집으로 간다고 하고."

문자로 메시지를 확인한 그가 야하에게 알려주었다. 그러면서 계속 흘끔대는 게 수상했다.

"왜요?"

"희연이도 집에 없는데 자고 갈 거지? 희연이 올 때까지 여기 있어. 혼자 지내면 무섭잖아."

"이제껏 혼자서도 잘 지냈는데요, 뭘."

머리를 쓰다듬은 그가 안쓰러운 눈빛을 보냈다. 다른 사람이 그랬다면 불쾌했을 텐데, 그의 진심을 알기에 고마움을 느꼈다.

점심을 시켜 먹고 배달된 물건들을 정리한 후 본격적으로 음식 준비를 시작했다. 먼저 전을 지질 생각으로 이건의 노트북을 가지고 나와 레시피대로 밑 작업을 했다.

"정말로 전 부칠 줄 알아요?"

"응. 믿어봐."

이건은 연신 못 미더운 눈빛을 보내는 야하를 부엌으로 밀어 넣고 바닥에 신문지를 겹겹이 펴고 그 위에 전을 지질 전자 프라이팬을 놓았다. 팬이 달궈지자 능숙하게 기름을 두르고 전을 부치기 시작했다. 찢어지지 않게 조심해서 뒤집기까지 하자 만족감에 그의 입가에 미소가 띠어졌다.

"한 장 먹어볼래?"

바로 야하의 칭찬을 받고 싶어 접시에 옮겨 부엌으로 향했다. 노릇노릇하게 지져진 전을 보고 그녀가 엄지를 치켜들자 뿌듯함에 어깨에 힘이 들어갔다.

"맛있어요. 먹어봐요."

먼저 먹은 야하가 후후 입으로 식혀 직접 먹여주어서인지 자신이 했음에도 굉장히 맛있었다.

저녁때까지 음식 준비를 하느라 두 사람 모두 정신이 없었지만, 이것도 데이트처럼 느껴졌다. 어느 정도 뒷정리를 한 후에 차례상에 올릴 음식을 제외하고 나머지들을 반찬 삼아 저녁을 먹었다.

"음. 저 호주에 전화 좀 하고 나올게요."

"호주?"

"엄마요."

고개를 끄덕이며 방으로 들어가서 통화하라는 손짓을 하는 그에게 감사의 눈빛을 보내고 자리를 옮겼다. 왔다 갔다 하며 핸드폰을 손에서 꼼지락거리다가 통화버튼을 눌렀다.

〈여보세요.〉

아직도 낯선 남자의 목소리.

"야하예요."

신분을 밝히자 바로 누군가를 부르는 목소리가 수화기 너머로 들렸다.

〈여보세요.〉

"엄마, 저예요."

〈그래. 추석 잘 보내라.〉

"네."

〈끊으마.〉

바로 끊긴 전화를 한참이나 귀에 대고 있다가 씁쓸함을 감추지 못한 채 거실로 나왔다. 거실에 있어야 할 이건이 보이지 않자 괜스레 눈물이 고였다. 이젠 엄마의 차가운 목소리가 익숙해질 법도 한데. 그렇지 못했다. 그때 뒤에서 따뜻한 목소리가 들렸다.

"통화 끝났어?"

화장실에서 나오는 그의 품에 그대로 안겼다. 다정하게 등을 쓰다듬는 그의 위로를 받자 울컥했던 마음이 진정된다. 그가 자신의 허리를 끌어 올리더니 자신의 발 위에 서게끔 하고는 걸음을 옮겼다. 거실 중앙에 서서 오른발과 왼발을 차례로 제자리걸음을 하며 그가 허밍을 했다.

"어릴 때는 몰랐어요. 제가 남들과 다르다는 걸요."

갑작스런 야하의 고백에 이건의 걸음이 멈췄다. 자신의 발 위에서 내려오려는 야하를 다시 단단히 품에 안고 제자리걸음을 다시 시작했다. 그 리듬에 맞춰 야하가 이야기를 이어갔다.

"유치원에 다닐 때는 전혀 몰랐어요. 엄마와 아빠도요. 왜, 어릴 때 귀신 보는 아이들이 있다고 하잖아요. 너무 순수해서 귀신을 볼 수 있다는. 엄마, 아빠도 그런 걸로 생각하셨나 봐요. 그게 아니면 유독 제가 상상력이 뛰어나다고 생각하셨어요. 그러다 초등학교에 입학하고 나서야 알았어요."

쉼 없이 이야기를 하다가 숨이 차는지 잠시 숨을 고르는 그녀의 등을 토닥거렸다.

"몽당연필을 모나미볼펜에 끼우는 게 유행이었던 적이 있어요. 아주 잠깐. 그 유행은 금방 지나갔고, 애들은 다 몽당연필을 버렸어요. 그때마다 나는 그 연필이 말해주는 대로 친구들에게 다시 가져다줬어요. 하나둘씩 저를 피하더라고요."

마지막 말에서 목소리가 조금씩 떨렸다.

"그러다 한 아이가 자기 것이 아니라면서 몽당연필을 던졌어요. 그때 몽당연필이 아프다고 해서 그 애에게 그러지 말라고 연필이 아파한다고 했어요. 어쩌다가 싸움까지 났고, 선생님께 불려 갔어요."

"싸워서 혼났어?"

고개를 도리도리 저었다. 싸운 일로 혼이 나지는 않았다.

"선생님이 다 말해보라고 했어요. 왜, 어릴 때는 선생님을 전적으로 믿잖아요. 그래서 다 말했어요. 물건이 나에게 하는 이야기랑 전부 다. 그때 선생님이 거짓말하지 말라며 혼을 내셨어요. 싸운 것보다는 거짓말했다고 혼났어요."

안쓰러웠다. 어린 그녀가 믿었던 선생님께 혼이 나는 것도 모자라, 자신을 믿지 않는 사람들에게 받았을 고통에 숨이 턱 막혔다.

"엄마까지 학교에 불려 오셨어요. 그제야 엄마와 아빠가 제가 다르다는 인식을 하셨나 봐요. 엄마가 절대로 그런 이야기 하지 말라고 했어요. 그래서 그 뒤로는 들어도 못 들은 척, 봐도 못 본 척했어요. 하지만 이미 친구들은 나를 멀리하기 시작했고 아무도 제 말을 들으려 하지 않았어요. 거짓말쟁이라고. 제 옆에도 오지 않으려 했던 걸 보면 저를 무서워했던 것 같아요. 그래서 학교에 가면 거의 말을 안 했어요. 아무도 신경 쓰지 않았고요."

이건이 팔에 힘을 주고 더욱 품에 가득 안았다. 그의 팔을 잡은 야하의 손에도 힘이 들어갔다.

"주말에 아빠가 친구들과 약속이 있다며 차를 가지고 나가시려 했어요. 그때 차가 아프다고 자신을 타면 안 된다고 말을 했어요. 그날은 차마 모르는 척할 수가 없어서 말을 했는데, 엄마가 불길한 말 하지 말라고 조용히 좀 하라고 소리를 치셨어요. 지나고 나서 생각해 보니 엄마는 제가 무서웠나 봐요. 남들과 다른 저를 받아들일 수 없으셨던 거예요. 자신이 낳은 딸인데."

함부로 위로를 해줄 수 있는 부분이 아니다. 자신은 겪어보지 못했기에 설불리 위로의 말을 해줄 수 없었다. 그저 묵묵히 안아주고 온기를 나눠줘 혼자가 아니라는 걸 느끼게 해줄 뿐이다.

"그날 사고가 났어요. 엄마는 다 저 때문이라고, 불길한 소리를 해서 그런 거라고 했어요. 그 뒤로 엄마는 동생만 살피셨어요. 그래도 아빠는 달랐어요. 아빠가 있어서 견딜 수 있었던 것 같아요. 아빠는 나 때문이 아니라고, 자동차 점검을 하지 않은 자신 탓이라고 하셨어요."

야하는 그동안 숨기고 속에 담아두었던 이야기를 꺼냈다. 계속해서 무시하려 하자 점차 들리는 소리가 적어졌다는 것과 아버지가 돌아가셨던 것까지. 그리고 어머니가 재혼을 하시면서 동생만 데리고 갔다는 이야기까지. 아버지 이야기를 꺼낼 때 이건의 눈에 죄책감이 스며들었다. 야하에게 아버지가 어떤 존재였는지 알게 된 그의 속이 뒤틀렸다.

"미안, 미안해."

자신을 믿어주고 이야기를 들어주는 유일한 사람이었던 아빠를 만약 자신 때문에 잃었다는 걸 알게 된다면 어떡하나 하는 두려움이 다시금 일었다. 이건은 깊숙한 곳에 숨겨놓았던 진실이 계속해서 그 안에 갇혀 있기를 바랐다.

"오빠가 미안할 게 뭐 있어요. 오히려 고맙죠. 자, 어때요? 내 이야기 듣고 나니까요. 이상하죠?"

"아니."

야하는 오히려 이건을 이해할 수 없었다. 지금껏 다른 사람들이 보였던 행동과는 확연하게 다르다. 그녀를 사랑한다고 믿었던 엄마마저 그녀를 외면했기에 연인이라는 이유만으로 평범하지 못한 자신을 받아들이는 거라 생각할 수가 없었다. 야하는 태연하게 구는 그가 더욱 이상했다. 겉과 달리 속으로는 자신을 괴물이라 생각하고 있을지도 모른다는 생각이 들었다.

"거짓말하지 말아요. 사실대로 말해줘요. 나 이상하죠?"

이건의 품 안에서 빠져나온 야하가 서글픈 목소리로 물었다. 고개를 저으며 자신에게 한 걸음 다가오는 이건을 피해 야하가 장식장 쪽으로 걸음을 옮겼다. 장식장 문을 열고 집에서 목소리를 내고 있는 몇 개의 물건들 중 차 키를 집어 들었다. 단번에 이건이 차 키를 위로 던졌다 받아내며 휘파람 소리와 함께 그가 좋아하는 모습이 보였다.

"이 차를 살 때 오빠는 굉장히 기뻐했네요? 꼭 가지고 싶었던 거니까."

"그렇지. 돈 벌고 처음으로 산 첫 차니까. 남자들은 차에 목숨 걸기도 한다고. 차는 처분했어도 차 키는 기념품으로 가지고 있어. 내가 노력한 증거 1호라고나 할까."

빈정대면서도 날카로운 야하와 달리 이건은 능청스럽고 장난스럽게 대답을 했다.

"내가 괴물 같지 않아요? 무섭지 않아요? 말해주지 않아도 이렇게 속속들이 알아채는 내가 이상하죠?"

"장식장 안에 있는 걸 보면 누구든지 알 수 있어. 괜히 장식장에 놓아뒀겠어?"

계속되는 이건의 덤덤한 말에 야하가 거칠게 차 키를 던졌다.

"난! 나는 그게 아니라고요! 나는 그런 눈치로 아는 게 아니라 다 듣고! 다 보고! 그렇게 알아차리는 거라고요! 난 남들과 달라요! 다르다고요!"

야하가 던진 차 키를 집어 든 이건이 장식장에 넣고 거친 손길로 장식장 문을 닫았다. 유리로 된 장식장 문이 깨질 듯 날카로운 소리를 냈다. 이건의 거친 행동에 겁먹은 야하가 덜덜 떨며 이건에게서 도망치려는 듯 걸음을 옮겼다. 숨을 한 번에 몰아쉰 이건이 단 두 걸음 만에 따라잡아 야하의 양어깨를 붙잡았다.

"난 몰라! 네가 남들과 다르다는 거 난 모른다고! 넌 나한테 그저 서야하일 뿐이고, 내 연인이야. 그 이상도, 그 이하도 없어. 그러니까 신경 쓰지 마. 내가 신경 안 쓴다잖아. 내가 괜찮다잖아. 그러니까 너도 그만 괜찮아질 수 없어? 응? 야하야."

소리를 지르던 이건에게 순간 겁먹었던 야하가 뒤에 가서는 자신을 다독이며 낮은 목소리로 애원하는 이건에게 결국 무너졌다. 이건의 품에 안겨 억지로 참았던 눈물을 쏟아냈다.

"넌 몰라. 내가 어떤 놈인지, 내가 너한테 뭘 했는지. 네가 알까 봐 두렵다."

이건은 자신의 중얼거림을 야하가 듣지 못하도록 품에 안았다.

덤덤하게 털어놓다가 모질게 굴며 자신을 시험하려 한 야하의 마음을 잘 알지만, 자신이 그녀에게 해줄 수 있는 건 오로지 단 하나였다. 괜찮다는 말. 나에게 너는 다르지 않다는 말을 해주는 게 전부였다. 어느 정도 울음을 그치고 자신의 눈치를 살피는 그녀에게 깊은 입맞춤을 했다. 전혀 다르지 않다고, 괜찮다는 말과 함께. 타인에게 꺼내기 힘든 이야기를 해주고 한 걸음, 아니, 바로 코앞까지 다가와 준 그녀가 안타까우면서도 간절하게 원했던 순간이 찾아온 듯한 느낌에 이건은 감사했다.

새벽까지 잠을 이루지 못한 두 사람은 일찍이 차례상을 차렸다. 도저히 혼자 두고 못 가겠다는 그의 등을 밀어 내보낸 후 야하는 홀로 남겨졌지만, 그와 같이 있는 기분에 외롭지는 않았다. 잠을 자지 못한 탓에 야하는 이건의 침대에 누워 잠을 청했다.

이건은 성북동으로 가는 내내 답답해 짜증이 치솟았다. 야하를 데리고 왔어야 하는 게 아닌가 싶은 생각이 들다가도 그녀가 부담스러워할 거라는 생각에 답답했다. 차가 막혀서 평소보다 늦게 도착하자 그의 짜증은 극에 달했다. 그는 애써 오랜만에 뵙는 부모님을 생각해 꾹꾹 눌렀다.

"저 왔어요."

"왔니? 일찍 오지 그랬어."

반기는 어머니와 달리 묵묵히 고개를 끄덕이는 아버지지만, 속으로는 굉장히 반기고 계시다는 걸 알고 있었다. 여느 때와 마찬가지로 잔소리부터 시작된 식탁에서 묵묵히 식사만 했다. 평소 같으면 유들거리며 자신을 향한 공격을 요리조리 피해가는 아들이 다른 모습을 보이자 의아한 그의 어머니가 물었다.

"회사에 안 좋은 일 있니?"

"아니요. 저 점심 먹고 바로 가봐야 해요."

"희연이랑 약속 있니?"

왜 이 이야기가 안 나오나 했다. 유독 희연을 예뻐하시는 어머니시다. 몇 번이고 아니라는 말을 해도 그때만 고개를 끄덕이고 뒤에서는 또 희연이를 찾으셨다.

"제가 왜 희연이를 만나요. 어머니, 그런 거 아니라고 몇 번이고 말씀드렸잖아요."

"희연이만 한 애가 어디 있다고. 너희들 결혼은 생각 안 하니?"

다시 원점으로 돌아온 잔소리에 그저 국을 떠먹었다. 그러다 퍼뜩 든 생각에 부모님께 입을 열었다.

"만나는 여자 있어요. 결혼까지 진지하게 생각하는 중이고요."

속으로 나 혼자라는 말을 한 후 부모님의 반응을 살폈다. 만나는 여자라는 대목에서 희연이 아님을 직감한 어머니는 얼굴을 찌푸리셨고, 아버지는 알겠다는 표시를 보이셨다. 아직은 부모님께 야하의 이야기를 꺼내고 싶지 않았지만, 아니, 빨리 소개해 드리고 싶은 게 진짜 속마음이었지만, 아직은 이르다. 그녀와 미래 약속을 한 것도 아니니 혼자 설불리 달려 나가서는 안 된다.

"어떤 아가씨니? 설마 연예인은 아니지?"

자신이 배우였기 때문인지 이쪽 세계에 불신을 가지고 계시는 어머니다. 어머니가 활동하시던 시대엔 환경이 열악했으며, 이쪽 일이 깨끗하지는 않았기 때문이다. 지금도 별다를 게 없기도 하지만.

"희연이도 배우예요."

"희연이는 달라, 얘."

뭐가 다르다는 것인지. 한 번 데리고 오라는 어머니의 말에 대충 고개를 끄덕인 후 점심이 소화되기도 전에 집을 빠져나왔다. 벌써 가냐며 약간의 서운함을 내비치시는 아버지께 조만간 들르겠다는 말을 남기고 야하가 기다리는 집으로 향했다.

가는 내내 막히는 도로에 짜증이 날 법도 한데, 성북동으로 갈 때와 다르게 자신을 기다리고 있을 야하 생각에 얼굴이 풀렸다. 단번에 주차를 하고 엘리베이터에 올라 초조하게 바뀌는 숫자를 응시했다. 초인종을 누를까 하다가, 그는 문을 열고 자신을 맞이하는 그녀를 고이 둘 수 없을 것 같아 직접 비밀번호를 누르고 집에 들어갔다.

인기척이 느껴지지 않는 조용함에 설마 야하가 희연의 집으로 돌아갔나 싶어 이건의 얼굴이 찌푸려졌다. 맥이 빠진 그가 핸드폰으로 야하에게 전화를 걸며 방 안으로 들어갔을 때 들리는 진동 소리에 얼른 전화를 끊었다. 침대에 모로 누워 잠들어 있는 야하를 보자 도로 이건의 입가가 풀렸다.

"이 정도면 중증인가."

고개를 설레설레 저으며 차 키를 화장대 겸 탁자에 올려두고 그녀의 옆으로 가 누웠다. 자신이 침대에 여자와 그냥 누워만 있게 될 줄은 몰랐다. 하지만 나쁘지 않다. 아니, 굉장히 좋다.

"잘 자."

이건은 야하의 두 손을 한 손에 모아 잡고 달콤한 낮잠에 빠져들었다.

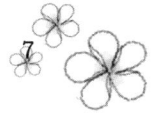

7

"뭐 해?"

"곧 대표님 생일이잖아요. 선물을 뭘 해야 될지 모르겠어요."

삼 일 뒤면 그의 생일이다. 좋은 선물을 해주고 싶어서 고른다는 게 벌써 시간이 이렇게 지나 버렸다. 제법 두둑한 월급도 들어왔겠다, 희연에게 생활비라며 주었던 돈을 다시 고스란히 돌려받아 여윳돈이 많이 생겼다.

"도와줄까? 내가 이건이 취향을 잘 아는데."

얄밉게 말하는 희연에게 고개를 저어 보이고 노트북을 닫았다. 희연에게 빌렸기에 다시 노트북을 돌려주고는 그동안 고민했던 걸 해결하기 위해 당사자를 찾아 나섰다.

"저 나갔다 올게요."

"너, 너무 늦은 시각에 이건이 집에 가는 거 아니야?"

"연인 사이인데요, 뭐."

집을 나서자마자 아직도 후텁지근한 날씨에 불쾌지수가 올라갔다. 엘리베이터에 타는 짧은 순간의 더위를 털어버리고 내리자마자 바로 비밀번호를 누르고 들어갔다.

"안 그래도 부르려던 참인데. 텔레파시가 통했네."

들고 있던 핸드폰을 내려놓으며 이건이 팔을 벌리고 다가왔다. 그런 그를 지나치며 야하가 소파에 주저앉았다.

"어라? 나 상처받았어."

"더워요. 날씨가 미친 것 같아. 너무 더워요."

그가 상처를 받든 지금은 너무 더워서 열기를 가진 모든 것이 자신의 옆에 오는 게 싫은 야하가 이건에게 저 멀리 앉으라는 말을 했다.

"에어컨 틀어놔서 곧 몸의 열기가 식을 거야."

역시나 상처받기는커녕 능글맞은 웃음으로 더욱 가까이 앉는 그다. 심지어 모르는 사람이 들으면 얼굴을 붉힐 만한 말까지 하면서 말이다.

"나 묻고 싶은 게 있어요."

"응. 뭔데?"

막상 생일선물 뭘 갖고 싶으냐고 물으러 왔지만, 쉬이 입이 떨어지지 않았다. 그가 필요한 걸 사주고 싶지만, 자신이 가지고 있는 돈으로 구입이 가능할지도 모르겠다. 부유한 그이니 말이다. 가만 보면 입고 있는 옷과 가지고 다니는 물건 모두 고가의 제품이었다. 물론 물어본다면 자상한 그는 적당한 가격 선에서 이야기를 하겠지만 말이다. 그냥 조금 더 고민해 보자는 생각에 기억이 안 난다며 얼버무렸다.

"내일 친구들하고 약속 있는데 같이 갈래?"

그의 친구들을 단 한 번도 본 적도, 이야기를 들은 적도 없어서 내심 친구가 있다는 말에 놀랐다. 그걸 알아챈 것인지 이건이 눈을 가늘게 뜨고는 그녀를 바라봤다.

"친구 없게 생겼어?"

"아니, 뭐. 다음에 가면 안 돼요?"

"그래."

서운해하는 기색 없이 담백하게 알겠다고 하는 그에게 가볍게 볼 키스를 해주다 잡혀서 진한 스킨십까지 했다. 그제보다는 어제가, 어제보다는 오늘이 더욱 진해지는 것 같다. 들은 이야기가 있어서 그가 얌전한 연애를 한 게 아니라는 건 알고 있다. 심지어 그는 자신의 입으로도 나이에 걸맞은 연애를 했다고 말하지 않았는가. 그의 인내심만큼 자신을 아껴주는 것 같아 흡족하다가도 그의 욕구불만이 극에 달할까 겁이 나기도 하는 야하다.

틈만 나면 자고 가라는 그를 달래고 희연의 집으로 돌아왔을 때, 희연은 대본을 읽고 있었다. 드라마가 끝난 지 얼마 되지 않아 휴식기에 접어든 그녀이기에 대본을 들고 있는 걸 보고 그냥 지나칠 수 없었다.

"뭐예요?"

"시나리오. 다음 작품 고르는 거야."

"벌써요? 3개월 정도 쉰 뒤에 작품 고른다면서요."

"심란해. 일이라도 해야지. 가만히 못 있겠어."

눈치를 보아하니 자신 때문인 것 같아 더는 말하지 않고 내버려 두었다. 옆에 앉아 다른 시나리오를 집어 들고 읽어 내려갔다. 사극으로 내용은 복잡했지만 흥미를 끌 만한 소재다.

"나 내일 밤에 영화 보러 갈 건데, 너 뭐 할 거야?"

"같이 가자고요?"

"내가? 언제?"

그냥 그녀는 자신의 스케줄을 말한 것뿐이라며 손을 저었다. 하지만 말꼬리를 늘이는 게 같이 갈 사람이 없는 듯하다. 모르는 척 내일은 그냥 집에 있을 거라 하자 희연이 냉큼 자신이 놀아주겠다며 같이 영화 보러 가자고 했다.

"그런데 내일은 이건이 안 만나?"

"은근슬쩍 그 사람 스케줄 물어보는 거 다 알아요. 내일 친구들 만난데요."

"너 안 데려간대? 같이 가는 게 좋을 텐데. 그 친구들 항상 부킹 하거든."

이건이 자신을 데려가지 않는 거에 웃으며 약 올리는 희연이 조금은 귀여웠다. 하지만 도를 넘는 건 여기까지만 봐줄 수 있다.

야하는 보통 희연이 되지도 않는 억지를 부리고 욕심을 부려도 다 받아주곤 했지만, 그의 관해서는 칼같이 잘라냈다.

"같이 가자는 거 다음에 가겠다고 했어요. 이 작품 괜찮은 것 같아요. 잡생각 없애는 데는 일이 최고죠. 그럼 고르세요."

자고 올걸 하는 후회가 들었다. 지금 다시 올라간다면 그는 반기겠지만 요즘에 너무 그의 집에서 생활을 하는 것 같다. 자제를 해야지.

친구를 만나러 가겠다고 전화를 한 이후로 아무런 연락도 없었다. 원체 서로 문자를 주고받거나 그러지는 않았지만, 어제 희연의 말 때문인지 신경이 쓰이는 건 어쩔 수 없었다.

"나가자."

"그러고 가게요?"

딱 봐도 난 민희연이요, 라고 광고를 하듯 희연은 얼굴을 가리지 않았다. 손에 든 모자를 흔들어 보이는 걸로 준비를 다 마쳤다고 표시한 희연이 야하를 지나쳐 먼저 집을 나섰다. 이건에게 이 사실을 알려야 하나 고민하던 야하는 연락이 없는 이건의 탓이라 여기며 집을 나섰다.

영화관에 도착하자 희연이 얼굴의 절반을 가릴 정도로 모자를 눌러 썼다. 희연이 모자를 깊숙이 쓰기만 했을 뿐이라 사람들이 알아보면 어쩌나 걱정했지만, 의외로 알아보는 사람이 없었다. 다들 자신의 동행에게만 신경 쓸 뿐 남에게 관심을 가지는 사람은 없었다. 표를 끊고 남들이 다 입장한 후에야 들어갔다. 영화는 애석하게도 우리 소속사 배우가 단 한 명도 나오지 않았다. 신입이 엑스트라로 촬영을 했지만 편집이 된 탓인지, 아니면 너무 작은 배역이었기 때문인지 보이지 않았다. 희연도 낮게 '짤렸네'라며 말하고는 영화에 집중했다.

"그냥 집에 가기 아쉬운데 놀다 가자."

희연이 운전을 할 수 있다는 걸 오늘 처음 알게 됐다. 심지어 차도 어울리지 않게 경차다. 비싼 것만 추구할 것 같아 보이는 외모와 달리 소박한 면도 있는 그녀였다.

"설마 여기 들어가자는 거 아니죠?"

꽤 유명한 클럽인지 앞에는 입장하지 못한 사람들이 더운 날씨에도 아랑곳하지 않고 서 있었다. 희연이 차를 버리듯 주차하고 다가가자 앞에 있던 사람이 막았다. 모자를 벗어 보이자 희연을 알아본 남자가 차 키를 받아 들었고, 그녀들을 안으로 들여보내 줬다.

"얼굴이 신분증이네요."

희연은 비꼬는 게 아니라는 걸 알지만, 예쁘게 표현하는 법이 없는 야하를 흘겨보고는 안으로 들어갔다. 희연이 배우이기 때문인지 바로 룸을 내주었다. 기본으로 세팅이 된 맥주를 물리치고 희연이 양주를 주문하자 웨이터가 신이 나서 달려 나갔다.

"저는 맥주요."

"시끄러. 같이 왔으면 맞춰서 놀아야지."

난생처음 마셔보는 양주에 야하의 인상이 찌푸려졌지만, 얼음이 녹자 연해지는 알코올에 그럭저럭 넘길 만은 했다. 야하와 달리 스트레이트로 마시던 희연이 은근한 눈길을 보내며 물었다.

"나가서 춤출래?"

"아니요. 춤 못 춰요."

키가 큰데다가 모나지 않은 외모를 가진 야하가 무대에 나선다면 꽤나 남자들이 꼬일 것이다. 그렇다면 부킹도 많이 들어올 테고……. 이런 야하를 가만히 놔두지 않을 웨이터들이다. 제법 좋은 곳에 불려갈 수도 있겠지만 그러기에는 오늘의 의상이 조금 달린다.

"옷을 갈아입힐걸 그랬네."

"그냥 집 근처 술집으로 가요. 아니면 집에서 마시던가요."

"재미없게시리."

밖의 소음을 완벽하게 차단한 문 때문에 굉장히 조용한 룸 안이 불편한 야하는 어색함을 참지 못했다. 집에서 희연과 단둘이 있을 때와는 다르다. 심지어 그녀에게 무슨 꿍꿍이가 있는 듯한데, 뭔지를 몰라 더 불안했다.

"저 화장실 좀 다녀올게요."

내부가 뭐 이리도 복잡한지, 야하는 화장실에 다녀오는 것도 고역이었다. 모르는 남자가 말을 걸어오기도 했고 곳곳에 인산인해를 이룬 사람들 때문에 길을 뚫기도 힘들었다. 룸 번호를 외웠기에 망정이지 하마터면 룸도 찾지 못할 뻔했다. 하지만 문손잡이를 잡자마자 낯선 손이 야하의 손을 막았다.

"희연 누님이 다른 곳으로 모시라고 했어요."

웨이터가 큰 목소리로 말을 하더니 다짜고짜 손목을 잡고 이끌었다. 거부감이 든 야하가 손목을 비틀었지만, 이런 일을 많이 겪어본 남자는 가볍게 그녀를 제압하고 끌어당겼다. 웨이터가 조금 더 깊숙한 곳까지 가서야 손에서 힘을 빼더니 노크를 하고 문을 열었다.

"형님들, 모셔왔습니다."

적지 않은 인원이 그 룸에 있었다. 양주병들이 따진 채 놓여 있었고, 과일 안주들을 비롯해 많은 안주가 함께 놓여 있었다. 단숨에 모두의 시선을 잡아끈 웨이터가 야하의 등을 밀어 넣었다. 희연이 있을 줄 알았던 방에 낯선 남자와 여자들의 얼굴이 보이자 야하의 몸이 굳어졌다. 그러다 그녀의 시야에 익숙한 얼굴이 담겼다.

짝을 지어 놓고 있던 것인지 남자와 여자의 수가 같았다. 거기까지는 남 일이니 상관이 없었지만, 마지막에 들어온 얼굴이 남이 아닌 게 문제였다. 야하는 자신을 본 걸 믿을 수 없다는 표정의 이건과 그의 옆에 앉아 그의 팔을 감싸 안다시피 한 여자를 훑어보았다.

"희연 언니 말이 사실이었네."

룸을 가로지르는 야하의 목소리에 이건을 제외한 나머지 사람들이 의아한 표정을 지었다. 그제야 정신을 차린 이건이 옆에 앉은 여자를 떨쳐 내고 자리에서 일어났다.

"어떻게 된 거야? 여긴 어떻게 알고 왔어?"

희연이 보란 듯이 자신을 이 방에 넣어놨을 것이다. 재수가 없는 건지 이건은 다른 여자와 있는 모습을 걸린 것이고. 희연이 얄미우면서도 지금은 그가 더욱 얄밉다.

"뭐, 인연은 인연인가 보죠. 이런 곳에서 만나는 걸 보니."

야하의 퉁명스러운 말에 이건이 난처함이 가득 담긴 얼굴로 그녀의 앞에 섰다. 조금씩 눈치챈 친구들이 야유를 했지만, 이건은 지금 야하의 눈치를 살피느라 정신이 없었다.

"그게, 그냥 같이 앉아 있었을 뿐이야, 분위기 맞추느라."

"휘익~"

"야, 유이건! 뭐냐?"

이건의 말에 그의 옆에 있던 여자의 얼굴이 사나워졌고, 친구들의 야유는 커져 갔다. 그의 말을 믿기는 하지만 꼭 붙어 있는 걸 목격한 이상 그냥 넘어갈 수는 없었다. 눈에는 눈, 이에는 이. 선조의 지혜가 담긴 속담이 떠올랐지만, 그럴 자신이 없기에 그저 이건을 싸늘하게 노려봤다.

야하가 말없이 서서 노려보기만 하는 통에 이건은 등에서 식은땀이 흘렀다. 어떻게 찾아온 건지는 모르겠지만, 정말로 방금까지만 해도 저 여자들은 없었다. 기어코 여자들을 부른 친구들 때문에 분위기를 깰 수 없어 잠자코 있었던 거다. 친구 녀석들은 도와줄 생각이 없는지 구경하느라 바빴다.

"집에 갈래요."

"그래. 어서 가자."

이때다 싶은 이건이 야하의 어깨를 감싸 안고 룸을 나서려 했다.

"제수씨!"

"야! 형수님이라고 불러야지!"

뒤에서 들리는 소리에 야하를 제수씨라 부른 남자에게 이건이 소리치고는 걸음을 옮겼다.

"가지 마세요."

"기왕 오신 김에 한잔하세요."

친구들이 다들 일어나 소리치며 붙잡음에도 이건은 야하의 어깨를 감싸 안고 룸을 나섰다. 짓궂은 친구들은 분명 자신과 야하를 가만두지 않을 터. 그리고 지금은 야하의 오해를 푸는 게 먼저다.

넓은 통로임에도 부딪치는 사람들을 피해 야하를 감싸느라 진이 빠졌지만, 1분이라도 빨리 이 지옥 같은 클럽을 나서고 싶을 뿐이었다. 이건은 술을 마셨기에 대리기사에게 키를 넘기고 야하를 먼저 차에 태웠다.

"무슨 말을 해도 변명으로 들리겠지?"

물론 그렇겠지만, 그렇다고 변명도 안 하겠다는 심보인지 아무 말도 하지 않는 그를 야하가 흘겨봤다. 난감해하던 이건이 대충 머리를 쓸어 넘기고는 불쌍한 표정을 지으며 말했다.

"다시는 저 녀석들 안 만날게. 나 정말로 사심 없이 그 자리에 있었어."

앞에 앉은 대리기사가 흥미로운 눈길로 백미러를 통해 보다가 야하와 눈이 마주쳤다. 야하는 얼른 시선을 돌리는 대리기사가 아닌 이건을 노려본 후 조용히 하라는 손짓을 보였다.

도착해서 4층에서 내리려는 야하를 어르고 달래 자신의 집으로 데리고 온 이건은 땀에 젖은 셔츠를 벗었다. 야하가 있음에도 오히려 보란 듯이 벗어 던지고는 맨몸으로 그녀의 옆에 앉았다.

"뭐 하는 거예요?"

"억울하다고 시위하는 중."

참 당당하기도 하지. 단단해 보이는 가슴을 가로질러 팔짱을 낀 양팔과 그 아래 갈라진 배 근육이 볼만했다. 나쁘지 않은 구경을 하던 야하가 설핏 웃으며 그만 옷을 입으라는 말을 했다.

"내 남성미가 좀 먹히나? 믿어주는 거지?"

더 하다가는 바지까지 벗어 던질 기세에 냉큼 고개를 끄덕이자 이건이 씻고 나오겠다며 욕실로 들어갔다. 못 말리는 그의 뒷모습이 사라지자 핸드폰을 찾아 희연에게 전화를 걸었다.

〈만났어? 싸웠어?〉

"덕분에 뜨거운 밤이 될 것 같아요. 서로의 마음을 또 한 번 확인했네요."

희연의 고함이 들리기 전 전화를 끊고 단박에 배터리를 빼냈다. 방방 뛰며 난리 칠 희연이 눈앞에 선했지만, 그건 그녀의 일이지 자신과는 하등 상관없다는 생각에 희연을 잊었다.

TV를 켜고 만만한 영화채널을 보던 차에 이건이 다 씻었는지 욕실에서 나왔다. 가운을 입은 그가 노골적인 눈길을 보내며 앞에 묶은 끈에 손을 가져갔다. 슬쩍 힘을 주자 반쯤 풀리더니 금방이라도 툭 하고 앞섶이 열릴 것 같다.

"뭐 하는 거예요?"

"화난 애인 기분 풀어주려는 거지. 이왕이면 화끈하게 내 매력으로 너를 녹여줄게."

"해봐요."

말은 그렇게 하면서도 정말로 그러면 가만 안 둘 테다라는 눈빛에 이건이 항복 선언을 했다. 다시 옷을 갖춰 입은 그가 옆에 앉으며 어떻게 알고 왔냐고 재차 물었다.

"모르고 갔어요. 희연 언니가 데리고 갔거든요. 화장실에 갔다 왔더니 언니는 없고, 다짜고짜 거기로 끌려갔어요."

"인생에 도움이 안 되네."

"희연 언니 덕에 회사 굴러가잖아요."

"그거 빼고."

걱정했던 것보다 화가 나지 않은 야하의 모습에 안도했다. 그는 희연과 친구들에게 속으로 칼을 갈면서 야하를 끌어당겼다.

"나, 네 얼굴 보는 순간 심장이 철렁했어."

"잘못을 했으니 그러죠."

"그게 아니라. 네가 무지하게 보고 싶었거든. 환영인가 싶었지."

말이나 못하면. 그래도 듣기 좋은 말을 해주는 그가 좋다.

✽

이건의 생일날. 희연의 부엌은 엉망이 된 채 방치되어 있었다. 괜히 케이크까지 만들어보겠다고 나서서는 일만 벌려놨다. 그래도 제법 케이크 모양을 갖춘 걸 보니 보람은 느껴졌지만, 청소를 생각하자 야하는 후회가 밀려왔다.

"나는 출근을 안 한다 쳐도, 너는 해야 되는 거 아니야?"

"뭐, 부러우면 대표를 남자친구로 둬요. 이건 오빠는 빼고요."

이건을 빼앗겠다는 희연의 표정에 뒤에 얼른 말을 이었다. 요즘 들어 시무룩해 있는 희연의 모습이 눈에 밟혔지만, 그게 다다.
"저 나갔다 올게요."
"청소는?"
"이따가요."
당장 청소하고 나가라는 희연의 말을 흘려들은 채 야하는 정성스레 도시락을 챙겨놓고 씻으러 들어갔다.
"내 팬미팅 어떻게 계획 중이냐고 물어봐."
느닷없이 한 번도 하지 않았던 팬미팅을 하겠다며 희연이 회사에 통보를 했다. 물론 나쁜 것은 아니지만, 회사 입장에서는 준비하느라 골치 아픈 것 같았다. 고개를 끄덕이고는 한 손에는 케이크를, 다른 한 손에는 도시락을 들고 힘겹게 엘리베이터에 올랐다.
도무지 지하철을 탈 용기가 나지 않아 택시를 타고 움직였다. 경비 직원에게 출입증을 보여준 후 엘리베이터로 향하다가 오랜만에 유원과 마주쳤다.
"안녕하세요. 대표님 건가 봐요."
회사 대표의 생일이라는 게 다 소문이 난 것인지 유원이 웃으며 손가락으로 케이크를 가리키며 물었다. 고개를 끄덕이자 알 만하다는 묘한 시선을 보내더니 들어주겠다며 나섰다. 정중하게 거절을 하고 같이 엘리베이터에 올랐다.
"조연 역할을 맡게 되셨다면서요?"
반갑기도 하고, 잘생긴 남자에게 호감이 가는 건 어쩔 수 없는 것인지 상냥한 목소리가 나왔다. 야하의 질문에 조연임에도 비중이 주연에 맞먹는다며 때 아닌 자기 역할을 홍보하는 유원이었다.

"언제부터 사이가 좋았담?"

엘리베이터 문이 열렸음에도 유원의 이야기가 지속되어 내릴 타이밍을 놓쳤던 야하의 옆에서 들리는 목소리에 고개를 돌렸다. 이건이 삐딱하게 서서 두 사람을 번갈아가며 보고 있었다.

"안녕하세요. 생신 축하드려요."

"생신까지야."

대충 유원의 축하를 받은 이건이 야하의 팔을 잡아 이끌었다. 그녀의 손에 가득 들린 물건을 받아 들고는 무엇인지 확인하는 듯 들여다봤다.

"내 거야? 직접 만든 거?"

몰래 만든 보람도 없이 그가 단박에 알아챘다. 동수가 조금 전 전화해서 희연이 야하가 케이크를 만든다면서 부엌을 엉망으로 만들고 사라졌다며 하소연을 했다고 말해주었다.

"여기는 은근히 비밀이 없는 것 같아요. 그런 사소한 것까지 보고받아요?"

고개만 숙여 툭 튀어나온 야하의 입술에 짧은 키스를 한 이건이 동수가 유별난 거라며 웃었다. 자신을 위해 만들어 온 거라는 점에 굉장히 기뻐하던 그가 사무실에 들어서자마자 케이크를 꺼내고는 직접 촛불에 불을 붙였다.

"노래 불러줘야지. 왜 태어났니, 이런 노래 말고. 영어 노래 말고 우리나라 노래로. 사랑하는, 꼭 넣고."

요구사항도 많아라. 그가 원하는 대로 전통적인 생일 축하 노래를 불러주었다. 사랑하는 부분에서 그의 기대에 맞게 강조를 하자 이건이 함박웃음을 보였다.
 "소원 빌었어요?"
 "응. 비밀."
 플라스틱 칼로 케이크를 절단한 이건이 갑자기 칼에 남아 있는 크림을 야하의 입술에 묻히더니 단숨에 그 입술을 머금었다. 크림을 다 핥았음에도 끈질기게 구애를 하는 탓에 야하의 입술이 자연스레 벌어졌다. 조금 더 그녀를 밀어붙여 소파에 눕히다시피 한 그가 한 손으로 자신의 몸을 지탱하더니 남은 손으로 반바지를 입어 드러난 그녀의 다리를 쓰다듬었다.
 "이만 퇴근할까?"
 "퇴근하고 뭐 하게요?"
 뭘 하고 싶은지 뜻을 분명히 밝히듯 이건의 손이 야하의 허벅지를 지나 곧장 가슴까지 올라왔다. 그런 손을 맞잡은 야하가 이건을 밀어냈다. 순순히 물러난 그가 잡히지 않은 손을 내밀었다.
 "선물."
 "케이크 만들어 왔잖아요."
 "내가 예전에 천 원씩 모아두라 했잖아."
 자신을 채용한 다음날인가 그가 그랬었다. 그 말이 정말이었냐는 듯 바라보자 그가 웃으며 내민 손을 거두어갔다.
 "실은 선물 사려 했는데 뭐가 필요한지 몰라서요. 남에게 묻기도 뭐해서."
 "그래? 따라 해봐. 오빠, 내가 선물이야. 자, 어서 풀어봐."

"욕구불만이에요?"

아무렇지도 않은 얼굴로 정곡을 찌르는 야하를 그가 참지 못하고 끌어안았다. 요즘 정말로 욕구불만에 시달리고 있었다. 솔직히 야하를 볼 때마다 어떻게 해야 분위기를 잡을 수 있을지 고민하기도 한다.

"답답해요."

"나 지금 창피해하는 거거든? 순진한 얼굴로 그렇게 직구를 날릴 줄은 몰랐다."

한참 뒤에야 야하를 놓아준 이건이 그녀가 자신을 위해 준비해 온 도시락을 펼쳤다. 미역국에 밥을 말아 비워내고 남은 반찬은 집에 가서 먹을 생각으로 도로 쌌다.

*

"왜? 매년 생일 때마다 같이 밤을 보냈었잖아."

적절하지 못한 어휘 선택에 야하의 얼굴이 굳어지는 게 보였다. 이건은 손을 들어 희연의 말을 막고 귀찮으니 그만 가라는 손짓을 했다.

"밤새 술을 마셨을 뿐이지. 그것도 다른 배우들이랑 다같이."

이건은 갑자기 회사로 온 희연이 곧장 사무실로 와 둘만의 시간을 방해한 것도 마음에 들지 않는데, 자꾸 야하의 눈치를 보게 억지를 쓰고 되지도 않는 말을 하는 희연에게 화가 치밀어 올랐다. 계속해서 컷한다고는 했지만, 희연의 달라지지 않는 태도에 자신의 행동이 잘못된 건가 고민이 된 이건이 야하의 손을 잡아 일으킨 후 자리를 뜨고자 마음먹었다.

"그냥 우리가 나가는 게 빠를 것 같다. 나갈 때 사무실 불 끄고 나가라."

발을 동동 구르는 희연을 뒤로한 채 말없는 야하를 흘끗 내려다보고 어디로 갈지 고민했다. 레스토랑에서 오랜만에 칼질을 하고 분위기 좋은 바에서 칵테일 한잔하는 것도 나쁘지 않을 것 같다.

"스테이크 괜찮지?"

"희연 언니는 다 좋은데, 자기한테 집착하는 건 정말 마음에 들지 않아요."

야하가 희연에게 자극을 받은 것인지 잘 불러주지 않던 자기라는 호칭을 썼다. 그 모습에서 자신에 대한 애정이 느껴져 좋기는 하나, 계속되는 희연의 행동은 좋지 않은 결과를 불러일으킬 수 있다는 생각에 접히는 미간을 손가락으로 펴며 이건이 난감함을 표했다.

이번 생일은 온전히 야하에게만 축하받고 싶어 기대하고 있던 하루였는데, 희연으로 인해 틀어진 탓에 집으로 돌아온 뒤로도 침체된 분위기는 계속 이어지고 있었다. 슬쩍 분위기를 풀어보고자 장난도 쳐봤지만, 무슨 생각에 빠졌는지 야하는 관심도 주지 않아 시무룩해지려던 차에 야하가 드디어 입을 열었다.

"희연 언니랑 어디까지 가봤어요? 손은 잡아봤어요?"

뜬금없는 질문에 뭐라 대답을 할까 하다가 희연이 어떤 말을 했을지 모르니 솔직하게 털어놓기로 했다.

"가벼운 포옹 정도? 친구 사이에 축하해 줄 일이 있을 때 가벼운 포옹을 하잖아. 그런 거."

"나랑 잘래요?"

야하의 이어진 말에 그녀의 머리카락을 가지고 손장난을 치고 있던 이건의 손이 멈췄다.

"갑자기 왜 이야기가 거기로 튀는데?"

가볍게 넘기는 이건과 달리 야하의 표정은 진지했다. 그제야 이건이 자세를 바로 하고 그녀를 마주 봤다.

"정말이야? 진심? 실은 소원 빌 때 생일선물로 너를 갖고 싶기는 했지만, 희연이 때문에 열받아서 그런 거라면……."

고개를 저었다. 희연에게 자극을 받지 않았다면 거짓말이겠지만, '그와 자고 싶다' 라는 생각이 들었다. 그에게 안기고 싶다. 그의 온기를 느끼고 싶고 사랑받고 싶다. 맞다. 사랑을 받고 싶다. 어쩌면 누구도 받지 못했을 그의 사랑을 받고 싶다.

"싫어요?"

이건은 고민했다. 조금씩 나아지고 있다고는 하지만 스킨십이 짙어지면 매번 두려워하던 야하였다. 선을 넘고 싶은 적은 매 순간이었지만 꾹 참아왔다. 야하의 의사를 존중해 주고 싶었고, 그녀를 소중히 아껴주고 싶었다. 그런 야하가 먼저 손을 내밀자 이건은 고뇌에 휩싸였다. 과연 자신의 욕심을 내비칠 때가 되었는지. 그녀가 또 무서워하면 어쩌나, 또 참을 수 있을까 걱정이 되었다. 그동안과 다르게 야하가 먼저 다가왔기에 참기 힘들었다. 어쩌면 싫다고 야하가 밀어내도 자신은 밀어붙일 것 같았다.

"싫은 거예요?"

또다시 들려오는 잔잔하게 떨리는 목소리에 결국 그의 본능이 이성을 내리눌렀다. 이건은 그대로 야하를 소파에 밀어 눕혔다. 입을 맞춘 이건은 노골적으로 혀를 움직여 입안을 훑고 당당하게 소유권을 주장하듯 거침없이 야하에게 손을 뻗었다. 행여나 그녀의 마음이 바뀔까 싶어 더욱 몰아붙이며 벗어날 틈을 주지 않았다.

커다란 이건의 손이 갑자기 떨어져 나가더니 몸이 들렸다. 눈을 뜨자 긴장 탓인지 딱딱하게 굳은 그의 턱이 눈에 들어왔다. 그대로 그의 목을 감싸 안고 어깨에 얼굴을 묻자, 그가 정수리에 짧은 키스를 하고는 걸음을 멈췄다. 조심스럽게 침대에 자신을 내려놓은 그가 걸음을 옮겼다.

"불 끌게."

처음인 그녀를 배려해 불을 끄고 잠시 눈을 깜빡였다. 어둠이 익숙해지자 단숨에 셔츠를 벗어 던지고는 다가갔다. 야하가 일어나 앉자 허리를 숙여 그녀의 입술을 찾았다.

"나 안 말려? 마지막이야."

고개를 도리도리 저은 야하가 고개를 꺾어 매달리듯 입술을 맞췄다. 그녀의 작은 행동에도 큰 자극을 받은 이건이 야하의 어깨를 잡아 누르며 다시 침대에 눕히고는 뒤따라 침대 위로 올라가 다리와 팔로 자신의 몸을 지탱했다. 야하의 손이 복근을 지나 단단한 가슴을 쓸어내리자 척추를 따라 흐르는 짜릿함에 숨을 몰아선 그가 입술을 떼고는 그녀의 옷을 벗겨내었다. 속옷까지 벗겨내자 부드러운 가슴이 드러났다. 양손으로 쥐고 부드러움을 만끽하다 갈증이 난 그가 고개를 내려 가슴을 입에 머금었다.

"그, 그만."

"아직 시작도 안 했어."

온몸에 남겨지는 자잘한 키스에 숨이 턱까지 차올랐다. 끊이지 않는 애무에 눈물까지 고일 지경이었다. 정신없는 틈에 모든 옷이 벗겨지고 그의 단단한 맨몸이 느껴지자 묘한 안도감이 들었다. 가슴 위에 놓인 그의 손을 잡아 멈췄다.

"나도 해주고 싶어요."

야하는 자신이 느낀 걸 그도 느낄 수 있게 해주고 싶었다. 소중하게 대하고 있다는 걸 알려주고 싶었다. 미약한 힘에 밀린 이건이 눕자 그의 위로 야하가 몸을 기대왔다. 그가 했던 것처럼 목줄기와 가슴에 자잘한 키스를 하던 야하의 입술이 그의 복근 위에서 멈췄다. 차마 계속해서 밑으로 내려갈 수 없었던 것인지 머뭇거리자 더는 참을 수 없는 이건이 그녀를 자신의 밑에 다시 눕혔다.

야하의 둥근 어깨를 은근하게 문지르던 그의 손이 떨어져 나가자 입술이 대신 자리했다. 손이 가슴을 지나가면 가슴을, 배를 지나가면 그 배를 입술이 따랐다. 은밀한 곳을 지나친 손이 반대로 발목을 지나 위로 올라왔다. 종아리를 지나 허벅지에 손이 닿고 입술이 닿자 야하의 몸이 들썩였다. 그리고 이내 지나쳤던 은밀한 곳으로 향했다.

"싫어!"

힘을 주는 다리를 억지로 벌린 이건은 움직임을 멈추지 않았다. 최대한 그녀가 아프지 않도록 배려했다.

"아훗."

자신의 신음 소리에 놀란 야하가 두 손으로 입을 막자 이건이 억지로 떼어내 자신의 손과 그녀의 손을 깍지 끼웠다.

"예뻐. 듣기 좋아."

신음 소리가 더해질수록 이건은 자신의 몸도 한계에 치닫는 걸 느꼈다.

"아플지도 몰라. 못 참겠다, 더는."

묵직한 아픔을 느끼는 야하와는 달리 극에 달하는 쾌감에 이건의 얼굴이 일그러졌다. 이건의 몸짓이 더욱 거칠어질수록 야하와 이건의 내지르는 신음 소리는 더해갔다.

날이 밝는지 방 안이 조금씩 환해지고 있었다. 이건은 등을 돌리고 누운 야하의 허리를 감아 힘을 주어 자신에게로 끌어당긴 후, 드러난 어깨를 혀로 핥았다.

"침 발랐다."

잠결에 간지러운 것인지 야하가 어깨를 긁으며 반듯하게 누웠다. 아직 자신은 그녀를 마음껏 취하지 못했는데 처음으로 나눈 사랑의 여파가 컸는지, 귀찮게 만지작거려도 좀처럼 깨어나지 못하는 야하 때문에 애꿎은 이불만 쥐어짜고 있었다.

"잠깐만 일어나 봐, 응?"

자신이 여자에게 이토록 애원하는 날이 오다니……. 처음 있는 일이라 난감하면서도 어떻게든 그녀를 깨워야겠다는 생각에 마음이 조급해졌다.

"으응."

이건은 야하의 대답에 벌떡 상체를 일으켰지만, 그저 잠꼬대였을 뿐인지 야하는 여전히 미동도 없었다. 그는 얄미운 마음에 더는 나도 건드리지 않는다는 심정으로 뒤돌아 누웠다. 하지만 이건은 얼마 가지 않아 다시 돌아누워 그녀를 품 안으로 끌어당겼다.

이건이 다시 눈을 떴을 때 옆에 누워 있던 야하는 없었고, 침대에 홀로 있었다. 언제 잠이 든 것인지, 야하는 어디로 간 것인지. 못마땅함에 그의 입매가 비틀렸다. 엎드린 채 팔로 지탱을 하고 상체만 들어 올려 고개를 흔들자 결 좋은 머리카락이 흔들거리며 그의 이마를 간지럽혔다.

"서야하!"

약간의 짜증이 섞인 그의 목소리가 방 안에 쩌렁쩌렁하게 울렸다. 성까지 붙여 부르는 것에는 그의 작은 화가 담겨 있기도 했다. 자신을 홀로 남겨두고 사라져 버린 냉정한 연인에 대한 섭섭함이 섞이기도 했다.

"일어났어요?"

그의 부름에 문이 벌컥 열리고 야하가 모습을 드러냈다. 인상을 쓰고 있는 이건의 눈치를 보며 작은 걸음으로 다가오다 그가 빨리 오라는 듯 손짓을 하자 야하가 걸음을 크게 했다. 완전하게 상체를 일으켜 앉은 탓에 이불이 떨어지며 아슬아슬하게 걸쳐져 그의 복근 아래를 가렸다. 부끄러움도 모르는 이건을 쳐다보던 야하가 슬쩍 손을 내려 이불을 끌어 올려 그의 복근까지 가린 후 침대에 걸터앉았다.

"언제 일어났어?"

"한 시간 전쯤?"

자신보다 일찍 일어난 것이 마치 죄인 것마냥 구는 자신을 멀뚱히 쳐다보는 야하를 이건이 낮은 한숨을 쉬며 포기하듯 속삭였다.

"씻었겠지?"

"네. 어서 씻어요. 밥 거의 다 돼가요. 얼른 먹고 출근해야죠."

야하가 내뱉는 말이 마음에 쏙 들어 이건의 얼굴이 풀렸다. 허리를 숙여 야하의 목덜미에 얼굴을 묻고 숨을 들이켜자, 풍겨오는 자신이 사용하는 익숙한 샴푸 냄새에 그의 입가에 희미한 미소가 서렸다.

"몸은 괜찮아?"

순식간에 목까지 빨개지며 고개를 끄덕이는 야하를 보자 더욱 짓궂게 굴어볼까 하는 생각이 들었다.

"그럼 확인 차원에서 잠깐 옆에 누워봐."

가슴께까지 올라온 이건의 손을 쳐내며 야하가 벌떡 일어나 방을 나갔다.

"빨리 씻고 나와요. 안 그럼 혼자 다 먹을 거예요."

아쉬운 듯 이건이 입맛을 다시며 침대를 벗어나 욕실로 향했다.

자신의 사랑을 받은 탓인지 어제보다 더욱 예뻐 보이는 탓에 이건은 손이 근질근질했다. 젓가락으로 밥을 떠서 입안으로 가져가는 모습조차 너무 사랑스러워 한입에 꿀꺽하고 싶어 침이 저절로 넘어갔다.

"빨리 먹어요. 늦었잖아요."

"아까부터 계속 빨리빨리래. 침대에서나 그래 보지."

"그만. 계속 그러면 저 그냥 가요."

정말로 희연의 집으로 내려가 버릴까 싶어 장난은 이쯤 그만두자 생각한 이건은 물잔을 비우는 것으로 식사를 마쳤다. 이건은 자신보다 느린 속도로 식사를 하는 야하의 수저에 반찬을 번갈아 올려가며 시간을 보내다 야하의 성화에 못 이겨 출근 준비를 했다.

"넥타이 맬 줄 알아?"

한 손에 기다란 넥타이를 들고 나온 이건이 이제 막 설거지를 마친 야하의 목에 넥타이를 걸어두고 소매단추를 잠갔다. 목에 걸린 넥타이를 한 손으로 길게 잡아 뺀 야하가 다시 그의 목에 넥타이를 걸었다.

"안 해봐서 몰라요."

"가르쳐 줄게."

네 번째 풀고 다섯 번째 묶고 나서야 제대로 매진 넥타이를 이건이 만족스러운 듯 내려다봤다. 이건은 가볍게 야하의 이마에 입을 맞추고는 배웅을 요구했다.

"어차피 저도 나갈 건데요."

"왜?"

걸어가는 야하의 앞을 막아선 이건이 허리에 손을 올리고 그녀를 쏘아봤다.

"출근해야죠."

"쉬어. 휴가 줄게. 나 일찍 들어올 테니까 한숨 더 자면서 기다려."

5분가량을 토닥거리다 이건의 입에서 출근을 하지 않겠다는 말까지 나오자 야하가 한발 물러섰다. 그의 말마따나 피곤하기도 하고, 몸도 자신의 몸 같지 않고 불편한 건 사실이었기에 오늘 하루 쉬기로 마음을 먹은 야하가 고개를 끄덕였다. 야하는 출근하는 그를 엘리베이터 앞까지 나가 배웅을 한 후 다시 집으로 들어와 침대가 아닌 소파에 드러누웠다.

이건은 사무실에 들어서는 순간 후회가 들었다. 늘 야하가 함께 있던 것도 아닌데 새삼 그녀가 없는 사무실이 너무 적막해 답답했다. 텅 비어 있는 야하의 책상을 바라보다가 핸드폰을 집어 들었다. 그러다 혹여 자고 있는 건 아닌가 싶어 시계를 흘끗 쳐다본 후 핸드폰을 다시 내려놓았.

곧 점심시간이 되니 그때 전화해서 깨워 점심을 먹도록 하는 게 좋을 것 같다. 아니, 자신이 잠깐 집에 들러 깨운 후 같이 점심을 먹고 나오는 게 더 좋지 않을까 고민하다 자리에서 일어났다.

똑똑똑.

막 자리를 벗어나려던 차에 들리는 노크 소리에 이건이 작은 리모컨으로 문의 잠금장치를 풀었다. 문이 떨어져 나갈 정도로 박차고 들어온 희연이 하이힐과 바닥의 날카로운 마찰음을 내며 소파로 걸어왔다.

"왜? 나 바빠."

"야하가 어제도 네 집에서 잤어?"

"우리 일이야. 네가 야하 엄마냐?"

"야하랑 같이 살고 있는 동거인에다가 집주인이지."

"그 건물 주인은 나다. 동거는 앞으로 나랑 하지 뭐."

싸우는 두 사람 사이로 동수가 막아서고 박 실장이 뒤이어 소파에 앉았다. 이건은 야하를 보러 가려던 차였기에 짜증이 났지만, 박 실장까지 합세를 하자 일이라는 생각에 포기하고 소파에 앉았다.

"무슨 일이시죠?"

"희연 씨 팬미팅 날짜가 잡혔습니다. 그 안에 희연 씨가 팬들을 위한 선물을 준비하는 게 어떨까 싶습니다. 희연 씨도 그러고 싶다고 했고요."

박 실장의 말에 고개를 끄덕였다. 요즘 조공이라는 걸로 팬들이 비싼 물건이라든지 성의가 가득 담긴 도시락을 촬영장에 간혹 가다 제공하고 있었다. 이에 역조공이라 해서 연예인들이 선물을 준비해서 팬들에게 사랑을 돌려주곤 했다.

"괜찮은 방법이군요. 구체적으로 생각한 게 있습니까?"

"이제 생각해 봐야지. 그래서 회의를 하자고 온 거 아니야. 먼저 점심부터 먹을까? 배고프네."

준비도 없이 다짜고짜 회의를 하자고 온 희연의 심보가 못마땅

했지만, 박 실장까지 있기에 이건은 애써 참고 고개를 끄덕였다. 다른 관계를 제외하고 희연은 현재 회사에서 가장 돈을 많이 벌어다 주는 톱배우다. 이 점을 머릿속에 상기시키며 이건이 식사를 하러 가자며 일어섰다. 요즘 박 실장에게 많은 일을 떠넘긴 것도 있고, 회사 일에 충실하지 않았던 것이 내심 마음에 걸렸던 그이기에 박 실장이 좋아하는 음식이 뭐였나를 생각하며 사무실을 나섰다.

"한 차로 가시죠."

동수가 운전을 하고 박 실장이 조수석에 타는 바람에 희연과 나란히 뒷좌석에 올랐다. 식당으로 가는 도중 야하에게 전화를 걸었지만, 잠이 깊게 든 탓인지 전화를 받지 않아 애가 탔다. 점심을 거르면 안 된다는 생각에 다시 전화를 걸어봤지만 소용이 없었다.

"야하는 어디에 있어?"

"내 집, 내 공간에."

더는 끼어들지 말라는 경고를 알아들은 것인지 희연의 입이 꽉 다물어지고 눈에 힘이 들어갔다. 이건은 점심을 다 먹을 때까지 전화가 없다면 잠깐 집에 들러야겠다는 생각을 하면서 동시에 야하가 먹을 만한 걸로 뭘 사가야 하나를 생각했다. 그 옆모습을 노려보던 희연의 눈에 짧은 시간 동안 물기가 스몄다가 사라졌다.

이건은 야하에게 잠깐 들르기 위해 식사를 하면서 회의까지 한꺼번에 했다. 동수도 이것저것 알아본 것이 있는지 꽤 다방면으로 제시를 했지만, 짧은 시간 안에 준비하기에는 부족했다.

"그럼 일단은 노래만 결정지어진 거네요."

당사자인 희연의 정신은 다른 곳을 향해 있었고, 오로지 동수와 박 실장만이 머리를 쥐어짜고 있었다. 핸드폰만 만지작거리는 이건 때문에 박 실장이 이만 일어나자고 말을 하자 이건이 반색하며 계산서를 챙겼다.

"아, 비누는 어때요? 야하 씨 비누 만들어본 적 있다고 하지 않았나요? 어렵지 않으면 해볼 만한 것 같은데요."

"괜찮네요. 자신이 좋아하는 연예인이 직접 만들어주는 선물을 받는다면 팬 입장에서 최고의 선물이 되지 않을까요?"

동수와 박 실장의 말에 희연의 얼굴이 흐릿해진 반면 이건은 고개를 끄덕이며 동의를 했다. 희연의 손재주가 걱정되기는 하지만 괜찮은 의견이다. 이것에 대해 조금 더 구체적으로 알아본 후 빠른 시일 내에 진행하기로 마무리하고 넷은 식당을 나섰다.

미리 포장 요청을 해둔 정식 하나를 들고 이건은 집으로 향했다. 집으로 향하던 도중 일어난 것인지 야하에게서 전화가 왔지만 받지 않았다. 어차피 곧 볼 것이기에. 그리고 분명 자신이 집에 도착하는 그 시간 안에 야하가 부지런하게 밥을 준비하지 않을 것이다. 이건의 예상대로 일어나기는 했지만, 만사가 귀찮아 소파에 누워 있던 야하가 갑자기 문이 열리고 이건이 들어오자 퍼뜩 놀라 일어났다.

"벌써 퇴근한 거예요?"

"음? 그건 아니지만. 그런 걸로 할까?"

생각해 보니 굳이 회사에 다시 나가지 않아도 된다. 오후에 회의라든지 다른 약속이 잡혀 있지 않았다. 물론 박 실장이 조금만 더 고생해 줘야 한다는 조건이 붙겠지만 말이다.

"점심 먹어. 너 먹이려고 싸왔어."

이젠 이것도 재미가 들린 것인지, 이건은 계속해서 반찬들을 숟가락에 올려주며 야하의 식사를 도왔다. 야하는 오랜 시간을 자고 일어난 탓에 입맛이 없었지만, 이건의 수발을 기꺼이 받아들여 꾸역꾸역 밥을 다 먹었다.

"몸이 찌뿌드드한 것 같아요."

"그래? 같이 운동할까?"

운동을 하자면서 하고 있던 넥타이는 왜 푸는 것인지. 심지어 단추들도 하나둘씩 풀고 있는 이건이다. 그를 피할 준비를 하는 야하를 눈치챈 이건이 옷을 갈아입고 오겠다며 방으로 들어갔다. 야하는 도망갈 준비를 하느라 살짝 들고 있던 엉덩이를 내리고 그가 나오기를 기다렸다.

"더운데 근처 수영장에 갈까? 수영 좋아해?"

"자유형까지는 배워봤어요. 배영은 도무지……. 물 위에 눕지를 못하겠더라고요. 그래서 그다음부터는 배우지 못했어요."

"좋아하기는 하나 보네? 좋아. 그럼 수영하러 가자."

집에서 걸어서 십 분 거리에 스포츠센터가 있다. 이 시각이면 사람도 많지 않을 것이란 생각을 하며 이건은 물속에서 둘이 놀

생각에 콧노래를 흥얼거리며 수영복을 찾았다. 수영복이 없는 야하 때문에 1층 매장에서 수영복과 수영모자와 수경을 산 후 각자 탈의실로 향했다.

아주머니들 외에는 젊은 사람들이 보이지 않았다. 하긴, 지금 시각이면 젊은 사람들은 학교에 있거나, 일을 하고 있을 시각이다. 야하는 옷을 다 벗고 사물함에 차근차근 개켜놓은 후 수영복을 든 채 먼저 목욕탕으로 들어가 가볍게 씻은 후 수영복을 입었다. 몸에 바짝 붙는 수영복 탓에 그녀의 굴곡진 몸매가 드러나며 긴팔과 다리가 하얗게 빛을 냈다.

"아이고, 아가씨 예쁘네. 나도 젊었을 땐 그랬는데."

"호호호. 자기가?"

아주머니들의 말에 어색하게 웃어 보인 후 얼른 수영장으로 향하는 계단을 올랐다. 오랜만에 입은 수영복 탓에 부끄러워 움츠러든 몸으로 수영장에 들어서자 바로 이건이 보였다. 가볍게 어깨를 돌리며 준비운동을 하는 듯 무심한 얼굴로 수영장 안의 물을 보는 그를 지나가는 아주머니들이 쑥덕거리며 구경했다. 대놓고 그를 바라보며 수영은 뒷전인 아주머니들도 있었다.

"오호, 은근 몸매 좋다니까."

어느새 야하를 발견한 그가 장난스런 웃음을 머금고 건들거리며 다가왔다. 그가 여자 일행을 데리고 왔다는 걸 알아챈 아주머니들이 뜻 모를 아쉬움을 풍기며 물속으로 들어갔다.

"은근은 빼죠?"

"뻔뻔해라."

다 드러난 그의 맨등을 찰싹 때리자 그가 아프지도 않은지 웃으며 준비운동을 시켰다. 직접 팔을 잡아 돌려주던 그가 허리에 손을 올리고 허리까지 돌려주겠다며 스킨십을 이어갔다. 아주머니들의 따가운 시선에 야하가 그를 물리치고 가볍게 준비운동을 한 후 먼저 물속으로 들어갔다.

"어허. 몰라? 손부터 해서 차근차근 몸에 물을 묻히고 들어가야지."

"빨리 들어오기나 해요."

내심 아주머니들이 그의 몸을 훑는 시선이 마음에 들지 않았기에 퉁명스럽게 말했다. 그녀의 기분은 모르는 것인지 얼굴에 웃음이 가시지 않은 그가 모자에 걸려 있던 수경을 쓴 후 다이빙을 해서 물속으로 사라졌다. 한참 만에 중간쯤에서 몸을 드러낸 그가 팔을 휘저으며 앞으로 나아갔다. 꽤 수준급인 수영 실력에 또 한 번 아주머니들의 시선이 모였다.

"멋지기는 하네."

자신의 남자의 멋있는 모습을 쿨하게 인정한 야하가 수경을 쓰고 길게 엎드려 물 위에 몸을 띄운 후 자유형을 했다. 이건과 다르게 잠수를 해본 적이 없고, 속도도 느려 한참 만에야 반대쪽에 도달했다. 먼저 반대쪽에서 기다리고 있던 이건이 그녀의 팔을 잡아 세웠다.

"어디까지 가려고? 벽 뚫고 갈 기세네."

"그러지 않아도 그만 멈추려고 했어요."

그에게 물을 뿌린 후 쓰고 있던 수경을 벗어 머리 위에 걸치고 얼굴에 남은 물기를 손바닥으로 쓸어 없앴다. 이건이 은근슬쩍 드러난 야하의 어깨와 팔을 쓸어내리더니 심지어 물속에서 자신의 다리로 그녀의 다리를 쓸어내리는 통에 가까이 서 있을 수 없어 옆으로 피하려 했지만, 그의 손이 놓아주지 않았다.

"왜 자꾸 피해?"

"다들 쳐다보잖아요."

정말로 아주머니들의 끈질긴 시선이 이어지고 있었다. 물속에 있지만 벌어진 어깨와 단단한 가슴이 아직 드러나기에 아주머니들의 그를 훑어 내리는 시선은 계속되고 있었다.

"아주머니들인데 뭐."

"아주머니는 여자 아니에요?"

"방금 질투한 거지? 응?"

그녀의 얼굴 앞으로 고개를 숙여 요리조리 왔다 갔다 하며 그녀의 표정을 살피던 그가 함박웃음을 지어 보였다. 그녀가 질투를 했다는 게 꽤 기분 좋은지 눈웃음까지 치는 그의 얼굴에 물을 뿌린 후 야하는 다시 수경을 썼다.

"배영 가르쳐 줄게."

일단 물 위에 누워보라고 했지만, 그게 말처럼 쉽게 되는 일이 아니다. 자유형을 배울 때 물 위에 엎드려 눕는 것도 간신히 배웠던 그녀였기에 물 위에 눕는다는 건 상상도 못할 일이었다. 수경을 빼앗은 이건이 물 위에 누워도 물에 얼굴이 잠기지 않는다며 그냥 누우라 했지만, 얼굴이 잠길 것 같은 두려움에 야하가 수경을 찾았다.

"나 믿어봐. 내가 잡아줄게. 일단 두려움부터 없애야 한다니까?"

갑자기 그가 어깨를 잡고 다리 밑으로 손을 넣더니 안아 들었다. 이에 야하가 자연스럽게 양팔로 그의 몸을 감싸 안았다.

"누우라니까 안기는 것 좀 봐. 집에 가서 실컷 안아줄 테니 팔 좀 내리지?"

야하가 괜스레 무안해져 얼른 팔을 풀었다. 이건의 몸을 펴보라는 말에 야하가 조심스럽게 다리와 허리를 펴자 몸이 물 위에 둥둥 떴다. 아직은 그가 허리를 받쳐 주고 있기에 가능한 건가 싶은 순간 그가 살짝 멀어졌다. 그와 동시에 불안해진 야하가 팔을 휘젓다가 물속으로 빠졌다. 얼른 이건이 팔을 잡아 들어 올렸지만, 이미 물을 먹은 것인지 야하가 기침을 해댔다. 이건이 물 때문에 눈을 꽉 감고 있는 야하의 얼굴에 남은 물기를 손바닥으로 닦아준 후 등을 쳐줬다.

"물 많이 먹었어?"

"콜록. 갑자기 놓으면 어떡해요."

"미안. 그래도 물 위에 떴어. 가만히 있었으면 됐을 텐데."

슬쩍 빠져나가려던 이건은 야하의 째림에 미안하다 사과한 후 야하를 안아 들고 다시 시도를 했다.

"말하고 놓을 테니 긴장하지 마."

야하는 한참을 실랑이 끝에 홀로 누워서 물 위에 뜨는 것까지 한 후, 양팔을 위로 모아 손을 포개고 발장구를 쳐서 앞으로 나가는 것까지 성공을 했다.

"이제 팔 젓는 것만 배우면 되겠네? 자유형 배웠으니 금방 할 거야."

"그거는 다음에 해요. 힘들어요. 그보다 오빠도 수영해요. 나 때문에 수영장에 와서 수영도 못하고 있잖아요."

미안해하는 야하와 달리 수영을 가르쳐 주겠다는 명백한 목적 하에 은근슬쩍 야하의 몸을 연신 더듬는 데에 더 재미를 느끼고 있던 그이기에 미안해할 것 없다는 말 대신, 마저 가르쳐 주었다. 이제는 제법 배영을 하는 야하를 뿌듯하게 쳐다보고 있다가 물속으로 잠수를 해서 야하보다 먼저 앞선 후 기다렸다가 야하의 발을 잡아 아래로 끌어당겼다. 불시의 공격으로 물에 빠져 허우적거리는 야하의 팔을 잡은 후 입을 맞춰 그가 그녀에게 숨을 불어 넣어 주었다. 물 밖으로 나오자 놀랐는지 야하가 그의 가슴을 내려치며 기침을 해댔다.

"죽을 뻔했잖아요!"

"설마 내가 널 물속에서 죽일까. 침대 위에서라면 몰라도."

야하는 은근슬쩍 몸을 붙여오는 그를 피해 옆 칸으로 넘어가 오늘 배운 배영과 자유형을 번갈아가며 수영을 했다. 이건도 더는 장난칠 생각이 없는지 열심히 왔다 갔다 하며 수영 실력을 뽐냈다.

수영이 꽤나 체력을 소모하는 운동이기에 샤워를 하고 나오자 배가 고프고 힘이 없었다. 옷을 다 입고 머리까지 말리고 나오자 먼저 나와 있던 것인지 이건이 통화를 하며 서 있었다. 조심히 다가가 허리를 감싸 안자 놀란 그가 뒤를 돌아보다 그녀임을 확인한 후 웃어 보였다.

"배고프지? 떡갈비 좋아해?"

"지금은 쇠라도 씹어 먹을 수 있을 것 같아."

꽤나 배가 고픈 것인지 등에 묻은 얼굴을 비벼가며 하지 않던 반말까지 하면서 말끝을 늘리는 야하가 꽤나 귀여워 손이 근질거렸지만, 일단은 그녀의 배를 채워주는 게 먼저였다. 이건은 야하의 팔에 걸린 수영가방을 받아 들고 손을 잡고 근처 식당으로 향했다.

"저녁을 먹기에는 조금 이른 시각인데. 뭐, 이따가 야참 시켜 먹으면 되지."

"아, 덥다. 짧은 거리인데 죽는 줄 알았네."

"곧 시원해질 텐데 뭐."

"추운 게 더 싫어요."

진저리를 치며 물잔을 집어 드는 모습까지 눈에 박힌다. 빨리 먹이고 집에 데리고 가야겠다는 생각밖에 없던 이건은 핸드폰이 울리는 소리에 현실로 돌아왔다.

"여보세요."

〈물어봤어? 비누 만드는 거 어렵지 않대?〉

희연이었다. 자신의 손재주를 걱정하고 있던 것인지 야하에게 물어봤냐는 질문이 바로 나왔다.

"야하 바꿔줄게."

핸드폰을 건네주자 의아해하던 야하는 자신이 아는 사람이니 바꿔주었을 거라는 생각에 조심스럽게 전화를 받았다.

"여보세요."

〈오늘도 안 들어오기만 해봐. 쫓아낸다?〉

"네, 엄마."

이어진 대답에 앞에 앉은 이건이 무슨 말이냐는 듯 쳐다봤고, 희연은 소리를 질렀다.

〈죽을래? 징그러워!〉

"잔소리하는 게 딱 엄마 같아요."

〈시끄러!〉

시끄럽다고 소리치는 희연의 목소리가 이건에게까지 들렸는지 이건이 탐탁지 않은 얼굴로 쳐다봤다. 야하는 아무것도 아니라는 듯 어깨를 올렸다 내린 후 통화에 집중했다.

〈비누 만드는 거 어려워?〉

뜬금없는 질문이었지만, 이런 거에 개의치 않는 그녀이기에 막힘없이 대답을 했다.

"아니요. 하라는 대로만 하면 돼요."

〈누가 그걸 몰라? 알았어. 이건한테 비누 만들겠다고 말해.〉

툭 끊긴 전화를 이건에게 돌려주고 무슨 말이냐 물었다.

"괜찮네요. 저라도 제가 좋아하는 사람한테 그 사람이 직접 만든 걸 받으면 기분 좋을 것 같아요."

"그으래?"

의미심장하게 말끝을 늘이는 그를 쳐다보자 때마침 나온 떡갈비를 그가 얼른 먹으라며 챙겨줬다. 배가 고팠기에 금세 야하의 관심은 떡갈비로 향했다.

"먹고 와인 좀 사가자."

"왜요? 아, 오늘 희연 언니가 집에 들어오라고 했는데. 오늘은 집에 갈게요."

야하는 얼굴이 구겨진 그의 입에 떡갈비 한 조각을 넣어주는 것으로 달랬다. 와인을 마시며 분위기를 잡아보려 했던 오늘의 계획이 산산조각이 나 자신의 가슴에 박히는 것도 모르는 그녀를 원망스레 쳐다보다 오늘만 날이 아니라는 생각에 이건은 한발 물러서기로 했다.

*

"지금 이게 무슨 상황인데?"

사각형의 탁자를 둘러싸고 네 명의 사람이 앉아 있다. 희연은 양팔을 교차해 팔짱을 끼고 앞에 앉은 이건과 자신의 왼쪽에 앉은 야하를 번갈아가며 날카롭게 응시하고 있었고, 유유자적한 이건과 자신도 무슨 상황인지 모르겠다는 표정의 야하가 희연을 바라봤다. 희연의 오른쪽에 앉은 중년의 여자는 상황 파악을 하려는지 세 사람을 유심히 쳐다보다 재료를 더 준비하겠다며 자리를 떴다.

"무슨 상황이긴. 비누 만들러 왔잖아?"

"그런데 네가 왜 와?"

보면 모르겠냐는 듯 재료들을 만지작거리며 비누를 만들러 왔다고 어필하는 이건을 노려보던 희연이 야하에게 신경질적으로 말했다.

"뭐야? 나 보란 듯이 이러는 거야? 꼭 너희 데이트에 낀 것 같 잖아!"

그런 의도가 없었던 것은 아니었기에 이건이 왼팔로 턱을 괴고 야하에게 신경 쓰지 말라는 듯 그녀의 머리카락을 손가락에 감았 다가 풀고는 다정스레 귀 뒤로 넘겨주었다. 전혀 자신은 신경 쓰 지 않는 두 사람의 모습에 열이 받은 희연이 뒤에 얌전히 앉아 있 던 동수에게 마실 거나 가져오라고 짜증을 부리자 동수가 벌떡 일 어나 이때다 싶어 자리를 피했다.

"그럼 시작해 볼까요?"

세 사람의 분위기와는 상관없이 다시 자리로 돌아온 중년의 여 자가 비누를 만드는 원리와 방법을 간략하게 설명한 후, 어떤 비 누를 만들길 원하는지를 물었다. 팬미팅에 오는 많은 팬들에게 나 누어 줄 것이기에 작은 크기로 많은 양을 만들어야 하는 희연은 모양보다는 개수에 목적을 두었다. 희연의 옆에서 작은 도움을 주 기 위해 참석한 야하가 재료를 살피며 예전에 어떻게 만들었었는 지 기억을 더듬었다. 그런 야하를 바라보며 이건이 말했다.

"장미에 하트, 콜?"

얼결에 야하가 고개를 끄덕이자 이건이 싱긋 웃으며 중년의 여 자를 향해 말했다.

"장미 향기가 나는 하트 모양의 비누를 만들고 싶은데요."

희연의 얼굴은 구겨졌고, 야하의 얼굴은 살짝 상기되었다. 세 사람의 관계를 눈치챈 중년의 여자가 이건에게 하트 모양의 몰드 를 주고 설명을 시작했다.

한참의 시간이 지나고 야하에게 줄 비누 하나만을 만드는 이건이 먼저 끝을 냈다. 하트 모양의 몰드에 재료를 붓고 이제는 굳히기만 남은 이건이 희연에게 잔소리를 시작했다.

"야야, 제대로 좀 해라. 팬에 대한 애정이 없어. 나처럼 애정을 담고 만들란 말이다. 있던 팬들 다 떨어져 나가겠네."

희연의 손길이 거칠어지자 야하가 그에게 그만하라는 눈치를 줬다. 실은 자신도 답답하던 차였다. 어려운 것도 아닌데. 희연은 운동신경뿐만 아니라 손재주도 없었다. 그것도 너무 없었다. 간신히 사각형의 몰드에 가득 붓고 굳히기 작업에 들어가자 진이 빠진 희연이 의자에 주저앉았다.

"내일도 만들러 온다고? 내일은 동수랑 둘이 만들어."

옆에서 잠깐 도운 야하가 힘들겠다며 주물러 준다는 핑계로 그녀의 어깨부터 팔까지 만지작거리던 이건이 퉁명스레 말했다. 그는 펄쩍 뛰는 동수와 희연을 살짝 무시한 후 주말인 내일 어디로 데이트를 갈까 고민하며 눈에 넣어도 아프지 않은 자신의 연인을 살폈다.

무서운 기세를 내뿜는 희연과 그녀의 눈치를 살피는 동수는 보이지 않는지, 둘만의 알콩달콩한 시간을 보내던 중 중년의 여자가 이건의 비누가 다 만들어졌다며 가져왔다. 몰드에서 굳어진 비누를 꺼내자 장미 향기가 나는 하트 모양의 비누가 이건의 손에 들어왔다. 곱게 포장까지 한 후 야하에게 선물이라며 그녀의 손바닥 위에 떨어뜨리고는 그녀의 팔을 잡아끌었다.

"그럼 우리 먼저 간다."

아무도 배웅하지 않는 걸 전혀 개의치 않은 그가 야하를 이끌고 비누공방을 나섰다. 손안에 들린 비누를 요리조리 돌려가며 보던 야하가 그의 팔을 잡아 흔들었다. 걸음을 멈추고 그가 내려다 보자 까치발을 한 야하가 그의 볼에 입을 맞췄다.

"고마워요. 이런 선물 처음 받아봐요."

"선물 받으면 그 자리에서 뜯어보고 써보는 게 예의인 거 알지?"

그녀의 입술을 받은 볼을 손가락으로 툭툭 두들기며 그가 만족스러운 미소를 입에 걸고는 장난스럽게 말했다. 이건은 딴 곳을 보며 못 들은 척하는 야하를 차에 태운 후 망설임 없이 집으로 향했다. 그의 집에 도착해 머뭇거리는 야하와 달리 느긋하게 저녁 식사를 시킨 그가 소파에 앉았다.

"내내 서 있을 거야? 아직은 안 잡아먹어. 앉아."

전혀 안심이 되지 않는 말로 그녀를 안심시키려 하는 그가 귀여워 피식 웃은 야하가 그가 준 선물을 탁자 위에 올려놓고 옆에 앉아 그의 어깨에 기댔다.

"희연이는 그 개수를 다 만들 수 있을라나 몰라."

"열심히 하는 거 보니 만들겠던데요? 팬들은 좋겠다."

"너는?"

자신이 만들어준 비누를 턱짓으로 가리키자 야하가 엄지를 치켜들었다.

"오빠 최고. 좋아요. 행복해요."

이건은 행복이라는 단어까지 쓰는 야하가 어여뻐 참지 못하고 그녀의 입술을 머금었다. 입술을 열고 그녀의 치아를 훑으며 달콤한 혀를 찾았다. 동시에 손이 부드러운 가슴을 찾아 옷 속으로 들어가고 본능적으로 몸을 밀착시켰다.

"하아, 죽겠다. 오늘은 자고 가. 응?"

이건이 귓가에 바람을 넣으며 살짝 귓불을 빨아대는 통에 야하의 온 신경이 예민하게 반응을 했다. 미약하게 고개를 끄덕이자 그가 몸을 떼고 일어나 야하를 바로 앉혀 올라간 옷을 내리고 머리를 쓸어주었다. 조곤조곤 그가 없는 동안에 있었던 일을 이야기하는 야하와 그녀의 이야기를 귀담아듣는 이건이 대화를 멈춘 건 배달시킨 저녁 식사가 도착했을 때였다.

저녁을 먹고 나자 식곤증이 밀려오는지 야하의 눈이 짧은 시간에 여러 번 감겼다 뜨기를 반복했다. 그런 그녀가 안쓰러워 이따가 있을 거사를 위해 잠시 눈을 붙이라며 침대로 이끌었다. 혼자 잠을 자면 그 혼자 심심해서 안 된다며 일어나려는 야하에게 잠시 봐야 할 서류가 있다며 다시 눕혔다.

그녀의 숨소리가 고르게 들리고 잠이 든 걸 확인한 이건이 조심스럽게 침실을 빠져나와 서재로 향했다. 오후에 비누를 만들겠다며 나온 탓에 검토해야 할 일이 남아 있었다. 노트북을 켜고 메일에 접속해 읽지 않은 메일을 하나하나 열어서 확인한 후 첨부된 파일을 열어 꼼꼼하게 읽어 내려갔다.

모든 메일을 확인하고 답장까지 보낸 후 노트북을 껐다. 자리에서 일어나려던 순간 퍼뜩 드는 생각에 서랍 하나하나를 열어봤다. 찾고자 하는 물건이 보이지 않자 거실에 나와 모든 서랍장을 열어

보고, 다른 방에 들어가고 나서야 원하던 걸 찾았다.

이건은 카메라를 조립하자 꽤 묵직한 무게감이 느껴졌지만, 가뿐한 몸짓으로 야하가 잠들어 있는 침실로 향했다. 살짝 불을 켜자 불빛에 움찔대며 모로 돌아눕는 걸 지켜보다 그래도 깨지 않는 모습에 그의 미소가 진해졌다. 버튼을 눌러 카메라를 켜고 야하를 향해 초점을 맞춘 후 사진을 찍었다. 카메라가 비싼 값을 하는지, 아니면 모델이 좋은 건지, 그것도 아니면 찍는 사람의 애정이 담겨서인지 꽤 예쁜 사진이 찍혔다. 그는 한 발 더 가까이 다가가 다양한 각도로 사진을 찍고 난 후 사진을 하나하나 살펴보고 만족스러움에 휘파람을 불며 불을 끄고 방 안에 있는 욕실로 향했다.

이건은 보글보글 거품이 올라오고 욕조에 물이 어느 정도 차자 팔 중간까지 물속에 집어넣어 온도를 체크하고 거품이 묻은 팔을 깨끗이 씻어 수건으로 닦은 후 욕실을 나왔다. 그는 아직 잠들어 있는 야하를 흘끗 쳐다본 후 거실로 나와 포장된 비누를 들고 다시 침실로 들어왔다.

"그만 자. 이제 일어나자."

흔들어 깨우자 다행히 잘 만큼 잔 것인지 야하가 잠에서 깼다. 눈을 막 뜬 그녀를 안아 들고 욕실로 들어가 변기뚜껑을 발을 이용해 내린 그가 그 위에 야하를 앉혔다.

"씻어야지?"

그의 말에 조금 남아 있던 잠기운이 싹 가시고 정신이 돌아왔다. 자신의 상의를 벗기려는 듯 양쪽을 잡고 옷을 들어 올리는 그의 손을 급히 잡아 막았다.

"혼자 씻을게요."

"뭘 새삼. 같이 씻어. 내가 거품도 냈단 말이야."

그가 쳐다보는 곳으로 고개를 돌리자 욕조에 거품이 둥둥 떠 있었다. 안은 물로 채워져 있겠지.

"같이요?"

"응."

그녀가 막기 전에 얼른 손에 힘을 주어 옷을 위로 끌어 올려 벗겨냈다. 급히 손으로 앞을 가리는 그녀를 놀리듯 등 뒤로 손을 뻗어 손쉽게 브래지어 버클을 풀어 어깨에 걸린 끈을 끌어 내렸다. 하지만 다 벗기기도 전에 그녀의 손에 막혔다.

"부끄러워? 그럼 나 먼저 벗지 뭐."

이건이 상의를 벗고 바지까지 벗자 야하가 고개를 돌렸다. 부끄러워하는 야하와 실랑이 끝에 그가 뒤돌아서기로 합의를 보았다. 절대 돌아보지 말라는 당부를 하고서는 얼른 옷을 벗은 야하가 욕조 안으로 들어가 거품 속으로 몸을 숨겼다. 물소리가 나고 나서야 고개를 돌려 야하가 욕조에 들어간 걸 확인한 그가 거리낌 없이 속옷을 벗고 욕조 안으로 들어갔다. 그의 몸이 거품 안으로 사라질 때까지 눈을 꽉 감고 있던 야하는 이건이 등 뒤에서 자신을 껴안자 눈을 살짝 떴다.

어쩔 줄 몰라 하는 자신과 달리 능숙한 태도에 그를 노려보다 그의 즐거워 보이는 얼굴을 보자 말을 잃었다. 어깨를 감싼 팔이 슬쩍 내려가 가슴을 건드리자 찰싹 때려 떨어뜨린 후 멀리 앉으려 했지만, 좁은 공간에서 떨어져 봤자 거기서 거기였다.

"이따가 비누칠도 해줄게. 선물 받은 거 써봐야지?"

이건은 기함을 토하는 그녀가 눈에 보이지 않는지 손을 모아 물을 뜬 후 야하의 어깨에 뿌리며 물놀이까지 했다. 그의 계속되는 물놀이에 거품이 조금씩 사그라지자 도망치고 싶은 마음이 간절한 야하가 눈을 감고 있을 테니 그에게 먼저 씻고 나가라는 말을 했다.

"절대 싫지. 먼저 머리 감겨줄게. 그리고 비누칠 하자."

하지만 그의 욕심과 달리 이런 일이 처음인 야하가 눈물까지 글썽거리며 부끄러워하자 당황한 이건이 그녀의 의견에 따라 빠른 속도로 먼저 씻고 욕실을 나섰다. 그가 나가자 야하가 머리를 감고 그가 선물해 준 비누로 몸을 깨끗이 씻고 준비된 가운을 걸쳤다. 나갈까 말까 고민하는 사이 욕실 문이 벌컥 열리자 놀라서 소리를 지를 뻔한 야하가 급히 입을 막았다.

"이럴 줄 알았어. 물소리가 끊긴 지 오래라 열어봤어. 얼른 나와. 머리 말려줄게. 에어컨 때문에 감기 걸려."

약하게 틀어놓은 에어컨 탓인지 몸에 와 닿는 공기가 차갑게 느껴졌다. 뜨거운 바람과 차가운 바람으로 번갈아가며 머리를 말려준 이건이 헤어드라이기를 끄고 야하를 침대로 이끌었다.

"오늘은 불 안 끌 거야."

고개를 도리도리 젓는 야하의 얼굴을 감싼 이건이 이마와 코를 지나 입술에 입을 맞추었다. 한 손으로 가운을 젖히자 탐스러운 가슴이 드러났다. 성급해지는 자신을 누르고 이건이 경건한 마음으로 키스를 했다.

"부끄러울 거 없어. 우리 둘이서 사랑을 나누는 게 부끄러운 건 아니잖아."

달래면서도 끊임없이 자잘한 키스를 하는 이건과 눈을 맞춘 야하가 그의 경건한 마음에 동화되어 갔다.

커다란 이건의 손이 야하의 가슴을 감싸고 다른 손은 마저 가운을 벗겨냈다. 자신만 드러낸 맨몸에 야하가 그의 가운 자락을 잡고 흔들었다. 그녀의 의도를 알아챈 이건이 스르륵 가운을 벗어 침대 아래로 떨어뜨렸다.

"사랑스러워 미칠 것 같아."

"나도요."

"응?"

"오빠도 사랑스러워요."

고개를 휙 돌리며 말을 하는 야하의 얼굴이 붉어졌다. 드러난 목선을 손가락 끝으로 훑던 이건이 고개를 내렸다. 그녀의 다리에 자신의 하체를 밀착시킨 이건이 몸을 움직이자 그 자극적인 느낌에 야하가 진저리를 치며 허리를 들썩였다. 성급해지지 말자던 이건은 환한 불빛에 드러난 야하의 부드러운 몸에 취해 거칠게 허벅지를 잡아 벌렸다. 그리고는 자신의 몸을 밀착시키고 욕심껏 그녀의 몸을 취했다.

8

 눈을 뜨자 창문을 통해 들어온 햇살이 눈을 따갑게 했다. 몸을 움직이려 했지만, 단단하고 무거운 팔과 다리 때문에 꼼짝도 할 수 없었다. 눈알만 굴려 자신의 몸에 올려둔 이건의 팔을 확인했다. 이불 속에는 이건의 다리가 자신의 몸 위에 올려져 있겠지. 몸을 비틀대며 움직이다 단단한 무언가가 엉덩이 쪽에 닿자 움직임을 멈췄다. 슬금슬금 앞으로 몸을 빼는데 강한 힘이 뒤에서 끌어당겼다.
 "오늘은 먼저 일어나기 없기."
 잠에서 막 깬 것인지 가라앉아 한층 더 저음이 된 목소리가 야하의 귓가를 채웠다. 잠에서 깨지 않은 척 눈을 감고 가만히 있었지만, 이를 눈치챈 이건이 피식 웃으며 대담하게 이불을 들추고 그녀의 몸을 훑었다. 퍼뜩 놀라 눈을 동그랗게 뜨자 못 참겠는지 웃음을 터뜨린 그가 그녀의 몸 위로 올라왔다.

"예뻐 죽겠어."

"그만 죽어요."

"오호, 어찌 알았나? 어젯밤에 난 너 때문에 죽을 뻔했는데. 너는?"

얼굴을 붉히는 야하를 놓아주고 같이 씻자는 말을 했지만, 역시나 튕기는 그녀다. 이번까지만 튕겨 나가주자는 너그러운 마음으로 그녀를 바로 옆에 있는 욕실로 집어넣고 이건은 거실에 있는 욕실로 향했다.

먼저 씻고 나온 이건이 토스트기에 식빵을 넣고 구워지는 사이 프라이팬을 달구고 계란프라이를 했다. 식빵 사이에 계란프라이를 넣고 피클 몇 조각과 양배추를 넣어 간단하게 계란토스트를 만들었다. 그리고는 씻고 나온 야하의 입에 토스트를 물리고 주스잔을 손에 쥐어주었다.

"놀러 가고 싶은 데 있어? 소풍 가자."

소풍이라는 단어에 곰곰이 생각에 잠긴 야하가 입안에 있던 토스트를 목구멍으로 넘긴 후 주스로 입안을 헹궜다.

"어릴 때 소풍 가면 장난감을 가득 실은 트럭이 따라왔었는데. 어떻게 알았는지 소풍 장소에 미리 와서 물건을 깔아놨어요."

"아, 맞아. 그랬지. 요즘도 그러나?"

"혹시 그거 알아요? 버튼을 누르면 아이스크림이 앞으로 튀어나가는 거. 그걸로 애들 때리면서 장난도 많이 쳤는데."

그가 기억난다는 듯 키득거리며 웃었다. 너 때도 그런 게 있었냐는 그의 말에 나이 차이가 몇인가를 생각했다.

"지금 나이 차이 세고 있었지? 이 오빠 그리 안 늙었다."

"푸홋. 아, 소풍 가면 보물찾기하는 것도 재미있었는데. 나 엄청 잘 찾았어요, 다 알려주니까."

재잘거리던 야하가 입을 다물었다. 자신의 비밀을 그에게 이제는 아무렇지도 않게 말을 하게 되는 게 신기해 입을 다문 것인데, 다르게 해석한 그가 조용히 그녀를 쳐다봤다.

"말해, 듣고 있으니까."

아무렇지도 않게 보통 일이라는 듯 말하라는 그에게 다시 이야기를 했다.

"선생님들이 어디에 숨겨놓았는지 다 말해줬어요. 바위틈이면 바위가 말을 해줬고, 어쩔 때는 종이가 직접 여기 있다고 말을 했어요. 항상 제가 일등이었어요. 찾아서 제일 좋은 거는 제가 갖고 나머지는 친구들 하나씩 나눠줬어요. 그때까지는 좋았던 것 같아요."

아마 그 뒤로는 친구들이 그녀를 피했을 것이다. 그녀의 이야기가 끝나자 이건의 소풍 추억이 나왔다. 중학교 때 몰래 술을 사갔다가 걸려서 혼난 이야기와 친구들과 장난을 치다 물에 빠졌던 일. 물론 여분의 옷이 없었기에 집에 도착할 때까지 젖은 채로 돌아다녀야 했던 이야기 등 서로가 알지 못하는 이야기를 했다.

이야기를 끝내고 바다를 보러 가기로 결정한 둘은 혹여 물에 들어갈지도 모르니 갈아입을 옷만 챙기기로 했다. 야하가 희연의 집으로 돌아왔을 때 그녀는 비누를 만들러 간 것인지 집은 비어 있었다. 가방에 옷을 챙기고 집을 나서자 엘리베이터를 잡고 기다리고 있던 이건이 손을 흔들었다.

"안녕."

야하는 새삼스런 인사에 손을 마주 흔들어 인사한 후 그가 잡고 있는 엘리베이터에 올랐다.

"카메라네요? 무거워 보여요."

무슨 전문적인 사진사가 사용할 법한 카메라 크기에 야하가 한 번 들어보겠다는 듯 손을 뻗었다. 비싼 거니 조심스럽게 모시라는 그의 장난 섞인 말에 받들 듯 카메라를 받아 들었다. 무게를 가늠하듯 위아래로 흔들어 보이던 중 머릿속에 지나가는 영상에 그를 노려봤다.

"왜?"

"나 잘 때 찍었어요?"

"아니라고 거짓말을 할까, 아님 솔직하게 말을 할까?"

"솔직하게 말을 해야죠."

뻔뻔하게 거짓말을 원하냐, 진실을 원하냐는 말을 내뱉는 그를 노려보자 그가 카메라를 다시 받아 들고는 그녀를 내려다보며 말했다.

"응. 찍었어. 자는 모습이 하도 예뻐서. 원하는 대로 솔직하게 말했으니 넘어갈 거지? 사진 보여줄까? 내가 예쁘게 잘 찍었어."

야하는 능글맞게 넘어가려는 걸 알면서도 어떻게 찍혔는지 궁금해 그가 보여주는 사진으로 관심을 돌렸다. 제법 괜찮게 찍힌 사진에 이번만 넘어가 주겠다는 말로 몰카를 찍은 그를 용서했다.

중간에 휴게소에 들러 우동으로 배를 채우고 두 시간 반 정도를 달려 안면도에 도착했다. 야하는 도착하자마자 사진을 찍자고 달려드는 이건에게 잡혀 수없이 사진을 찍혔다. 이건이 지나가는 사람들마다 카메라를 들려주고는 사진을 찍어달라는 통에 몇 걸음을 떼기도 전에 사진을 찍었다.

"사진에 한 같은 거 있어요? 그만 찍어요."

얼굴을 찌푸리며 그를 말리는 모습까지 찍어대던 이건이 알았다는 듯 카메라를 눈에서 뗐다. 손을 잡고 걸어가다 차갑게 느껴지는 물에 발만 담그며 시간을 보내던 두 사람은 근처 카페로 향했다.

"슬슬 돌아가야 하지 않아요?"

"벌써? 저녁 먹어야지."

그에게서 카메라를 받아 들고 찍은 사진을 보던 야하가 이상하게 찍힌 사진을 슬쩍 지우려 했지만, 눈치챈 이건이 찍은 장수를 세어놨다며 한 장이라도 비면 한 장당 자신의 집에서 하룻밤씩 자고 가라는 말을 한 통에 지울 수 없었다. 주문한 커피를 가지러 오라는 진동이 울리자 그가 일어섰다. 그러고 보니 자신이 그를 찍은 사진이 없음을 확인한 야하가 그를 찍어댔다.

"여기서 찍어?"

커피를 들고 온 이건이 자리에 앉으며 그만 찍으라는 손짓을 했다.

"이거 봐요. 방금 커피 건네줄 때 여자가 오빠 보고 얼굴 붉힌 것 같은데. 봤어요?"

 사진을 보여주었지만, 멀리서 찍은 것이기에 얼굴색까지는 구분이 가지 않았다. 때 아닌 질투와 여자들로부터의 단속에 기꺼이 동참을 한 이건이 그랬냐며 자신은 그 여자 쳐다보지도 않았다고 대답했다.

"역시 바다를 오면 회를 먹어야겠지? 회에 소주 콜?"
"운전은요?"
"자고 갈 건데? 갈아입을 옷도 챙겨 왔잖아. 오기 전에 펜션 예약도 했어."
"옷은 물에 들어갈지도 모르니 챙겨온 거잖아요?"

 아, 너는 그랬냐. 나는 아니었다, 라는 태도로 이건이 시선을 피했다. 언제 펜션까지 예약을 한 것인지. 행동도 빠르다. 예약을 당일에 취소하면 돈을 돌려받지 못한다는 그의 말에 어쩔 수 없이 오늘 하루 자고 가기로 했다.

 펜션에 먼저 들러 방을 확인하고 걸어서 10분 거리에 횟집이 있다는 주인의 말에 차를 놓고 나섰다. 두 사람이 소주 한 병과 함께 돔을 시키자 서비스로 제공되는 음식들이 상을 가득 채웠다.

"그러고 보니 함께 소주 마시는 건 처음이네. 오빠 있으니까 마음 놓고 마셔도 돼. 취해도 된단 말이야."
"내 술버릇이 그렇게나 궁금해요?"

 술잔에 술을 가득 채우는 것으로 대답을 대신한 그가 잔을 부딪치며 첫 잔은 원샷이라는 말을 했다. 두 사람은 회가 나오기도 전에 반병을 비워냈다. 오늘따라 쓰지도 않고 입에 착 감기는 맛에 거침없이 야하가 잔을 비워 나갔다.

"잘 마시네. 한 병 더?"

대답도 듣지 않고 이건이 소주를 시켰다. 회 접시가 비워질 때쯤 야하의 몸이 흔들거렸다. 말도 꼬이고 있는데, 자신은 인지를 못한 것인지 끊임없이 조잘거렸다. 야하가 했던 이야기를 또 하기도 했지만, 처음 듣는 것마냥 경청하던 이건이 마지막으로 지리를 시켰다.

"이것 좀 마셔. 속 상하지 않게."

진한 지리 국물을 떠서 앞에 놓아주었지만 고이 놓인 숟가락 옆으로 손을 뻗으며 집지 못하는 폼이 제대로 취해가는 것 같아 이건이 직접 떠서 입으로 가져갔다.

"취했어. 그만 먹고 일어나자."

"오빠 취했어?"

그녀 자신이 취했음에도 맨 정신인 그를 취한 사람으로 몰아가는 모습에 더는 안 되겠다 싶어 그녀를 일으켜 흔들거리는 몸을 잡아 간신히 신을 신기고 계산을 하고 가게를 나섰다. 올 때는 10분 거리였음에도 가다가 계속 주저앉는 야하 때문에 펜션에 도착하는데 30분이나 걸렸다. 내일 속이 쓰릴 야하를 생각해서 바로 앞에 편의점에 들려 꿀물을 산 시간을 빼더라도 꽤 걸린 시간이다.

"씻어야지?"

자신의 한마디에 갑자기 야하가 벌떡 일어나더니 스스로 옷을 벗기 시작했다. 당황하던 이건이 이때를 놓치랴 싶어 뚫어지게 그녀가 하는 짓을 봤다. 속옷에 손을 가져가던 야하가 고개를 들어 그와 눈을 맞췄다.

"벗겨줘. 씻겨줘."

심장에 피가 열심히 뿜어져 나오는지 평소보다 빠른 속도로 뛰었다. 냉큼 그녀에게 다가가 거의 껴안다시피 해서 등 뒤에 브래지어 버클을 풀었다. 나긋나긋하게 안겨오는 야하의 등을 쓸어내리던 이건은 뭔가 이상한 낌새에 그녀의 어깨를 잡고 몸을 뗐다. 끈이 내려가 가슴을 반쯤 드러낸 야하는 그 순간에 잠이 들어버렸는지 눈을 감고 주저앉으려 했다. 팔에 힘을 주어 허리를 감싸 안고는 나지막이 한숨을 내쉰 그가 그녀를 고이 안아 침대에 눕혔다.

"진짜 잠든 거야? 나는?"

야하가 대담하게 자신을 유혹한 탓에 몸이 달아오를 대로 달아올랐지만, 그를 유혹한 당사자가 정신을 놓아버렸다. 말도 안 되는 상황에 어이가 없어 그의 입에서 웃음이 흘러나왔다.

"진짜 미치게 한다. 돌아버리겠네."

자신의 머리를 헝클어뜨리며 이건이 몸을 일으켰다. 욕실에서 물을 묻힌 수건과 마른수건을 가지고 온 이건이 야하의 얼굴과 몸을 차근차근 닦아냈다. 불편한 걸음으로 욕실을 향한 이건은 한참 뒤에야 차가운 몸으로 그녀의 옆에 몸을 뉘었다.

"이 나이에 냉수로 샤워해야겠냐. 버젓이 애인이 있는데도."

그의 한탄을 모르는 야하는 술기운에 뜨거워진 몸을 시원한 그의 몸에 바짝 붙이곤 새근새근 잠이 들었다. 행여나 그녀가 감기

들까 싶은 이건이 이불을 끌어다 덮고 눈을 감고 양을 셌다.

 슬슬 잠에서도 술에서도 깨는 것인지 야하가 낑낑댔다. 이건은 잠을 못 자 까슬한 얼굴을 마른세수를 하고 어제 사다 놓은 꿀물을 자신의 입에 머금고는 야하의 입에 흘려 넣어주었다. 병을 반쯤 비웠을 때 야하가 한쪽 눈만을 뜨고 윙크하듯 그를 올려다봤다.
 "죽을 것 같아요."
 "난 어젯밤에 죽을 뻔했다."
 야하가 내민 양손을 잡아 끌어 올려 앉힌 후 손에 병을 들려주고는 옆에 벌러덩 누워 슬쩍 그녀를 흘겨봤다.
 "왜요? 나 혹시 실수했어요?"
 "짜증 나, 서야하."
 또 이름에 성까지 붙여 부르는 것이 살짝 화가 난 것 같아 야하가 그의 등을 쓸어주며 다독였다. 기억이 나지 않는 것인지 얼굴을 찌푸리며 머리를 쥐어짜내는 모습에도 이건은 전혀 말해줄 생각이 없다는 듯 입을 꾹 다물었다. 어제 무슨 일이 있었냐고 물어도 얼굴을 획 돌릴 뿐, 닫힌 입은 열리지 않았다. 궁금하기는 했지만 아직 깨지 않은 술 때문에 머리가 아파와 더는 생각을 하지 않기로 한 야하가 다시 자리에 누워 눈을 감았다.
 "나 화난 거 안 보이나?"
 이건의 음성을 따라 그를 향해 모로 누운 야하가 눈을 가늘게 뜨고 그를 살폈다.

"어제 저 진상이었어요?"

어젯밤의 그녀는 진상이라기보다는 귀여웠다. 심지어 나중에 가서는 그를 유혹하지 않았는가.

"야했어. 야하는 이름처럼 야하게 굴었지. 큭큭!"

자신이 그랬을 리가 없다며 부정하는 그녀에게 지금 속옷만 입고 누워 있는 게 자신이 벗긴 것이 아니라 스스로 옷을 벗어 던진 거라며 그가 놀려댔다. 그러다 자신을 유혹하고는 잠이 들어버린 죄라며 어젯밤에 이어서 유혹하라는 요구를 했다.

"아, 몰라요. 난 기억 안 나요."

귀를 막고는 뒤돌아 누운 야하를 끌어당겨 안고는 아쉬운 사람은 저이니 자신이 유혹하겠다며 그녀의 몸을 쓸어내린 그가 입술로 어깨부터 시작해 허리까지 자잘한 키스를 했다.

*

날씨가 제법 쌀쌀해져서 그동안 미루고 있던 옷장 정리를 하던 중 희연의 부름에 방을 나섰다.

"어디 가요?"

외출복 차림의 희연을 보다 눈동자를 올려 흘끗 시곗바늘이 10시를 지나고 있는 걸 확인했다.

"노래방. 노래 연습해야지."

돌아오는 주말에 있을 팬미팅 때 부를 노래 연습을 회사에서 했는데 또 연습을 하러 노래방을 가겠다는 말에 야하가 고개를 돌렸다. 필히 같이 가자는 것이기에 갈 마음이 전혀 없는 야하는 갔다 오라는 말을 하고 얼른 방으로 들어가려 했다.

"같이 가야지. 혼자 가서 뭐 해?"

"전 별로 가고 싶지 않아요."

"동수도 없는데 네가 같이 가야지. 나 혼자 나갔다가 무슨 일이라도 생기면?"

동수를 부르라고 말을 하고 싶었지만, 며칠 전부터 오늘 있을 소개팅에 들떠 있던 동수를 희연이 일찍 돌려보냈었다. 연락이 없는 걸 보면 아직도 소개팅한 여자와 같이 있을 수도 있으니 부르기도 뭐한 상황이었다. 어쩔 수 없이 고개를 끄덕이고 야하가 방으로 들어가 겉옷과 핸드폰을 들고 나왔다.

"노래방 갈 건데."

전화를 하는지 핸드폰을 귀에 대고 있던 희연이 갑자기 성질을 내며 다시 전화를 걸었다.

"딱 한 마디 했는데 끊는 것 좀 봐. 요즘 나한테 왜 이런대?"

"누군데요?"

"이건."

그가 변하기는 했다. 희연과 거리를 두려는 것인지 동수에게서 희연의 일상도 듣지 않으려 했고, 희연의 전화도 받지 않는 것 같았다. 이렇게 하면 희연이 떨어져 나갈 줄 알았지만 전혀 먹히지 않았다. 희연은 이건이 자신의 전화를 받지 않으면 야하의 핸드폰으로 전화를 걸었다.

"네 핸드폰 줘봐."

야하는 역시나 자신의 핸드폰을 찾는 그녀의 손 위에 핸드폰을 올려주는 대신 직접 그에게 전화를 걸었다.

〈야하 핸드폰으로 전화하지 말랬지?〉

희연의 전화를 받지 않았기에 당연히 야하의 핸드폰을 빼앗아 전화를 한 것으로 알았는지 첫마디부터 그의 짜증이 어려 있었다.

"언니일 것 같으면 안 받으면 되잖아요."

〈야하? 어떻게 그래. 네 이름 뜨는데 받아야지.〉

그의 핸드폰에 그녀의 이름은 자신의 이름이라고 하기에는 거부감이 드는 단어로 저장되어 있었다. '야하여자'라고 저장이 되어 있는 걸 우연히 알게 되었는데, 얼핏 잘못 보면 야한여자라 읽게 되기에 그에게 바꾸라고 했었다.

"이름 제대로 바꿨어요? 뒤에 여자는 왜 붙여요?"

대답이 없는 걸 보니 바꾸지 않았나 보다. 지켜보던 희연이 답답한지 핸드폰을 빼앗으려 해서 야하가 몸을 틀어 옆으로 돌아섰다.

"방금 희연 언니 전화받은 것 같은데 말도 없이 끊었어요? 그냥 처음부터 받지를 말던가."

옆에서 희연이 발을 구르며 바꿔달라는 듯 손바닥을 보이며 흔들었다.

〈거절 누른다는 게 잘못 눌러졌어. 전화 그만하라 해, 안 받는다고.〉

희연에게 말을 해봤자 소용이 없기에 그의 말을 그냥 넘겼다.

언젠가는 저러다 제풀에 지치겠지 하는 마음이다.

"언니랑 노래방 가요. 연습한다고 하네요."

〈노래방? 나도 갈래. 1층에서 봐.〉

뚝 끊긴 전화를 희연의 손바닥 위에 올려주자 희연이 반색하며 귀에 핸드폰을 가져갔다. 이미 끊긴 전화에 말을 하던 희연이 전화가 끊긴 걸 확인하자 야하를 노려봤다.

"끊겼어요? 몰랐어요."

야하는 태연하게 핸드폰을 도로 받아 정말로 끊겼는지 확인을 했다. 몰랐다고 하는 사람에게 무슨 말을 하리오. 희연이 야하를 살짝 밀치고 현관으로 향했다. 이건에게 아직도 집착하는 희연을 유치하기는 하지만 골려주는 걸로 조금이나마 마음이 풀린 야하도 희연을 따라 집을 나섰다.

"안녕."

1층에서 손을 흔들어 인사한 이건이 야하의 옆으로 섰다. 희연이 말을 꺼내려던 찰나에 야하의 어깨를 감싸 안고 바로 걸음을 옮겼다. 희연이야 오든지 말든지 단 한 번도 들어본 적이 없는 야하의 노래를 들어볼 생각에 걸음을 빨리했다. 그러고 보니 그는 여태 야하가 노래를 부르는 걸 본 적이 없었다.

야하와 이건이 나란히 앉고 희연이 맞은편에 앉았다. 아저씨가 캔맥주를 놓고 나가자 희연이 바로 캔맥주 하나를 야하에게 건넸다. 캔을 따라고 야하에게 시킨 것이기에 이건의 눈살이 찌푸려졌다. 야하의 손에서 캔을 빼앗아간 이건이 캔을 따서 다시 야하의 손에 들려주고는 다른 캔을 집어 딴 후 테이블 위에 놓고 손가락으로 캔을 희연의 앞까지 밀었다.

"정나미 떨어지게. 좋게 주면 안 돼?"

"정 떨어졌어?"

희연의 말에 이건이 정말이냐는 듯 빙그레 웃으며 묻자 희연이 짜증 섞인 손으로 캔을 낚아챘다. 쉬지도 않고 절반가량을 비워낸 희연이 목이 따가운지 얼굴을 찡그렸다.

"노래는 술 한잔하고 부르는 게 제 맛이지."

"팬미팅 때도 그럴 거냐?"

야하가 계속해서 딴죽을 거는 이건의 팔을 흔들어 그만하라는 눈짓을 보냈다. 그제야 이건이 희연에게서 시선을 거두고 자신의 연인과 눈을 맞추며 무언가를 갈구하는 눈빛을 보냈다.

"왜요?"

"노래 불러줘. 이왕이면 사랑스럽고 깜찍한 노래. 율동도 같이."

"야한 노래가 아니라요?"

평소 야한 타령을 많이 한 그이기에 이죽거리며 한 말인데 좋다고 낚인 그가 섹시 여가수의 노래를 찾았다. 그사이에 희연이 팬미팅에서 부를 노래를 선곡하고 부르기 시작했다. 발라드이기에 가만히 서서 부르는 게 가장 무난해 연습대로 서서 먼 곳을 응시하며 불렀다.

"잘하네요."

"보컬트레이너까지 붙여주며 그렇게 공들여 가르쳐 놨는데 저 정도는 불러야지. 이거 부를래?"

몇 번을 이건이 책자를 가리키며 노래를 추천했지만, 야하는 모두 고개를 흔들며 거부했다. 노래를 부르지 못한다며 버티는 야하에게 희연이 같이 한 번 권유를 했지만, 이마저도 거절을 했다.
"노래 불러주면 소원 들어줄게."
"가지가지 한다. 유이건 어쩌다가 이렇게 됐냐?"
희연의 타박에도 야하에게 매달려 가며 기어코 노래 한 곡을 예약하게 한 이건은 희연이 예약한 노래를 모두 취소하고 곧바로 야하가 예약한 노래가 시작하게 했다. 희연이 짜증을 내며 마이크를 테이블 위로 던졌음에도 이건은 뻔뻔한 얼굴로 그 마이크를 집어 들어 야하에게 건넸다.

반주가 끝나고 살짝 시작을 놓치기는 했지만, 야하는 무난하게 노래를 이어갔다. 잘한다고 하기에는 기교가 없어 부족하고, 못한다고 하기에는 잘 부르는 딱 중간 정도의 노래 실력임에도 최고의 가수를 보는 듯 황홀한 얼굴로 야하의 노래를 들으며 좋아죽는 이건이다. 노래가 끝나고 쏟아지는 이건의 박수세례에 야하의 얼굴이 붉어졌다.

"너무 잘하는데? 또 불러줘. 응?"
책자를 다시 건네며 노래를 불러달라 요구하는 이건과 부르지 않겠다는 야하의 실랑이 속에서 희연이 더는 참지 못하고 핸드폰을 집어 들었다. 곧 얼마 되지 않아 동수가 시무룩한 얼굴로 룸 안으로 들어왔다.

"안 그래도 우울했는데."
"너 술 마셨어?"

정작 부른 당사자가 자신을 반갑게 맞이해 주지 않자 동수의 얼굴이 더욱 흐려졌다. 소개팅이 잘되지 않은 것인지 슬픈 노래만 골라 예약해 부르는 동수 탓에 분위기가 점점 가라앉았다.

"오빠는 노래 안 불러요?"

"소원 들어주면 불러주지."

은근슬쩍 이건의 노래가 듣고 싶은 야하가 아직 예약을 한 번도 하지 않은 이건에게 무심히 물었다. 하지만 이미 야하의 의도를 파악한 이건이 튕겼다. 저렇게 시니컬한 걸 보니 혹시나 음치가 아닐까 하는 생각에 더욱 듣고 싶어졌다.

"소원이 뭔데요?"

"그렇게 내 노래가 듣고 싶어? 듣고 나면 실망할 텐데."

듣고 싶다고 고개를 격하게 끄덕이자 이건이 희연과 동수의 동태를 살피듯 쳐다보고는 야하의 귓가에 입술을 대고 속삭였다.

"유혹받고 싶다."

앞에 두 사람은 듣지 못했을 텐데도 야하는 괜히 찔려서 얼굴이 살짝 붉어진 채 희연과 동수의 눈치를 살폈다. 서로 노래를 부르겠다며 번갈아가며 예약을 하는 두 사람은 이미 다른 사람에게는 관심을 끊은 지 오래였다. 느긋하게 기대고 앉아 그런 두 사람을 잘 논다는 듯 보고 있는 이건의 얼굴을 유심히 보다가 야하가 이건에게 콜을 외쳤다.

뺄 거라는 예상과 달리 이건이 기다렸다는 듯 번호를 눌러 예약을 했다. 이미 부를 노래를 찾아서 번호를 외워두고 있었던 탓에 거리낌이 없었다. 아까와는 달리 희연과 동수가 예약한 노래를 취소하지 않고 바로 자신의 노래를 우선예약을 했다. 이에 두 사람이 반발했지만, 동수는 대표님이란 걸 자각한 것인지 금세 꼬리를 내렸다.

반주가 끝나고 노래가 시작되었다. 부드러운 저음이 잔잔하게 이어지고, 뒤에 가서는 고음까지 깔끔하게 처리하는 이건을 멍하니 쳐다보았다. 눈을 아래로 내려 지그시 자신을 쳐다보는 이건과 눈이 마주치자 숨이 차올라 급하게 숨을 몰아쉬었다. 그가 내미는 손을 마주 잡자 한 번 꽉 손에 힘을 준 이건이 슬쩍 웃었다.

"앞으로 내가 둘을 데려오나 봐라."

희연이 성질을 냈지만, 그녀를 신경 쓸 두 사람이 아니기에 그 말은 곧 묻혔다. 노래를 끝낸 이건이 이제는 소원을 들어달라며 야하에게 그만 가자는 말을 했다.

"소원? 소원은 네가 들어줘야지. 아까 그 조건으로 야하가 노래 불렀잖아?"

예약하느라 정신이 팔렸던 희연이 이건이 노래를 부르게 된 이유를 모르는 탓에 물었지만, 알 거 없다는 말로 대답한 이건이 야하의 팔을 잡아 일으켜 쌩하니 룸을 나섰다.

집으로 오자마자 유혹하라는 이건의 말에 고민을 하던 야하가 일단은 씻겠다며 일어났다. 이건에게도 씻고 나오라고 욕실로 밀어 넣고 야하가 안방에 있는 욕실로 향했다. 욕실로 가기 전 이건의 옷장에서 셔츠 하나를 챙겨서 말이다.

똑똑!

"아직 멀었어?"

벌써 다 씻은 것인지 이건이 문을 두드리며 재촉했다. 야하는 수증기로 덮인 거울을 손바닥으로 한 번 닦고는 비치는 모습을 꼼꼼하게 살폈다. 물기를 뺐다고 했지만, 아직 머리는 촉촉하게 젖어 있었다. 크게 숨을 몰아쉬고는 침을 꼴딱 삼키고 화장실 문을 열었다.

"야하다."

입을 살짝 벌린 채 뿌옇게 올라오는 수증기 사이로 모습을 드러낸 자신을 쳐다보는 이건의 앞에 선 야하가 목 아래에 있는 첫 번째 단추를 풀었다.

자신의 흰색 와이셔츠만 입은 그녀의 모습을 진하게 쳐다보던 이건의 눈이 가라앉았다. 그가 손가락을 까딱이자 야하가 두 번째 단추를 풀었다. 이어서 세 번째 단추가 풀리자 살짝 가슴이 드러났다. 속옷을 입지 않은 탓에 벌어진 옷 사이로 흰 살결이 탐스럽게 보였지만, 그보다 그의 갈증을 일으킨 것은 옷 위로 튀어나온 정점이었다. 목이 탄 그가 침을 삼키자 그의 목울대가 크게 움직였다. 더는 단추를 풀지 않고 야하가 상의를 벗은 그의 가슴을 손등으로 쓸어내렸다. 이에 응하듯 그가 그녀에게 가까이 다가와 벌어진 옷 사이로 커다란 손을 집어넣었다. 말이 필요 없이, 누가 먼저랄 것도 없이 두 사람의 입술이 겹쳐졌다.

✽

희연의 팬미팅은 성공적으로 끝이 났다. 희연이 직접 만든 비누를 받은 팬들의 반응은 생각 이상으로 좋았고, 며칠 동안 인터넷 검색어에 올랐다. 이에 희연을 섭외하는 요청도 많이 늘어났다.

"영화하기로 결정했다면서요."

영화제작사와의 미팅으로 이건이 없는 사무실에 희연이 찾아왔다. 별일 없이 그냥 찾아온 듯한 희연의 얼굴은 평소와 달리 처연해 보일 정도로 힘이 없었다.

"무슨 일 있어요?"

"뭐, 그냥 이때쯤 되면 이래."

다른 말 없이 가만히 앉아 있는 희연을 내버려 두고 책상으로 돌아간 야하는 그동안 소홀했던 공부를 이어갔다. 정말로 아무것도 하지 않고 가만히 앉아만 있던 희연은 동수가 대본을 들고 오고 나서야 연습을 한다며 사무실을 나섰다.

"언니 어디 아픈 거 아니에요?"

사무실을 나가려던 동수를 붙잡고 물었다. 혹여나 몸이 재산인 희연이 아프다면 큰일이기에 야하의 얼굴에 걱정이 서렸다. 단 한 번도 희연이 기운 빠진 모습을 보여준 적이 없었기에 야하는 이제는 희연에게 거의 신경 쓰지 않는 이건에게 말을 해야 하나 말아야 하나 하는 생각까지 들었다.

"아, 곧 현우 씨 기일이라 그래요. 시간이 많이 지나도 잊혀지지 않나 봐요. 아마 사장님도 조금 우울해지실 수도 있어요."

고개를 끄덕이는 야하를 뒤로하고 동수가 희연을 찾아 나섰다. 이건이 굉장히 좋아하고 따랐던 형. 그리고 희연의 연인이었던 남자. 이건이 우울해할 수도 있다는 말에 어떻게 해야 하나 생각하던 야하의 생각이 멈췄다.

"그러고 보니 곧 우리 아빠 기일이네."

단 한 번도 잊은 적이 없던 아빠의 기일을 놓칠 뻔했다. 괜스레 드는 미안함에 지갑에 꽂아둔 아빠의 사진을 꺼내 들었다. 애틋한 손길로 사진 속의 아빠 얼굴을 쓸어가며 아빠의 생각에 한참 잠겨 있던 야하를 현실 세계로 다시 끌어낸 건 이건이었다.

"벌써 왔어요?"

"벌써라니. 시간이 몇 시인데. 곧 퇴근 시간이야. 어떡하지? 나 다시 나가봐야 할 것 같아. 제작자와 저녁 먹기로 했거든. 동수 와 있나? 희연이랑 같이 먼저 집에 가."

알았다는 표시를 하는 야하가 지갑 속으로 다시 사진을 넣으려다 이건에게 빼앗겼다.

"누구 사진을 그렇게 오랫동안 보는 거야? 남자?"

질투가 난다는 듯 정색하며 그가 사진을 들여다봤다.

"아빠예요."

아빠라는 말에 이건이 사진 속의 남자를 수십 초간 보다가 정중한 손길로 야하에게 사진을 돌려주었다. 그녀의 머리를 쓰다듬으며 이건이 희미한 미소를 지어 보였다.

"갑자기 아빠 사진은 왜? 아, 곧 기일이시지?"

"어? 어떻게 알았어요?"

아빠의 기일을 알고 있는 그를 향해 야하가 눈을 크게 뜨고 물었다. 아차 하며 이건이 예전에 네가 말해줬었다며 얼버무렸다.

"그, 현우라는 분도 곧 기일이라면서요?"

"어떻게 알았어?"

야하의 질문에 이건의 굳어진 눈가가 파르르 떨렸다. 행여나 그녀가 그가 감춘 비밀을 알게 된 건 아닌가. 어떻게 알게 된 것인가 조마조마했다.

"희연 언니가 시무룩하기에 동수 오빠한테 물었거든요. 어디 아픈 거 아니냐고요. 동수 오빠가 말해줬어요. 오빠가 우울해할 수도 있다고 하던데. 괜찮아요?"

"괜찮아."

야하의 팔을 끌어당겨 일으킨 이건이 그녀를 품에 안았다. 다정한 손길로 등을 쓸어내리자 야하가 그의 등을 위로하듯 토닥거렸다.

"기일이 언제예요?"

"응? 아…… 금요일이네."

그의 시선을 따라가자 달력이 눈에 들어왔다. 날짜를 확인하자 자신의 아빠 기일보다 하루 앞이었다.

"아, 우리 아빠는 토요일이네요."

"어디에 모셨어? 같이 가도 될까?"

조심스럽게 묻는 이건에게 야하가 웃으며 고개를 끄덕였다. 같이 가준다니 고마웠다. 그동안 자신만 아빠를 보러 갔었다. 외로워했을 아빠에게 그를 소개시켜 줄 생각을 하자 눈에 눈물이 맺혔다.

"아빠가 반가워하실 거예요."

"부디 그러시길."

희미하게 웃는 이건의 얼굴이 슬퍼 보였지만, 자신의 지금 심리 상태 때문에 그런 것일 거라며 야하는 그의 슬픈 얼굴을 그냥 지나쳤다.
　이러다 약속 시간에 늦겠다며 얼른 가보라는 야하를 두고 가려니 이건은 발걸음이 떨어지지 않았다. 이따가 잠깐 집에서 보자는 약속을 하고 나서야 사무실을 나서는 이건을 배웅하고 야하도 희연을 찾아 사무실을 나섰다.
　희연은 연습실에 있었다. 동수가 같이 대본 연습을 해주는 것인지 딱딱한 목소리로 대본을 읽고 있었다. 연습실로 들어간 야하는 방해가 되지 않게 자리를 잡고 연습이 끝나기를 기다렸다.
　평소와 달리 대사를 읽는 동수를 타박하지도 않고 연습을 하던 희연이 야하를 흘끗 쳐다보더니 대본을 동수에게 넘기고는 집으로 가자는 말을 했다. 희연의 무거운 분위기에 눌린 동수와 야하는 집에 도착할 때까지 아무런 말을 하지 않았다.
　사람이 있음에도 희연으로 인한 적막한 집 분위기에 야하는 조용히 방으로 들어가 한참을 나오지 않았다. 거실에 앉아 멍하니 바깥만 보던 희연이 자리에서 일어나 부엌으로 향했다. 그냥 물잔으로 쓰는 컵에 갈색 액체를 따르고 연거푸 마시더니 식탁 위로 픽 쓰러져 한참을 미동도 없이 앉아 있었다. 시계 초침 움직이는 소리만이 집 안에서 나는 유일한 소리였다. 이내 희연의 어깨가 들썩이더니 그녀의 입에서 새어 나오는 울음소리가 집 안을 장악했다.
　"울어요?"

방에서 나온 야하가 부엌과 거실의 경계에 서서 어깨를 들썩이며 우는 희연에게 물었다. 야하의 목소리에 희연의 어깨가 잠시 멈칫했지만, 더욱더 큰 울음소리와 함께 어깨의 들썩임이 거세졌다. 야하가 말없이 희연의 앞에 앉아 그런 그녀를 조용히 응시했다.

"난…… 이건이가 정말로 좋아."

희연의 말에 야하의 입술이 비틀렸다. 한두 번 듣는 고백이 아니었지만, 자신은 그녀의 고백 상대인 이건이 아니고 그의 애인이다. 자신의 애인이 좋다고 하는 여자를 어떻게 상대해야 할지 모른다. 연애도 처음인 그녀가 알 턱이 있나. 그저 모르는 척 넘어가거나 제재를 했을 뿐이다. 야하는 다른 방법이 있나 고민하며 희연의 고백을 외면하려 했다.

"술 마셨네요. 들어가서 자요."

"이건에게 안겼어."

희연의 말에 자리에서 일어나려던 야하가 도로 주저앉았다. 폭탄을 터뜨린 희연은 굳어진 얼굴의 야하를 보더니 다시 컵에 술을 따르고 마셨다.

"거짓말하지 말아요."

간신히 말을 내뱉는 희연의 손이 떨렸다. 희미한 미소를 짓는 희연의 눈에는 절망감이 깃들어 있었다.

"거짓말이 아니면?"

"언니를 죽여 버릴지도 몰라요."

정색하며 말을 하는 야하를 뚫어지게 쳐다보던 희연이 그녀의 눈을 피해 식탁 위로 시선을 떨어뜨렸다. 다시 시작된 적막이 한참 동안 이어지고 시계 분침이 180도 돌았을 때 희연의 입이 달싹였다.

"놀러 갔었어. 술이 과해서 쉬려고 방으로 갔어. 그러다 잠이 들었는데 누군가가 내 머리카락을 쓸어 넘기고 볼을 쓰다듬는 거야. 너무 깜깜했기에 누군지 몰랐지만, 남자인 건 알아챌 수 있었어."

언제의 이야기를 하는지 모르겠지만, 희연의 깊어진 눈동자가 꽤 오래된 이야기를 하는 것 같았다.

"이건이냐고 물었는데 고개를 끄덕이더라. 키스를 했고 같이 밤을 보냈어."

순간 들었던 격한 심정이 간신히 사그라지자 야하가 다시 주먹을 움켜쥐었다. 그러지 않으면 정말로 부엌에 있는 칼로 희연을 찔러 버릴 것 같아 꾹 참았다.

"그런데 아니더라. 이건이 아니었어. 현우 오빠였어."

끝에 가서 울먹거리던 희연이 다시 울음을 터뜨렸다. 자신이 안긴 남자가 이건이 아닌 현우였다며 악을 쓰며 울었다. 사랑하지도 않는 남자에게 속아 자신을 내어준 것도 모자라, 이건에게 그녀가 자신과 같이 밤을 보냈다며 우리는 이제 연인이라는 말을 했다는 현우라는 남자를 욕하고 저주하며 희연이 오열을 했다.

희연의 이야기에 덜덜 떨려오는 몸을 간신히 추스르고 희연의 옆으로 가 그녀를 품에 안았다. 자신이 희연이었다면 살 수 없었을 거다. 여자로서 그런 일을 당했는데 어떻게 아무렇지도 않게 살아갈 수 있겠는가. 희연은 현우라는 남자로 인해 어쩌면 이룰

수 있었을지도 모르는 사랑을 잃어야 했고, 그녀 자신을 잃었다.

원망의 대상이 죽어버린 지금도 그녀는 그에게서 벗어나지 못했다. 한 번 생긴 상처에 고름이 생기고 썩어 들어가는데 아무도 모르고 있었다. 그녀 혼자만이 끅끅대며 참아온 고통이다.

"내가 멍청했어. 누구 탓이겠어. 다 내가 벌인 일인걸."

그날 술을 마시지 말았어야 했다는 말까지 하며 자책하는 희연이 안타까워 야하의 눈에서도 눈물이 흘렀다.

"언니 잘못이 아니에요. 현우, 그 남자가 나빠요."

뒤에 가서는 말도 제대로 못하고 우는 희연을 간신히 부축해 그녀의 방으로 옮긴 야하가 그녀의 옆자리에 나란히 누웠다. 야하는 딸꾹질까지 해가며 울어대던 희연이 제풀에 지쳐 쓰러져 잠이 들고 나서야 뉘었던 몸을 일으켰다. 희연의 가슴 위로 이불을 덮어주다가 차마 그녀의 얼굴을 더는 볼 수 없어 급히 방을 나왔다.

"보고 싶다."

자신의 방으로 돌아온 야하가 핸드폰을 찾아 들었다. 아직 연락이 없는 걸 보니, 이건은 아직 제작자와 함께 있나 보다. 연락을 할까 고민하다가 그의 목소리를 들으면 울어버릴 것 같아 연락을 하지 못했다. 야하는 희연의 이야기에 도취된 것인지 마치 자신이 희연이 된 듯 감정을 주체할 수 없었다.

조용히 집을 나선 야하가 이건의 집까지 계단으로 올라가 그의 집 비밀번호를 풀고 들어섰다. 주인 없이 깜깜한 집 안을 정처 없이 헤매듯 돌아다니던 야하가 아직 집에 돌아오지도 않은 그를 찾고 있다는 자각을 한 건 모든 방문을 세 번씩 열어봤을 때였다.

힘이 쭉 빠져 그의 서재 문 앞에 스르륵 주저앉은 야하가 문에 등을 기대고 무릎을 세워 양팔로 감싸 안고는 얼굴을 파묻었다.

"그가 있다면 조금은 괜찮아질까."

지금 자신의 상태가 아닌 희연의 입장이 되어 생각을 해봤다. 불쌍한 희연의 옆에 이건이 있다면 그녀가 괜찮아질 수 있을까. 끔찍한 고통에서 벗어날 수 있을까, 생각을 하다가 정말로 그녀의 옆에 서 있는 그의 모습을 상상하자 숨이 턱 막혔다.

"싫다."

그를 희연에게 보내줄 자신도 없으면서 그런 상상을 한 것에 실소가 터졌다. 차라리 몰랐다면. 희연은 왜 그런 고백을 자신에게 했을까 원망도 든다. 고개를 들자 눈물이 주르륵 흘렀다. 손바닥으로 눈을 눌러 막았지만, 그 사이로 끊임없이 눈물이 흘렀다.

한참 지나고 야하가 눈을 누르고 있던 손을 치우자 눈앞이 빙글빙글 돌더니 눈물로 모든 것이 일그러져 보였다. 간신히 시야가 확보되자 주위를 둘러보았다. 깜깜한 집 안은 마치 괴물이 튀어나올 듯이 무서웠다. 그때 갑자기 현관에서 기계 소리가 들렸고 묵직한 발자국 소리가 났다. 물밀 듯이 밀려오는 두려움에 야하가 귀를 막고 눈을 꽉 감았다. 귀를 막아 발자국 소리가 들리지 않음에도 온 신경이 무언가가 자신에게 다가오고 있다는 걸 느끼게 해줬다.

"꺄악!"

커다란 손이 야하의 양팔을 잡았을 때 거친 비명이 쏟아졌다. 그녀의 팔을 잡고 있던 이건이 놀라 손에 힘을 뺀 사이 야하가 있는 힘껏 그를 밀치고 자리에서 일어나 달렸다. 불시에 당한 이건이 재빠르게 균형을 잡고 일어서 현관으로 비틀거리며 달려가는 야하를 간신히 잡아 돌려세웠다. 센서등이 켜지자 울고 있는 야하의 얼굴이 드러났다.

"무슨 일이야. 왜 울어?"

익숙한 목소리를 듣고 나서야 그임을 확인한 야하가 그의 목을 감싸 안고 품에 파고들었다. 그녀의 이유 모를 울음에 불안감이 든 이건이 야하를 품에서 떼어내 위아래로 훑으며 살폈다.

"왜 울어?"

이건은 젖은 얼굴을 닦아주자 제 손에 얼굴을 비비는 야하를 안고 거실로 다시 돌아왔다. 자신이 놀란 것보다 야하의 울음을 그치게 하는 게 더 급해 어르고 달래며 행여 수분이 부족할까 싶어 따뜻한 물도 떠왔다. 어느 정도 야하가 진정되자 무슨 일인지 다시 물었다.

"갑자기 누가 들어와서 무서워서…… 괴물인 줄 알았어요."

뜨악할 만한 말을 한 야하가 창피한 듯 고개를 푹 숙였다. 순간 허탈해진 이건이 그제야 겉옷을 벗어 옆에 놓아두고는 낮은 한숨을 쉬었다. 그는 정말 심장이 터져 버리는 줄 알았다. 행여나 나쁜 일이 생긴 건 아닌지 숨을 쉬는 걸 잊어버릴 정도로 놀랐는데 운 이유가 고작 그거라니.

반면 야하는 섣불리 그에게 희연의 일을 이야기할 수 없어 말도 되지 않는 이유를 말했다. 이 집에 들어올 사람은 그밖에 없는데 그 순간 괴물이라 생각을 했다니. 이건은 믿지 않는 눈치였지만,

별다른 말을 하지 않았다. 하루가 고됐는지, 그가 고개를 뒤로 꺾어 늘어졌다.

"많이 놀랐어요?"

"말이라고."

지치고 불편한 모습에 야하가 이건의 넥타이를 풀고 목 아래까지 잠긴 단추 두 개를 끌렀다. 숨통이 트이는지 그가 크게 숨을 몰아쉬고는 나른하게 그녀를 바라봤다.

"괜찮아?"

다시 한 번 묻는 그에게 야하가 고개를 끄덕여 보이자 그가 그녀에게 손을 내밀었다. 야하가 그의 손 위에 손을 올리자 확 잡아끌어당겨 자신의 무릎 위에 앉힌 후 자신에게 기대게끔 했다.

"피곤해 보여요."

"그것보다 아까 너무 놀라서 가슴이 철렁했지. 진정시키는 중이야."

절대 피곤한 게 아니라던 그의 눈이 감기고 고른 숨을 내쉬자 이러다가는 여기서 잠이 들 것 같아 야하가 방으로 들어가자고 했다. 그냥 잠이 들려는 그를 간단히 씻고 나오라 욕실로 들여보냈다. 야하는 물소리가 나는 걸 확인하고는 침대에 앉아 그가 나올 때까지 기다리다 물소리가 끊기자 자리에서 일어나 욕실 앞을 서성였다.

"뭐 해?"

샤워까지 한 것인지 그가 탈탈 머리를 털며 나오더니 수건을 대충 바닥에 던지고는 화장대 서랍에서 드라이기를 꺼내 자신에게 내밀었다. 머리를 말려달라는 것인 듯해 의자에 앉은 그에게 다가가 드라이기로 따뜻한 바람과 차가운 바람으로 번갈아가며 그의 머리를 말렸다.

"좋다."

그녀의 허리를 감싸 안고 배에 얼굴을 묻고 앉아 있으니 천국이 따로 없다. 머리카락을 간질이는 바람과 그녀의 손길에 몸이 나른해진다. 슬쩍 손을 내려 엉덩이를 만지자 그의 등을 가볍게 내려친 야하가 드라이기를 껐다.

"졸리면 어서 자요."

잠도 잠이지만, 그보다 그녀를 품고 싶어 드라이기를 정리하는 걸 빼앗아 대충 화장대 위에 올려두고 침대로 이끌었다.

거칠어진 숨소리가 누구의 것인지 모를 정도로 엉켜 있던 두 사람의 몸은 이건이 야하의 옆으로 눕자 두 사람 사이에 공간이 생겼다. 들썩이는 가슴이 차츰 가라앉자 그가 그녀의 허리를 감싸고 자신에게로 잡아당겼다.

언제 잠든 것인지 눈을 뜨자 잠들기 전 그대로 자신을 향해 누워 있는 이건의 얼굴이 눈에 들어왔다. 팔베개를 해주느라 자신의 베개 아래로 팔을 넣어 쭉 편 팔을 훑고 내려가 그의 손안에 자신의 손을 집어넣었다. 커다란 손안에 있는 자신의 손을 꼼지락거리며 손가락을 얽자 그의 뜨거운 손의 열기에 묘한 안도감이 들어 깊은 숨을 내쉬었다.

"모르죠? 그럴 거야. 아니, 알고 있나?"

그가 희연의 일을 알고 있는지 모르고 있는지 알 수 없다. 그가 희연을 나름대로 챙기고 있는 걸 알고 있다. 그게 따르던 죽은 형의 연인이었기에 그러는 것일 거라 생각하지만 타의에 의해 희연과 현우의 일에 그가 엮였기에 희연을 챙기는 것일 수도 있다. 전자의 이유라면 질투는 나지만 지금처럼 참을 만하다. 하지만 후자라면……. 그가 모르고 있었으면 좋겠다.

*

"그는 모르고 있죠? 끌어들이지 말아요. 왜 나에게 이야기했는지 잘 모르겠어요. 행여나 내가 언니의 이야기를 듣고, 오빠가 필요하다는 말에 그를 놓아줄 거라는 기대를 했다면 미안해요."

잠을 잘 자지 못한 것인지 희연의 얼굴이 푸석했다. 새벽부터 거실에 앉아 생각에 잠겨 있던 희연은 갑자기 집으로 돌아온 야하가 내뱉는 말에 그녀를 돌아봤다.

"너도 말을 길게 하는구나."

이건의 연인으로서, 그의 연인이라는 자격을 내세워 말한 적이 있지만, 이번처럼 단단한 벽을 느낀 건 처음이기에 희연의 얼굴에 설핏 놀라움이 떠올랐다. 솔직히 그런 마음이 없잖아 있었다. 욕심도 없고 순진한 그녀이기에 자신의 이야기를 들으면 이건을 떠날 줄 알았다. 그 때문에 내가 아프다 말을 하면, 그가 있어야 살아갈 수 있을 것 같다라고 하면 그를 보내줄 거라는 기대를 했다. 보내준다고 해서 자신에게 올 이건은 아니지만. 그런데 야하가 욕심을 내비친다. 더는 순진하지도 않다. 이건을 위해서라면 더 독해질 그녀다. 사랑이 야하를 욕심쟁이로, 독한 여자로 만들었다. 이래서 사랑이 위대하다는 걸까. 자신의 사랑을 지키겠다고 당당하게 말하는 야하가 눈부시다.

"이건인 평생 몰라야 해. 그건 나를 위해서이기도 하고."

야하는 충분히 알아들었다는 희연의 표정에 약간의 미안한 마음이 들었지만, 마음을 다잡고 그녀를 두고 방으로 들어갔다. 간단하게 짐을 꾸리고 거실로 나오자 거실 소파에 앉아 있던 희연이 야하가 들고 있는 가방을 뭐냐는 듯 쳐다봤다.

"언니도 당분간은 저 보는 거 불편할 거 아니에요."

희연이 당한 일을 알고 있는 자신을 보기 불편할 것을 생각해 당분간은 이건의 집에서 지낼까 한다. 말은 그럴싸하게 하면서 실은 희연에게 그의 집에서 지내는 걸 보여줌으로써 이제는 정말 단념시키려는 자신이 추악하기 그지없었지만 다른 생각은 하지 않기로 마음먹었다.

그대로 희연이게 가볍게 목례를 하고 다시 그의 집으로 돌아왔다. 아무것도 모르고 잠들어 있는 이건의 얼굴을 보자 괜한 심술이 들었다. 지금 여자 두 명이서 자신을 두고 전쟁을 벌였다는 걸 안다면 이렇게 태평하게 잠들어 있을 수 있을까.

들고 있던 가방을 그의 옆으로 툭 던졌다. 충격을 바로 흡수하는 시트로 인해 반동이 작았지만, 그 약간의 흔들림에 이건이 눈을 떴다.

"벌써 일어났어?"

조금 갈라진 목소리와 기지개로 인해 젖혀진 이불 아래로 드러난 매끈한 가슴근육이 시선을 잡았다. 천천히 위아래로 훑자 그가 자신 있다는 듯 더 이불을 끌어 내리려 했다. 그런 그가 그녀의 말 한마디에 이불을 내리려던 손이 갈 곳을 잃어 허공에서 멈췄다.

"우리 이혼해요."

"뭐? 헤어지자고?"

이 여자가 지금 뭐라고 하고 있나. 어젯밤까지만 해도 자신의 품에 뜨겁게 안겼던 여자가 아닌가. 얼굴을 벅벅 문지르며 그녀를 올려다봤다. 무덤덤한 얼굴이지만 입꼬리가 희미하게 올라가 있다. 자신의 옆에 놓인 가방과 그녀의 얼굴을 번갈아 보다 또 당했다라는 생각에 벌러덩 누웠다. 방금 헤어지자는 게 아니라 이혼이라는 말을 했다. 옷을 싼 가방을 던져 주며 남편에게 이혼을 요구하는 아내. 삼류 드라마가 머릿속을 지나갔다.

"아, 이러다 내 심장 남아나질 않겠네. 그만 난도질해. 진짜 심장 멎는 줄 알았잖아."

신경질적으로 머리를 헝클어뜨리는 모습을 보자 자신의 장난이 심했나 하는 생각을 하며 던져 놓은 가방을 다시 집어 들려던 찰나였다. 이건이 가방을 낚아챘다. 지퍼를 열고는 안에 내용물을 뒤적거리던 손이 무언가를 잡고 쭉 빼냈다. 능력도 좋지. 꼭꼭 숨겨놓았던 브래지어 끈을 손가락에 걸고는 흔들어 보이더니 그가 물었다.

"이혼이 아니라 결혼하자고 온 거 아니야? 짐까지 싸들고 왔네. 이런 프러포즈를 받을 줄이야."

혼자서 북 치고 장구 치던 이건의 손에서 속옷을 빼앗아 가방에 꾸역꾸역 넣고는 가방을 바닥에 내려놓았다.

"집 나왔어요. 재워줘요, 당분간만. 손님방 쓸게요."

가방을 집어 들고 뒤돌아서는 야하를 멍하니 바라보다 뒤늦게 상황을 파악한 이건이 벌떡 일어나 바닥에 떨어져 있는 가운을 입고 거실로 나섰다. 야하가 보이지 않는 것이 손님방에 있는 것 같아 명목상 손님방이라 칭하는 작은방으로 들어갔다.

"집 나왔다고? 왜?"

"남자는 몰라도 돼요. 더욱이 유이건 씨는요."

새치름하게 말하는 폼이 깨물어주고 싶을 만큼 귀여워 어쩔 줄 몰라 하다 품에 그녀를 안은 이건이 퍼뜩 생각난 듯 급히 말했다.

"그런데 왜 여기서 지내? 여기는 손님방인데? 넌 손님이 아니라 애인이니 내 방에서 같이 지내야지."

이건은 유독 애인과 내 방, 같이를 강조하더니 기어코 가방을 빼앗아 들고 안방으로 향했다. 어느 방에서 지내든 그와 같이 지낼 생각이었으니 딱히 뺄 이유가 없어 그를 따라 안방으로 향하다가 그의 출근 생각이 나 얼른 그를 욕실로 밀어 넣었다.

"당분간 희연 언니 일 말고 다른 일 하게 해줘요."

"내 비서해. 원래 그거였어. 나만 졸졸 따라다니고 나만 바라보고 나만 챙겨줘."

싱글벙글 웃는 얼굴에 어찌 침을 뱉으리오. 그냥 다른 아르바이트를 알아볼까 하는 고민을 하는 걸 알았는지 그가 단호하게 말했다. 다른 아르바이트를 하면 가만두지 않겠다고.
"꼭 놀면서 돈 받는 것 같아요."
"내 돈이 네 돈이고 그런 거지 뭐."
그가 별스럽다는 듯 말하자 동의하지 않으면 이상한 사람이 될 것 같았다. 야하는 그를 이길 방도가 없어 그저 웃었다.

9

　금요일 아침. 어제 무슨 영화감독과 술을 마시고 새벽 늦게 들어온 이건이 당최 일어나지를 못하고 침대에 쓰러지다시피 누워 있었다. 급히 마트에서 북어를 사와 국을 끓여 간신히 먹이고 다시 잠에 빠진 그의 얼굴을 유심히 쳐다보았다. 그래도 해장국을 먹어서인지 아까와 달리 편안한 얼굴로 잠에 빠진 걸 확인하자 안심이 되었다.

　그녀 혼자서 점심을 먹고도 한 시간이 지난 후에야 일어난 이건은 다행히 약간의 두통을 호소할 뿐이었다. 흐느적거리는 걸음으로 씻고 나온 그가 소파에 주저앉더니 그녀에게 손가락을 까딱거렸다.

　"왜요?"

"무릎베개."

술에 취해서 집에 들어온 그가 뭐가 예쁘다고 무릎을 내어주나 싶다가도 그가 재촉을 하자 얼른 소파 끝에 앉아 무릎을 내주었다.

"오늘 그 현우라는 사람한테 안 가요?"

이건이 야하의 질문에 아차 하며 달력을 확인했다. 그녀의 눈치를 한 번 보다가 나지막하게 가야지라고 대답하고도 한참을 꼼지락댄 그가 옷을 갈아입겠다며 방으로 향했다. 같이 가자는 말이 없었기에 야하가 내심 서운해하던 차에 그가 준비 안 하냐고 묻자 얼른 몸을 일으켰다.

정장 차림의 이건과 그냥 무난하게 검정 바지에 흰 블라우스를 입고 재킷을 챙겨 입은 야하가 엘리베이터를 타고 내려가던 중 4층에서 올라타는 희연을 만났다.

"어디 가나 봐?"

"네. 언니는 안 가요?"

희연이 무슨 말이냐는 듯 쳐다보자 이건이 아무것도 아니라는 듯 고개를 흔들어 보이고는 야하에게 웃어 보였다. 희연이 먼저 내리고 빠른 걸음으로 사라지자 이건은 방금 전 물음에 대한 답을 해주었다.

"희연이랑 같이 가본 적 없어."

고개를 끄덕이는 야하의 어깨를 감싸고 차로 향했다. 그녀를 차에 태우고 차 문을 닫자 안도가 섞인 한숨이 쏟아졌다. 이래서 사람은 거짓말을 하고는 못 사나 보다.

이건은 도착 전에 산 하얀 소국을 올려두고 옆에 선 야하가 든지 못하게 속으로 말했다. 나를 살려주신 분의 딸이라고. 형을 살리려다 돌아가신 분의 딸이라고. 그리고 지금은 내 소중한 연인이라고. 혹시 옆에 그녀의 아버지가 있다면, 내일 찾아뵐 테니 조금만 기다려 달라고 전해달라 말했다.

그런 이건과 달리 야하는 아무런 감정 없이 현우라는 사람의 사진을 응시했다. 이건이 잘 따른 형이라는 걸 알지만, 희연에게 한 짓을 생각하면 그를 애도하고 싶은 마음은 들지 않았다.

"이제 가자."

오래 있고 싶은 마음은 없었기에 벌써 가냐는 마음에도 없는 말 대신 그의 손을 잡고 나섰다. 다시 집으로 오기까지 두 사람 모두 아무 말이 없었다. 슬퍼 보이는 이건이 신경 쓰였지만, 가만히 내버려 두었다. 조금은 홀로 먼저 떠난 사람을 그리워하고 슬퍼할 시간이 필요하다는 걸 안다. 하지만 그 시간이 오래되면 우울감에 빠진다는 걸 알기에 집에 도착한 후로 그의 기분을 풀어주려 최선의 노력을 했다.

"으음. 조금만 더…… 위로. 아래로."

몸이 뻐근하다는 그를 침대에 엎드려 눕게 한 후 야하가 열심히 마사지를 하고 있었다. 짧은 아르바이트 기간 동안에 마사지사들이 했던 걸 기억을 더듬어 해주고 있지만, 기술이 부족한 탓에 힘이 잔뜩 들어간 야하의 손이 조금씩 떨렸고 얼굴에는 땀이 송골송골 맺혔다. 서투른 솜씨지만 정말로 시원한 듯 이건의 얼굴에는 시원함이 깃들어 있었다.

"이제 그만."

이건은 더 하다가는 야하가 쓰러질 것 같아 몸을 돌렸다. 그는 야하가 힘들어하는 모습을 보자 자신을 위하는 모습이 예쁘지만, 마사지샵으로 갈걸 괜히 고생시킨 게 아닌가 하는 마음이 들었다. 마사지샵으로 가서 커플마사지 같은 걸 받았으면 좋았을걸 하는 후회를 하며 이건이 그녀의 이마에 맺힌 땀을 닦아내었다.

"힘들지? 누워봐. 내가 해줄게."

이건이 대답할 기운도 없는 듯 고개를 흔들며 씻겠다고 욕실로 들어가는 야하를 뒤따라갔지만, 호락호락하지 않은 그녀이기에 욕실 문 앞에서 떨어져 나갔다.

산소에는 제법 많은 사람들이 있었다. 같은 날 하늘로 떠난 사람이 이리도 많단 말인가.

"아, 5년 전 이날 사고가 있었대요. 다 순직하신 분들의 가족일 거예요. 여기가 순직하신 119 대원들이 계시는 곳이에요."

사고라는 단어에 그녀에게 한없이 미안한 그가 조용히 그녀의 뒤를 따랐다. 아빠 앞에 선 야하가 눈물이 나려는지 몇 번 빠르게 눈을 깜빡인 후 인사를 했다.

"아빠, 여기는 유이건 씨."

"사위가 될 사람이라는 건 왜 빼."

가볍게 그를 흘기고는 그동안 아빠에게 하지 못했던 말을 속말로 하며 아빠의 사진을 손바닥으로 쓸었다. 먼지가 묻은 유리 때문에 손바닥이 꺼끌거렸지만, 개의치 않고 반복했다. 그런 그녀의 손바닥을 이건이 손수건으로 닦아준 후 다시 사진 위로 올려주었다.

'감사합니다. 이제야 제대로 인사를 드리네요. 정말 감사합니다. 구해주셔서 감사하고, 야하를 이 세상에 있게 해주셔서 감사합니다. 아끼고 있습니다. 사랑하고 있습니다. 그러니 염치없지만, 정말 죄송하지만 귀한 딸, 야하를 제게 주세요.'

떨리는 손을 꽉 주먹을 쥐었다 편 이건이 야하의 손을 마주 잡았다. 절대 놓치지 않겠다는 듯 힘을 주자 야하가 그를 올려다보았다.

"아빠를 원한다면 아빠도 되어줄게."

환한 미소를 짓는 그녀에게 아직은, 아니, 어쩌면 영원히 털어놓지 못할 말을 목구멍 안으로 밀어 넣었다.

"언니?"

뒤에서 누군가를 부르는 소리가 들렸지만, 자신일 거라는 생각을 전혀 못한 야하가 계속해서 아빠의 사진을 응시했다.

"야하 언니."

이건이 자신의 연인인 야하를 부르는 목소리에 뒤를 돌아보자, 어린 소녀가 야하를 뚫어지게 쳐다보고 있었다. 천천히 몸을 돌린 야하가 놀란 듯 숨을 급히 들이마셨다.

"지하?"

야하의 입에서 낯선 이름이 튀어나왔다. 곰곰이 생각하던 이건이 이력서에 적혀 있던 동생 서지하라는 이름을 상기했다. 그녀의 동생이라면 지금 엄마와 호주에 있을 터인데.

"어떻게 여길?"

가족임에도 오랜만에 만난 탓에 서먹했다. 서로 다가가지 못하고 우물쭈물하다 먼저 용기를 낸 지하가 바로 앞까지 걸어왔다.

"엄마랑 오려고 했는데……."

말을 잇지 못하는 것에서 엄마가 오지 않겠다고 했음을 알 수 있었다. 예전에 잠깐 한국에 들어왔을 때 이후로 4년 만에 본 동생은 어느새 훌쩍 커 있었다. 이제 스무 살인 동생은 어엿한 아가씨가 되어 있었다.

"아빠 보러 왔어."

"연락하지 그랬니."

눈을 피하는 걸 보니, 자신에게 연락할 생각이 없었나 보다.

"혹시, 몇 번 아빠 보러 왔었니?"

지하가 천천히 고개를 끄덕였다. 아빠를 보러 한국까지 왔음에도 자신에게 단 한 번도 연락하지 않았던 동생에게 서운함도 들지 않았다. 더는 가족이 아닌가 하는 마음에 울컥했지만, 그뿐이었다. 방금 전 들었던 마음도 자신은 혼자라는 거에 대한 슬픔일 뿐이었다. 하지만 이제 이건이 곁에 있으니 괜찮다.

"누구야?"

그녀의 옆에 서 있는 그의 존재가 궁금한 것인지 지하가 물었다.

"남자친구. 유이건 씨."

"처음 뵙겠습니다. 유이건입니다."

얼떨떨해하며 이건의 인사를 받은 지하가 그의 얼굴을 뚫어지게 쳐다봤다. 긴장한 이건의 얼굴을 보던 야하가 그의 손을 잡아끌었다.

"우린 이만 가요. 그럼 먼저 갈게."

연락하라거나 기다리겠다는 말도 없이 지하를 뒤로했다. 서로 가족이라는 울타리를 벗어났으니 달리 할 말은 없었다. 그저 아빠를 잊지 않고 찾아오는 것만으로도 충분했다. 아빠에게 지하는 자신처럼 소중한 딸이니 말이다.

"왜."

단 한 마디로 이건이 무슨 말을 하는지 눈치챘지만, 야하는 그냥 고개를 흔들었다. 뜻하지 않은 만남이 있었지만, 그런 일이 있었냐는 듯 구는 야하에게 맞춰주기 위해 이건도 더는 말을 꺼내지 않았다. 집으로 돌아와 피곤하다며 낮잠을 자겠다는 그녀의 옆에 같이 누워 그녀가 잠들 때까지 다독여 주었다.

아직 깨지 않은 야하를 두고 이건이 진동이 울리는 핸드폰을 들고 거실로 나섰다. 발신자를 확인하자 어머니다.

"여보세요."

〈오늘 집에 들르지 않으련? 기다리마.〉

현우의 진짜 기일인 오늘. 꼭 이날이면 어머니는 집에 들르기를 원하셨다. 자신을 혼자 두면 안 된다고 생각하시는지, 이날만큼은 집에 들러야 한다고 여러 차례 전화를 하시곤 하셨다. 오늘도 어김없이 전화가 왔다. 아직 잠들어 있는 야하를 두고 갈 수 없었지만, 걱정하실 어머니를 생각하자 어쩔 도리가 없었다. 자신이 가지 않으면 여기로 오실지도 모른다.

"야하야, 자?"

미안하지만 아직 잠들어 있는 야하를 살짝 흔들어 깨웠다. 일어나지 못하는 모습을 보자 더는 깨울 수 없어 잠깐 집에 다녀온다는 쪽지를 남겼다. 하필 이런 날 그녀를 혼자 두고 나간다는 게 마음에 걸렸지만, 그녀가 깨기 전에 다녀오면 된다는 생각에 차의 속도를 올렸다.

"뭡니까?"

이건의 입에서 굳은 얼굴에 걸맞은 딱딱한 목소리가 흘러나왔다. 왜 희연이 자신의 어머니와 같이 있는지 도통 이해 못하겠다는 아들의 표정에 장소희 여사가 아들의 눈치를 살피며 말했다.

"내가 불렀단다. 왔으면 앉으렴."

희연의 얼굴은 쳐다보지도 않고 소파에 앉아 시계를 확인했다. 오자마자 야하가 있는 집으로 가고 싶어졌다. 그런 아들의 마음을 모르는지 그와 희연을 엮으려는 듯 같이 앉아 있는 걸 보니 어울린다며, 자신은 희연이 같은 며느리를 얻고 싶다는 말까지 하시는 어머니를 이건이 처음으로 노기 가득한 눈으로 쳐다봤다.

"저 만나는 여자가 있다고 말씀드렸습니다."

"거짓말하지 마. 그런데 왜 소개를 해주지 않는 건데?"

조금만 더 기다려 주면 될 것을, 왜 희연이를 불러다 앉히셨는지. 그보다 알면서도 어머니가 부른다고 여기까지 온 희연도 이해

불가였다.

"희연이도 아는 여자입니다. 곧 소개시켜 드릴 테니 기다려 주세요. 희연이 부르지 마시고요, 만나지도 마세요. 어머니 며느리는 민희연이 아닙니다. 이만 가보겠습니다."

자신의 말만 내뱉고 올 때와 마찬가지로 희연은 보지도 않은 채 이건이 자리를 떴다. 아들의 행동에 무안해진 장 여사가 희연에게 미안해져 헛기침을 했다. 희연을 꽤 마음에 들어 했기에 아쉬우면서도 자신의 아들이 좋아하는 여자가 누군지 궁금했다.

"우리 이건이가 만나는 여자 너도 아니?"

그의 어머님의 목소리에 가까스로 울음을 삼키고 고개를 들었다. 자신을 보지 않는 이건의 모습에서 또다시 상처를 받았다. 자신은 절대 안 된다는 걸 알고 있지만 그가 이렇게까지 비참하게 만들자, 처음으로 이건에게 미움이라는 감정이 솟았다. 어떤 행동과 말을 하던 그를 미워해 본 적은 없었는데. 야하를 생각하는 그의 태도에서 자신이 야하보다 못한 게 뭔가라는 생각도 들었다.

"궁금하세요? 뭐든지 물어보세요. 다 대답해 드릴게요."

✽

그가 남겨놓은 쪽지를 들고 소파에 앉아 있다가 울리는 핸드폰 소리에 자리에서 일어난 야하는 소리를 따라 걸음을 옮겼다. 안방으로 가 벗어놓은 재킷에서 핸드폰을 꺼내자 모르는 번호가 떠 있었다. 힘없이 침대로 걸어가 앉은 후 핸드폰을 귀로 가져갔다.

"여보세요."

〈저…… 언니, 나야.〉

언니라는 말은 들을 때마다 어색하다. 마치 다른 사람의 옷을 입고 있는 듯 불편하다.

"그래. 어쩐 일이야?"

〈잠깐 만났으면 해서.〉

왜 자신을 만나자고 하는지 곰곰이 생각하다 약속 장소를 정하고 전화를 끊었다. 손에 들고 있던 이건이 남긴 쪽지 아래 잠깐 동생을 만나러 가겠다는 글을 적어 화장대 위에 놓아둔 채 집을 나섰다. 전화를 해도 되지만, 일어났을 때 옆에 없었던 그에 대한 서운함에 똑같이 쪽지를 남긴 것이다.

가는 도중 이건에게서 전화를 받은 야하가 동생을 만난다고 말하자 그가 어디냐며 데려다 줄 테니 기다리라는 말을 했지만, 야하는 곧 들어가겠다는 말로 그를 말렸다.

"언니."

사람들로 가득 찬 카페에 들어섰지만 선뜻 동생을 찾지 못해 애먹던 중, 지하가 손을 들어 자신의 위치를 알렸다. 아빠의 산소에서 봤던 옷과 다른 차림인 자신을 훑어보는 걸 느낀 건지 지하가 호텔에서 갈아입고 나왔다는 말을 했다.

"호텔?"

"아, 응. 엄마는 호텔에 있어."

"엄마?"

자신에게 알리지 않고 홀로 한국에 온 지하에게 놀랐는데, 엄마까지 한국에 있단다. 자신에게 연락할 생각은 없었겠지. 새삼 가슴에 통증이 일었다. 엄마라는 존재는 아직도 자신에게 상처를 입히는 존재인가.

"왜 보자고 했니?"

굳이 엄마의 안부를 묻지 않았다. 서로의 안부를 묻지 않은 지 오래라 말을 한다 해도 모르는 것 투성이겠지. 쉽게 말을 꺼내지 못하는 지하가 마실 것을 사오겠다며 일어섰다. 앞에서 기다려 커피를 받아오는 동안 창밖으로 지나가는 사람들을 무심히 쳐다봤다.

"여기."

자신의 앞에 놓아준 커피를 한 모금 마시는 걸 확인한 지하가 드디어 입을 열었다.

"그, 유이건이라는 사람. 어떻게 만났어?"

"왜?"

이건에 대한 질문에 날카롭게 반응했다. 처음 본 그에 대해 왜 묻는 것인지.

야하의 태도에 지하가 당황했다. 어쩔 줄 몰라 하다가 좋지 않은 야하의 반응에도 계속해서 물었다.

"그 사람, 예전에 배우 했던 유이건 맞지?"

자신은 알지 못했지만 지하는 알고 있나 보다. 굳이 숨길 일도 아니기에 가볍게 고개를 끄덕였다.

"왜? 그 사람이 맞는데, 왜 만나?"

"왜 만나냐니?"

"그 사람, 아빠 사고가 났을 때 같이 기사 났던 사람이잖아."

지하의 말에 귀가 먹먹해졌다. 지하가 무슨 말을 하는지 모르겠다. 아빠가 사고가 났을 때 이건, 그가 왜 같이 기사가 났다는 것인지 이해가 되지 않았다.

"설마 모르는 거야? 그날 아빠 사고 때 소속사가 무너졌었잖아. 사망한 배우 장현우. 그리고 생존자에 유이건이라는 사람과 민희연이라는 배우."

순간적으로 손에 힘이 들어가 커피잔이 넘어지며 안에 있던 뜨거운 커피가 테이블 위로 쏟아졌다. 겨우 한 모금 마셨기에 거의 가득 차 있던 커피는 테이블을 넘어 바닥으로 그리고 야하의 옷 위로 떨어졌다. 놀란 지하가 티슈를 손에 가득 들고 와 테이블을 닦고 야하의 다리 위를 닦았지만, 야하가 손을 탁 치자 놀란 지하가 한 걸음 뒤로 물러났다.

자리에서 일어나 그대로 카페를 빠져나왔다. 사람들 틈으로 걸어가면서 그날을 떠올렸다. 학교에서 애들이 틀어놓은 드라마를 보던 중, 누군가 반으로 들어와 뉴스를 틀어보라 했었다. 그리고 아빠의 기사를 봤고, 자신은 그대로 뛰쳐나왔다. 아빠는 배우를 구하다 돌아가셨다. 그런데 그 배우가 장현우, 그가 따르던 형이었다니…… 말도 안 된다. 분명 그가 현우라는 사람의 기일은 어제였다고 했다. 그날 기사에서는 아빠와 함께 죽은 배우가 있었다. 지하의 말이 사실이라면, 그 장현우라는 사람은 아빠의 기일과 같은 오늘 죽었던 거다.

"왜?"

왜 그는 자신에게 거짓말을 했던 것일까. 그는 알고 있었던 것일까. 알고 있었다면 굳이 속인 이유가 뭘까 생각하며 한참을 걸었다. 다리가 아파오는 걸 넘어서 무감각해질 때까지 긴 시간을 걸었지만 이유를 모르겠다. 계속해서 울리다 끊기는 핸드폰을 찾아 꺼냈다.

"여보세요."

〈어디야? 아직 같이 있어? 데리러 갈게.〉

자상한 목소리가 아득하게 들린다. 가는 중이라는 말을 하고 전화를 끊었다. 주위를 둘러보다 지나가는 택시를 잡아타고 그가 있는 집으로 향했다.

*

"희연 언니."

엘리베이터 앞에 그녀가 서 있었다. 자신을 보고 눈을 피하는 그녀의 얼굴이 당혹감으로 물들어 있었다. 마치 자신을 마주치자 놀란 사람처럼.

"언니에게 묻고 싶은 게 있어요."

"뭔데?"

"현우라는 그 사람, 그날 있었던 사고에 대해서요."

단박에 굳어지는 희연의 얼굴이 눈에 들어왔지만, 지금은 자신의 일이 먼저다. 입을 열지 않던 그녀는 야하가 재차 묻자 싫은 내색을 가득 담은 얼굴로 일단 집으로 가자는 말을 했다. 4층으로 올라가는 짧은 시간이 굉장히 길게 느껴질 만큼 작은 엘리베이터 공간이 답답했다.

"그걸 왜 묻는 건데?"

집으로 들어서자마자 희연이 날카롭게 물었다. 희연은 대답 않고 자신만을 바라보는 야하를 노려보다 떠올리기 싫은 그날을 다시 떠올렸다. 왜 야하가 그날의 일을 알고자 하는지 모르겠지만, 야하의 얼굴을 보자 말을 해주지 않으면 안 될 듯한 분위기에 희연이 입을 열었다. 하지만 이건에게 물으면 될 것을 굳이 자신에게 묻는 야하가 얄미워 말이 딱딱하게 나왔다.

"화재 사고였어. 나는 먼저 빠져나왔지만, 이건과 현우 오빠는 빠져나오지 못했어. 소방관들이 들어갔고 곧 이건이 나왔는데, 얼마 가지 않아 건물이 무너져 버렸어."

"그때 죽었나요?"

"응. 무너진 건물 안에서. 그때 이건이 많이 힘들어했어. 자책하더라, 자신 때문에 사람이 죽었다고."

"자신 때문에?"

"응. 소방관에게 안에 현우 오빠가 있으니 구해달라고 했대. 다른 소방관들이 안 된다고 했지만, 그 소방관이 구하겠다며 다들 내보냈나 봐. 그 소방관도 그날 죽었어. 현우 오빠를 구하다가. 이건은 자신 때문에 그 소방관이 죽었다고 하더라."

곧 무너질 것 같은 기분에 야하가 벽을 짚고 섰다. 단순히 벽에 기대는 걸로 본 희연이 계속해서 이야기를 이어갔다.

"아마 그 소방관 장례식에도 갔던 것 같아. 그 소방관의 딸이 울기에 미안하다고 사과를 하고 왔대. 그 말밖에 해줄 게 없었다더라. 그날 비가 많이 왔는데 이건이 비에 홀딱 젖어서 왔었지."

눈을 감자 그날이 떠올랐다. 비가 오기에 아무 우산이나 들고 나갔었다. 그러다 넘어졌고, 어떤 남자가 자신을 일으켜 준 다음 미안하다는 말을 했던 것 같다. 자신의 우산을 내주고 비를 맞고 갔던 그 사람이 이건, 그 사람이었던 걸까.

"그럼, 현우라는 그 남자의 기일이 오늘이겠네요."

"응. 오늘 이건이랑 거기 다녀왔니?"

대답 없이 야하는 자신이 사용하던 방으로 가 작은 상자에 담긴 녹음기를 찾았다. 오래된 녹음기는 제구실을 못한 지 오래였다. 이미 작동되지 않음을 알고 있기에 야하는 손에 녹음기를 쥐고 눈을 감았다.

아빠의 여러 모습들 중 마지막 모습을 찾았다. 아빠의 옆에 쓰러져 있는 다른 남자는 미동도 없었다. 그 남자가 현우일 터. 이건이 자신에게 거짓말을 했다는 게 확실해졌다.

멍하니 녹음기를 보던 야하가 손에 쥔 채로 몸을 일으켰다. 아득해지는 정신에 머리를 거칠게 흔들며 방에서 나온 야하가 아직 거실에 서 있는 희연에게 간신히 들리는 작은 목소리로 말했다.

"아니요. 저 가볼게요. 힘들 텐데 이야기해 줘서 고마워요. 쉬어요, 언니."

뒤돌아서는 야하의 모습을 바라보다 고개를 돌렸다. 하필 오늘 야하를 마주칠 게 뭐람. 자신이 오늘 무슨 일을 하고 왔는지 안다면, 야하는 자신에게 혐오스런 눈빛을 보낼지도 모른다. 갑자기 드는 한기에 희연이 자신의 몸을 감쌌다.

자신이 야하에게 무슨 짓을 한 것인지 깨닫게 되자 퍼뜩 무서움이 들었다. 이건이 그 일을 알게 된다면 자신은 이제 정말 아웃이다. 친구 자리마저 잃게 될지도 모른다는 두려움이, 야하에게 외면받을지도 모른다는 두려움이 들었다. 인정하기 싫지만, 야하도 자신에게 있어 이제는 소중한 사람이 되었다. 한집에서 부대끼며 살았는데 어찌 정이 들지 않았겠는가. 이건의 어머님께 야하에 대해 늘어놓았던 이야기를 다시 생각하자 초조해졌다.

*

이건은 집에 돌아왔을 때 야하가 보이지 않아 당황했다. 야하가 놓고 간 쪽지를 발견하기까지 온 집 안을 헤집고 다녔다. 그러다 자신의 글씨 아래 동생을 만나러 간다는 쪽지를 발견했을 때 안도의 한숨을 내쉬었다. 하지만 그 안도의 한숨은 다른 의미의 한숨으로 바뀌었다. 물론 동생을 만난다는 게 이상한 일은 아니지만, 이건은 어쩐지 스산한 기운이 감돌자 당황했다. 그는 갑자기 자신을 보며 놀라던 지하의 눈빛이 떠올렸다. 야하가 자신을 몰랐다 하더라도 그녀의 동생인 지하는 자신을 알 수도 있다는 걸 뒤늦게 깨달았다. 계속되는 불안함에 데려다 주겠다고 전화를 했지만, 금방 오겠다며 야하가 전화를 끊었다. 그 뒤로 한참이나 연락이 되지 않자 불안함이 그를 집어삼켰다.

"젠장. 왜 전화를 안 받는 거야."

심장이 터질 듯한 초조함에 이건은 거실을 왔다 갔다 하며 핸드폰을 계속해서 귀에 가져갔다.

"어디야? 아직 동생이랑 같이 있어? 데리러 갈게."

이건은 야하가 전화를 받자 최대한 아무렇지 않게 말을 했지만, 야하가 대답할 틈도 없이 빠르게 내뱉음으로써 자신의 초조함을 드러냈다. 다행히 야하가 바로 오겠다는 대답을 했다. 그녀의 목소리가 살짝 가라앉아 있어 이건은 순간 숨을 멈췄지만, 다른 기색 없이 숨을 몰아쉬며 전화를 끊었다.

"왜 이리 늦었어? 어딘지 알려주면 데리러 간다니까."

바로 온다고 했음에도 한참 뒤에야 야하가 집에 들어서자 그가 안도감에 잔소리를 했다. 오늘 하루 동안 부쩍 수척해진 모습이 안쓰러워 다가갔지만 어쩐 일인지 야하가 한 걸음 물러섰다.

"왜 말 안 했어요? 왜 거짓말을 했어요?"

야하의 이상한 질문에 이건이 그녀의 얼굴을 살펴보았다. 무언가에 홀린 듯한 빛을 잃은 눈동자가 자신을 보고 있었다.

"무슨 일 있었어?"

"왜! 장현우의 기일이 어제라고 속였어요? 처음부터 내가 우리 아빠 딸인 거 알았던 거예요?"

이건은 둔기로 뒤통수를 맞은 듯 멍해졌다. 그녀의 입에서 그가 감춰두었던 사실이 쏟아져 나오고 있었다. 그녀에게 뻗어졌던 그의 손이 힘없이 툭 떨어졌다.

"어떻게 알았어?"

그가 할 수 있는 말은 이것밖에 없었다. 설마 정말로 지하가 자신을 알아본 것인지. 머리카락이 서는 섬뜩한 느낌에 이건은 심장이 얼어붙는 것 같았다. 뚝뚝 떨어지는 야하의 눈물에 이건의 눈이 뜨거워졌다. 그는 자신도 울 것 같아 침을 삼키고 눈에 힘을 줬다.

"우리 아빠, 어떻게 돌아가신 거예요?"

자신을 노려보는 눈이 모든 걸 알고 있음을 깨달았다. 이제 더는 숨길 수가 없다. 영원히 몰랐으면 했던 일을 그녀가 알게 되었다.

"내가…… 내가 그랬어."

야하가 주저앉아 통곡을 했다. 야하의 앞으로 다가간 이건은 무릎을 꿇고 앉아 예전에 그랬듯 머리를 쓰다듬고 손등으로 그녀의 눈물을 닦았다. 양어깨를 잡아 일으켜 소파에 앉히고 그 앞에 다시 무릎을 꿇었다.

"미안해. 미안합니다."

울고 있는 그녀를 품에 안아 어르고 달래주고 싶지만, 그럴 자격이 없었다. 자신이 그녀를 울게 만들었으니 말이다.

"정말 미안해요, 미안합니다."

진심을 담아 정중하게 사과하는 이건의 목소리가 떨렸다. 자신의 진심이 그녀에게 닿기를, 통하기를 바라며 이건은 마음을 졸였다.

"한 가지 더요. 나에게 잘해준 이유가 우리 아빠 때문이었어요?"

"거짓말은 하지 않을게. 처음에는 그랬어. 그런데 지금은 아니야. 나 때문에. 너 때문에. 우리 때문에. 사랑해. 사랑하고 있어, 널. 진심이야."

결국 자신의 눈에서도 눈물이 떨어졌다. 눈물 때문에 그녀의 얼굴이 잘 보이지 않자 손등으로 박박 눈물을 훔쳤다.

"우리 시간을 가져요."

사랑한다는 이건의 목소리에 아빠의 목소리가 겹쳤다.

'사랑하는 내 딸아, 야하야, 생일 축하한다.'

'사랑하는 내 딸. 오늘 아빠가 늦을 것 같아.'

'사랑하는 야하야.'

야하는 항상 자신을 사랑한다고 했던 아빠가 지금 이 순간 너무나 그리웠다. 녹음기를 쥔 손에 더욱 힘을 주며 야하는 걸음을 옮겼다.

야하가 일어나 자신을 떠나려 하고 있다. 자리에서 벌떡 일어난 그가 그녀의 뒤로 성큼성큼 다가가 어깨를 꽉 끌어안았다. 걸음을 멈춘 그녀에게 무언의 애원을 했다, 자신을 두고 가지 말라는. 자신의 팔 위로 계속해서 그녀의 눈물이 떨어져도 놓아주지 않았다.

"풀어줘요."

힘없는 목소리에 결국 이건의 팔이 떨어졌다.

"어디로 가려고."

갈 곳 없는 그녀가 어디로 가겠다는 건지. 차라리 자신이 이 집에서 나가는 게 낫다.

"희연 언니 집에 있을게요."

끝까지 자신이 걱정할 걸 생각해서 희연에게 가 있겠다는 한없이 착한 그녀에게 미안했다. 그러면서도 자신의 영역을 떠나지 않아 다행이라는 추잡한 안도감이 들었다.

"돌아와. 기다릴게. 몇 년이 걸리든, 몇십 년이 걸리든. 용서해줘. 사랑해. 사랑하고 있어. 널 사랑해."

계속되는 그의 사랑 고백을 뒤로한 채 야하가 매몰차게 문을 닫았다. 스르르 무너진 이건이 땅을 주먹으로 내려치며 끊임없이 그녀에 대한 사랑을 울부짖었다.

그의 울음이 귓가에 울리는 듯하다. 힘없이 계단을 탁탁 내려와 다시 희연의 집으로 들어섰다.

"언니, 저 여기에서 지내게 해줘요. 갈 곳이 언니 집밖에 없네요."
"이건이랑 무슨 일 있었어?"

뜬금없는 질문을 하고 가버린 야하가 운 듯한 얼굴과 쉰 목소리로 자신을 찾아오자 희연은 허둥지둥 다가갔다. 희연은 자신이 저지른 죄가 있기에 찔려서 야하에게 다가가 그녀를 부축했다.

야하는 말없이 희연의 부축을 받아 소파에 앉았다. 의지할 사람이 희연밖에 없다는 사실과 그런 그녀가 자신을 받아주고 돌봐주고 있는 것에 대한 고마움에 그녀의 얼굴을 쳐다봤다.

그런 야하와 달리 자신에게 의지하고 있는 야하가 조금 부담스러운지 희연이 눈을 피했다. 자신이 저지른 일을 얼른 수습해야겠다는 생각에 조마조마해졌다.

띵동.

갑자기 울리는 초인종 소리에 희연이 깜짝 놀랐다. 야하도 마찬가지였다.

"이건인가?"

야하가 이건과 싸우고 울면서 자신을 찾아왔다고 짐작한 희연은 이건이 야하를 찾으러 왔을 거라 생각하곤 야하를 얼른 돌려보내야겠다는 마음에 확인도 않고 문을 벌컥 열었다. 하지만 문 앞에 서 있는 사람을 보고 희연은 놀라 숨을 들이켰다.

"어머님."

집 안으로 들어오며 이건의 어머니인 장 여사가 희연에게 말했다.

"아무래도 내가 마음이 놓이지 않아서. 네 말 들어보니 야하라는 그 아가씨를 내가 만나봐야 할 것 같아."

자신의 이름이 낯선 사람의 입에서 흘러나오자 야하가 고개를 돌렸다. 곱게 나이 든 중년 여인이 희연의 옆에 서 있었다. 어쩐 일인지 희연이 자신의 눈치를 살피며 중년 여인의 팔을 잡아끄는 모습이 석연치 않았다.

"아, 손님이 있었구나."

"제가 서야하입니다. 누구시죠?"

야하의 말에 낭패 어린 얼굴의 희연이 이건의 어머니를 쳐다봤다. 장소희 여사의 눈이 번뜩이며 야하를 훑어봤다.

"이건이 내 아들이에요. 아가씨가 우리 이건과 만나는 아가씨인가요?"

그의 어머니라는 말에 야하가 일어나 자세를 바로 하고 공손하게 인사를 했다. 그럼에도 못마땅함을 드러낸 장 여사가 그녀의 앞으로 가 자리에 앉았다. 앉으라는 손짓에 야하가 자리에 앉자 희연이 안절부절못하며 두 사람의 가운데 어정쩡하게 섰다.

"어머님, 저랑 다시 이야기하세요. 제가 잘못 이야기한 부분이 있어요."

"나중에 하자. 일단은 저 아가씨랑 이야기 좀 하고."

쩔쩔매는 희연과 차가운 이건의 어머님 태도에 야하는 그렇지 않아도 없던 정신이 더욱 아득해지는 것 같아 관자놀이 부근을 손가락으로 눌렀다.

"우리 아들. 후우……. 나는 이건이 희연이와 결혼했으면 해요. 희연에게 아가씨에 대해 들었는데 내 마음에 차지 않는군요. 우리 아들과 그만 만났으면 하네요."

자리에 앉자마자 나오는 장 여사의 말에 야하가 지그시 눈을 감았다. 그런 그녀의 태도에 장 여사가 기함을 토했지만, 야하는 지금 그러지 않으면 그대로 정신을 잃을 것 같아 눈을 감고 현실을 외면했다.

지금 그의 어머니가 그와 헤어져 달라는 말을 했다. 그리고 희연이 자신에 대해 이야기를 했다고 했다. 무슨 이야기를 했던 걸까. 자신이 희연에게 달갑지 않은 존재라는 생각은 했지만, 자신은 희연을 의지했다. 희연도 다른 마음이 있었을지언정 자신에 대한 믿음이 있기에 현우 이야기를 하고 그녀의 상처와 치부를 드러냈다고 생각했다. 자신만의 일방적인 관계였던 걸까. 그리고 그의 어머니가 희연이 그와 결혼을 했으면 한단다. 자신이 아닌 희연이란다. 희연에게서 들은 이야기만으로 자신은 안 된단다. 어떤 점이 마음에 차지 않는다는 걸까.

눈을 감고 있던 야하의 눈에서 또다시 눈물이 흘러내렸다. 그 모습에 당황한 장 여사가 더는 대화가 되지 않을 것 같자 다른 말 없이 자리를 떴다. 장 여사의 모습을 감춘 현관문이 닫히자 야하의 눈이 떠졌다.

"저기, 야하야. 그게 어떻게 된 거냐면……."

"지옥 같아. 오늘 하루가 지옥 같아."

자리에서 일어난 야하가 희연의 집을 나왔다. 희연은 붙잡지도 못한 채 손톱을 잘근잘근 씹었다. 야하가 집을 나가고 나자 후들거리던 희연의 다리가 힘이 풀려 주저앉았다. 지옥 같다는 야하의 말에 꼭 자신이 사악한 악마라고 비난하는 것 같아 희연은 머리를 감싸 쥐었다.

야하는 그 집에 있을 수 없었다. 야하의 입에서 실소가 터져 나왔다. 그는 자신을 사랑한다고, 제발 돌아와 달라고 한 반면 그의 어머니는 그를 떠나달라고 했다. 이젠 어둑해진 거리를 정처 없이 걷던 야하가 발걸음을 멈췄다. 그 어디에도 자신이 갈 곳이 없다는 생각에 한없이 외로워졌다. 자신을 기다리고 있는 이건이 있지만 지금은 그를 볼 자신이 없었다.

"어디로 가야 하지?"

길 잃은 아이처럼 야하는 한동안 그 자리에 서 있었다.

*

오늘만 벌써 세 번째 보는 지하를 따라 호텔 안으로 들어섰다. 왜 지하에게 연락을 했는지 모른다. 아니, 연락할 사람이 지금은 지하밖에 없었다. 그녀를 따라 조용한 복도를 걷다 어느 한 지점에서 멈춰 섰다.

"여기야."

일주일 정도 한국에 있다 갈 거라는 지하를 따라 룸으로 들어갔다. 문 앞에서 왔다 갔다 하던 여인이 둘을 쳐다봤다.

"엄마, 언니 왔어."

말없이 서로를 쳐다보다 야하가 먼저 천천히 허리를 숙여 인사했다. 깍듯한 딸의 인사에 먹먹해진 가슴을 부여잡고 그녀의 모친인 윤정화 여사가 다가왔다.

"오랜만이구나."

거리감. 딸과의 거리감에 당황스럽다. 이렇게 변질된 딸과의 관계에 가슴이 무너져 내렸다. 냉정하게 군 건 자신이지만, 그래도 끊임없이 자신의 사랑을 보채던 큰딸이었다. 그런 딸이 이제는 자신을 타인의 시선으로 바라보고 있었다. 더는 당신의 사랑은 필요 없다는, 바라지 않는다는 눈으로 말이다.

"잘, 지냈니?"

묻지 않던 안부를 묻는 엄마를 쳐다봤다. 진심으로 묻느냐는 듯. 그리고 그 옆에 앉은 지하를 보았다. 두 사람은 누가 보더라도 모녀 관계로 보일 것이다. 그 관계에 어정쩡하게 끼어 있는 건 자신이다.

"아니요."

잘 지내지 못했다는 담담한 말에 윤 여사가 고개를 숙였다. 큰딸에게 있어서 자신은 엄마가 아닌 그녀를 버린 죄인이었다. 그녀를 두고 떠날 때, 딸임에도 가까이 가지 못하고 무서워했다. 솔직히 그녀를 두고 나설 때 조금은 후련한 마음이 들었었다. 하지만 호주에 도착하고 일주일이 채 지나지도 않아 큰딸이 그리웠다. 첫 아이였다. 눈에 넣어도 아프지 않은 첫 아이었다. 그녀가 세상에 태어났을 때, 처음으로 자신의 품에 안겼을 때, 낳을 때의 고통이 한순간 싹 가실 정도로 소중한 존재였다. 행여나 다칠까 어디가 아프기나 할까 봐 조마조마하며 단 한 순간도 눈에서 품에서 떨어뜨리지 않고 키웠다.

둘째를 가졌을 때에도 태교보다는 큰딸에게 모든 애정을 쏟았었다. 그렇게 키운 아이가 다른 아이들과 다르다는 걸 어렴풋이 눈치챘을 때 크게 신경 쓰지 않았다. 그 무엇보다 소중한 존재였으니 말이다. 하지만 셋째를 가지면서 몸이 급격하게 나빠졌다. 결국 유산을 했을 때 모든 신경이 너덜너덜해졌다. 야하와 지하에게 신경 쓸 여력이 없었고, 종내에는 우울증까지 왔다.

보통 아이와 같은 둘째에게 신경 쓰기 시작한 건 그때부터였다. 그러자 자연스레 큰딸에게 무심해졌고, 이상한 말을 하면 그런 말을 하지 말라고 신경질적으로 대했다. 어린 큰딸이 상처받고 조금씩 말수가 줄어들어도 다행이라는 생각만 했을 뿐이었다.

둘째만 데리고 다니자 자신도 데리고 가달라고 투정하는 어린 큰딸에게 동생을 질투하면 나쁜 언니라고 혼내기만 했다. 홀로 집에 두기도 여러 번이었다. 남편이 화를 내고 큰딸을 감싸고돌자 더욱 마음 편하게 둘째를 챙겼다. 어차피 큰딸에게는 남편이 있었으니 말이다.

그러다 믿고 의지했던 남편이 떠나자 막막해졌다. 두 딸에게 신경 쓰기보다 앞으로 살아갈 걱정에 늦게까지 일을 했다. 다행히 큰딸이 작은딸을 잘 돌봐주었다. 그렇게 일을 하다가 지금의 남편을 만났다. 청혼하는 그를 따라 호주로 이민을 가게 되었을 때, 공부 핑계를 대고 큰딸을 놓고 갔다. 아직 어린 작은딸은 금방 적응할 수 있을 테지만, 고등학생이 되는 큰딸은 입시가 중요하니 데리고 갈 수 없다는 핑계를 댔다.

"엄마가 미안해."

고개 숙인 윤 여사가 울먹이며 말했다. 지하는 그런 엄마를 위로하듯 어깨를 쓰다듬었지만, 큰딸인 자신은 그녀에게 해줄 말도, 행동도 없었다.

"잘하지 그러셨어요. 이제 와서······."

무덤덤한 말이었지만, 그 속엔 큰딸의 상처와 서운함이 뒤범벅이었다. 마지막 말에 이미 늦었다는 게 내포된 것 같았다. 이미 큰딸을 두고 넘어온 강은.계속해서 유입되는 물로 인해 더욱 넓어져 버렸다. 다시는 쉽게 큰딸에게 넘어갈 수 없을 것 같아 가슴이 아팠다.

"갈 곳이 없어요. 집을 구할 때까지 호텔에서 지낼 수 있게 방

하나만 잡아줘요."

"집을 구한다고? 전에 살던 집은?"

윤 여사는 갑자기 집을 구한다는 큰딸의 말에 놀라 눈을 동그랗게 뜨고 물었다. 그녀는 큰딸이 아무런 말도 없었기에 그 원룸에서 잘 지내고 있는 줄 알았다.

"옆집에 변태 기질이 있는 스토커가 살았어요. 아는 분 집에 얹혀 지냈는데 이제 집을 구해야죠."

큰딸의 말에 그녀를 구석구석 살폈다.

"학교는?"

"휴학했어요."

전에도 휴학했던 것 같은데 또 휴학했단다. 얼굴을 들 수 없을 정도로 미안했다. 자신은 호주에서 남편이 벌어다 주는 돈으로 편히 살고 있으면서도, 큰딸에게 도움 한 번 준 적이 없었다. 남편의 눈치를 보며 살았다. 남편이 작은딸을 거둬주는 것만으로도 족하다는 생각을 했지만, 죽은 남편을 온전히 잊은 건 아니었다. 죽은 남편을 만나러 올 때에도 간신히 허락을 받았다. 가끔씩 들어올 때만이라도 큰딸을 봤어야 했는데. 큰딸이 홀로 힘들게 살아가고 있다는 걸 왜 생각하지 못했는지.

윤 여사는 같이 있고 싶은 자신과 달리 혼자 있고 싶다는 큰딸의 말에 호텔에 다른 방을 체크인해 주었다.

✽

눈 안에 모래알이 돌아다니는 듯 눈을 깜빡일 때마다 통증이 일었다. 한숨도 자지 못한 채 생각에 또 생각을 했다. 모든 생각의 끝은 그저 야하가 보고 싶다는 거였다. 언제부터 그녀가 이리도 간절해졌을까 하는 생각에 자조적인 웃음을 띠었다.

기다리겠다고, 몇 년이 걸려도 기다리겠다고 호기롭게 말한 뒤로 바로 후회를 한 그다. 억지로라도 지금 당장 자신의 옆에 데려다 놓고 싶었다. 싫다고 발버둥을 쳐도 내가 좋으면 그만이지라는 자신의 욕심에 눈먼 생각까지 든다.

"미친놈."

테이블 위에 놓인 핸드폰이 충전이 다 된 듯 초록불이 반짝였다.

핸드폰 배터리가 7% 남았을 때 미리 충전해 놓았던 배터리로 갈려던 중, 혹시나 잠깐 핸드폰을 끈 그사이에 야하에게서 연락이 오는 건 아닌가 싶어 이건은 핸드폰에 바로 충전기를 꽂아두었었다.

술 생각이 간절했지만, 혹시나 야하가 자신을 찾을지도 모른다는 생각에, 바로 그녀에게 달려가야 할 자신이기에 술도 마시지 않았다.

계속해서 혹시나 하는 생각을 하며 밤새 그녀를 기다렸다. 단 하루도 이렇게 힘든데 자신 있게 기다리겠다고 한 자신에게 끊임없는 욕을 날렸다.

"잠깐만 보고 올까."

이대로 보지 않으면 정말 죽을 것 같다. 이러다가 자신을 잊어버리면 어떡하나. 결국 자리를 박차고 일어났다. 너를 기다리고 있다는 걸, 네가 오기를 기다리고 있다는 걸 끊임없이 상기시켜 줘야겠다는 얄팍한 이유로 그녀가 있을 희연의 집으로 향했다.

이건은 희연의 집 앞에 섰지만, 이 문을 열면 원망하는 눈으로 자신을 올려다보는 야하가 서 있지 않을까 하는 두려움에 선뜻 벨을 누르지 못했다. 초인종에 손을 열한 번째 올렸을 때 그가 얼어붙은 손가락에 힘을 주어 간신히 벨을 눌렀다. 작은 초인종 소리에 흠칫 놀라 인터폰에 자신이 보이지 않게 한 걸음 물러섰다. 자신임을 알아챈 그녀가 문도 열어주지 않을까 싶어서 말이다.

"왜 왔어?"

왜 왔냐는 질문에 가슴이 철렁했던 것도 잠시, 야하가 아닌 희연의 얼굴에 놀란 가슴을 쓰다듬고 안으로 들어선 이건이 집 안을 두리번거렸다. 자신이 야하에게 한 짓을 알고 온 것으로 생각한 희연은 이건에게 거리를 두고 있었다. 이제 자신에게 닥칠 이건의 화를 어떻게 감당해야 하나 겁이 난 희연이 두 손을 꽉 맞잡고 몸에 힘을 잔뜩 주었다.

"야하는? 자?"

자신에게 야하를 묻는 이건의 얼굴을 멍하니 올려다봤다. 야하라니. 설마 어제 이건에게 가지 않은 것인가.

"없어. 어제 너한테 안 갔어?"

급속도로 굳어진 이건이 천천히 주먹을 쥐었다 폈다. 분명 그녀는 희연의 집에 있겠다고 했다. 자신이 걱정할 것을 생각한 거라 했는데, 설마 이렇게 안심시켜 놓고 자신을 떠나는 걸로 복수를 하려 했던 걸까. 복수라니, 벌이겠지.

이건은 아닐 거라며 애써 부정하고 다시 희연에게 물었다.

"너랑 있겠다고 하며 갔어. 장난하지 마. 야하 여기에 있지? 방에 있어?"

곧장 야하가 지냈던 방으로 걸어가 조심스럽게 방문을 여는 이건이다. 야하가 아직 잠들어 있을지도 몰라 문소리를 죽이며 문을 열고 고개만 넣어 확인을 했다. 깨끗하게 비워진 침대가 눈에 들어오자 손에 힘을 주고 문을 민 그가 불을 켰다. 야하의 흔적을 찾듯 살피던 이건이 급히 몸을 돌려 집 안 구석구석 뒤지기 시작했다.

"서야하!"

그의 부름에 꼬박꼬박 달려 나오던 야하의 모습이 보이지 않았다. 자신에게 화가 나서 그런 것이라 생각하며 집 안을 뒤지던 이건은 희연이 말리자 그제야 그녀가 없음을 인정했다.

"어디로 갔어? 무슨 말 없었어?"

당장 찾아 나설 기세로 이건이 희연의 양팔을 잡고 흔들었다.

그가 흔드는 대로 흔들리던 희연이 울음을 터뜨렸다. 자신에게 야하를 찾는 이건을 보자 알 수 있었다. 그는 자신이 한 짓을 모르고 있다는 걸. 야하가 어제 그에게 돌아가지 않았음을. 겁이 났다. 말없이 사라져 버린 야하가 자신 때문인 것 같아 겁이 난 희연이 그대로 무릎을 꿇었다.

"이건아, 실은 내가……."

무릎을 꿇은 희연이 자신의 잘못을 고했다.

"너 그렇게 가고 어머님이 야하에 대해 물으셨어. 내…… 내가 어머님께 야하가 네 돈 때문에 널 잡고 있다고, 지금은 거의 같이 살다시피 하고 있다고…… 말했어. 미안해! 내가 미쳤었나 봐. 내가 왜 그랬지? 정말 미…… 미안해."

"어머니한테? 그리고? 그걸 야하가 알았어?"

"어머님이…… 오셨어. 야하한테 너랑 헤어져 달라고 하셨어. 미안해. 내가 말리려고 했는데! 어머니한테 다시 제대로 말씀드리려 했는데……. 아니라고 하려 했는데, 어머님이 가버리시고 야하도 가버렸어."

두서없는 희연의 이야기에 힘없이 주저앉은 이건이 머리를 감쌌다.

"왜 그랬어, 왜!"

자신에게 상처받은 야하가 이곳에서 희연과 자신의 어머니에게 또다시 상처받았다는 걸 알게 되자 그는 말 그대로 미쳐 버렸다. 그것도 모르고 자신은 한심하게 집에 가만히 있었다는 사실에 화가 난 이건이 희연에게, 아니, 자신에게 폭언을 쏟았다. 처음 보는 이건의 난폭한 모습에 겁에 질린 희연이 앉은 채로 엉덩이를 뒤로 빼며 물러났다.

"우린 그 애한테 그러면 안 되는 거야. 야하에게 그러면 안 된다고!"

뜻 모를 말을 하는 이건의 눈에서 한 줄기 눈물이 흘렀다. 이건은 그녀가 사라졌다는 걸 깨닫자 숨이 멎는 듯했다. 숨을 쉴 수 없을 정도로 괴로웠지만 그녀를 찾는 게 우선이었다. 하지만 어디로 가야 할지 전혀 감을 잡을 수 없었다. 항상 그의 영역 안에 있던 그녀다. 자신의 영역 밖으로 도망친 그녀를 찾을 수 없는 이건은 망연자실했다.

그때 초인종 소리가 울리고 현관문 비밀번호를 누르는 소리가 났다. 이건과 희연이 동시에 고개를 돌려 제발 야하이기를 바랐지만, 문을 열고 들어온 사람은 동수였다. 희연의 집으로 들어온 동수는 주저앉아 벌벌 떨고 있는 희연의 모습에 놀라 신발을 벗지도 못한 채 집 안으로 들어섰다. 그리고 그 앞에서 주저앉아 울고 있는 이건의 모습에 자지러지듯 놀랐다.

"무슨 일 있어요?"

동수가 희연을 품에 안아 다독이며 물었지만, 그 누구도 입을 열지 않고 울 뿐이라 답답했다.

"야하 씨는요?"

두 사람의 울음이 순간 멈췄다. 갑자기 자리에서 일어난 이건이 야하가 쓰던 방으로 들어가더니 옷장을 열고 가방을 꺼내 미친 듯이 야하의 물건을 쓸어 담았다. 다시는 야하가 여기로 올 수 없도록 모든 물건을 챙겼다. 그녀를 찾아 자신의 집으로 데려갈 것이다. 그 누구도 다시는 그녀에게 털끝 하나 손댈 수 없도록 지켜낼 것이다. 그 누구에게도 그녀를 보이지 않으리라. 꼭 찾아서 가둬 두리라. 자신을 원망해도 괜찮다. 더는 그녀가 상처받지 않으면 된다. 자신을 밀쳐 내도 그녀에게 모든 것을 안겨줄 것이다.

뒤도 돌아보지 않고 희연의 집을 나선 이건이 성큼성큼 계단을 올라 자신의 집으로 향했다. 안방으로 들어간 그가 침대 위에 가방을 탈탈 털어 물건을 쏟아냈다. 야하의 손때가 묻은 물건부터 차례차례 방 안을 돌아다니며 정리했다. 화장대 위에 샘플들을 모조리 버리고 그녀가 쓰던 화장품을 올려놓고 옷가지도 옷걸이에 걸어 옷장 안의 자신의 옷 옆에 걸어놓았다. 어떻게든 야하의 흔적을 남기고 묻히려는 이건의 노력이 계속되었다.

야하를 찾겠다는 그의 노력은 곧 막막함에 부딪혔다. 어디로 가야 그녀를 찾을 수 있을지. 생각나는 곳이라고는 그녀의 아버지가 묻힌 곳뿐이었다.

무작정 다시 그곳으로 가 밤늦게까지 기다리다가 집으로 돌아온 그는 혹여 야하가 왔다 가지 않았나 집 안을 꼼꼼히 살폈다.

"서야하, 야하야."

집 안 어느 곳에서든 자신의 부름에 그녀가 나타나 주기를 바라며 애타게 불러봤지만, 자신의 목소리만 고즈넉하게 울릴 뿐이었다. 아무리 곰곰이 생각해 봐도 그녀가 어디에 있는지 모르겠다. 전화도 수십 번 했지만 꺼져 있었다. 무슨 사고라도 당한 건 아닌지, 경찰서와 병원을 뒤지고 다녀야 하는 건 아닌지 고민했다.

이건은 야하가 없어졌다는 걸 안 뒤로 비어 있는 방이 두려워졌다. 이대로 평생 홀로 야하가 없는 빈방에서 지내야 할지도 모른다는 두려움에 휩싸였다.

오늘도 쉽사리 잠들지 못하던 이건이 자리에서 일어나 서재로 향했다. 노트북을 켜고 카메라 안에 있는 메모리카드를 연결해 폴더를 열었다. 야하가 자신의 침대 위에 누워 잠들어 있는 모습, 바다를 뒤에 두고 거니는 모습, 같이 찍은 사진을 수차례 넘겨 보며 야하의 얼굴을 눈에 박았다.

밤새 야하의 사진만 들여다보다 그대로 책상에 엎드려 선잠이 들었던 이건은 울리는 전화 벨소리에 떠지지 않는 눈을 억지로 뜨고 바로 옆에 놓아둔 핸드폰을 집어 들었다.

"야하니?"

발신자 확인도 않고 바로 그녀의 이름을 불렀다. 아무런 답변도 없어 귀에 대고 있던 핸드폰을 떼어내고 발신자를 확인했다.

"어머니, 제가 지금 바빠요. 나중에 전화드릴게요."

어머니가 원망스러워 토해내고 싶은 말이 많았지만, 언제 야하에게서 전화가 올지 모르니 어머니와 오래 통화를 할 수 없었다.

〈오늘 저녁에 집에 오거라.〉

뚝 끊긴 전화기를 신경질적으로 던졌다가 그 충격에 고장 났나 싶어 다시 핸드폰을 들어 이리저리 돌려보고 확인하던 이건이 머리를 박박 긁었다. 그녀를 찾는 일이 아니라면, 집 밖으로 나가고 싶지 않았지만 어머니께 말씀드릴 것도 있으니 잠깐 다녀오자는 생각에 몸을 일으켰다. 부디 자신이 없는 사이에 그녀가 왔다 가는 일이 없기를 바랄 뿐이었다.

"왔니."

찬바람이 쌩쌩 부는 어머니보다 더한 쌀쌀함으로 이건이 어머니를 지나쳐 소파에 털썩 주저앉았다. 초췌해 보이는 아들의 모습에 눈살을 찌푸린 장소희 여사가 아들의 앞에 앉았다.

"출근도 안 했니?"

저녁에 들르라 했던 아들이 출근도 하지 않은 것인지 바로 온 것이 못마땅했다. 자신이 전화했을 때 바로 그 아가씨의 이름을 부른 것을 보니 그 아가씨 때문인 것 같아 착잡했다. 그래도 자신의 말을 듣고 그 아가씨가 바로 아들의 곁을 떠난 것 같아 조금은 마음이 놓였다.

"왜 그러셨어요?"

아들이 대뜸 내뱉는 질문을 알아차렸지만 모르는 척 고개를 돌렸다. 자신을 책망하는 아들의 눈빛에 노기가 일었다. 고작 그런 아가씨 때문에 자신에게 대드는 아들의 모습에, 사춘기 때도 그러지 않았던 아들의 모습에 조금 섭섭함도 들었다.

"희연에게 듣자 하니 우리 집안과 어울리지 않더구나."

"우리 집안이 뭐 그리 대단한 집안이라고 그러셨습니까. 희연의 말만 듣고 왜 그러셨습니까. 희연이 무슨 말을 했던, 야하는 제게 과분한 사람입니다."

"과분? 듣자 하니 나이가 몇인데 여태 대학도 졸업 못했다던데. 어머니는 재혼까지 하셨다면서?"

"네, 재혼하셨습니다. 야하의 아버지가 돌아가시고 재혼하셨습니다. 그 아버지가 어떤 분이지 아십니까?"

아들의 목소리가 떨리고 눈시울이 붉어지자 장 여사는 당황했다. 그 아가씨의 아버지가 어떤 사람이었는지 자신이 어찌 알겠는가.

"절 구해주신 분입니다. 현우 형을 구하다 돌아가신 분입니다. 그분의 딸이 서야하입니다. 저를 구해주고 남은 삶을 주신 분의 소중한 딸이란 말입니다!"

이건은 다시금 떠오르는 야하의 아버지 얼굴에 눈시울이 붉어졌다. 눈을 감자 장례식이 떠올랐다. 남편을, 아빠를 잃고 통곡하던 두 모녀의 모습이 아직도 눈에 선했다. 꿋꿋하게 울지 않던 창백한 얼굴의 소녀가 비를 맞으며 울던 모습에 결국 이건의 감은 눈에서 눈물이 새어 나왔다.

아들의 말에 여유롭게 한 모금 마시던 찻잔을 손에서 떨어뜨린 장 여사가 아들과 눈을 마주쳤다. 그 말이 사실이냐는 듯 쳐다봤다. 피하지 않고 마주쳐 오는 아들의 눈동자가 자신을 힐난하고 있었다.

"그게, 무슨……. 그래서 그 아가씨를 보살핀 거니?"

희연의 표현으로는 아들에게 들러붙은 꽃뱀이었지만, 아들의 지금 태도를 보아 장 여사가 돌려 말했다. 그때의 그 사고는 장 여사도 잊지 못하고 있었다. 자신의 아들이 실은 현우를 잃은 것보다 자신을 구하고 현우와 같이 죽은 그 소방관의 죽음으로 더욱 힘들어했던 걸 안다. 아들은 자신이 현우를 구해달라고 했기에 자신 때문에 죽은 거나 다름없다고 생각을 하는 것 같았다.

"그걸 떠나, 제게 소중한 사람입니다. 사랑하는 사람이란 말입니다."

희연은 아들이 그동안 만났던 다른 여자들과 별다를 바 없다는 식으로 이야기를 했었다. 그랬기에 그 아가씨에게 그런 말을 했던 것이다. 그 아가씨가 아들에게 이런 존재였다는 걸 알았다면 다른 방법을 택했을 거다.

 아들의 상처받은 모습에, 자신을 원망하는 모습에 장 여사는 차마 아들의 눈을 마주치지 못했다. 그런 어머니에게 계속해서 원망의 말을 쏟아내던 이건은 누가 누구를 원망하겠냐며, 그녀에게 가장 큰 상처를 준 사람은 소중한 아빠를 잃게 만든 자신이라며 장 여사에게 초등학생 이후로 보이지 않았던 눈물을 내보였다.

 아들의 눈물에 당황한 장 여사가 무슨 말을 꺼내야 할지 몰라 입을 꾹 다물고 있는 사이 아들이 집을 나갔다. 멍하니 아들의 뒷모습만 보던 장 여사는 그래도 자신은 어미의 도리로서 아들에게 맞지 않는 여자를 떼어낸 것이니 문제없다며 자신의 행동을 정당화했다. 하지만 그녀의 몸은 죄를 지은 듯한 무서움에 덜덜 떨렸다.

 이건은 어머니에게 모진 말을 하고 집으로 돌아와 멍하니 침대에 엎어져 있었다. 회사 일로 박 실장이 전화를 했지만, 야하가 아니기에 바로 전화를 끊었다. 바로 다시 울리는 전화에 발신자를 확인한 이건이 자리에 일어나 앉았다. 모르는 번호이다. 핸드폰이 아닌 일곱 자리의 낯선 번호에 이건이 통화버튼을 눌렀다. 제발 부디 야하이기를 바라면서.

 "여보세요."

10

　호텔방에 멍하니 앉아 있던 야하는 눈앞에 놓인 녹음기를 들었다. 어릴 적 아빠의 목소리를 듣고 싶어서 몇 번이고 녹음기를 틀어보려 했었다. 결국 틀지 못했다. 야하는 녹음기를 만지며 입을 열었다.

　"아빠, 살지 그랬어요. 그 사람이 부탁해도 그냥 나오지 그랬어요."

　하지만 알고 있었다, 이건이 부탁하지 않았어도 마지막까지 남아 있는 사람을 기어코 구하려 했을 아빠를.

　"아빠는 용서할 수 있어요? 아빠가 나라면 어떡했을까요?"

　지금 이 순간에도 이건이 그립지 않다면 거짓말이다. 또다시 혼자가 되자 더욱 이건이 그리워졌다.

'용서해야지.'

아빠의 목소리가 들리는 듯했다. 언제나처럼 자상한 얼굴이 스쳐 지나갔다.

"정말 용서해야 돼요? 정말요? 어떻게 용서할 수 있어요? 난 그 사람 때문에 아빠를 잃었는데. 내 전부가 사라졌는데. 유일하게 울타리가 되어주던 아빠를 잃었는데. 어떻게 용서해요, 아빠? 나 그렇게 착하지 않아요."

'착한 내 딸, 용서해야 한단다. 아니, 용서할 문제도 아니란다. 그런 거야. 내 딸이 행복하면 아빠도 행복해.'

야하는 눈을 지그시 감고 들리는 아빠의 목소리에 집중하려 했다. 이 순간 야하도 깨달았다, 환청이라는 것을. 끝내 이것을 놓지 못하는 자신이 그를 용서하고 싶은 마음에 만들어내는 환청이라는 걸 알지만, 정말 아빠가 하는 말이라는 듯 고개를 끄덕였다.

"언니, 오늘도 호텔에만 있을 거야?"

동생의 부름에 배달된 샐러드를 뒤적거리던 포크질을 멈춘 야하가 물로 입안을 헹궜다. 집을 알아보겠다던 그녀가 이틀째 꼼짝 않고 호텔에만 있는 게 신경 쓰였는지 지하가 그녀의 곁을 지켰다. 몇 번 그녀의 엄마가 왔다 갔지만, 말 그대로 왔다가 그녀의 냉대에 말 한 번 붙이지 못하고 다시 돌아갔다.

무심코 옆에 놓아둔 핸드폰을 내려다봤다. 꺼진 핸드폰이 울릴 리 없지만, 옆에서 떼어놓지 않았다. 야하의 시선을 따라 핸드폰을 보던 지하가 다시 그녀의 관심을 돌렸다.

"같이 쇼핑할까? 아니면 영화 볼까? 엄마가 보고 싶다던 영화 있는데."

"아니. 나 빼고 다녀와. 나 씻을게."

어떻게 하면 언니와 엄마를 붙여놓을 수 있을까 고민하던 지하는 계속되는 언니의 외면에 조금은 짜증이 일었다. 하지만 언니에게 티를 낼 수 없었다. 가까이 갈 수도 없었다. 행여나 언니가 자신의 마음을 읽을까 싶어서 말이다. 언니가 사물을 통해 마음을 읽는다는 걸 알기에 친언니이지만 꺼려지는 게 사실이었다. 정확히는 사물이 말을 해주거나 영상을 보여주는 것이기에 같이 있다고 해서 자신의 마음이 읽히는 건 아니지만, 지하에게는 그게 그거였다. 언니가 자신을 빤히 쳐다보고 있으면 잘못한 것도 없는데 괜스레 찔리는 기분이 들어 언니와 잘 마주하지 않았다. 어릴 때 자신을 돌봐준 언니이지만 무섭고 가까이 가기 싫었다. 지금도 그런 점이 없지 않아 있지만, 핏줄은 핏줄인지 힘들어 보이는 언니가 신경 쓰였다. 게다가 엄마까지 저 상태이니 온 신경이 둘에게 날카롭게 뻗어 있었다.

언니가 씻겠다고 욕실로 들어가자 혼자 남은 지하는 자신이 지내고 있는 룸과 별다를 바 없는 방 안을 둘러보다 식탁을 정리했다. 그러다 식탁 의자 위의 언니 물건에 시선을 두었다. 내내 꺼놓고도 핸드폰을 옆에 둔 언니이기에 자연스레 꺼진 핸드폰으로 눈이 갔다. 언니의 물건이기에 손을 대고 싶진 않았지만, 호기심에 핸드폰을 살짝 들었다. 요리조리 돌려보다 스마트한 시대인 요즘에는 잘 쓰지 않는 폴더형 핸드폰을 열어 전원버튼을 눌렀다.

켜자마자 계속되는 진동에 놀라 핸드폰을 놓칠 뻔한 지하는 진동 소리가 욕실 안으로 새어 들어갈까 노파심에 손에 꽉 쥐고 멀리 걸음을 옮겼다. 부재중 기록이 굉장히 많았다. 확인을 해보자 거의 모두 낭군님이라는 사람에게서 온 전화였다. 가끔 희연 언니라는 이름도 찍혀 있었다. 지하는 재빨리 메모지를 찾아서 낭군님이라는 사람의 번호를 적고 다시 핸드폰을 끄고 원래의 자리에 놓아두었다.

낭군님이라면 그 사람일 듯싶다. 유이건이라던 그 남자. 혹여 자신이 한 이야기로 그 남자와 틀어져 언니가 저렇게 힘들어하는 건 아닌가 께름칙하고 마음이 좋지 않았다. 언니가 그 남자와 함께 있는 것만으로도 놀랐는데, 연인 사이라니. 서로 모르고 만났을지도 모른다. 둘 사이에 어떠한 사정이 있든 자신 때문에 틀어진 것이라면 그냥 모르는 척할 수가 없었다. 언니가 힘들어하는 모습도 그렇고, 부재중임에도 수십 번씩 전화할 정도로 언니를 찾는 그 사람도 그렇고.

"언니! 갈게. 이따가 봐."

아래층으로 내려온 지하가 자신과 엄마가 지내고 있는 룸으로 들어갔다. 언니와 덩달아 엄마까지 넋 놓고 호텔에만 있는 모습에 한숨이 절로 나왔다.

"언니는?"

"언니는 쉰대. 우리끼리 영화 보러 갔다 올까?"

역시나 고개를 설레설레 젓고는 방 안으로 들어가는 엄마다. 언니가 조금만 먼저 마음을 열었으면 좋겠는데. 언니를 놔두고 호주로 갔을 때 엄마는 제정신이 아닌 사람처럼 굴었다. 자신을 언니 이름으로 부른 적도 수차례였다. 언니를 데려오자 말했지만, 새아빠의 눈치 때문인지 엄마가 꺼려했다. 언니가 평범한 사람들과 다르다는 사실을 새아빠가 알게 되는 걸 엄마는 무척이나 두려워했다.

소파 앞 탁자 위에 있는 전화기의 수화기를 들었다가 다시 내려놓은 지하가 결심한 듯 주먹을 움켜쥐고 파이팅을 하듯 위아래로 힘 있게 한 번 내리고는 다시 수화기를 들었다. 자신의 손안에서 짧은 시간에 꼬깃꼬깃해진 종이를 펴서 적혀 있는 열한 개의 숫자를 눌렀다.

〈여보세요.〉

저음의 쉰 목소리가 수화기를 타고 흘러나왔다. 침을 꼴딱 삼킨 후 지하가 주위를 둘러보고 작게 속삭였다.

"유이건 씨 되시나요?"

〈누구십니까.〉

"저, 야하 언니 동생이에요."

자신의 신분을 밝히자 수화기 너머의 남자가 안도하는 게 느껴졌다. 자신이 전화한 게 잘한 일인지 아닌지 아직은 모르겠지만, 나쁜 일은 아닌 것 같다라는 생각이 들었다.

*

곧장 쓰러질 듯 몸이 무거웠다. 이틀 밤을 제대로 자지도 못한 데다 제대로 먹은 것도 없고, 심지어 아이처럼 몇 차례 울기까지 한 그다. 하지만 야하의 동생에게서 걸려온 전화에 무거운 몸을 이끌고 운전을 했다. 동생이 알려준 호텔의 커피숍에 도착하자마자 얼굴을 쓸어내리고 옷매무새를 정리한 이건이 곧장 동생에게 걸어갔다.

"야하 어디에 있습니까."

앉기도 전에 야하의 위치를 물은 그가 지하를 쳐다봤다. 어서 빨리 알려달라는 듯이.

"그전에 묻고 싶은 게 있어요."

어서 물어보라는 듯 이건이 쳐다봤다.

"실은, 저 그쪽 알아요. 아빠 사고 때……."

이건의 얼굴이 흐려졌다. 나지막하게 한숨을 내쉰 이건이 미안하다는 말을 했다.

"알고 계셨나요? 언니가 우리 아빠 딸인 거 알고 있었나요?"

야하가 자신을 구해준 소방관의 딸임을 알고 있었냐는 질문에 이건이 고개를 끄덕였다. 그의 대답에 얼굴을 찌푸리고 경계의 눈빛을 보내는 지하에게 이건이 모든 걸 털어놓았다. 자신이 얼마나 그녀의 언니를 아끼고 사랑하고 있는지.

"내가 언니에게 말했어요. 그쪽 보자마자 저는 알아챘거든요, 언니는 어땠는지 몰라도. 그 사고 이후로 그쪽뿐 아니라 민희연이라는 배우도 종종 검색했어요. 혹시 언니가 힘들어하는 게 저 때문인 건가요? 제가 언니에게 말해서 두 분이 싸우신 건가요? 언니는 정말로 몰랐던 것 같은데."

역시나 야하가 알게 된 경로가 그녀의 동생인 지하였나 보다. 그날 자신이 어머니의 부름에 집에 가지 않고 야하의 옆을 지켰다면 야하가 지하를 만나러 가지 않거나 자신과 같이 갔을 수도 있었다. 후자라면, 지하가 알고 있다는 눈치가 보이면 바로 자리를 뜨고 이야기를 못 듣게 할 수도 있었을 거다.

"언젠가는 일어날 일이었습니다. 야하가 평생 알지 않았으면 하는 마음이 없었다고는 할 수 없지만, 지하 씨 탓은 아닙니다."

자신의 앞에 앉아 있는 야하의 동생이 나타나지 않았다면, 어쩌면 야하는 몰랐을지도 모른다는 생각이 잠깐 들었지만 다 자신의 욕심일 뿐이다.

"언니, 이 호텔에 머물고 있어요. 같은 방에 머물고 있는 건 아니지만, 같이 지내고 있어요."

이건은 야하를 찾았다는 안도감에 또다시 어린애처럼 눈물이 날 것 같았다. 눈을 지그시 감았다 뜬 이건이 야하가 지내고 있는 룸 번호를 물었다.

지하가 룸 번호를 알려주자마자 이건이 인사도 없이 바로 자리에서 일어나 야하를 찾아 나섰다. 계속해서 여러 층에서 멈추고 더디게 내려오는 엘리베이터를 노려보다 문이 열리자마자 누가 내리든 말든 바로 올라탔다. 자신과 몸을 부딪치고 짜증을 내며 내리는 사람들이 보이지 않은 이건은 야하가 있는 층을 누르곤 닫힘 버튼을 계속해서 눌렀다.

이건은 엘리베이터가 멈추고 문이 열리자마자 바로 내려 좌우로 룸 번호를 확인하고 그녀가 있는 곳까지 거침없이 걸어갔다. 이 문 너머 야하가 있다는 사실에 노크도 없이 손잡이를 잡고 비틀었다. 잠긴 문이 열리지 않자 성급하게 문을 두드렸다.

"서야하!"

달칵 하고 잠김이 풀리는 소리가 나자 이건이 두드리던 손을 내리고 한 걸음 물러섰다. 살짝 열린 문틈으로 손을 집어넣어 확 잡아당기자 그의 힘에 야하가 딸려 나와 이건의 가슴에 부딪쳤다.

"야하야."

그대로 야하의 허리를 끌어안은 이건이 그녀의 정수리에 입술을 묻었다. 살짝 젖은 머리카락에 자잘한 키스를 하고 그대로 고개를 내려 그녀의 입술을 찾았다. 자신을 밀어내는 손길에도 더욱 그녀의 몸에 자신의 몸을 밀착한 이건이 룸 안으로 들어선 후 등 뒤로 문을 닫았다.

다급한 그의 손을 밀어내다 꽉 잡았다. 그러자 그가 정신을 차린 듯 밀착했던 몸을 일으켰다. 언제 침대까지 오게 된 것인지, 자신의 상의는 벗겨져 바닥에 떨어져 있었다. 자신의 양어깨 옆으로 팔을 지탱하고 있던 이건이 이불을 끌어당겨 가슴 위로 덮어주고는 물러났다. 머리를 헝클어뜨리고 마른세수를 한 그가 핏발이 선 눈으로 자신을 노려봤다.

"화났어요?"

"걱정했어."

일부러 핸드폰을 꺼놓았다. 그가 걱정할까 싶어서 희연의 집에 있겠다고 약속했기에, 그 집을 나올 때 그에게 연락을 했어야 했다. 하지만 그와 그의 어머니와 희연에 대한 미움으로 그에게 연락을 하지 않았다. 처음에는 자신이 겪은 일에 대한 억울함에, 그 뒤로는 자신을 속인 그에 대한 미움에 오기로 연락을 안 했지만, 시간이 지날수록 초조해졌다. 핸드폰을 켰을 때 그가 남겨놓았을 부재중을 선뜻 확인할 용기가 나지 않았다. 그가 말없이 떠난 자신에게 화가 나 그만하자는 말을 남겨놓은 건 아닐까 무서웠다. 다른 한편으로는 그가 자신을 찾지 않아 아무런 연락도 없다면 너무 비참할 것 같아 확인할 수가 없었다.

"얼굴이 많이 상했어요."

"미안해. 어머니랑 희연이 일, 사과할게. 원한다면 어머니께 사과 받아주고, 희연이 사과도 받아줄게."

이틀 동안 야하를 걱정한 이건의 상태는 한눈에도 좋지 않아 보였다. 충혈된 눈과 퍼석하게 마른 피부, 면도도 하지 않아 자잘하게 난 수염. 그리고 입술이 하얗게 뜨고 갈라져 있었다.

그의 모습이 눈에 들어오자 울음을 터뜨릴 것 같았다. 항상 빛나던 그가, 여유롭던 그가, 장난기가 넘치던 그가 자신 때문에 빛을 잃고, 여유를 잃은 모습에 눈물이 날 것 같았다. 자신이 뭐라고 이렇게 그가 변했는지. 이런 모습을 보고 나서야 그의 사랑을 깨닫게 된 자신이 한심했다. 그는 항상 진실했다, 아빠의 일을 제외하고는.

"용서하지 마, 나 용서하지 않아도 돼. 하지만 내 옆에 있어줘. 내가 보이는 곳이 있어줘. 제발 부탁이야."

'용서해야 한단다.'

용서하지 말라는 이건의 목소리에 환청에서 듣던 아빠의 목소리가 들렸다.

"안아줘요."

야하의 한마디에 겨우 붙잡고 있던 이건의 이성이 날아갔다. 양팔을 교차해 상의 아래를 잡고 쭉 머리 위로 올려 단숨에 옷을 벗은 이건이 벨트를 풀고 남은 옷가지를 벗었다. 이불을 잡고 있는 야하의 손에서 이불을 빼앗고는 그녀를 침대에 눕혔다.

모든 곳에 낙인을 찍듯 야하의 온몸을 탐하고 또 탐했다. 거친 자신을 버거워하는 걸 알면서도 멈추지 않고 자신을 새겨놓았다. 끝에 가서는 울음을 터뜨리는 야하를 다독여 가면서도 멈추지 않았다.

"이건."

울음이 섞인 목소리로 야하가 이건을 불렀다. 그러자 자신은 여기에 있다는 듯, 바로 네 안에 있다는 듯 이건이 온 힘을 다해 움직였다.

"사랑해."

야하의 귓가에 사랑을 속삭이던 이건의 눈에서 결국 참았던 한 줄기 눈물이 흘렀다.

그의 옷가지를 가지런히 정리하고 침대에 조심스럽게 올랐다. 깊게 잠이 든 이건은 자신이 옆에 있는지 없는지도 모르는 듯했다. 갈라진 입술에 피가 새어 나와 굳은 게 눈에 들어오자 속상했다. 입술 보호제를 찾아 손에 짜서 그의 입술에 살짝 묻혔다. 푸석푸석한 얼굴에 팩도 해주고 싶을 지경이었다.

"미안해요."

그의 얼굴을 보자 복잡한 마음이 사라진 듯 편안했다. 늘 인지하고 있던 사실이었다. 자신이 그를 좋아하고 있음을. 그와 함께하는 게 좋았음을. 하지만 그 이상이라는 걸 이틀 동안 깨달았다. 그를 사랑한다. 그와 함께하고 싶다. 그러나 아직 둘 사이에는 남아 있었다, 서로 간직하고 있는 상처가.

이건이 깨어날 때까지 그를 지켜보던 야하는 이건이 눈을 뜨자 침대에서 내려섰다. 그 모습을 본 이건은 야하가 어디론가 가지 못하게 단박에 손목을 붙잡았다.

"씻어야죠."

이건은 도망가는 게 아니라 씻으러 간다는 말에도 야하의 손목을 잡은 손을 풀지 않은 채 자리에서 일어났다. 아무것도 걸치지 않은 모습에 야하가 얼굴을 붉히고 고개를 돌렸다. 그러든 말든 이건은 야하를 안아 들고 욕실을 찾아 향했다.

"머리 말려줄게요."

예전에 그랬듯 그를 앉혀놓고 헤어드라이기로 야하가 머리를 말려주었다. 이건도 예전에 그랬든 그녀의 배에 얼굴을 묻고 허리를 끌어안았다. 다 말렸다는 야하의 말에도 이건은 꼼짝하지 않았다.

"나도 말려줘요."

야하의 말에 이건이 자리를 바꿔 야하의 머리를 말려주었다. 세

심한 손길로 가볍게 마사지까지 해준 이건이 바닥에 무릎을 꿇고 앉아 침대에 앉아 있는 야하의 무릎에 얼굴을 묻었다.

"어떻게 해야 할지 모르겠어. 내가 어떻게 해야 하지?"

도무지 생각을 해봐도 모르겠다. 자신이 뭘 해야 할지. 어떻게 해야 용서를 구하고 그녀를 되찾을 수 있을지 모르겠다. 이제는 자신의 어머니와 희연의 몫까지 용서를 구해야 한다. 너무 벅차지만, 그녀를 잃지 않을 수만 있다면 뭐든지 할 수 있을 것 같다.

"당분간 떨어져 지내요, 우리."

야하의 말에 돌이 된 듯 굳어버린 이건이 그녀의 허리를 강하게 감싸 안았다. 절대 싫다는 듯 머리를 강하게 흔들었다.

"헤어지자는 게 아니에요. 나에게 시간을 줘요. 그리고 당신도 시간을 가져요."

헤어지자는 게 아니라는 말과 처음으로 다정하게 불러주는 당신이라는 말에 팔에 힘을 뺐다. 자신의 심장을 쥐었다 폈다 하는 야하 때문에 하루에도 몇 번씩 죽다 살아나는 그다.

"무슨 시간. 난 시간 필요 없어. 너만 있으면 돼."

"나도 당신이 필요해요. 그러니 시간을 가져요."

이해할 수가 없다, 왜 시간을 갖자는 건지. 서로를 필요로 하는데 왜 떨어져 있어야 하는지 이건은 도무지 알 수가 없었다.

"아빠는…… 우리 아빠는 당신 때문에 죽은 게 아니에요. 우리 아빠라면 분명 당신의 부탁이 아니라도 사람이 위험에 처했으면 구하러 갔을 거예요."

자신의 머리를 쓰다듬는 야하의 손을 마주 잡았다. 자신도 시간을 가지라는 말이 이거였나 보다. 오래된 상처를 치유할 시간을 주겠다는 거다. 내 탓이 아니라는, 그러니 그만 벗어나라는. 벗어날 시간을 갖자는 거다.

야하의 말에 울컥한 이건이 눈을 꽉 감고 눈물을 삼켰다. 자신의 미안함과 감사의 눈물은 야하의 용서에 비하면 하찮은 것이다. 이건은 그런 하찮은 것을 내비칠 수 없었다.

"어떻게 나 같은 게 널 만났을까."

자신에게는 과분한 그녀에게. 사랑하는 그녀에게 사랑과 존경을 담아 그녀의 손등에 키스를 했다.

"사랑해요."

간절히 바랐던 그녀의 사랑 고백에 이건이 눈을 질끈 감았다. 또 흐를 눈물을 막아보고자 함이었다. 주체하지 못할 정도로 밀려드는 감동을 숨을 꼭 참고 받아들였다.

✳

야하가 오랜만에 켠 핸드폰은 수많은 부재중이 이미 확인된 채 있었다. 이건이 가고 난 뒤 식탁 의자에 올려놓았던 핸드폰을 찾아 들었을 때 이미 지하가 자신의 핸드폰을 켜봤던 걸 알게 된 야하가 아직 확인이 안 된 문자를 확인했다. 부재중의 개수에 비해 문자는 열댓 개 정도밖에 되지 않았다. 거의 이건이 보낸 것이고, 희연에게서도 몇 개 와 있었다.

핸드폰을 내려놓고 침대로 가 몸을 뉘었다. 늘 부드럽게 사랑을 나눴던 것과 달랐던 탓인지 몸에 힘이 쭉 빠졌다.

띵동.

단조로운 초인종 소리에 노곤노곤한 몸을 억지로 이끌고 인터폰으로 지하임을 확인한 야하가 문을 열었다. 지하는 피곤해 보이는 언니의 얼굴에 혹여 이건과 또 다툰 건 아닌지 눈치를 보며 안으로 들어섰다. 괜히 이건에게 연락한 건 아닌지 자신을 질책하며 언니에게 조심스럽게 입을 열었다.

"언니."

"엄마에게 말했니?"

이건과의 일을 얘기했냐는 질문에 지하가 고개를 흔들었다. 지하의 고갯짓에 다행이라는 듯 야하가 소파에 털썩 주저앉았다.

"곧 엄마랑 나 호주로 돌아가. 그전에 같이 시간을 보낼 수 있을까?"

언니가 호텔로 온 뒤로 밥도 잘 먹지 않고 방 안에서 몰래 숨죽여 우는 엄마를 더는 볼 수가 없었다.

"피곤해."

야하의 말에 지하가 딱딱하게 굳어진 얼굴로 자신의 언니를 내려다봤다. 도통 친해질 수 없는 언니의 태도에 화가 날 지경인 지하가 말없이 몸을 돌렸다.

"더는 내 물건에 손대지 마. 너 내 물건 만지는 거 싫어했잖아."

걸음을 옮기던 지하의 몸이 움찔거렸다.

*

집으로 혼자 돌아왔지만, 전과 달리 이건의 얼굴은 한결 편했다. 물론 혼자 오고 싶지 않았지만, 야하의 몸을 데려오는 대신 그녀의 마음을 가져왔다. 집 안을 두리번거리던 이건은 청소를 시작했다. 그동안 청소를 하지 않은 집은 제법 먼지가 쌓여 있었다. 이불도 다 걷어서 조금 더 두꺼운 이불로 갈았다. 이건이 가장 공들여 한 청소는 야하의 물건을 하나하나 닦는 거였다.

청소를 다 끝낸 이건은 희연의 집으로 향했다. 초인종을 누르자 이건을 확인한 동수가 문을 열어주었다. 동수 뒤에 쭈뼛대며 서 있던 희연이 야하의 소식을 물었다.

"야하는?"

"잘 지내고 있어."

"어머님께 들었어. 야하가 그분 딸이라면서? 몰랐어."

울먹이는 희연은 정말로 반성을 하는 듯했다. 제멋대로에 자신의 기분대로 짜증을 내고 날카로운 그녀이지만, 자신의 사람이다 생각하면 작은 것까지 챙기는 성격이었다. 그런 희연을 알고 있기에 진심으로 야하에게 미안해하고 그녀를 걱정하고 있다는 걸 안다. 그렇다고 해서 희연을 용서한다는 게 아니다. 희연은 자신의 하나뿐인 사랑을 아프게 했다. 그렇게 생각하다 피식 웃음이 터졌다. 자신이 야하에게서 용서받은 걸 생각하면 희연을 용서하는 건 새 발의 피일지도 모른다. 하지만 자신의 사랑을 위해선 용서가 아니라 과감하게 희연을 잘라내야 한다.

"곧 계약 끝나는 거 알지? 다른 소속사 찾아봐. 벌써부터 다른 곳에서 연락 오고 있는 거 알아."

끝을 선언하는 이건의 말에 희연이 울음을 터뜨렸다.

"대표님, 저는 누님을 따라가겠습니다."

우는 희연을 자신의 등 뒤에 감추고 동수가 이건을 노려보며 말했다.

"그래."

담담하게 동수에게도 끝을 선언한 이건이 미처 챙기지 못했던 야하의 물건을 찾았다. 그는 그녀의 아버지가 사주었다던 뻐꾸기시계를 아이 다루듯 소중하게 품에 안아 들었다.

"야하에게 사과해. 그래 줬으면 좋겠다."

나가기 전 동수의 뒤에 서 있는 희연에게 말했다. 그러자 동수의 뒤에서 나온 희연이 고개를 끄덕였다.

이건은 집으로 돌아와 건전지를 바로 끼우고 시간을 맞췄다. 뒤에 태엽을 돌리며 시간을 맞추는 중 뻐꾸기가 몇 번 울어댔지만, 고장이 났는지 뻐꾸기가 지붕 안에서 나오지는 않았다. 다시 건전지를 뺀 이건이 뻐꾸기시계를 들고 집을 나섰다.

"고칠 수 있습니까?"

꼭 고쳐야 한다는 단호한 눈길로 뻐꾸기시계를 노려봤다. 몇 번의 드라이버질로 뒤를 뜯어낸 시계방 주인이 고개를 갸우뚱했다.

"이거는 예전에 단종이 된 거라, 차라리 하나 새로 구입을 하시죠? 요즘은 색도 예쁜 걸로 해서 나와요."

"아니요. 꼭 이거여야 합니다. 고칠 수 있습니까?"

이건의 단호한 말에 시계방 주인이 일단은 해보겠다는 말을 했다. 다 고칠 때까지 기다리겠다는 이건에게 시계방 주인이 전화를 하면 찾으러 오라는 말을 했다.

야하에게 가고 싶은 발걸음을 돌려 회사로 향했다. 야하가 갖자고 했던 시간을 헛되이 보내서는 안 된다. 그녀가 원하는 건 해묵은 상처에서 벗어나는 것이다. 자책에서 벗어나야 한다. 그래야 그녀를 당당하게 마주 볼 수 있을 것이다.

그 다음날도 이건은 아침 일찍 회사로 출근했다. 그동안 밀려 있던 일들을 어느 정도 처리하고 나자 붉은 노을이 창을 통해 들어왔다. 비어 있는 야하의 책상도 붉게 물들었다. 일도 다 처리했고, 희연의 일도 처리했고, 이제 남은 건 어머니다.

자리에서 일어난 이건이 야하의 책상으로 뚜벅뚜벅 걸어갔다. 의자에 앉아 자신의 책상을 쳐다봤다.

그녀의 시선이 이랬던 걸까. 컴퓨터 모니터 때문에 얼굴이 잘 보이지 않았을 것 같다. 자신이 그녀를 보기 위해 몸을 옆으로 틀었다면 모를까.

한참을 야하의 자리에 앉아 있던 이건이 몸을 일으켜 사무실을 나섰다.

"접니다."

대문이 열리자 가볍게 밀어 열고 집 안으로 들어섰다. 정원을 지나 다시 집 안으로 연결되는 대문까지 걸어가며 어머니께 할 이야기를 차분히 머릿속에서 정리해 나갔다.

"야하에게 사과해 주셨으면 합니다."

차근차근 이야기를 한다고 했지만, 막상 나온 말은 어머니의 사과를 요구하는 거였다. 자신의 혀를 살짝 깨문 이건이 다시 말을 이어갔다.

"어머니, 희연이와 다시 이야기를 나누셨다는 거 알아요. 누구나 실수는 해요. 그러니 그녀에게 한 실수를 사과해 주세요."

"당신이 실수했어. 내일 찾아가 보는 게 좋을 것 같군."

이건의 아버지까지 나서자 장 여사의 얼굴이 창백해졌다. 그런 어머니의 얼굴을 본 이건이 낮은 한숨을 쉬었다.

"제가 사과를 전하겠습니다."

"그 아가씨가 그렇게나 좋니?"

날카로운 장 여사의 말투에 이건의 아버지가 헛기침을 했다.

"어머니, 아들이 진심으로 사랑하는 여자입니다. 그녀를 받아주세요. 그녀와 행복하고 싶어요."

장 여사는 그 아가씨를 행복하게 해주고 싶다는 게 아닌, 그 아가씨와 행복하고 싶다는 말에서 아들이 그 아가씨를 사랑한다는 걸 느꼈다. 그 아가씨 없이는 불행하다는 말이 아니면 뭐란 말인가.

"희연의 말만 듣고 그런 거는 내 잘못이다. 그런데 정말 그 아이를 사랑하는 거니? 널 구해주신 분의 딸이라서, 미안해서 그러는 거 아니니?"

"사랑합니다."

단호하게 대답하는 아들의 눈을 직시하던 장 여사가 고개를 숙였다.

"미안하구나."

툭 던진 말로 사과를 한 장 여사가 자리에서 일어나 안방으로 들어갔다. 유 선생은 그런 아내의 태도에 아들의 얼굴을 보기 민망했지만, 이러나저러나 자신의 사람이다.

"네 어머니를 이해하거라. 다 널 걱정해서 그랬던 거니."

"네."

이건은 어머니의 태도를 이해하지도, 이해하고 싶지도 않았지만 아버지께 고개를 끄덕였다.

*

칼퇴근을 한 이건이 들른 곳은 바로 시계방이었다. 고쳤다고 환한 미소로 자신을 맞이하는 시계방 주인에게 감사의 인사를 한 그가 계산을 치르고 뻐꾸기시계를 조심히 안아 들고는 집으로 향했다.

못과 망치를 들고 요리조리 왔다 갔다 하던 이건이 거실 벽 앞에 의자를 놓고 그 위로 올라섰다. 엄지와 검지 두 개의 손가락으로 못 끝을 잡고 망치로 살살 내려치다가 갑자기 울리는 핸드폰에 놀라 망치를 든 손이 비틀거리며 엉뚱한 곳을 내려쳤다.

"젠장."

손가락이 부러지는 듯한 아픔에 망치를 던지듯 내려놓고 왼쪽 손을 탁탁 흔들다가 입으로 가져가 호 하며 상처를 살폈다. 그러다 계속 울리는 전화에 짜증을 내며 핸드폰을 찾았다. 발신자에 뜬 야하의 이름에 아픔도 잊고 활짝 웃은 그가 전화를 받았다.

"야하야."

다정하게 부르는 대답에 야하가 짧게 대답을 했다. 이건은 먼저 전화를 걸어올 줄 몰랐기에 내심 놀라면서도 기분이 좋았다.

〈내일 여기로 와줄 수 있어요?〉

"그럼. 지금이라도 갈까?"

당장에라도 야하에게 갈 듯 이건이 차 키를 찾아 부산스럽게 움직였다.

〈아니요. 내일 오전에 10시까지 와줘요.〉

"응. 저녁은 먹었어? 오늘 뭐 했어?"

가벼운 질문으로 시작된 전화통화는 한 시간이 지나도록 계속되었다. 이건은 핸드폰이 뜨겁게 달궈지자 오른쪽 귀와 왼쪽 귀 방향을 바꿔가며 통화를 했다. 그러다 도중에 배터리가 부족하다는 경고음이 나오자 이건은 통화를 하며 충전기를 찾아와 연결했다.

바로 지척에 있기에 이런 적이 없었다. 회사에서는 같은 사무실을 썼었고, 야하가 희연의 집에서 지낼 때에는 보고 싶으면 통화보다는 그녀를 집으로 부르거나 직접 데리러 갔다. 당연히 자신의 집에서 지낼 때는 통화는 하지 않았다. 떨어져 있으니 서로를 그리워하는 마음이 더욱 애틋해져 선뜻 전화를 끊을 수 없었다. 색다른 설렘마저 느껴진다. 전화기 너머로 들리는 야하의 조곤조곤한 말투와 살짝 내뱉는 숨소리가 달콤했다.

〈그만 끊어요. 배터리 다됐나 봐요.〉

자신은 충전하면서 통화를 하고 있는데 배터리가 다되었으니 그만 끊자는 야하가 야속하기도 했지만, 꽤 오랜 시간 통화를 한 건 사실이기에 내일의 만남을 기약하고 전화를 끊었다.

벌써부터 내일 무슨 옷을 입고 나갈지, 그녀와 어디를 갈지 고민하던 이건은 갑자기 느껴지는 손가락의 통증에 눈살을 찌푸렸다. 손톱 안이 시퍼렇게 멍들어가고 있었다. 바닥에 던져 놓은 망치를 집어 든 이건이 어디론가 떨어진 못을 찾고는 다시 의자 위로 올라갔다.

✽

10시에 만나기로 했지만, 이건은 9시도 채 되지 않아 야하가 묵고 있는 룸 앞에 섰다. 먼지 하나 묻지 않은 옷깃을 탁탁 털고 이건이 조심스럽게 벨을 눌렀다. 약간의 기다림조차 애가 타 발을 까딱이며 어서 문이 열리기를 기다렸다.

"벌써 왔어요?"

이제 막 씻은 건지 가운을 걸친 야하가 얼굴만 내밀고 이건을 맞이했다. 복도에 아무도 없었지만, 누가 볼까 봐 이건이 열린 문틈을 몸으로 막아섰다. 야하가 들어오라는 듯 비켜서자 좁은 틈 사이로 용케 몸을 들이고는 서둘러 문을 닫았다.

"보고 싶었어."

자신의 말에 입꼬리가 올라간 야하가 고개를 끄덕였다. 마치 자신도 그랬다는 듯이. 그녀의 손에 들린 수건을 빼앗아 들고는 그녀의 머리 위에 펼쳐 올린 후 가볍게 머리를 털어주었다. 작은 힘에도 자신의 손 움직임에 따라 요리조리 흔들리는 작은 머리에 힘을 더 빼고 탈탈 털어주면서 눈을 돌려 헤어드라이기를 찾았다.

"내가 할게요."

"내가 해줄게."

머리를 다 말린 야하가 옷을 갈아입겠다고 방 안으로 쏙 들어갔다. 거실에 서 있던 이건이 걸음을 옮겨 그녀가 사라진 방문 손잡이에 손을 올리고 살짝 힘을 주었다. 문을 잠그지 않은 것인지 달칵거리는 작은 소리와 함께 문이 열리자 이건이 얼굴 절반이 드러날 정도로 문을 열고 안을 염탐했다.

이미 속옷을 입은 야하가 상의를 손에 들더니 머리를 먼저 끼워 넣고는 양팔을 동시에 옷에 끼워 넣었다. 살짝 등 뒤가 말려 올라가자 옷을 내리려는 듯 오른팔을 뒤로 뻗어 옷 끝을 잡고 끌어 내렸다. 침대 위에 있던 바지를 집어 들고 왼쪽 발부터 끼워 넣고 남은 오른쪽 발을 끼워 넣은 야하가 제자리에서 살짝 두어 번 뛰면서 바지를 끌어 올렸다.

"쿡쿡."

귀여운 모습에 저도 모르게 웃음이 터졌다. 야하가 뒤돌아서기 전에 문을 닫고 벽에 기대고 섰다. 아직 아침을 먹지 않은 것 같으니 아침을 먼저 같이 먹어야 할 것 같다.

이건이 아침 메뉴를 생각하는 사이 방문을 열고 앞만 보고 나온 야하가 이건을 찾는 듯 두리번거렸다. 그녀의 뒤에서 벽에 기댄 채 야하의 행동을 숨죽이고 보고 있던 이건이 팔을 쭉 뻗어 야하의 손목을 잡아 자신을 향해 돌렸다. 그의 힘이 셌는지 중심을 잃고 비틀거리는 그녀를 이건이 단단하게 붙잡아 자신에게로 이끌었다.

"거기서 뭐 해요?"

"기다렸지. 아침 뭐 먹을까? 일단 나가자."

"배고파요?"

"왜. 입맛 없어? 없어도 먹어야지."

고개를 저으며 힘을 주고 버티는 탓에 이건이 야하의 양어깨를 잡아끌었다.

"밥보다는 갈 데가 있어요."

"어디?"

"아빠한테요. 그리고 같이 갈 사람들도 있어요."

같이 갈 사람들도 있다는 말에 이건이 고개를 갸웃거렸다. 지금 이곳에 자신 말고 누가 있냐는 얼굴로 묻자 야하가 낮은 목소리로 엄마와 지하가 이 호텔에 머물고 있다는 말을 했다.

"엄마?"

"여동생하고 같이 들어오신대요, 가끔."

가끔이라는 말은 이전에도 몇 번 들어왔다는 뜻이다. 그런데 야하의 말을 들어보면 그 가끔 들어오는 걸 그녀는 몰랐던 거다. 한국에 들어오면서도 그녀를 보지 않은 그녀의 어머니에게 반감이 들었다.

화가 나 보이는 이건의 얼굴에서 무슨 생각을 하는지 드러났다. 난 괜찮다는 듯 그의 손을 꽉 잡은 후 그의 어깨에 기댔다. 언젠가 그랬듯 그가 자신의 허리를 잡고 살짝 들어 올리더니 자신의 발 위에 올려놓고는 한 발짝씩 리듬감 있게 발을 뗐다.

"엄마 소개해 줄게요."

"응. 가자."

이건은 자신의 발 위에서 내려간 야하가 잡아끄는 대로 걸음을 옮겼다. 계단으로 아래층으로 내려간 두 사람은 어느 방 앞에 섰다. 벨을 누르고 얼마 지나지 않아 문이 열렸다. 지하가 문을 열어 줄 줄 알았던 두 사람은 야하의 모친인 윤정화 여사가 문을 열자 놀라 꼼짝 않고 서 있었다.

"안녕하세요. 처음 뵙겠습니다. 유이건이라 합니다."

먼저 정신을 차린 이건이 깊게 허리를 숙여 인사했다. 이건을 따라 고개를 숙여 인사를 한 윤 여사가 자신의 큰딸을 바라보았다. 잡고 있는 두 사람의 손에 시선을 주었다가 다시 큰딸의 얼굴을 본 윤 여사의 눈에 살짝 눈물이 고였다.

"들어오세요."

"그럼 실례하겠습니다."

떨리는 손을 부여잡고 신을 벗을 때에도 손을 놓지 않는 두 사람을 쳐다봤다. 큰딸 옆에 서 있는 수려한 외모의 남자를 주의 깊게 쳐다보다 눈이 마주쳤다. 살짝 웃어 보이는 게 여자 여럿 홀렸을 법해 눈살을 찌푸렸다.

"남자친구예요."

큰딸의 목소리에 얼른 얼굴을 편 윤 여사가 큰딸에게로 고개를 돌렸다. 하나 이미 이건을 향해 눈살을 찌푸린 걸 보았기에 엄마를 향한 야하의 눈초리가 좋지 않았다.

"남자친구?"

못마땅한 자신의 말투에 작은딸인 지하가 자신의 팔을 살짝 쳤다. 그러지 말라는 듯.

"그렇게 말씀하실 자격 없어요."

자격을 운운하며 차갑게 말하는 큰딸에게 아무런 말도 못하고 윤 여사가 고개를 숙였다. 큰딸에게 있어서 어떠한 것도 간섭할 수도 없고, 잔소리도, 충고도 할 수 없는 자신의 위치를 다시 한 번 자각한 윤 여사가 침을 꼴딱 삼키며 울음을 삼켰다.

"어머님, 많이 부족하지만 야하에게 최선을 다하겠습니다. 조금만 더 지켜봐 주세요."

큰딸을 제대로 쳐다보지 못하는 윤 여사에게 이건이 다정스레 말했다. 당당하면서도 부드럽게 그녀의 마음을 돌리고자.

"이렇게 어머님을 뵐 줄 알았다면, 작은 선물이라도 준비했을 텐데. 죄송합니다."

깍듯이 예의를 차리는 이건의 모습에 조금이나마 바람둥이 같은 첫인상을 버린 윤 여사가 그제야 소파에 앉을 것을 권했다.

"아니요. 가야 할 곳이 있어요."

딱 잘라 거절하는 큰딸의 말에 또 한 번 가슴이 아팠다. 이제는 뭐든지 자신의 말이라면 아니라고 하는 큰딸의 모습에 가슴에 통증이 일었다.

"준비하세요, 같이 가게. 밖에서 기다릴게요."

같이 가자는 말에 지하가 눈을 동그랗게 뜨고 자신의 언니를 바라봤다. 뒤늦게 큰딸의 말을 인식한 윤 여사가 빨리 준비를 하겠다며 욕실로 향했다. 곧바로 들리는 물소리에 윤 여사가 울고 있음을 야하와 지하, 두 자매는 알았다.

"왜 밖에서 기다리자는 거야?"

"불편해요, 아직은."

밖으로 나와 로비에 서서 지나가는 사람들을 응시하며 야하가 대답했다. 잠깐조차도 자신을 바라보지 않는 것에 조바심을 느낀 이건이 야하의 머리카락을 잡아당겼다.

"그럴 때마다 머리 자르고 싶어요."

"뭐든 좋아."

긴 생머리의 그녀도 좋을 터이고, 지금처럼 어깨를 살짝 넘는 것도 좋고, 이보다 더 짧아도 좋다. 뭐든 안 예쁘랴. 다 예쁘겠지, 우리 야하는.

붉어진 눈을 가리며 윤 여사와 지하가 로비로 내려왔다. 이건이 운전하는 차 안에서 그 누구도 입을 열지 않았다. 불편할 법도 했지만 내색하는 이도 없었다.

'고인 서상욱'이라 적힌 글을 네 사람 모두 뚫어져라 쳐다봤다.

'아빠, 오랜만에 가족 모두가 모였네. 이제야 모여서 미안해.'

가족 모두를 보고 싶어 할 아빠에게 언젠가는 엄마와 동생과 같이 오고 싶었다. 지금이 아니면 언제 이런 기회가 올지 모른다. 곧 엄마와 지하는 호주로 떠나니 말이다.

'감사합니다.'

이건은 죄송하다는 말이 아닌 감사하다는 말만을 했다. 그는 옆에 선 야하의 손을 꽉 잡고 감사하다는 말을 되뇌었다.

아직도 그리운 남편, 아빠의 사진을 보며 세 모녀는 한참을 서 있었다. 그런 그들에게 시간을 주고자 이건이 먼저 자리를 떴다.

"어머님, 좋아하시는 음식이 뭡니까?"

운전을 하며 백미러로 뒷자리를 흘끗거리며 이건이 물었다.

"엄마 떡갈비 좋아해."

윤 여사가 아닌 야하가 대신 대답을 했다. 자신이 좋아하는 음식을 알고 있는 큰딸의 모습에 윤 여사가 고개를 돌려 눈물을 훔쳤다.

"근처에 국수집이 있을까요? 점심은 국수로 해요."

윤 여사가 큰딸이 좋아하는 면을 말했다. 어렸을 때 자주 야하에게 국수를 해주었다. 유독 면요리를 좋아하는 남편과 큰딸 때문에 주말 점심은 거의 국수였다.

바지락칼국수를 시키고 네 사람은 각기 다른 생각에 빠져 있었다. 음식이 나오자 이건이 개인접시에 칼국수를 덜어 세 모녀에게 차례차례 준 후 자신의 것을 뜨지도 않고 야하가 먹기 좋게 바지락 껍질을 분리했다.

"오빠도 먹어요."

야하가 국자를 들어 자신의 것을 떠주려 하자, 이건이 얼른 빼앗아 자신이 덜었다. 먹는 틈틈이 세 모녀의 그릇에 칼국수를 덜어주는 이건을 보다 못한 지하가 국자를 빼앗았다. 차마 지하에게 다시 국자를 빼앗아 올 수 없게 되고 나서야 이건은 점심 식사를 마쳤다.

다시 호텔에 도착했을 때, 이건은 야하를 먼저 방으로 들여보내고 돌아섰다. 집으로 가는 대신 이건은 야하의 모친이 머물고 있는 방으로 향했다.

"내일 떠나신다고 들었습니다. 그전에 꼭 드릴 말씀이 있습니다."

지하가 눈치껏 자리를 피해주자 무거운 침묵이 감돌았다.

"야하가 많이 힘들고 외로워했습니다."

이건이 먼저 말을 꺼냈다. 이건은 자신의 말에 눈물을 흘리는 윤 여사에게 티슈를 건넸다.

"많은 사랑을 주지 못해 미안해요. 가슴에 사무치도록 큰딸에게 미안해요."

윤 여사는 셋째를 유산한 일과 그로 인한 우울증으로 두 딸을 돌보지 못한 것, 큰딸을 온전히 받아들이지 못한 후회를 이건에게 털어놓았다. 같이 사는 지금의 남편과 작은딸에게도 하지 않은 말이었다.

"야하를 부탁해요."

"야하를 많이 사랑하고 있습니다. 어머님이 걱정하지 않도록 노력하겠습니다. 하지만 제가 채워주지 못하는 부분이 있습니다. 어머님이 채워주셔야 할 부분입니다. 부탁드립니다."

윤 여사는 이건에게, 이건은 윤 여사에게 서로 부탁을 했다.

*

"정말 가지 않아도 되겠어?"

이건은 아침에 눈을 뜨자마자 보고 싶은 연인에게 달려왔다. 특히나 오늘은 야하의 모친과 여동생이 호주로 떠나는 날이기에 그는 더욱 그녀가 신경 쓰였다.

"가는 모습 보고 싶지 않아요. 인사도 전화로 이미 했어요."

11시 비행기이기에 곧 호텔을 떠나야 하는 윤 여사와 지하. 이미 전화로 인사를 끝낸 야하는 묵묵히 자신의 짐을 쌌다. 짐을 싸다 보니 첫날 지하에게서 빌린 옷이 눈에 띄었다. 조심스럽게 개어 가방에 넣었다. 이건이 짐을 다 싼 야하의 손을 잡아끌어 침대에 앉혔다.

"어제, 너 들여보내고 다시 어머님을 만났어."

이건은 야하에게 어머님이 실은 널 많이 사랑하고 계시다는 것과 어머님이 셋째를 유산한 일로 인해 받으셨던 고통까지 어머님의 이야기를 했다. 큰딸의 전화를 기다렸으면서도 정작 전화가 오면 지금의 남편 눈치를 보느라 바로 끊어야 했던 일. 큰딸의 생일이면 미역국을 끓이다 울었던 일까지 전부 다 이야기를 해주며 조금이나마 그녀의 상처가 아물기를 바랐다.

이야기를 다 듣고도 야하는 별다른 반응을 보이지 않았지만, 속눈썹이 파르르 떨리는 것으로 그녀의 감정을 알렸다. 단번에 엄마에게 받은 상처가 치유될 거라 생각하지 않는 이건은 묵묵히 그녀의 곁을 든든히 지키는 것으로 위로를 대신했다.

윤 여사와 지하가 체크아웃을 하고 삼십 분 뒤 이건과 야하는 호텔을 나섰다. 이건이 슬쩍 야하의 눈치를 보고 그녀에게 안전벨트를 채워주며 말했다.

"우리 집으로 가는 거지?"

"가요."

씨익 웃으며 이건이 차에 시동을 걸었다. 둘만의 보금자리로 돌아갈 생각에 자연스레 액셀러레이터에 올린 발에 힘이 들어갔다.

차에서 내린 후 느릿느릿한 야하의 걸음에 애가 탄 이건이 그녀의 등을 밀면서 걸었다. 집 앞에 도착해서도 현관문을 바라볼 뿐 꼼짝 않는 야하를 대신해 이건이 비밀번호를 누르고 문을 열어 야하를 끌어다 넣다시피 했다.

"아……."

자신이 나올 때와 다를 게 없는 모습에 작은 안도감이 들어 탄식이 나왔다. 옷가지 몇 개가 든 가방을 들고 이건이 안방으로 향했다. 문을 열고 들어가기 전 자신에게로 뻗는 손을, 그에게 다가가 그 손을 마주 잡고 같이 방 안으로 들어갔다. 방 안이 묘하게 다른 느낌이다.

"이불 바꿨어."

야하의 표정을 읽은 이건이 바뀐 이불을 손가락으로 가리키며 말했다. 작게 고개를 끄덕이는 야하를 두고 침대에 그녀의 가방을 탈탈 털어 빨래해야 할 것들과 옷장에 걸어둘 옷을 구분했다.

"내가 할게요."

이건이 한 걸음 물러나 야하에게 자리를 내어주고 옷장으로 가 남은 옷걸이를 꺼내왔다. 그에 옷장이 활짝 열려 내부가 드러났다. 이건의 옷 옆에 가지런하게 크기별로 걸려 있는 자신의 옷을 본 야하의 얼굴이 흐려졌다.

"희연의 집에서 다 가지고 왔어."

몇 군데를 가리키며 말하는 이건의 손가락을 따라 야하가 눈동자를 굴렸다. 화장대 위에 정리된 자신의 화장품과 한쪽에 정리된 책.

야하는 빨랫감을 세탁기에 넣고 액체로 된 세제를 넣은 후 세탁기를 돌렸다. 거실로 나왔을 때 이건이 빨리 저쪽을 쳐다보라는 듯 손가락으로 허공을 가리키고 있었다. 그의 수고를 알려주듯 때마침 뻐꾸기시계가 울렸다.

"수리했어요?"

"응. 내가…… 라고 하고 싶지만, 맡겼어. 다행히 고쳐졌어."

야하는 오랜만에 모습을 드러내는 뻐꾸기가 둥지 안으로 사라졌을 때 시선을 조금 내려 그와 눈을 마주했다. 갑자기 그가 내미는 왼손을 반사적으로 잡으려던 야하가 멈칫하고는 그의 손을 살폈다.

"다쳤어요?"

"응. 시계 달다가 망치로 쾅. 많이 아팠어."

아직도 짙은 멍이 든 손톱이 떨어져 나가지 않은 게 신기할 정도였다. 야하가 안쓰러운 얼굴로 이건의 손을 쓸어내렸다. 엄지손가락에 손이 닿지도 않았는데 아프다고 칭얼거리던 이건이 호 해 달라며 손가락을 그녀의 입 앞에 가져다 댔다.

"이 정도로 죽지 않아요."

"냉정한 여자. 그래도 사랑해."

"알아요."

"정말 무드 없어."

중얼거리며 투덜대던 이건이 회사에 나가봐야 할 것 같다며 시계를 쳐다봤다. 이건을 배웅하던 야하는 나갈 때 꼭 연락하라는 그의 당부를 여러 차례 들어야 했다.

"참. 학원 다니는 게 어때? 뭐 배우고 싶은 거 없어? 영어라든지, 요리라든지. 아니면 신부수업?"

"이따 봐요."

야하가 매정하게 문을 닫았다. 머리를 긁적이며 때마침 열린 엘리베이터를 탔다. 1층에서 내려 밖으로 나오자마자 다시 올라가고 싶은 마음에 1층부터 차례차례 세어가며 야하가 있을 자신의 집까지 올려다봤다. 저 멀리 베란다에 나와 아래를 내려다보며 손을 흔드는 그녀에게 손을 흔들어 보인 후 멋지게 턴을 돌아 차로 향했다.

"다정한 남자. 사랑해요."

아까 미처 하지 못한 고백을 하고 창문을 닫고 집 안으로 들어섰다. 쌀쌀한 기운에 보일러 온도를 올렸다. 한참이 지나도 쌀쌀한 기운이 가시지 않았다. 그가 없기에 그런 것인지.

야하는 안방으로 들어가 옷장을 열고 그의 옷을 꺼내 위에 걸쳤다. 그래도 무언가가 아쉬워 그가 쓰는 스킨을 손등에 살짝 덜어 손에 바른 후 냄새를 맡았다.

"이건 냄새."

가끔 그가 자신에게서 꽃향기가 난다며 야하 냄새라고 좋아하던 이유를 알 것 같았다. 이 스킨을 쓰는 사람은 수없이 많겠지만, 자신은 이 스킨 냄새를 맡으면 그가 떠오른다. 이건이 옆에 있는 것 같아 자연스레 미소가 지어졌다.

※

"미안해."

희연의 사과에 야하는 담담하게 눈을 내리깔고 앞에 놓인 커피잔을 집어 들었다. 뜨거운 커피를 입으로 호 불고 입안에 넣자 씁쓸한 입안이 검은 커피로 더욱 씁쓸해지는 것 같아 야하는 눈살을 찌푸렸다.

"뭐가요?"

희연에게 자신이 잘못한 일을 그녀의 입으로 일일이 말하라는 듯 야하가 물었다. 야하의 질문에 대답을 못하던 희연이 입가에 자조적인 미소를 띠었다.

"이건의 어머님께 내가 한 말. 어떤 이야기를 했는지 말은 안 할래. 그러면 나 정말로 비참해질 것 같아."

알고 있다, 지금 그녀가 어떤 심정일지. 이건, 그가 냉정해질 때면 얼마나 차가워지는지 그가 희연을 대하는 걸 보면서 알게 되었다.

"회사 계약 끝나면 나간다면서요?"

"쫓겨나는 거지 뭐."

야하는 들고 있던 잔을 내려놓았다. 원체 살이 없던 희연은 더욱 살이 빠져 해쓱했다.

"나도 이젠 이건한테 정 떨어질 대로 다 떨어졌어."

"다행이네요."

희연은 마치 연적이 물러난 것이 다행이라는 듯 말하는 야하가 얄미웠다.

"나 때문에 초조한 적 없잖아. 이건은 너만 보는 걸."

"언니 예뻐요. 그 사람 옆에 있으면 싫었어요. 그도 남자인데 언니처럼 예쁜 여자가 옆에 있으면 흔들릴 수도 있어요. 다행히 아직까지 그런 일이 없었을 뿐이죠."

이런 식으로 희연의 상처에 약을 발라주고 바닥으로 떨어진 여자로서의 자존심을 높여주는 거라는 걸 두 사람 모두 알고 있었다. 야하는 끝까지 모질지 못하다.

"네가 좋아. 생각해 보니 나 널 꽤 좋아했던 것 같아. 이건을 떼어놓고 네가 좋아. 그래서 더욱 미안해. 내가 널 좋아하지 않았다면 그저 넌 내가 사랑하는 남자를 빼앗아간 나쁜 년이라 욕했겠지."

"나도 언니가 좋았어요."

고개를 돌려 눈물을 훔치는 희연에게서 엄마가 겹쳐 보이는 건 왜일까. 답답해져 오는 목을 감싸고 자리에서 일어났다. 자신이 일어나자 이쪽을 보고 있던 동수가 걸어왔다.

"먼저 가볼게요."

차가운 바람이 피부를 에일 듯 분다. 태풍이 한차례 몰아치고 간 느낌이랄까. 지나간 태풍으로 인해 부서지고 날아가 버려 남아 있는 게 없지만, 살아남은 자신은 다시 시작해야 한다는 것을 안다. 질긴 생명력이 꿈틀거린다.

이건의 회사까지 걸어가면서 곰곰이 생각했다. 이제 뭘 할지. 일단은 복학 준비를 해야 할 터이다. 그 뒤는 천천히 생각을 해볼까? 급할 거 없으니 말이다.

✱

"이거 다시 분해해서 집으로 가져갈 수 있죠?"

야하가 회사에 왔다는 소식은 어디서 들었는지, 이건이 하고 있던 회의를 중단하고 사무실로 왔다. 그런 그를 보자마자 야하가 손가락으로 자신이 쓰던 책상을 가리키며 물었다.

"어? 어. 왜?"

뭔가 불길함을 느낀 이건이 슬그머니 그녀의 앞으로 걸어가 책상을 막아섰다. 이건은 야하의 시선으로부터 책상을 지키며 그녀의 관심을 돌리려 했다.

"다시 분해해서 가져가요, 그럼."

"왜?"

이곳에 남은 야하의 흔적인 이제 이거 하나뿐인데, 그마저도 가져가겠다는 그녀가 야속해 이건의 미간이 좁혀졌다.

"집에서 쓰게요."

당연한 걸 뭘 묻냐는 듯 쳐다보는 야하의 시선에 이건의 미간은 펴질 줄 몰랐다.

"내 서재에 책상 있는데? 그거 쓰면 되지."

"싫어요. 쓰던 거 쓸래요. 저게 마음에 들어요. 당신이 처음으로 나를 위해 산 거잖아요."

이 책상에 의미를 가진 건 자신뿐만이 아니라는 생각에 이건이 실실 웃으며 고개를 끄덕였다. 기꺼이 이건이 팔을 걷어붙여 책상을 차근차근 분해해 나갔다. 야하는 그의 옆에서 그가 분해한 나사를 하나하나 모아 봉투에 담았다.

"같이 들어요."

"이 정도는 혼자서 들 수 있어."

이건은 자신의 힘을 의심하는 기분이 들어 얼굴을 구겼다. 살짝 자존심을 건드리는 말에 단호하게 야하의 손을 내친 그가 신음 소리 하나 없이 책상을 들어 올렸다.

"여러 번 왔다 갔다 해야 하잖아요. 저도 하나 들게요."

기어코 하나를 들고 움직이는 야하를 못마땅하게 쳐다보던 이건이 다시 사무실로 올라가려는 야하를 차에 앉히고 벨트까지 채운 후 움직이면 확 덮쳐 버린다는 말로 야하를 묶어놨다.

둘의 싸움은 집에 가서도 이어졌다. 손님방으로 쓰던 방 앞에서 야하는 팔을 교차해 팔짱을 끼고, 이건은 허리에 손을 올린 채 서로를 노려봤다. 그 누구도 물러날 생각이 없다는 듯 두 사람의 얼굴에는 단호함이 서려 있었다.

"빨리 조립해 줘요."

"왜 여기에다가 하겠다는 건데? 서재는 저쪽이잖아."

"이 방 쓸 거라니까요."

허리에 올린 두 손으로 머리를 헝클어뜨리는 이건의 손에는 짜증이 묻어났다. 낮은 고함까지 치는 이건을 노려보던 야하가 직접 드라이버를 손에 들었다.

"내가 하죠, 뭐."

"다쳐."

여자 손에 들리면 안 되는 물건이라도 들린 듯 이건이 화들짝 놀라며 야하의 손에서 드라이버를 빼앗아 들었다. 그리고는 혐오스러운 눈으로 자신의 손안에 든 물건을 내려다보며 야하에게 들리지 않을 정도로 낮은 욕설을 내뱉기도 했다.

"해! 해준다!"

연장을 들고 설칠 야하를 보느니 자신이 해주고 만다. 얼마 전 시계를 달다가 망치에 손이 다쳤던 게 생각났다. 드라이버에 손이 다칠 일은 거의 일어나지 않겠지만, 행여나 삐끗하다가 끝에 날카로운 부분에 긁힐지도 모른다.

"그런데 그거 없어요? 요즘은 버튼 누르면 자동으로 나사를 돌리는 드라이버 있잖아요."

조립을 하던 이건의 손이 멈칫했다. 이건은 집 안 어딘가에 처박아두었던 게 생각이 났지만 고개를 저었다. 눈치를 보아하니 그게 있으면 해보겠다며 달려들 야하다.

책상 조립이 끝나고 함께 가지고 온 노트북까지 올려놓자 그의 노고를 치하하기 위해 야하가 커피잔을 들고 나타났다. 야하는 만족스러운 듯 고개를 끄덕이더니 엄지손가락을 치켜세웠다.

"침대는 그냥 써도 될 것 같고. 이불만 두꺼운 걸로 바꾸면 되겠네요."

이어지는 야하의 말에 입안에 있던 커피를 내뿜은 이건이 얼른 휴지를 가져와 자신의 입가와 바닥을 닦았다. 이건이 신경질적으로 닦은 후 휴지를 책상 위에 버리자 야하가 슬그머니 손을 뻗어 휴지를 집어 들고는 쓰레기통에 버리려는 듯 거실로 나갔다. 그런 그녀를 뒤따라 방에서 나온 이건이 야하의 팔꿈치를 잡아 돌려세웠다.
"저 침대를 왜 써?"
"이 방에서 지낼 건데요?"
이건은 깜찍하게 눈까지 몇 번 깜빡이며 순진하게 내뱉는 야하의 모습에 속에서 확 불이 솟구치는 걸 간신히 참아냈다. 언제쯤 그의 손에서 벗어나 쓰레기통에 휴지를 버릴 수 있을지 가늠하던 야하가 슬그머니 그의 손에서 팔을 흔들어보았지만, 팔꿈치에 그의 힘이 더 실렸다.
"그럼 나는?"
"안방 쓰고 있잖아요."
"각방 쓰자고?"
"부부도 아니고, 각방까지야……."
한순간에 굳어진 이건의 얼굴과 서늘한 눈빛에 야하의 몸도 굳어졌다. 정말로 화가 난 듯 이건의 숨도 거칠어졌다. 이건은 그대로 야하를 어깨에 들쳐 메고는 안방으로 직행해 침대에 던지듯 내려놓고 자신의 온몸으로 야하를 내리눌렀다.
"나 진짜 화낸다."
"무서워요."
이건은 무섭다는 말에 몸에 힘을 빼고 옆으로 돌아누웠다. 왜 이리도 매몰찬지. 이건은 오늘따라 유독 사랑스럽게 보이지 않는 애인을 가리듯 팔을 들어 올려 눈을 가렸다.

"이제 와서 왜 방을 따로 써?"

"결혼한 부부도 아니고……."

그놈의 결혼을 당장에라도 하고 말지, 왜 떨어져서 지내자는 건지. 자신은 1초라도 떨어져 있고 싶지 않은데 말이다.

"그래? 알았어. 너 하고 싶은 대로 해."

이건의 기분을 조금이나마 풀어주고자 야하가 그의 눈을 가린 손을 잡아 내리고는 그의 입술에 자신의 입술을 가져다 댔다. 그래도 반응이 없자 살짝 그의 입술을 깨물기도 했지만, 이건은 요지부동이었다. 야하가 그에게서 몸을 일으키자 반대 방향으로 몸을 돌린 이건이 차갑게 말했다.

"내 방에서 나가, 네 짐도 가지고. 가서 방 정리나 해."

차가운 이건의 말에 야하의 심장이 덜컹거렸다. 눈이 뜨거워져 그대로 그의 방을 나섰다.

"화가 많이 났나. 치, 내 마음도 모르면서."

야하는 자신의 마음도 알아주지 않고 화내는 이건에게 서운했다.

화났다. 정말로 이건은 화가 났다. 매일같이 자신이 요리를 해도 시큰둥이다. 남김없이 먹어주기는 하지만. 이마저도 그러지 않았다면 자신은 꼴사납게 밥상머리 앞에서 울어버렸을지도 모른다. 그리고 그는 자신이 배웅을 해도 고개만 끄덕이고 나갈 뿐 다정한 눈인사라든지 뽀뽀라든지 아무것도 없었다. 심지어 그는 자신이 잠깐 다른 일을 하는 사이에 말도 없이 출근을 하기도 했다.
"여보세요."
〈오늘 늦어. 회식 있어.〉
"네."
대답과 동시에 전화가 끊겼다. 야하는 힘없이 자신의 침대로 몸을 던졌다. 오늘은 혼자서 저녁 먹을 생각에 우울해졌다. 야하는 침대에서 일어나 주방으로 갔지만, 딱히 입맛이 없어 라면봉지를 찾고는 물을 끓였다. 물이 팔팔 끓었지만, 끝내 라면봉지를 뜯지 않고 가스레인지 불을 껐다.

씻고 나와 이건의 방으로 향한 야하는 화장대 앞에 앉아 솜에 에센스를 적시고 얼굴을 꼼꼼하게 닦아냈다. 모든 짐을 다 지금 자신이 쓰고 있는 방으로 옮긴 그녀지만, 화장품은 그대로 두었다. 이건에게 자신의 방에는 화장대도 없으니 그냥 두겠다고 했다. 그는 고개만 끄덕일 뿐 크게 생각하지 않는 것 같았지만, 야하에게는 이게 나름의 큰 의미가 있는 일이었다. 그녀는 자신의 물건이 그의 물건과 같이 놓여 있는 게 좋았다. 그리고 이렇게라도 해야지, 이걸 핑계 삼아 그의 방에 드나들 것 아닌가.

"늦나."
뻐꾸기가 벌써 열한 번을 울었다. 소파에 자신의 팔을 베고 누운 야하는 시계 초침만 노려봤다.

오랜만에 과음을 한 탓에 몽롱했다. 지끈거리는 머리를 부여잡고 거실로 들어섰을 때 아직도 켜져 있는 불빛에 눈이 부셨다.

"서야하."

소파 끝에 누워 있는 그녀가 금방이라도 바닥으로 떨어질 것 같아 냉큼 걸어가 다리로 막아섰다. 요 며칠 자신의 눈치를 보는 그녀의 얼굴을 내려다보았다. 처음에는 이 정도면 그녀의 마음이 돌아설 거라는 생각에 연기를 했지만, 그래도 물러서지 않는 야하의 모습에 정말로 화가 나버렸다. 야하는 자신이 냉정하게 굴 때마다 울 듯한 얼굴을 하면서도 고집을 꺾지 않았다.

"포기해야 하나."

그 얼굴을 보면 하루 종일 일이 손에 잡히지 않는다.

뻐꾸기가 두 번 울었다. 이건은 야하를 안아 들고 자신의 방으로 데리고 가고 싶은 걸 꾹 참고 이제는 야하의 방이 된 곳으로 걸음을 옮겼다. 등으로 살짝 열려 있던 문을 밀고 들어가 발로 대충 이불을 치우고 야하를 눕혔다. 이건은 야하의 목까지 이불을 올려 주고 옆에 잠깐 누워 오랜만에 연인을 품에 안았다.

"잘 자."

이건은 야하의 이마에 굿나잇 키스를 한 후 도무지 떨어지지 않는 몸을 일으켜 자신의 방으로 향했다.

눈을 떴을 때 이제는 익숙해진 천장이 눈에 들어왔다. 분명 소파에 누워서 그를 기다렸었는데. 자신이 몽유병이 아니니, 분명 그가 데려다 놓았을 터.

"몇 시에 들어왔어요?"

야하가 거실로 나왔을 때 이건은 이미 씻고 신문의 연예면 기사를 확인하고 있었다. 이건은 목에 걸린 수건으로 머리를 몇 번 털더니 세탁기가 있는 베란다로 향했다.
"두 시쯤?"
베란다에서 돌아온 이건이 뒤늦게 대답을 했다. 아직 술기운이 남아 있는 얼굴을 흘끗 본 야하가 꿀물을 타서 가져왔지만, 절반쯤 마신 이건이 나머지를 싱크대에 부어버렸다.
"아, 너무 달아서."
꿀이 원래 달지 뭐. 버려진 꿀물이 왠지 슬프다.
"출근 준비하세요."
고개를 끄덕이고 자신의 방으로 들어가는 이건의 뒷모습을 보던 야하가 그가 보던 신문지를 들고 소파에 앉았다. 신문에는 민희연의 계약이 끝났다는 것과 이건의 회사인 Tesoro 엔터테인먼트와 재계약을 하지 않았다는 기사가 실려 있었다.
"다녀올게. 오늘도 늦어."
연말이라 그런지 오늘도 술자리가 있나 보다.
"눈 올 것 같아요."
출근하는 이건을 졸졸 따라다니며 배웅을 하던 야하가 오늘은 거실에 서서 밖을 내다보며 말하는 것으로 배웅을 대신했다. 이건은 신발을 신고 그런 야하를 보다 말없이 집을 나섰다.
평소 단 음식을 즐기는 편이 아니라 꿀물도 잘 타 먹지 않는다. 무심코 남은 꿀물을 버리고 뒤돌았을 때 입술을 질끈 깨물고 자신을 올려다보는 야하의 눈에 물기가 스며들자 재빨리 변명을 했다.
"아, 마실걸."

후회를 한들 이미 벌어진 일이다. 자신을 배웅하지 않던 모습에 고개를 들어 층수를 세어갔다. 고개를 더욱 꺾어 하늘을 쳐다봤다.

"눈 좋아하나."

눈이라면 질색이다. 눈 때문에 도로가 막히고 걸을 때마다 질척거린다. 하지만 야하가 좋아한다면 내렸으면 한다.

※

연 사흘을 이건은 술에 취해서 들어왔다. 취했다고 하기에는 그의 정신은 멀쩡했지만, 걸음이 조금 늘어지고 술 냄새가 진동했다. 이건은 오늘도 어김없이 새벽에 들어왔다. 그전과 다른 점이 있다면 야하가 잠들어 있지 않고 기다리고 있었다.

"술 조금만 마셔요."
"이쪽 일이 원래 좀 그래. 늦었어. 어서 자."

야하를 품어본 지도 오래라, 술기운에 자신이 무슨 짓을 할지 몰라 얼른 방으로 들어가 문을 닫았다. 자신이 씻고 나왔을 땐 바닥에 대충 벗어놓았던 옷들이 사라지고 없었다. 야하가 치운 건가 싶어 거실로 나왔지만, 이미 불이 꺼진 거실에는 그녀의 기척이 느껴지지 않았다.

똑똑.

노크를 해도 대답이 없어 살짝 그녀의 방문을 열었다. 등을 진 채 잠이 든 모습에 그냥 문을 닫고 나가려 했으나, 숨을 쉬는 거라

하기에는 야하의 몸이 자잘하게 들썩이고 있었다.

"서야하, 어디 아파?"

놀란 이건이 불을 켰다. 불을 켜는 순간 야하의 몸이 죽은 사람처럼 아무런 미동도 없었지만, 곧 이내 다시 흔들렸다. 이건이 어깨를 잡아 돌리려했지만, 야하는 몸에 힘을 주고 그의 손을 거부하며 흐느끼기 시작했다.

"서야하."

강하게 힘을 줘 야하의 몸을 돌렸을 때, 야하의 얼굴은 눈물로 흥건하게 젖어 있었다. 소리를 죽여 우는 탓에 더욱 애처로워 이건의 심장에 스산한 통증이 일었다.

"왜 울어?"

이불이 아닌 다른 무언가로 입을 막고 울고 있기에 이건이 그걸 빼앗았다. 이건이 달래주려 팔을 뻗었지만 야하가 탁 하고 그의 팔을 치더니 소리를 내며 서럽게 울어대기 시작했다. 이건은 그동안에 보여준 자신의 행동 때문인가 싶어 미안해졌다.

요 며칠 이렇게 자신 몰래 울었던 것은 아니겠지. 자신에게서 벗어나려 몸부림치는 야하를 간신히 품에 안았다. 가운 앞섶이 다 젖을 정도로 울어대는 야하를 어떻게 달래야 하나 암담했다. 동시에 속 좁게 행동한 자신에게 욕설을 날렸다.

"흑. 싫어."

이건은 싫다는 말에 심장이 또 한 번 철렁했다. 거칠게 자신을 밀어내는 힘에 밀려난 것도 모자라 자신의 얼굴에 던져지는 무언가를 멍하니 있다가 맞아야 했다.

"뭐야?"

야하가 입을 틀어막고 있었던 천 쪼가리는 자신의 셔츠였다. 씻기 전 벗었던 것으로 다른 사람들이 피운 담배 냄새가 배어 있었다. 이미 야하의 손아귀에서 구겨지고 그녀의 눈물로 젖은 셔츠는 제 모습을 찾기 어려웠다.

"야하야, 왜 울어. 응? 나 때문에 울어? 미안해. 앞으로는 안 그럴게."

야하는 이건의 말에 더욱 서럽게 울어대며 힘없는 주먹으로 그의 가슴을 때렸다. 때리는 대로 맞고 있던 이건은 이러다 수분 부족으로 그녀가 병원에 실려 가게 될까 싶어 물을 떠와서 간신히 야하를 진정시키고 몇 모금 먹였다.

"끅. 앞…… 앞으로든. 끅, 내가 다른 방 쓴다고. 끅, 여자랑. 흐윽. 싫어."

우는 와중에 딸꾹질까지 하면서 횡설수설하는 탓에 도저히 알아먹을 수가 없었다.

"응? 앞으로 다른 방 쓴다고 화 안 낼게. 그리고 뭐라고? 다 말해봐. 응?"

"어떻게…… 다, 다른 여자랑! 끅, 싫어!"

"여자가 뭐?"

도저히 자신의 말을 알아듣지 못하자 야하가 이건의 손에 들린 셔츠를 빼앗아 들고 그의 눈앞에서 흔들어댔다. 이건이 다시 받아 들고 뭐 하냐는 듯 쳐다보자 야하가 셔츠 어느 한 부분을 가리켰다. 그곳에는 베이지색의 화장품이 묻어 있었다. 그제야 야하가 무슨 말을 하는 것인지 안 이건이 웃음을 터뜨렸다.

"왜…… 끅, 웃어!"

화가 났는지 반말까지 하며 야하가 그를 노려봤다.

"아니야. 네가 생각하는 그런 거 아니야. 이거 화장품 맞는데, 남자 녀석 거야. 문 열고 나가다가 유원이 녀석이랑 부딪혔어. 난 어깨를, 그 녀석은 얼굴을. 유원이가 촬영하다 와서 지우지 않은 화장품이 묻은 거야. 진짜야. 내 옷에 화장품 묻은 거 보고 유원이가 사과했어. 못 믿겠으면 전화해 볼래?"

정말이냐고 쳐다보는 눈에 억울함을 가득 담은 얼굴로 고개를 끄덕였다. 작은 안도의 한숨을 내쉬는 야하가 무지막지하게 귀여워 입술에 쪽 하고 키스를 했다. 눈물로 짭짤했지만, 그 무엇인들 달콤하지 않으랴.

"울지 마. 나 심장마비 걸리는 줄 알았어. 나 없는 데서 울지 마. 응? 나 때문이라도 내 앞에서 울어. 지금처럼 나 막 때리면서 울어. 다 받아줄게."

야하가 그제야 이건의 목에 팔을 두르고 그의 품에 안겼다. 작은 목소리로 무어라 속삭이는 말을 알아듣지 못한 이건이 다시 물었다.

"응?"

"왜, 안 안아줘요?"

"안아주고 있잖아."

대답을 하고 나서야 야하가 무슨 말을 하는지 인식한 이건이 자신의 목에 둘린 그녀의 팔을 풀고 눈을 맞췄다.

"요즘 안아주지도 않고. 내가 다른 방 쓰자고 해서 내가 싫어진 거면······."

"그만, 거기까지. 그 뒤에 말은 듣고 싶지도 않다."

설마 야하가 그런 생각을 하고 있을 줄 몰랐다. 그녀가 싫어지다니. 지금도 안고 싶은 걸 꾹 참고 있는데 말이다. 자신의 표현이 부족하다고는 생각해 본 적이 없는데.

"사랑해."

"말로 말고."

야하의 도발에 냉큼 넘어간 이건이 냅다 그녀가 입은 옷가지를 거칠게 벗기고 침대에 눕혔다. 이건이 깊숙한 키스에 숨차 하는 야하에게 호흡할 수 있는 기회를 주고자 입술을 그녀의 목줄기를 따라 내렸다. 그런 이건의 배려 아닌 배려에도 야하는 뜨거워지는 몸과 아득해지는 정신에 숨 쉬는 법을 잊어버렸다.

가슴을 집요하게 괴롭히는 입술과 손에 그의 머리카락을 잡은 손에 힘이 들어갔다. 그럴수록 더욱 세차게 가슴을 빨아들이는 힘에 절로 허리가 들썩였다.

"이건."

야하가 참지 못하고 이건의 허리를 다리로 감싸자 이건이 이에 응하듯 몸을 겹쳐 왔다.

격정의 시간이 지나고 둘은 껴안은 채 숨을 고르고 있었다.

"이러는데 각방을 쓰자고? 더는 못하겠다."

잠이 오려는지 눈이 자꾸 감기고 있었다. 부드러운 살결을 더 느끼고 싶은데 정신이 점점 아득해진다. 그러다 야하의 말에 번뜩 잠이 깼다.

"그래도 방은 따로 써요."

"대체 왜?"

상체를 일으킨 이건이 달려들 듯 야하를 쏘아봤다.

"어머님이……."

"응?"

"희연 언니가 어머님께 안 좋은 이야기를 했잖아요. 결혼하지 않은 남녀가 같이 사는 것도 어른들 눈에 안 좋은데 같은 방까지 쓰고 있다면 어머님이 기분 좋으시겠어요? 조금이나마 어머님 마음에 들도록 노력해야죠."

"아아……."

할 말을 잃었다. 자신이 생각도 못하는 걸로 고민하고 있었다니. 혼자서 끙끙대는 타입이니 끝까지 말을 안 하려 했겠지. 원래 그런 성격이라는 걸 알면서도 그래도 자신에게는 그런 고민이 있다면 털어놓아 주었으면 했는데……. 또 서운해지려 한다.

"말하지 그랬어."

알고 있다, 최대한 자신이 신경 쓰지 않도록 하려 한다는 걸.

"사랑해."

"사랑해요."

"누구를?"

"누구를요?"

"서야하를."

"유이건을."

앵무새처럼 자신의 말을 따라 하는 야하가 예쁘다. 사랑스럽다.

*

"가자니까. 구경 한번 해보고 싶은데."

야하가 연말 시상식에 가고 싶다며 평소에 하지도 않던 애교까지 피웠음에도 이건은 꼼짝도 안 했다. 가면 잘생기고 키 큰 배우들이 천지이기에 이건은 야하를 데려갈 생각이 전혀 없었다. 심지어 잘나가는 아이돌의 공연도 있기에 이건은 단호했다. 이건 자신도 참석하지 않고 이렇게 야하와 나란히 소파에 앉아 TV로 보고 있었다.

"희연 언니 드라마가 벌써 상 두 개를 탔어요."

간간이 화면에 희연의 얼굴이 비춰졌다. 희연은 아직 소속사 문제가 남아 있었다.

"언니 살이 더 빠진 것 같아요."

야하의 말에도 TV는 쳐다보지도 않고, 이건은 야하만을 바라봤다. 이건은 잘생긴 배우가 화면에 잡힐 때마다 눈이 반짝이는 야하를 보며 데려가지 않기를 잘했다며 가슴을 쓸어내렸다.

'은근 외모지상주의인 서야하.'

속으로 자신을 빈정거리는 이건을 모르는 야하는 아이돌 공연이 나오자 더욱 눈을 빛냈다.

"콘서트 한 번 가보고 싶다. 여태 가본 적이 없어요. 아는 사람 통해서 좋은 자리로 표를 구할 수 없어요?"

"인맥이 그닥인지라."

시큰둥하게 대답하는 이건을 흘겨보고는 야하는 다시 TV로 시선을 돌렸다.

이건은 두 시간이 지나도록 화장실 한 번 가지 않고 TV에 빠져 있는 야하를 보다가 갑작스런 그녀의 환호성에 어떤 놈이 나와서 저러는지 TV로 시선을 돌렸다.

"희연 언니가 여우주연상 탔어요!"

TV에는 상을 받기 위에 무대 위로 올라가는 희연이 화사하게 웃고 있었다. 희연은 트로피와 수많은 꽃다발을 안고 마이크 앞에 섰다. 수상 소감을 말하던 희연의 눈에서 눈물이 흘러내렸다. 그리고 그녀의 수상 소감을 들은 야하의 눈에서도 눈물이 흘러내렸다.

"방금 들었어요? 제 동생 야하에게 고마움을 전한대요."

"응, 들었어. 얄밉다. 그치?"

못마땅함을 드러내는 이건에게 동의하듯 고개를 끄덕였지만, 희연에 대한 미움이 조금은 사그라졌다.

"동수가 삐치겠다. 동수가 고생 많이 했는데."

그의 말대로 자신의 이름을 거론하지 않은 희연에게 삐친 동수가 이 주라는 긴 시간 동안 희연에게 말 한마디도 하지 않았다는 후일담이 전해졌다.

*

"그럼 계약서에 사인을 하고."

두 사람은 철저하게 갑과 을의 얼굴을 하고 다시 마주 보고 앉았다. 희연은 이리저리 다른 소속사에게 콜을 받았던 걸 다 물리치고, 여우주연상을 받은 것도 다 뒤로하고 그전의 조건과 동일하게 Tesoro 엔터테인먼트와 재계약을 했다. 이제는 친구가 아닌 Tesoro 엔터테인먼트 대표의 얼굴을 한 이건이 힘 있게 계약서에 사인을 했다.

"앞으로도 잘해봅시다."

"네."

절대 하지도 않았던 존대를 해가며 둘은 친구라는 관계를 정리했다. 이건은 절대 재계약을 하고 싶지 않았지만, 다른 기획사의 콜을 다 거절하고 있다는 기사를 본 야하가 이건에게 희연의 재계약 이야기를 꺼냈다. 다른 걸 다 떠나서 회사만을 생각하라는 야하의 말에 이건은 박 실장을 통해 희연에게 재계약을 제시했다.

계약을 마치고 자리에서 일어난 희연은 텅 빈 야하의 책상이 있던 곳에 시선을 두었다가 고개를 숙여 이건에게 인사를 한 후 사무실을 나섰다.

"어? 안 그래도 전화하려 했는데."

희연이 문을 열고 나서려 했을 때 유원이 앞에 서 있었다. 싱긋 웃으며 희연을 내려다보던 유원이 희연의 볼에 붙은 머리카락을 귀 뒤로 쓸어 넘기며, 이따가 전화를 하겠다는 듯 엄지와 새끼만 펴 전화기 표시를 하고 귓가에서 흔들었다.

"뭐냐?"

희연이 나가고 유원이 들어오며 사무실 문을 닫았다. 그가 소파에 앉자마자 이건이 물었다.

"아, 사내연애가 금지는 아니잖아요."

능글맞게 웃으며 유원이 어물쩍 넘어갔다. 희연이 여우주연상을 받던 날 뒤풀이에서 어떤 남자와 사라졌다는 이야기를 들었다. 박 실장이 그 남자가 유원이라고 슬쩍 자신에게만 말해주었다.

"뭐, 꼬시는 중? 잘 안 넘어오네요."

이건이 계속해서 노려보자 어쩔 수 없다는 듯 유원이 입을 열었다.

"언제부터?"

"어? 저 희연이 팬이었어요. 몰랐어요? 여기 오디션 볼 때 말했었는데."

"희연이?"

언제부터 누나가 아닌 희연이라 불렀는지. 아침마다 연예기사를 눈여겨봐 왔지만, 앞으로는 더욱 신경 써야 할 것 같다.

✽

이건은 복학을 앞둔 야하가 공부를 하겠다며 자신을 버리고 도서관으로 가버리자 혼자 거실에서 TV를 보던 중 밀려오는 졸음에 자신의 방이 아닌 야하의 방으로 향했다. 방으로 들어가 침대에 눕자 코끝에 맴도는 야하의 냄새에 베개에 얼굴을 부비고는 나른하게 눈을 떴다. 그러다 눈에 들어오는 라임색 책상에 몸을 일으켰다. 지금도 이 책상이 자신의 사무실이 아닌 이곳에 있는 게 조금은 못마땅한 이건이 책상을 노려보다 걸음을 옮겼다. 그새 이것저것 늘어난 책들을 훑어보던 이건이 슬쩍 서랍에 눈길을 주었다. 아직 야하가 오려면 조금 걸릴 듯해 이건이 위에서부터 서랍을 하나하나 열어보았다.

이건은 비어 있던 서랍이 가득 찬 걸 대충 확인한 후 바닥에 주저앉아 본격적으로 탐색해 나갔다. 처음 보는 물건들은 기어코 써 보고 난 뒤에 다시 제자리에 놓던 이건이 마지막 서랍을 열었다.

"응? 뭐지? 어디서 봤는데."

직사각형의 물건을 보던 이건은 슬쩍 웃더니 버튼 하나를 눌렀다.

"예전에 내가 쓰던 거랑 같은 거네."

데뷔하기 전 자신의 발성과 발음 연습 때문에 매번 녹음기에 대사를 녹음한 후 들어서 어색한 대사 연기를 고쳤던 기억이 나자 이건의 입에서 멋쩍은 웃음소리가 흘러나왔다. 버튼을 눌러도 전원에 불이 들어오지 않자 이건은 그것을 가지고 자신의 서재로 향했다.

"분명 버리지 않고 놔둔 것 같은데."

서재 구석에 있는 커다란 박스를 뒤지던 이건이 드디어 원하던 걸 찾았는지 눈가를 접어 웃어 보인 후 꺼내 들었다. 이건의 손에는 같은 기종의 녹음기가 들려 있었다. 두 개의 녹음기를 나란히 두고 드라이버를 꺼내 든 이건이 하나씩 분해하더니 부품을 교체해서 끼웠다. 마지막으로 건전지까지 끼워 넣었다. 아직 조립되지 않은 자신의 것은 미련 없이 한쪽으로 쓸어 모은 후, 야하의 것을 들고 목소리를 가다듬었다.

"흠흠. 아아."

낮은 저음의 자신의 목소리에 만족한 이건이 버튼을 누르자 전원에 불이 들어왔다.

"사랑하는 야하야, 음…… 사랑해."

갑자기 물밀 듯 몰려오는 부끄러움에 이건이 말을 급히 마치고는 버튼을 눌렀다. 삭제를 해야겠다는 생각에 자신이 녹음한 걸 들어보려던 이건은 이미 녹음된 내용이 많은 걸 확인하고는 그중 하나를 재생했다.

"음음. 사랑하는 내 딸, 야하야. 아빠야. 이거 이렇게 쓰는 거 맞나?"
"네, 맞아요. 대장님, 계속 말씀하세요. 녹음되고 있어요."
"허허. 야하야, 아빠야. 아, 이 말 했나? 이거 은근 쑥스럽구먼."

들리는 목소리에 멍해졌던 이건이 다시 버튼을 눌러 중지시켰다. 그제야 이 물건의 주인이 야하의 아버지라는 사실을 안 이건이 더는 듣지 않고 거실로 나왔다.
"나 왔어요!"
이미 잠금장치가 해제되는 소리에 야하가 온 걸 알아챈 이건이 일어서서 기다리고 있었다. 신발을 벗고 거실로 들어온 야하를 품에 꼭 안은 이건이 그녀의 손에서 책을 받아 들고는 빈 그녀의 손에 녹음기를 올려주었다.
"어? 어디서 찾았어요? 서랍에 놓아뒀는데."
"서랍에서. 심심해서 이것저것 보다가. 아버님 거던데."
"아, 맞아요. 어떻게 알았어요? 아빠 유품인데 고장이 나서 작동이 안 돼요."

"내가 고쳐 놨어."
"정말요? 어떻게요?"
"수리수리 마수리, 고쳐져라, 얍!"
동그랗게 두 눈을 뜨고 묻는 연인에게 찡긋 윙크를 한 이건이 녹음기를 가리켰다.
"안에 녹음된 거 있던데. 들어본 적 있어?"
"아니요."
녹음된 게 있다는 이건의 말에 단숨에 야하의 눈에 눈물이 차올랐다. 야하가 혼자서 들을 수 있도록 이건이 자리를 비켜주었다. 야하는 떨리는 두 손으로 녹음기를 재생했다.

"음음. 사랑하는 내 딸, 야하야. 아빠야. 이거 이렇게 쓰는 거 맞나?"
"네, 맞아요. 대장님, 계속 말씀하세요. 녹음되고 있어요."
"허허. 야하야, 아빠야. 아, 이 말 했나? 이거 은근 쑥스럽구먼."

오래된 탓인지 지지직거리는 기계 잡음이 섞였지만, 아빠의 목소리에만 집중했다.

"사랑하는 딸아, 아빠가 녹음한 걸 네가 듣는 날이 오지 않기를 바랄 뿐이다. 이렇게 미리 녹음을 하는 것 자체가 좋지는 않지만, 혹시나 뒷날에 어떤 일이 벌어질지 모르니 이렇게 말을 남긴다. 사랑하는 딸아, 무슨 일이 있든지 이 아빠가 널 사랑한다는 건 잊지 말거라."

 녹음이 끝난 것인지 '달각' 소리와 함께 아빠의 목소리가 끊어졌다. 하지만 이내 또 목소리가 흘러나왔다.

 "음음! 사랑하는 딸아, 오늘은 제법 큰 화재가 났단다. 하지만 아빠는 무사해. 아빠의 일이 너에게는 많이 위험해 보일지도 모르겠구나. 오늘도 네가 울먹이는 목소리로 전화했을 때 어찌나 미안하던지. 아빠가 많이 미안해."

 그 뒤로 몇 차례나 아빠의 목소리가 끊어졌다 이어졌다.

 "음음. 사랑하는 야하야, 오늘 동료를 잃었단다. 그 가족을 보니 남 일 같지가 않더구나. 그 친구가 사람을 구하고 죽었는데, 가족이 원망을 하더구나. 그 친구와 그 친구가 살린 사람을 모두 다. 혹시나 아빠에게 무슨 일이 생기거든 이것 하나만 약속해 다오. 남을 탓하지 않았으면 하는구나. 아빠가 한 일이니 아빠를 탓해다오. 그리고 아빠를 용서해 다오. 끝까지 지키지 못한 아빠를 용서해라. 착한 내 딸. 꼭 아빠를 용서해야 한단다. 그리고 꼭 행복해라. 내 딸이 행복하면 아빠도 행복해. 허허. 이거 아빠가 괜한 소리를 하는구나. 그 친구를 잃어서 상심해서 하는 말이다. 이 아빠는 언제까지고 네 곁에 있을 거야. 사랑한다, 내 딸."

용서하라는 아빠의 목소리에 지난 일이 떠올랐다. 환청이라 생각했던 아빠의 목소리. 아직 남아 있던 마음의 응어리가 아빠의 목소리에 녹아내렸다.
그 뒤로 네 번의 녹음이 더 있었다. 그리고 마지막 녹음은 예상치 못한 목소리였다.

"사랑하는 야하야, 음…… 사랑해."

부끄러움이 가득한 이건의 목소리에 눈물을 흘리고 있는 눈과 다르게 입에서 풋 웃음소리가 나왔다. 손등으로 눈물을 닦은 야하가 가라앉은 목소리를 가다듬고 버튼을 눌렀다.
"사랑하는 이건 씨, 녹음기 고쳐 줘서 고마워요. 아빠를 다시 되돌려 줘서 고마워요. 그리고 옆에 있어줘서 고마워요. 사랑해요. 앞으로 우리 둘 행복하게 잘살아요."
다시 버튼을 누른 야하가 녹음기를 테이블 위에 놓아두고는 자신의 연인을 찾아 방으로 걸음을 옮겼다.

 에필로그

"왜 내가 회사 MT에 따라가야 하는 건데요?"

"그야 너도 우리 회사에 다녔었으니까."

"과거잖아요. 그보다 오늘 우리 과 MT인 거 알잖아요. 데려다 준다면서. 거짓말쟁이!"

'그래서 데려온 거다.'

복학을 한 야하는 바빴다. 어찌나 열심인지 조별과제를 해야 한다며 자신보다 늦게 집에 들어오기도 했다. 공부라 생각하며 참았지만, MT는 별개였다. 누군지도 모르는 사람들과 뒤섞여 놀고 술 마시고 잠을 자고 오겠다니. 절대 있을 수 없는 일이었다.

이에 이건은 일정에 없던 회사 MT를 만들어 야하를 끌고 왔다. 야하는 과 MT에 갈 생각은 없었지만, 가지 않겠다고 말을 하기도 전에 안 된다는 말부터 하는 이건에게 살짝 화가 나 MT에 가겠다고 말을 했다. 야하가 전날 싸놓은 가방을 아침이 되자 이건이 낚아채더니 데려다 준다고 하고서는 자신의 회사 MT가 오늘이라며 이렇게 끌고 왔다.

"재미있는 거 많이 할 거야. 담력시험, 보물찾기 등등. 너 보물찾기 잘하잖아. 다 찾으면 되겠네."

"안 찾을래요."

"어? 그럼 안 되는데."

당황해하던 이건은 에라, 모르겠다는 심정으로 주차를 했다.

오랜만에 본 동수가 반갑게 맞이했고, 희연도 살짝 손을 흔들어 인사를 했다. 그 뒤로는 이건의 손에 이끌려 쌍쌍피구부터 주로 짝으로 이루어지는 게임을 해야 했다.

"자, 보물찾기. 참고로 영어 스펠링 하나만 적혀 있을 거야. 상품은 기대해도 좋을 거야. 20분 시간 줄 테니 찾아봐."

굉장히 찾기 어려운 곳에 숨겨놨다며 이건이 키득거렸다. 그리고는 20분이라는 짧은 시간을 시계로 재며 시작을 알렸다. 기대해도 좋을 거라는 말에 사람들이 순식간에 흩어지며 종이를 찾기 시작했다.

느긋하게 자리를 지키는 자신을 이건이 억지로 등을 떠밀며 빨리 찾아오라는 말을 했다. 전혀 참가 의사가 없었지만, 이것저것 들추며 찾는 사람들을 보자 조금씩 의욕이 솟구쳤다. 두세 군데 들춰보다가 소리가 이끄는 대로 향했다. 이미 다른 사람이 찾아간 것도 있었다. 조금 더 멀리 걸어가 정말 생각지도 못한 곳에서 종이를 찾았다. 이를테면 땅을 파야 했다던지 말이다. 누가 보물찾기를 하면서 땅을 파겠는가.

야하는 자신의 손에 들린 종이 세 개를 하나씩 펼쳤다. 정말로 영어 스펠링 하나만 적혀 있었다.

T, B, M.

종이 모두 이건의 얼굴을 보여주었다. 특히 하나의 종이에서 이건의 장난기 어린 미소가 아닌 약간의 긴장감이 든 얼굴을 보여주었다.

"세 개나 찾았어?"

야하가 고개를 돌리자 보물을 찾고 있던 것인지, 희연 또한 꽤 멀리까지 걸어왔다.

"못 찾았어요?"

"응. 어렵네."

서먹해진 분위기를 깨고자 희연이 노력하는 것 같았지만 잘 풀리지 않았다.

"이거 받아요."

손에 들린 종이 중 B가 적힌 종이를 건네주었다. 곧 제한된 시간이 끝나가는 탓에 다시 돌아가다 만난 동수에게 T가 적힌 종이를 주었다.

"다들 많이 찾아오셨나? 그럼 누구부터 확인할까?"

종이를 찾아온 사람들이 서로 먼저 확인해 달라는 듯 종이를 흔들어 보였다. 이건이 뒷주머니에서 미리 알파벳에 따른 선물을 정해서 적어놓은 종이를 꺼내더니 차근차근 사람들의 종이를 확인하고 선물을 주었다.

"마지막은 야하네? 종이 줘봐."

다른 사람들에게 선물을 줄 때와는 다르게 자신의 종이를 확인한 이건의 얼굴이 살짝 경직되어 있었다. 그러고는 씨익 웃더니 무릎을 꿇고 바지에서 작은 상자를 꺼내 보였다.

"뭐예요?"

"나랑 결혼해 줄래?"

많은 여자들이 바란다는 제법 큼직한 다이아가 박힌 백금반지가 영롱한 빛을 내고 있었다. 반지를 본 사람들의 야유가 쏟아졌다.

"M? M은 뭐지?"

이건이 바닥에 내려놓은 야하가 찾은 종이와 이건이 선물을 적어놓은 종이를 집어 든 유원이 확인을 했다.

"오호. M은 정해진 선물이 'Marry Me'네. 야하 씨가 이거 못 찾았으면 어쩔 뻔했담?"

땅에 묻혀 있던 종이. 그리고 긴장된 얼굴의 이건. 이거였나 보다.

"네가 찾은 보물이니까 기꺼운 마음으로 받아줘. 결혼하자, 서야하."

야하가 주먹을 쥐고 있던 왼손을 살짝 펴자 이건이 네 번째 손가락에 반지를 끼웠다. 남은 반지도 자신의 손가락에 끼워달라는 듯 상자를 흔들자 야하가 반지를 꺼내 이건의 네 번째 손가락에 끼웠다.

"이제 빼도 박도 못한다. 증인도 많아. 유이건이라는 보물을 갖게 된 걸 축하해."

이건의 말에 또 한 번 야유가 쏟아졌지만, 이런들 저런들 뭐든 좋은 이건은 실실 웃으며 자랑하기 바빴다.

*

이건은 차근차근 물건들을 상자에 담으며 조금씩 비워지는 야하의 방을 둘러보았다. 결혼식을 앞둔 지금, 두 사람은 이건의 부모님 댁으로 들어가기로 했다. 야하에게 살림살이를 가르쳐 주겠다며 먼저 손을 내민 어머니의 손을 야하가 잡았다. 아직 어머니에게 마음이 풀리지 않았던 이건이지만, 야하가 그리 나오니 어쩔 수 없다며 마지못해 동의를 했다.

"진짜 착해 빠졌다니까."

말은 그렇게 하면서도 자신의 부모님께 진심으로 대하는 야하가 사랑스러워 하루에도 몇 번씩 어쩔 줄 모르는 이건이다.

"아, 여기에 놔뒀네."

자신이 고쳐 주었던 녹음기가 다시 서랍 속에 자리하고 있었다. 이건은 고이 상자로 옮겨 담다가 자신이 예전에 녹음했던 게 생각나 다시 집어 들었다.

"삭제한다는 걸 깜빡했네. 들었으려나."

자신의 부끄러운 고백을 들었음이 분명하지만 이건은 지금이라도 삭제하려 했다. 삭제하기 전에 다시 들어보자는 생각에 재생을 했다. 하지만 마지막으로 녹음된 목소리는 자신의 목소리가 아니었다.

"사랑하는 이건 씨, 녹음기 고쳐 줘서 고마워요. 아빠를 다시 되돌려 줘서 고마워요. 그리고 옆에 있어줘서 고마워요. 사랑해요. 앞으로 우리 둘 행복하게 잘살아요."

"지금보다 더 행복하면 가슴 두근거려서 어찌 사냐. 사랑해. 행복하자."
야하의 목소리에 이건이 소중하게 녹음기에 입을 맞춘 후 상자에 넣었다.

✽

이사를 가기 전 야하는 이건이 없는 시간에는 거의 희연의 집에 있었다.
"밥 먹자. 아침에 먹고 남은 된장찌개가 있어. 데워서 먹자."
대본을 보던 희연은 점심때가 되자 몸을 일으켰다. 요즘 들어 기운이 없어 보이는 야하를 보자 안쓰러웠다. 혹시나 시댁으로 들어가는 거에 스트레스를 받고 있는 게 아닌가 싶었다. 보글보글 찌개가 끓자 아직도 식탁의자에 앉아 축 늘어져 있는 야하의 앞에 놓아주고는 어서 먹으라는 듯 숟가락을 손에 쥐어주었다.

한술 입으로 가져가던 야하가 돌연 숟가락을 던지다시피 놓고는 화장실로 직행했다.

"우욱. 욱."

놀란 희연이 바로 따라가 야하의 등을 두드려 주었다. 입안에 있던 된장찌개를 뱉어내고도 한참을 구역질하던 야하가 더는 구역질할 힘도 남아 있지 않자 축 늘어졌다.

"너 요즘 스트레스받는 거 아니야? 임신이 아니고서야 이게 뭐니?"

순간 두 사람이 동시에 흠칫했다. 서로 눈을 맞추고 설마 하며 바라보다 먼저 정신을 차린 희연이 물었다.

"가능성 있어?"

"없지는 않지만. 그래도 위험할 때는 오빠가 피임을 했는데."

"야야, 그런 게 가능성 백 프로라더라. 잠깐만."

희연은 침실에서 가져온 물건을 야하의 손에 꼭 쥐어주었다. 야하가 테스트기를 보며 물었다.

"그런데 언니, 이게 집에 왜 있어요?"

"알 거 없잖아. 테스트나 해봐."

설마 하는 마음으로 테스트를 하고 몇 분 뒤 희연의 입에서 축하 인사가 나왔다.

"어차피 곧 결혼할 거였잖아. 축하해."

"이게 아닌데. 아. 고마워요, 언니. 이거 기뻐해야 할 일이죠?"

순간 희연이 야하를 노려보더니 당연히 축하해야 할 일이라며 꾸짖듯 말했다. 야하는 희연의 꾸짖음에 바로 기뻐하지 않은 게 아이에게 미안해 바로 아이에게 사과를 했다. 생각보다 너무 빨리 자신에게 온 아이지만 기쁘지 않은 건 아니다. 어서 이건에게 알려주기 위해 야하가 희연에게 인사를 한 후 집을 나섰다.

퇴근하고 집으로 온 이건은 평소와 다르게 자신의 품 안으로 뛰어들지 않는 야하를 뚫어지게 쳐다봤다. 자신을 머리부터 발끝까지 훑어보며 미소를 짓던 야하가 은근한 어투로 말했다.

"아무래도 당신 닮은 아들이면 좋겠어요."

"응?"

뜬금없는 소리에 이건이 반문하자 야하가 그의 손을 잡아 손바닥 위에 테스트기를 올려놓았다. 이건은 자신의 손안에 든 게 무엇인지 바로 알았다. 뒤집어진 임신테스트기를 흘끗 내려다본 이건이 두 손으로 공손히 들고 두 줄임을 확인하고는 환호성을 질렀다.

"사랑해! 진짜 사랑해."

"그동안 가짜로 사랑했어요?"

"아니. 진짜로 사랑했는데, 더 진짜로 사랑해."

자신이 무슨 말을 하는지도 잘 모르는 듯 이건이 야하를 안아 들고 온 얼굴에 뽀뽀를 하며 그녀에 대한 찬사를 늘여놓았다. 이건이 기뻐하는 모습을 보자 그제야 실감이 난 야하도 기뻐하며 하늘에 감사했다. 어느 정도 진정이 된 이건이 야하를 소파에 조심스럽게 내려놓으며 무릎을 꿇었다.

"사랑해. 나랑 결혼해 줄래?"

그의 두 번째 프러포즈에 야하가 싱긋 웃더니 입을 열었다.

"네!"

*

이건의 품에서 잠든 아들 건하의 얼굴은 천사 그 자체였다. 이 천사가 깨어 있을 때는 아주 무서운 악마가 된다는 게 문제였지만.

"어린 게 보는 눈은 있어가지고."

유원과 희연은 어렵게 아이를 가졌다. 노산인 희연은 결국 제왕절개로 딸을 낳았다. 두 사람의 그런 귀한 딸인 유진이가 건하를 보고 방긋방긋 웃었을 뿐인데, 남편은 아직도 궁시렁거리고 있다. 실상은 그가 인형 같은 유진을 한 번 안아보고자 했지만, 자신을 보고 울어대더니 건하를 보고는 언제 울었냐는 듯 웃어서 삐친 거다.

"아, 장모님 오신다던데. 이번에는 호텔 말고 우리 집으로 모실까? 장모님께 건하 맡기고 우리는 데이트하자. 응?"

벌써 6년이 지났지만 아직도 엄마라는 존재는 아득하게 멀었다. 이건이 중간에서 지하와 짜고 많은 일을 벌였지만 쉽게 좁혀지지 않았다. 건하를 낳고 나서는 더욱 엄마를 이해하기 어려웠다. 금쪽같은 자식을 그렇게 쉽게 버릴 수 있나 싶어서 이해하기 힘들었다.

"어머님이 건하 잘 봐주시잖아요. 그 덕에 우리 데이트도 많이 했고."

결혼하는 날에도 조금은 못마땅해하시던 건하의 할머니이자 이건의 어머님은 건하가 태어났을 때 직접 산후조리를 해주시고 건하가 태어난 걸 많이 기뻐하셨다. 엄마와는 좁혀지지 않는 거리가 시어머니와는 많이 좁혀졌다. 심지어 밖에 나가면 모녀 사이냐는 소리를 듣기도 했다. 그만큼 다정해 보인다는 것일 터.

"장모님이 봐주시면 데이트도 두 배지."

"글쎄요."

"그런데 핸드폰이 어디 있지?"

건하가 들고 다니다 아무 데나 놓고 와버리는 탓에 남편의 핸드폰은 항상 엉뚱한 곳에서 발견이 되었다. 자신의 핸드폰이나 남편의 핸드폰이나 똑같은 기종임에도 아들은 아빠 핸드폰만을 고집했다. 몇 번 아빠 핸드폰으로 만화를 보여준 적이 있어서인지.

"전화해 볼게요."

울리는 핸드폰을 찾은 곳은 침대 밑이었다. 언제 이 밑에 들어가서 놀았던 건지. 핸드폰을 꺼내 들자 액정에 '야하여자'라는 문구가 반짝거렸다.

"이거 바꾸면 안 돼요?"

"응, 싫어. 나한테 너는 건하 엄마이기도 하지만, 그전에 여자야."

여전히 능글맞고 유들유들한 남편을 흘겨보고는 잠든 아들의 볼에 키스하고 남편의 볼에도 키스를 했다.
 "나는 입술에 해주면 안 되나?"
 "이따 밤에요."
 "야하다. 서야하는 하는 말도 야하다."
 버릇처럼 노래하듯 말을 하며 놀려대는 남편을 보고 웃지 않을 이가 어디 있겠는가.

                                                              The End

작가 후기

안녕하세요. 이 책을 집어 들면서 '이 글쓴이는 누구지?' 하시는 분들이 많이 계셨을 거라 생각합니다. 이렇게 인사를 드리게 되어서 정말 기쁘네요. 저의 첫 종이책 출간이기에 설레고 기대를 많이 하는 한편, 걱정도 많이 됩니다.

야하와 이건의 이야기를 연재하고 투고할 당시, 이 작품이 출간될 거라는 생각은 전혀 못했습니다. 제게 있어서 〈내 여자는 야하다〉가 네 번째 작품인데, 처음 때보다 힘들게 쓴 기억이 있네요. 흔치 않은 소재를 어떻게 써야 자연스럽게 보일 수 있을지, 독자님들이 거부감을 느끼지 않을지 굉장히 고민이 많이 됐습니다.

부족한 글이지만 이렇게 기회를 주신 청어람 출판사와 손수화 편집자 님께 감사의 말씀을 드립니다. 부족한 부분을 채워주시고 잘 다듬어주셨기에 더욱 좋은 글이 되었어요. 다시 한 번 〈내 여자는 야하다〉를 출간할 수 있는 기회를 주셔서 감사합니다.

글을 쓴다는 게 부끄러워 처음에는 가족에게 알리지 않고 이북을 출간했었습니다. 그리고 두 번째가 되어서야 가족에게 알렸어요. 책이 출간될 때 친구들에게 자랑하고 기뻐하셨던 아빠와 엄마, 언니, 동생, 고모 등 모든 가족들에게 감사함을 전합니다. 또한 제가 사랑하는 사람, 친구들과 지인들께도 감사함을 전합니다.

연재를 할 당시 많은 응원을 해주신 '나무 바람을 사랑하다' 작가님들과 독자님들, 감사합니다. 글을 쓰면서 모르는 것이 많아 고민을 털어놓을 때 친절하게 가르쳐 주셨던 작가님들이 있었기에 꾸준히 글을 쓸 수 있었습니다.

무엇보다 이 책을 읽어주시는 독자님들께 가장 감사의 인사를 전합니다.

감사드릴 분들이 많네요.

모쪼록 재미있게 읽으셨기를 바랍니다.

다음에 더욱 좋은 글로 찾아뵐 수 있도록 노력하겠습니다.

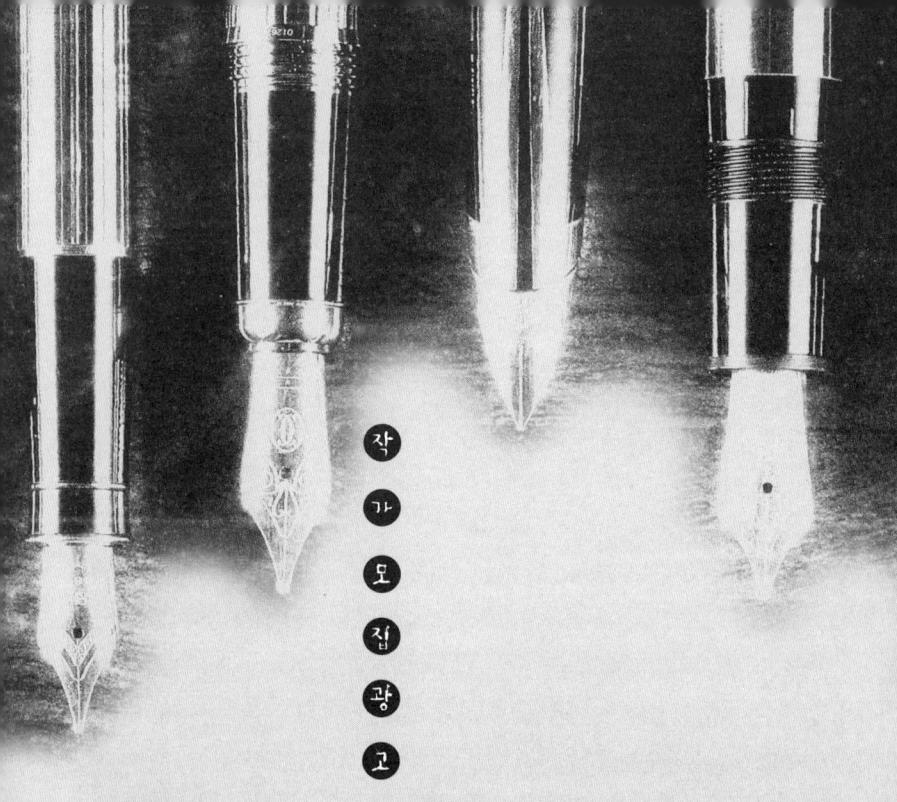

작가모집광고

도서출판 청어람의 문은 항상 열려 있습니다.
실력있는 작가 분들의 많은 관심 부탁드립니다.

TEL:032-656-4452 • FAX:032-656-4453
http://www.chungeoram.com
e-mail:chungeorambook@daum.net